入选"十四五"国家重点图书出版规划

丹曾文化

丹曾人文通识丛书

黄怒波 主编

月满西楼

中国女性诗歌史 古代、近代卷

赵雪沛 孙晓娅——著

北京大学出版社
PEKING UNIVERSITY PRESS

图书在版编目(CIP)数据

月满西楼：中国女性诗歌史. 古代、近代卷 / 赵雪沛，孙晓娅著；黄怒波主编. —— 北京：北京大学出版社，2024.12. ——（丹曾人文通识丛书）. —— ISBN 978-7-301-35823-8

Ⅰ. I207.209

中国国家版本馆CIP数据核字第2025YM4575号

书　　名	月满西楼：中国女性诗歌史（古代、近代卷） YUEMAN XILOU: ZHONGGUO NÜXING SHIGE SHI（GUDAI、JINDAI JUAN）
著作责任者	赵雪沛　孙晓娅　著　黄怒波　主编
责任编辑	张亚如
标准书号	ISBN 978-7-301-35823-8
出版发行	北京大学出版社
地　　址	北京市海淀区成府路205号　100871
网　　址	http://www.pup.cn　　新浪微博：@北京大学出版社
微信公众号	通识书苑（微信号：sartspku）　科学元典（微信号：kexueyuandian）
电子邮箱	编辑部 jyzx@pup.cn　　总编室 zpup@pup.cn
电　　话	邮购部 010-62752015　发行部 010-62750672 编辑部 010-62753056
印刷者	三河市北燕印装有限公司
经销者	新华书店
	650毫米×980毫米　16开本　27.75印张　345千字 2024年12月第1版　2024年12月第1次印刷
定　　价	92.00元

未经许可，不得以任何方式复制或抄袭本书之部分或全部内容。
版权所有，侵权必究
举报电话：010-62752024　电子邮箱：fd@pup.cn
图书如有印装质量问题，请与出版部联系，电话：010-62756370

"丹曾人文通识丛书"
学术委员会

主　席：谢　冕
副主席：柯　杨　杨慧林

"丹曾人文通识丛书"
总　序

在我国国民经济和社会发展"十四五"规划开始的时候，人文学者面临从知识的阐释者向生产者、促进者和管理者转变的机遇。由"丹曾文化"策划的"丹曾人文通识丛书"，就是一次实践行动。这套丛书涵盖了文、史、哲等多个学科领域，由近百位人文学科领域优秀的学者著述。通过学科交叉及知识融合探索人类文明的起源、人类与自然的和谐共生、人类的生命教育和心理机制，让更多受众了解中国传统文化与文学，形成独具中华文明特色的审美品格。

这些学科并没有超越出传统的知识系统，但从撰写的角度来说，已经具有了独特的创新色彩。首先，学者们普遍展现出对人类文明知识底层架构的认识深度和再建构能力，从传统人文知识的阐释者转向了生产者、促进者和管理者。这是一种与读者和大众的和解倾向。因为，信息社会的到来和教育现代化的需求，让学者和大众之间的关系终于有了教学互长的机遇和可能。在这个意义上，我们不能再教"谁是李白"了，而是共同探讨"为什么是李白"。

所以，这套丛书的作者们，从刻板的学术气息中脱颖而出，以流畅而优美的文本风格从各自的角度揭示了新的人文知识层次，展现了新时代人文学者的精神气质。

这套丛书的人文视阈并没有刻意局限，每一位学者都是从自身的学术积淀生发出独特的个性气息。最显著的特点是他们笔下的传统人文世界展现了新的内容和角度，这就能够促成当下的社会和大众以新的眼光来认识和理解我们所处的传统社会。

最重要的是，这套丛书的出版是为了适应互联网社会的到来。它的知识内容将进入数字生产。比如说，我们再遇到李白时，不再简单地通过文字的描写而认识他。我们将会采取还原他所处时代的虚拟场景来体验和认识他的"蜀道"，制造一位"数字孪生"的他来展现他的千古绝唱《蜀道难》的审美绝技。在这个意义上，这套丛书会具有以往人文知识从未有过的生成能力和永生的意境。同时，也因此而具备了混合现实审美的魅力。

当我们开始具备人文知识数字化的意识和能力时，培育和增强社会的数字素养就成了新时代的课题。这套丛书的每一个人文学科，都将因此而具有新的知识生产和内容生发的可能性。更重要的是，在我们的国家消除了绝对贫困之后，我们的社会应当义不容辞地着手解决教育机会的公平问题。因此，这套丛书的数字化，就是对促进教育公平的一个解决方案。

有观点认为，当下推动教育变革的六大技术分别是：移动学习、学习分析、混合现实、人工智能、区块链和虚拟助手（数字孪生）。这些技术的最大意义，应该在于推动在线教育的到来。它将改变我们传统的学习范式，带来新的商业模式，从而引发高等教育的根本性变化。

这套丛书就是因此而生成的。它在当前的人文学科领域具有了崭新的"可识别性"和"可数字性"。下一步，我们将推进这套丛书的数字资产的转变，为新时代的人文素质教育和终身教育的需求提供一种新途径、新范式。而我们的学者，也有获得知识价值的奖励和回报的可能。

感谢所有学者的参与和努力。今后，你们应该作为各自学术领域C2C平台的建设者、管理者而光芒四射。

"丹曾人文通识丛书"主编
黄怒波
2021年3月

目 录

■ 导论：中国女性诗歌的流变及经典化历程 1

■ 第一章　从先秦到南北朝：初试啼声 1
　第一节　先秦的歌唱：《诗经》中的女性诗歌创作 2
　第二节　卓文君与蔡琰：两汉的深情与悲音 11
　第三节　魏晋南北朝民歌：民间女子的爱恋悲欢 18

■ 第二章　唐五代：女性诗人群体的兴起 25
　第一节　以上官婉儿为代表的宫廷女诗人 26
　第二节　以李冶、鱼玄机、薛涛为代表的女冠和歌伎诗人 35
　第三节　以黄崇嘏为代表的闺秀诗人 44
　第四节　唐五代：女性诗歌创作走向成熟的关键期 48

■ 第三章　宋元女词人的崛起 57
　第一节　俯视巾帼、压倒须眉的李清照 59
　第二节　"断肠"女词人朱淑真 74
　第三节　以徐君宝妻为代表的宋末爱国女词人 83
　第四节　元代最优秀的女词人张玉娘 89

- **第四章 明代：女性诗词创作渐趋繁盛的肇端** 99
  - 第一节 以吴江沈氏母女为代表的闺秀作家 100
  - 第二节 以王微、李因为代表的名妓诗人 124

- **第五章 清初：黄金时代的正式开始** 145
  - 第一节 易代之际的优秀女词人：徐灿与顾贞立 146
  - 第二节 蕉园七子：清初女性诗社的代表 166

- **第六章 清中叶：女性诗词创作的鼎盛期（上）** 189
  - 第一节 以席佩兰为首的随园女弟子群 190
  - 第二节 姐妹词人：孙云凤与孙云鹤 216
  - 第三节 庄盘珠《秋水轩集》：盛世里的缠绵哀音 239

- **第七章 清中叶：女性诗词创作的鼎盛期（下）** 259
  - 第一节 关锳与赵我佩：浙派美学的继承者 260
  - 第二节 清代女词人双璧：吴藻与顾春 284

- **第八章 从晚清到民国：最后的辉煌** 331
  - 第一节 "休言女子非英物"：鉴湖女侠秋瑾 332
  - 第二节 "近代女词人第一"：吕碧城 344

- **第九章 "现代李清照"沈祖棻及其《涉江词》** 369
  - 第一节 相思与家国：《涉江词》的两大重要主题 371
  - 第二节 追踪两宋、清新婉雅的《涉江词》 385

- **后　记** 403

导论：
中国女性诗歌的流变及经典化历程

中国诗歌的传统源远流长，"文变染乎世情，兴废系乎时序"，其艺术体式和审美内蕴经历了漫长的历史演变。诗歌作为民族心灵和个体情志的艺术表现形式，承载着绵延久远的中华文明，记录了历史文化的变迁，成为凝聚中华民族精神的重要力量，是中国文学史中最具生命力和代表性的文学形态。在中国诗歌史上，无论是以"抒情言志"为传统的中国古代诗歌，还是现代主义诗潮导向的新诗，男性文人士大夫或现代知识分子都是主要的诗歌创作主体，而作为镜像共生的女诗人和女性诗歌一度被湮没在诗歌历史长河之中。

一直以来，女性诗歌的概念边界都比较模糊，广义地讲，女性诗歌即女诗人的诗，狭义而言，女诗人写作中表现的"性别经验"和诗歌的"性别"特质，才是"女性诗歌"的基本条件。数千年来，中国女性诗歌经历了上古时代的高地、中古时代的低谷，经过近古的明清直至现代与当代，走过跌宕曲折的创作历程，直至当下，女性诗歌创作日渐繁盛，呈现出纷呈迥异的发展状态。

一、"林下风"与"闺阁气"：作为文人士大夫文化镜像的女性诗歌

从女性诗歌的发生机制和书写形态考察，古代女性诗歌的创作基本划分为文人文学确立之前的早期形态和依附于文人文学而生长的后来形态两个阶段。一般而言，被纳入文学史视野的中国古代女性诗歌主要指后一种形态。这一形态的男女作者中，男性占据绝对

的优势，然而，在早期文学中，女性诗歌创作的比重要高于后来阶段中男性诗歌创作的比重，占据很重要的地位。长期以来，古代文学史叙述多遮蔽了女性诗歌与以士大夫为主体的文人诗歌传统之间复杂而密切的关联：一方面是士大夫的诗歌创作传统赋予、造就了中国古代的女性诗歌创作，造就了一部分女性诗人；但另一方面，士大夫文化正是压抑中国古代女性诗歌、女性文学发展的一种外部力量。在中国古代文人士大夫文化影响下，女性诗歌作为其文化镜像而存在，大体形成了"林下风"与"闺阁气"两种抒情传统。中国古代诗歌创作的起源，据《吕氏春秋·音初》所载，最早可以追溯至南音之始的涂山氏的《候人歌》与北音之始的有娀氏二佚女的《燕燕》。不仅如此，"中国古代妇女实际上创作了中国古代文学的最早一批作品，最古老的民间歌诗多半出自女子之口"[①]。《诗经·国风》多无名氏之作，当中应不乏女性作者，如《中国妇女文学史》所云："周时民间采诗，兼用老年之男女任之。其诗亦必男女均采，故《诗经》中宜多妇人之词。"[②]而汉代五言诗，也有不少人认为源于女性文学，《玉台新咏》的编者徐陵便认为集内所收的五言诗大都乃女子所作，或经文人润色而成。

从中国古代女性文学发展史的宏观角度来看，自上古尤其是周代开始，到两汉魏晋时期，女性诗歌虽处于开局阶段，但在当时和后世均产生过较大影响。胡明曾指出："大抵而言，中国古代的妇女文学分两条大线索。一条是以《诗经·国风》为源头，经汉乐府、古诗直接晋以后吴声、西曲为代表的民间歌曲。……在精神形态上的最大特征是男人学女人。""文学的许多新形式、新体裁均出

[①] 胡明：《关于中国古代的妇女文学》，《文学评论》1995 年第 3 期。
[②] 谢无量：《中国妇女文学史》，载《谢无量文集》第五卷，中国人民大学出版社，2011，第 16 页。

自民间女子，男子们在惊叹艳羡之余，便有意识地参与了加工、整理，加工整理还不过瘾，便动手采用女子创作的形式体裁来创作他们自己的文学作品。……《国风》如此，乐府民歌如此，梁陈文人模拟的乐府尤其如此，后来词的、曲的发生发达与衍变也正是如此。"① 这大概是因为早期的诗歌往往自抒己意，一派真淳自然，而女子既无从参与政治与社会活动，情感的发抒便不具功利色彩，纯任天籁，更为率真而切近本心，写情也更加动人。

《诗经》是我国第一部诗歌总集，很多作品的作者无从考订，但仍有二十首左右的诗歌基本可视为女子的创作，如许穆夫人的《载驰》一诗。这些诗作题材宽广、情意真切且颇具社会时代特色，并未仅仅局限于相思恋情的歌唱，风格质朴平实。汉代五言诗②与乐府诗兴起，女性参与者亦不在少数，其中西汉托名卓文君的《白头吟》与汉末蔡琰《悲愤诗》最为杰出，后者尤为卓越，无论情感深度、艺术水平还是对后世之影响，均可比肩汉末和三国时期任何一位男性诗人。南北朝时期，乐府诗更为盛行，《子夜歌》及《苏小小歌》都是流播广远、脍炙人口的佳作。这一阶段的女性诗歌多写相思幽怨，与此前的创作相比，情感的广度与面向逐渐趋于狭窄单一，已经昭示了其后女性诗歌的主要抒情走向，这一走向直至清代都未有本质上的改变。同时，此时期的女性诗歌受主流诗坛影响，部分作品在风格上也开始呈现出明丽精秀的特征，虽然总体艺术表现依然以真淳古朴为主，但已然显示了与男诗人创作同步的新的诗歌风貌。

---

① 胡明：《关于中国古代的妇女文学》，《文学评论》1995 年第 3 期。
② 吴世昌在《论五言诗起源于妇女文学》一文中，从《诗经》四言、楚辞体之后，披寻五言的起源，根据对虞姬歌、班婕妤团扇诗、民歌《尹赏歌》《李延年歌》等的梳理，提出五言诗起源于妇女文学的说法。吴世昌：《论五言诗起源于妇女文学》，《文史知识》1985 年第 11 期。

从先秦到南北朝，女诗人数量不多，尚处开局阶段的女性诗歌创作却不乏佳作，足以让众多文人士大夫刮目相看。魏晋以后，随着文人诗歌创作传统的建立，女性诗歌逐渐流变为文人诗作传统的一条支脉。如有学者指出："另一条妇女文学的大线索则是正统诗文辞赋的模拟创作。这条大线索的精神实质也正是一种'学'——妇女学男人。"[①]此后的女性诗歌，除了少数作者之外，大都有意无意地遵循着男性文学传统的艺术标准与价值理念，以"无闺阁气""无脂粉气"为最高褒奖。

唐代是我国诗歌发展的黄金时代，而唐代女诗人的地位与总体成就却陡然下落，与前期相比可谓黯然失色。整个唐五代时期最为亮眼的女诗人便是初唐的上官婉儿，在她之后，再无女性诗人能够指点诗坛、独领风骚。与闺秀和宫廷诗人相比，唐代女冠和歌伎诗人的成就与影响更大。她们游走于男性诗坛的边缘，与男性诗人交往唱和，代表作家李冶、鱼玄机与薛涛身世境遇各自不同，但其作品在整体的艺术风貌与情感内容方面区别不大。除了相思恋情，她们的某些诗作也表现出身世之感与郁悒不平之意，在题材内涵与审美风格上都流露出一定的开拓与创新意识，这是尤为可贵之处。随着诗歌黄金时代的到来，唐代女性诗歌的诗艺渐趋精雅与成熟，这与男性诗坛的影响直接相关，也从另一个角度反映了唐代诗歌的兴盛与发展。而从这一时期开始，一方面女性诗歌被排挤出主流诗坛，无复早期风光；另一方面，女性诗歌的创作在目标与理念上基本上以追随男性诗的审美为主，进入了"女学男"的阶段，无论作家还是作品数量，所占比重都显得很低。即使明末以后女性文学繁兴，也并未真正改变这一事实。

宋代词的创作极为繁盛，成为有宋一代之标志性文学式样。上

[①] 胡明：《关于中国古代的妇女文学》，《文学评论》1995年第3期。

自天子下至乐伎，皆习倚声填词，而存世的女性词人词作数量却极为有限。之所以如此，其缘故大概有三：一是自魏晋以后女性已被排挤出主流文坛，这直接影响了她们的创作热情与自信；二是作为文坛的主导者，当时男性文人对女性的文学创作大都既无兴趣亦不看重，没有他们的支持推动及搜罗刊刻，女性作品很难得以保存和流传；三是理学兴起，对女子的束缚较此前更为深重，这从朱淑真的"女子弄文诚可罪"及南宋王灼对李清照的批评便可见一斑。其实，即使到了明清时代，士林对妇学多有奖掖之举与赞许之意，甚至有些男性以女才为荣，但依然有不少才女声称"诗非女子事"而自焚诗稿，故而宋代女性词坛的沉寂也是意料中事。

宋代词坛出现了一个有趣的现象：一方面词坛是男性文人的天下，女性词人及作品数量相形之下少得可怜；另一方面，此时却出现了文学史上最杰出的女词人——李清照，其词之成就足以与男性词人相抗衡，对后世影响之大之深堪称空前绝后。这固然与其文人化的识见襟怀有关，更重要的是，词体特质与女子天性在"抒情"传统这一特点上尤为契合。宋代影响较大的女词人，除李清照外，另有朱淑真，其《断肠词》流播较为广远。如果说易安词之"神骏"对作者之才力、学养和识见要求较高，而令大多数女词人难以追摹，那么，其"芬馨"之美则与朱淑真词之婉约清新同出一径，以其易学且更贴合女性性情与审美旨趣的缘故，成为女性词风的审美所趋。宋末词坛进入衰落期时，国亡的剧变又成就了宋词最后的辉煌。如果说，以往传统女诗人大都缺乏自觉的历史意识和时政关怀，那么到了宋末元初，由于外族的入侵，此时期的女性词创作一改之前的沉寂，集中涌现出一批以宫廷女性为主体的爱国女词人，其词作从内容到风格都有了明显的开拓和变化，从中也可见出时代风气与主流词坛的影响。同样写家国之恨，宋末女性词与易安南渡后所作又有所不同。因北宋词仍宗婉约，易安又秉持"词别是一家"的观点；而南宋自稼轩之后，豪放词风已得到广泛的认可且影响日益深远，故宋末女词人的创作亦追随而变之。

元代是戏剧史上的高峰期，诗文创作整体呈现出凋敝之象，女性诗歌的创作也几乎跌至最低点，唯一的亮色是元初的张玉娘。作为元代最优秀的女词人，张玉娘的成就虽无法与前朝的李清照、朱淑真相抗，却自有其不可取代的地位。张玉娘词作的题材与风格并无新变，仍是承袭传统而来，与朱淑真相类。但她于慢词的写作上较前人更为用力，从中也透露出女性词发展的某些消息。

在元代，诗文等正统文学的地位大大下降，以杂剧为代表的俗文学兴起，成为文坛主流，入明后此种趋势并未得到本质上的改变。明词不振，而以诗词为代表的雅文学，其总体成就亦无法与唐宋时相比。到了晚明，由于人性解放思潮的涌动，很多旧有思想受到了极大的冲击，无论士林还是女性自身，对于女性的文学创作都有了新的理念与态度。一方面是男性文人积极奖掖与推动，为发扬妇才不遗余力；另一方面是女性文学创作的热情日益高涨，不少才女抛开"女子无才便是德"的闺训与观念，以诗词的方式呈现古典女性的内心意识和生活细节。在此之前，女性心理及生活基本上由男性诗人来想象和代言，明清才女诗人群体创作出了大量独具女性个体风格和真切生活实感的女性诗作，明清女诗人群的集体涌现打破了男性代言女性写作的垄断。明清才女不仅以耽吟嗜书为荣，且出现了以徐媛、陆卿子、王端淑、黄媛介为代表的如文士般唱和交游的女诗人，同时还显示出家族性、地域性的创作趋势，这些特征后来一直延续到清代。

此前没有一个朝代"比明清时代产生过更多的女诗人，仅仅在三百年间，就有两千多位出版过专集的女诗人。而当时的文人不但没有对这些才女产生敌意，在很多情况下，他们还是女性出版的主要赞助者，而且竭尽心力，努力把女性作品经典化"①。不仅明清诗人及士大夫维护和推广女性诗词创作的现象颇为特殊，而且明清女诗人、词人的创作成果颇丰、艺术水准颇高。明代女性诗词创作从整体而言，大体可以分为以王微、李因为代表的青楼名妓传统，和以徐灿为代表的名门闺秀传统，两大传统各领风骚。只不过闺秀之作以学养才识取胜，名妓诸作则常因个性节操增色。但入清后随着妓业衰败，女性文坛基本可以说是闺秀的天下了，名妓无复往时风采，从此渐归沉寂。从具体的创作看，以吴江沈叶母女为代表的闺秀词人在题材与风格上虽恪守传统，并无突破，但凭借家族重文风气的影响及自身深厚的文学素养与成熟诗艺，她们的作品总体呈现出较高的艺术水准和秀雅清婉的审美特征。而以王微、李因为代表的名妓诗人，不仅雅负才情、独具个性，且所结交往来者多为以才华气节著称的名士清流。"她们不再是士人聊以销忧的'醇酒'之'妇人'，在某种程度上她们已具有自我觉醒的意识。……她们与名流交游，是许多雅集不可缺少的要素，甚至文人社团有意笼络她们以加强影响力，极少数还成为达官显贵的侧室姬妾进而影响到当时的政治活动。"②她们与才子名士的交往唱酬，既对自身的学识才艺有所裨益，又有助于其眼界胸襟的开阔，其诗词亦率意大胆、直白浅俗，显示出与闺秀之作不同的美学风貌。柳如是词写情的缠绵深挚、李因词寄寓的家国之感，以及王微游历山水的诸多诗作，都焕发出各自独特的光彩，共同成就了名妓文学最后的辉煌。

清初可谓正式开启了女性文学创作的黄金时代，此时期词坛出现了两位风姿各异而成就同样卓著的女词人——徐灿和顾贞立。徐

---

① ［美］孙康宜：《明清文人的经典论和女性观》，《江西社会科学》2004 年第 2 期。
② 左东岭主编：《中国诗歌通史·明代卷》，人民文学出版社，2012，第 754 页。

灿亲历易代之痛,擅以深婉的情致表达故国之思,将明末以来女性爱国词的创作提升到了一个全新的高度。顾贞立作为著名词人顾贞观之姊,其人其词皆堪称卓特。婚姻的不幸令她常怀愤懑不平,但孤高不群的个性与对文学之事的热爱和自信则使她的词作突破了含蓄婉约的传统与女性词常有的柔美清丽之风,笔意激切,劲直疏宕,为后来的吴藻等人开启了先路。

  清初的女性诗坛也同样显示出繁兴的趋势。"蕉园七子"作为第一个具有相当影响力和创作力的女性诗社,它的出现表明才女们文学创作热情的日渐增强与自主意识的悄悄萌芽。蕉园诸子大都出身书香世家,具有较为深厚的文学素养,又秉持着视文学之事为人生理想追求的热情与自信,这些直接影响了她们的创作态度与审美取向。其诗作刻意摒弃了前代女性诗常见的婉丽纤柔风格,多有疏阔境界与清隽之美的呈现,整体显示出文人化的创作倾向。

  几乎与男性文学发展同步,清中叶的女性诗词创作进入了鼎盛期。此阶段女性诗人开始突破自酬自唱或者闺友酬答、家内唱和的狭小范围,公开拜名士为师。这种才女拜男性名士为师的情形,前代虽已有之,但清中叶规模之盛、影响之大,堪称空前。最引人瞩目的,便是以"性灵派"代表诗人袁枚为核心的"随园女弟子群"。随园女弟子多达三十余人,大都出身书香之家,有着较好的文学底蕴与修养。她们的诗歌创作追随并实践了袁枚的"性灵说",重视真情与个性,多用白描,且时有活泼的机趣流露,风格以自然清丽为主。她们对性灵诗风的主动选择与积极实践,凸显出女性日渐鲜明的文学自觉意识,这是尤为值得重视之处。

  随园女弟子中,孙云凤、孙云鹤姐妹在词的创作上,成就尤为突出。同样遭遇婚姻不幸,怀抱天壤王郎之恨的二人,在创作上则各有不同。孙云凤《湘筠馆词》以唐宋词传统为审美依归,内容上多写闺思离愁，传情含蓄深隐。早期所作多为小令，往往迷离轻约，深挚缠绵，有着明显的唐五代词风致。同时，她的一些作品又颇具北宋词的婉约和雅的美感特征，故后人称许其词"有南唐北宋意理"。孙云鹤与姊齐名，其《听雨楼词》独有一种疏朗悠远之美。由于婚后长年随宦远行，她有不少作品突破了闺情的限制，而转向乡愁旅思的集中描写，这也成为其词在题材上的重要特征。从审美的角度而言，孙云鹤词既不乏婉美流丽之致，又多具疏朗清隽的意境，在艺术表现手法方面与云凤相比，似乎更胜一筹。

浙派作为清代词坛上影响巨大的主流词派之一，也影响了不少女性词人的创作。清中叶出现的关锳和赵我佩、吴藻等皆是其中佼佼者。关锳的《梦影楼词》寄托着丰富的人生身世之感，风格婉雅工丽，同时受到浙派美学思想的熏染，集内不乏清空醇雅之作，反映了当时女性词创作水平与词艺的渐趋稳定与成熟。赵我佩的《碧桃仙馆词》一方面秉承唐宋词传统，一方面追踪浙派的幽隽空灵，精于炼字，显示出求新求变的意趣。这些都表明了当时女词人有意与男性文坛贴近的趋势，反映出她们对文学创作的浓厚热情和积极追求。

清中叶女性文坛上影响最大的，先有庄盘珠，之后是吴藻和顾春。庄盘珠《秋水轩集》诗词兼擅，传情细腻，写境清幽，虽多凄寂之思的表达，却也不乏通脱澹静与恬然心境的展现。清代中后期，被称为"双璧"的吴藻与顾春的出现，将女性词的创作推上了又一个高峰。吴藻词中所流露出的对女性生存境遇的强烈不满与对性别角色的苦闷，可视作对清初顾贞立的某种继承与发展，而郁愤更深，思想更为大胆激进。顾春一生遭遇坎壈，而个性爽朗豁达，不以困苦为意，词作取材广泛，不肯囿于闺怨愁思等女性化题材的范围，同时又继承了易安词文人化的精神特质，且更多一份高浑疏阔之气。她们与庄盘珠均堪称清代女性文坛的佼佼者，其诗词创作的不凡成就正鲜明地反映了古代女性文学所到达的新的境界与高度。

晚清时期的女性文学创作整体显得较为黯淡，作家作品虽多，但鲜见特出者。直到清末民初，被誉为"女子双侠"的秋瑾和吕碧城这两位襟期卓越的奇女子横空出世，以她们各自的奇绝词笔，为整个古代女性诗歌发展史作出华丽而高亢的收束。秋瑾身兼革命者与女诗人的双重身份，其作品中的爱国忧时之情与刚健激越之风互为表里，词风雄豪，刚柔交汇，一改词史上啼红怨绿、脂融粉腻的主导性题材和以往女性诗歌柔婉凄怨的传统。其词风雄豪，刚柔交汇，避免了过于刚直而少回味或过于凄婉而少风骨的问题，开辟了女性诗歌的全新境界与风貌。她将顾贞立、吴藻等人的郁愤情怀作了最为极致的抒发与升华，达到了"篇终振响"的高度。而吕碧城更堪称一位不世出的"奇女子"，时代的动荡与传奇的人生经历在客观上造就了她特立自信的个性。她用古诗文书写现代世界，她笔下描摹的海外游历情境与日常旅游见闻①，显露出作为一名女性的私人美学趣味。在女性词抒情传统整体走向衰微之际，精丽幽邃、含义超绝的吕词使女性词获得了生命的新机，卓然独立于群芳之上。吕碧城被誉为"李清照后第一女词人"。

综观古代女性诗歌发展，古代女性诗歌尽管长时期处于主流文坛的边缘，得不到士大夫群体的真正重视和认可，甚至到了今日仍被绝大多数男性研究者视作刻意模仿男性诗歌、没有真性情的无病呻吟之作，但不能否认的是，无论哪个阶段，无论女性创作的能力

---

① 吕遨游四海，刻意融会中西文化精神于创作中——去国乡情，人生感慨，生活信仰，以至于所见的一草一木，均吟咏于词中。她的欧游词以描写瑞士的雪山和湖陂景色为最多，目下回眸，竟然早于我们现在所说的旅游文学一百多年。

与参与度如何,古代女性诗歌始终未曾放弃抒写真情实感的传统,并非除了相思幽怨、伤春悲秋便无话可说。赵敏俐曾在《中国诗歌史通论》中强调,诗歌史的目的并不是总结规律,而是描述过程,寻找经验。① 诚然,如何将面目模糊、被打上苍白标签的女性诗歌创作的真实面貌与价值客观而独立地呈现于读者眼前,让长久以来始终被忽视、被传统社会排挤的古代女性诗歌得到公正的定位与评价,是我们研究的重点。

二、创作转型与主体确立:现代女性诗歌话语的建构与衍生

新的文学体制和新的文学精神,伴随"五四"新文化运动的思想启蒙与文化改革登上历史的舞台,"女性"一词也出现在公众视野中——"女性文学"和"女性"两个概念最初都出现于"五四"新文化运动中。在此之前,指称女人的词语,都是对应着具体的处在家庭人伦关系中的女人。"女性"一词的生成,标志着女性以独立的人的身份在社会上出现。在古代女性诗歌发展史上,女性诗歌固然有独立的发展规律与轨迹,但多是作为文人士大夫文学的附属品而存在,多被定格为对中国古代文化传统的镜像反映。与古代女性诗歌及晚清民初女性文学创作不同的是,"五四"时期,不仅女作家群的崛起富有历史意义,而且从文学内部机制看,中国女性文学由萌生、发展到形成独立的品格,自产生之日起就孕育着现代品质。她们不甘屈服于男权统治,呼唤"女人的权力",陈衡哲、冰心、陈学昭、石评梅、陆晶清、苏雪林、白薇等一大批女诗人浮出历史的地表。无论在创作还是编辑方面,"五四"时期的新女性都作出了非凡的努力:20世纪20年代女性诗人出版了4部诗集——

---

① 赵敏俐:《绪论·全球化视野下的中国诗歌史观》,载赵敏俐主编《中国诗歌史通论》,人民文学出版社,2013,第28页。

冰心的《繁星》（上海商务印书馆，1923），《春水》（北京大学新潮社，1923）；CF女士的《浪花》（北京大学新潮社，1923）；吕沄沁的《漫云》（北京海音社，1926）。"五四"新女性向时代发表她们独立的宣言，恰如石评梅在《妇女周刊》的发刊词中所写："大胆在荆棘黑暗的途中燃着这星星火焰，去觅东方的白采、黎明的曙辉。抚着抖颤的心，虔诚向这小小的论坛宣誓：'弱小的火把，燎燃着世界的荆丛；它是猛烈而光明！细微的呼声，振颤着人类的银铃，它是悠远而警深！'"亦如陈衡哲在《运河与扬子江》一诗中的与世告白："生命的奋斗是彻底的，奋斗来的生命是美丽的！"创造自己的生命，成为自己命运的主人，是"五四"时期女性主体意识觉醒的鲜明标志。相较此前，"五四"女诗人不仅体现出迥异于古代女诗人的新视野和新精神，而且从语言范式上和艺术审美品格等方面也完成了转型，只不过这一过程充满了挑战和矛盾。

  作为第一批留学海外的女大学生作家的代表，新文学最早的女性拓荒者陈衡哲[①]说过，她们那代人，本想着将命运掌握在手中，却又害怕背离传统。这种矛盾是"五四"时期大多数女诗人自身经历与精神体验的写照——她们一方面浸染于"五四"新的时代思潮，即"人的觉醒"，个性独立解放，另一方面在女性深层意识里又受到传统意识、家庭和亲情等对她们精神与命运的箝制羁绊。体现在诗歌创作中，一方面追求光明和自由，表达个性解放等强烈的时代叛逆精神；另一方面又从家庭、亲情、自然中寻觅爱的辉光，在扭结的矛盾中完成了从形式革命到思想革命的转变。作为早期白话诗的尝试者，陈衡哲是中国新文学的第一位女诗人。1918年9月

[①] 陈衡哲1914年考入清华学堂留学生班，成为清华选送公费留美的女大学生之一。1918年获文学学士学位。后进芝加哥大学继续深造，1919年获硕士学位，同年应北大校长蔡元培之邀回国，先后在北大、川大、东南大学任教授。

白话诗《"人家说我发了痴"》发表在《新青年》第 5 卷第 3 号上；1919 年 5 月，白话诗《鸟》发表在《新青年》第 6 卷第 5 号上①……她不仅为创建现代新诗作出拓荒性尝试，而且鲜明地彰显了时代精神，在新诗发展史上第一次抒唱出觉醒的中国女性渴望自由解放的心声。

  冰心是第一批国内大学生中最具代表性的女诗人，她在小说、诗歌和散文方面均取得斐然成绩，相应地，她分别介入或开创了"问题小说""繁星体""冰心体"。其中"繁星体"的小诗成为连通另外两类文体的桥梁，她的小说富有哲理和诗性，散文则是小诗的放大。在冰心的全部诗作中，影响最大的是《繁星》《春水》中的小诗。这两部诗集分别为中国新诗史上的第六、第七部个人诗集，它们是中国新诗的两块奠基石，也奠定了冰心在中国诗坛的地位，然而，她后来的诗艺成就再也未能超越《繁星》《春水》。单从《繁星》与《春水》两部诗集中就足以采撷到"女性的优美灵魂"②：一是对母爱与童真的歌颂，二是对大自然的崇拜和赞颂，三是对人生的思考和感悟。与之对应的，是冰心的人道主义，它以母爱为中心，扩展为对自然、妇女、儿童，乃至全人类的博爱，并以之慰藉人生和改造人生。

  历经第一个十年的洗礼，较新诗草创期女诗人凤毛麟角的实况，到了 20 世纪 30 年代，现代女性诗歌创作呈现出繁荣景象，一方面，它延续着"五四"启蒙话语，另一方面，多元文化生态的促进与女诗人日益自觉强大的创作心理，使 30 年代女性诗歌臻至前所未有的高峰。从事新诗创作的女诗人数量陡增，各类刊物大量刊载

---

① 其古体诗发表得还要早，1917 年在美国留学期间她的两首五言绝句《寒月》与《西风》发表在《留美学生季报》1917 年夏季第 2 号。
② 沈从文：《论中国创作小说》，《文艺月刊》1931 年第 2 卷第 4 号。

女诗人诗作；30年代女诗人共出版诗集19部，是20年代的4倍还多；从1932年至1936年间有《女朋友们的诗》《女作家诗歌选》《暴风雨的一夕——女作家新诗集》《现代女作家诗歌选》4部女性新诗选本出版，这在现代女性文学发展中极具标志性意义。30年代女诗人共出版诗集19部之多，还出版过4部女性诗人选集，这些女性诗人选集的出版是现代文学阶段独有的现象。从在报刊上零散发表诗作到结集出版单行本，从单个女诗人的诗集，到选家在大量诗作里遴选的女性诗歌选集，可以断言，这十年确实是女性诗歌创作繁荣期。

不过，20世纪30年代女性诗歌创作的高涨与此后的迅速冷却、被遗忘形成鲜明对比。被文学史通行教材略提及的白薇、关露、安娥等30年代的左翼女诗人诗作，几乎都是表现社会状况与抒写革命情怀的诗作，比如白薇①在1929年《北新》第3卷第1号发表的长诗《琴声泪影》，关露的诗集《太平洋上的歌声》等。在反抗与激情的背后，身为女人的痛苦、绝望与孤立几乎被时代主流话语湮灭。此外，陆晶清对光明和革命的热情向往，缠绵委婉奇诡的想象，凄艳冷峭；沈祖棻在自由中讲求锤炼，别具女性韵味的视角；徐芳细致呵护内心的个人情思，展示出纯净的女性世界，芍印于愁吟病绪中构建出现代女性生命的诸多隐喻……不同的教育经历、诗学资源和诗歌观念交织出30年代女性诗歌的复杂面向。然而，这样一次迅速高涨的浪潮又迅速退落，从历史的发展来看，女诗人本然钟情于"个人化"和"私人化"的诉说方式，与彼时的时代主潮发

---

① 20世纪20年代末，白薇经杨骚介绍结识了鲁迅，并得到其赞赏。她一生经历过新旧时代女性的诸种悲惨遭遇。不幸凄惨的包办婚姻仅仅是苦难的开端，她挣脱掉婚姻的枷锁逃到日本后，终究放弃了生物学专业，决心以文学为武器，解放更多女性的思想。然而又与诗人杨骚陷入跌宕感情的炼狱中，独食苦果。

生冲突，这从根本上决定了其终将被边缘化的历史命运。当抗战的硝烟弥散中华大地，出版业昂扬的发展势头骤然跌落，国人的阅读心情改变时，女诗人的创作便失去了生存和阅读的空间。如此，承续"五四"启蒙而歌唱的花自然无可挽回地凋散了。

与革命话语相并行的，是20世纪30年代女性诗歌的另一审美维度，即在私语倾诉（或对话）中自觉彰显女性意识。代表诗人有林徽因、陈敬容、王梅痕等。林徽因的诗歌创作经历了从后期新月派诗风到现代性写作两个探索阶段，自1931年4月第一首新诗《"谁爱这不息的变幻"》刊发于《诗刊》第2期，就体现出诗体自觉意识，她一出手即至成熟。林徽因善于发现生活美和人性美，其纯美的语言和意象源于心怀莲花——"如果我的心是一朵莲花，正中擎出一支点亮的蜡，/荧荧虽则单是那一剪光，/我也要它骄傲的捧出辉煌"（《莲灯》）。如果说冰心的早期诗歌创作有意于面向广大读者，那么林徽因则驻于自我抒怀。林徽因早期诗歌多涉及爱情，捕捉自然和心理片影，长于刻绘现代女性的诸美，自觉躬行新月派的三美艺术主张。其广为流传的《笑》《你是人间的四月天》等诗作中，句式流萤般轻巧，语言唯美清透，结构复沓回环，叠字押韵，翩然明媚。林徽因的诗歌蕴含着典雅优美的古典气息与谪仙低首的空灵美，将女性在日常生活和情感经验中的碎片浸润禅意美，柔婉中蕴蓄着宁静与和谐。就此而言，林徽因有别于前期或同期可以彰显女性意识和身份的女诗人，她在诗歌创作中忘却自己的女性性别，消溶于男性世界之中，这恰恰源于她的性别平等的观念和强大的自信。可是，私人的世界再迷人也会被耗尽，其中后期创作逐渐从个人情感抒发转向社会人生与日常现实书写，并自觉于新诗现代性探索。

陈敬容是中国新诗史中十分重要而又略被低估的女诗人，她与生秉具桀骜的诗人气质，心性敏感倔强，孤独之感与迷茫之思构成其早期诗作的主流情绪，其30年代诗歌创作主要有两个情感取向：其一是背井离乡之后流落异地的思乡之情，孤独忧郁；其二是理想的无期，对茫茫人生的迷惘，渴望被理解慰藉的少女心态。这一时期的诗作在私人独语空间拟构出潜在的对话者，对话者的非人化、色彩的情感化以及大量无解疑问句式的应用，都体现出诗人的别具匠心。陈敬容自小受古典文学熏染，自中学起接触外国文学作品，在北大、清华旁听外国文学课程，她的创作深受西方艺术的影响，兼容西方诗艺和中国古典诗歌的抒情传统，后者在其早期创作中更为浓郁——对抒情气氛的营造、对诗歌意境的重视，以及抒情风格追求细腻柔和等，均为中国诗歌注重含蓄蕴藉的体现，其早期的诗作鲜明有力而又韵味悠长。

陈敬容和郑敏是20世纪40年代女性诗歌创作的标志性诗人，"两叶"（九叶诗人）并进，为诗坛呈奉多首现代诗风浓郁的经典诗作。她们有诸多共性，如才智不凡，具备广博的中西知识背景和现代诗学谱系，不向公众和时代献媚取宠，警醒于现代价值理念和现代审美特征，她们的诗作兼采学院气息、精英化特征和现实关怀。她们跨越了"学院"的藩篱，具有强烈的时代关怀与历史反思精神，她们的诗歌都葆有女性的自主意识，具体而言：

首先，扎根现实却不为现实捆绑。在她们的诗中均交融两重现实，自我心理现实包孕着时代的现实，它们的叠合滋生出新的精神维度，给作品增添了额外的活力。现实经由精神的剔除和提升，诗人主体意识获得觉醒与高扬，现代诗中"意"的成分成为诗的主导因素，它统辖、肢解了"物象"，使"物象"变成诗人意识的附属物，最终物我交融的和谐境界消解，诗人呈现了现实和精神世界的复杂和深度。比如，郑敏受里尔克、冯至沉思品格的影响，通过对自然和生活现实的凝想，完成对现实的再造，《金黄的稻束》《树》《村落的早春》等诗，将个人情感积蕴在客观对应物身上，表达了民族新生的信念。

其次，立足女性视角，将旧我"投进一个全新的世界"（陈敬容《珠和觅珠人》），呈现超越一切的崭新的自我。个人的心与群众的心并非个人与时代僵硬的对接，而是兼顾了个体生命体验与现实的交融理解。陈敬容的《律动》《力的前奏》从个性生命的视角捕捉时代表征，对现实生活不乏极端个人化的表达，如此，一道生命的亮光在动荡的40年代沉静地升腾，她们以男性的魄力，宁静而含蓄地展示现代女性生命的尊严。

最后，自觉践行新诗现代性的美学探求。40年代陈敬容逐渐摆脱此前忧郁的少女气质，将自我放置于时代格局中调整，使之升华；借由充满力的意象和阳刚的语调表达渴望突入宏阔人生的愿景，其中隐含的坚韧和内在张力迥别于30年代的柔和细腻，多了几分阳刚之美、雄浑之气和原始生命的力，呈现出反抗与韧性的美学。郑敏的现代性审美追求可以说是内在理性能量释放的过程，侧重对个体生存和人类命运的抽象哲思（《树》《小漆匠》），她从女性的感性化形象跳脱出来，叠构出多元的精神层次以及闪烁着哲思的现代感悟。她借助生命哲学反驳并抗争命运和现实的覆压，书写庄严至高的灵魂（《寂寞》《池塘》）；在语言表达方面将音乐的变为雕刻，将流动的变为结晶，词语烙印现代质感，智性繁复，理性思辨，尽显成熟而节制的美学特质。

从这一时期的创作，能明显感受到西方现代主义诗歌对女诗人创作的浸染，她们的诗情感精细而敏锐，哲理深邃超迈，感性与理性促生演进、互为表里，体现出思辨的严谨、敏锐的才情和沉静的知性美。

三、性别自觉·日常碎片·智性介入：多元语境中女性诗歌的探索与突破

1950 年到 20 世纪 70 年代末，女性诗歌创作进入沉潜期，直到 20 世纪 70 年代末女性诗歌出现了历史拐点。林子的《给他》[①] 和舒婷的《致橡树》从陈旧的性别道德文化传统中破茧而出，奏响了新时期女性诗歌的前章。与"五四"遥相呼应的思想解放唤来了女性诗歌葱郁蓬勃的艺术春天，舒婷、林子、王尔碑、傅天琳、申爱萍、王小妮、张真等一长串熟悉或陌生的名字轰然崛起于诗歌的地平线上，新一代夏娃觉醒了。[②] 张扬女性意识、呼唤女性自觉成为核心主题，傅天琳以崇高纯洁之情歌唱"女性，太阳的情人"，马丽华用心去拥抱"我的太阳"，孙桂贞向整个世界宣布自己是一面渴望飘扬的"黄皮肤的旗帜"。舒婷更是在《致橡树》中高扬爱的独立思想。此时段的女诗人关心的是整体人的理性觉醒和解放，代表的是一代人的觉悟，其诗歌内质上仍受高贵典雅的古典主义、理性主义的精神理想牵制，还基本属于女人化的情感写作，是女性主义诗歌的早期形态。谈及 80 年代女性诗歌，舒婷是首要被提及的诗人，她是女性意识复苏的早醒者，正视自己的女性身份，勇于反思女性的生存境况和社会处境，写出新时期最早的一批饱含自我意识的女性诗歌文本，成为当代女性诗歌的引航者。写于 1979 年的《双桅船》，不仅仅是对男女平等的简单呼唤，还要求男女两性在和平共处的同时一起担当生活的重任。事实上，既强调女诗人感知世界的独特性，又注意展现男女共有的经验书写，这种更为包容并充满

---

① 林子是一位被文学史湮没的女诗人，《给他》是其写于 20 世纪 50 年代却在 70 年代末公开发表的诗作。

② 1985 年，由阎月君、高岩、梁云、顾芳编选，春风文艺出版社出版的《朦胧诗选》，收录了舒婷、傅天琳、王小妮、谢烨、林雪、曹安娜六位女诗人的诗作。

对话的写作趋势代表了当代女性诗歌发展的一个向度。

20世纪80年代初的女性诗歌写作，主要特征是复归于个人化的抒情。80年代中后期女性诗歌集体爆发，涌现出翟永明、伊蕾、张烨、李琦、陆忆敏、唐亚平、唐丹鸿、海男等一批女诗人。她们之间的写作风格差异很大，诗歌形态多样，共性在于，她们在解构男性话语霸权的同时，也建构起女性自白话语方式，并以躯体符号为女性诗歌围建了自由精神的栖息空间——"自己的屋子"。她们的诗歌实践相对于80年代初期的抒情诗写作范式发生了转型，以翟永明为首，从典雅的抒情形象转向了某种不免有些"巫气"或"巫性"的领域。其间既有女性的社会化表达也有与之相反的女性的神话化倾向，这与80年代整个文学思想氛围有着某种隐秘的关联。

"现在才是我真正强大起来的时刻"！这是翟永明写于1985年的短文《黑夜的意识》的第一句话，整个文坛都被它寓含的女性觉醒意识与独立自信精神打动。1984年是中国女性诗歌史上意义重要且值得记忆的一年，这一年，翟永明创作了组诗《女人》，被誉为"女性诗歌"在中国的发轫与代表作，随即在先锋派诗坛内部引起轰动。翟永明从五年前舒婷笔下橡树的"战友"角色，转换成神采照人的成熟女性，她踏出探询女性被压抑的隐秘世界的旅程。与这组诗齐名的，还有序言《黑夜的意识》，它被视为女性主义意识与诗歌诞生的宣言和标志："作为人类的一半，女性从诞生起就面对着一个完全不同的世界，她对这世界最初的一瞥必然带着自己的情绪和知觉……她是否竭尽全力地投射生命去创造一个黑夜，并在各种危机中把世界变形为一颗巨大的灵魂？事实上，每个女人都面对自己的深渊——不断泯灭和不断认可的私心痛楚与经验——远非每一个人都能抗拒这均衡的磨难直到毁灭。这是最初的黑夜，它升起时带领我们进入全新的、一个有着特殊布局和角度的、只属于女性的世界。这不是拯救的过程,而是彻悟的过程。"确认自己首先是一个女人,然后才是一个诗人,这无疑显示了女性生命意识和女性主义诗歌已经由人的自觉进化到了女性的自觉。以此为端,翟永明又相继写出《静安庄》(1985)、《人生在世》(1986)、《死亡的图案》(1987)、《称之为一切》(1988)、《颜色中的颜色》(1989)。这些诗作清晰地记录了诗人在 80 年代中后期对女性性别身份的真实体认、对女性经验的深切开掘以及对于女性诗歌书写风格的自觉探索。

紧承其后,几乎在 1984—1988 年的同一时段内,原以《我因为爱你而成为女人》《高原女人》等体悟女性生存状态和纯朴本色的诗作闻名的唐亚平,推出《我就是瀑布》(1985)和黑色意象组诗《黑色沙漠》(1985);孙桂贞则摇身一变为伊蕾,携组诗《独身女人的卧室》(1987)、《被围困者》(1986)和《流浪的恒星》(1987),以及《女性年龄》(1986)、《情舞》(1986)惊世骇俗地挺进诗坛;陆忆敏、张真、海男、林雪、小安、林珂、潘虹莉等在诗中也纷纷标举女性意识,将女性诗歌创作推至高潮,完成由分散性个体创作到初步形成群体效应的过渡。女性主义诗歌的崛起并非空穴来风,从内部看,它是当时社会转型带来的人的内在深度解放以及话语空前自由的结果;从外部看,它是受弗吉尼亚·伍尔芙等西方女权主义理论和西尔维娅·普拉斯等自白派诗歌从观念意象到语言节奏的影响,是女性文学摆脱意识形态话语而从男性王国向自我回归的结果。随着这些原本分散的女性诗人形成抒情群落渐次登场,女性主义诗歌才终于支撑起足以与男性对抗的话语空间。

这一阶段的女诗人似乎都为爱而存在,将爱视为宗教,只是她们不再像舒婷、申爱萍等人或则含蓄典雅欲说还休,或则带有灵肉分离的柏拉图色彩,或则仍处于被书写的地位,仅仅停留于女性纯洁、坚贞的社会心理属性；而是自由展现女性的精神欲望，把身体语言推向言说的巅峰，使古老的爱情书写发生惊骇的变奏。女性主义诗人在女性隐私和情欲书写上的尽情挥洒，在一定程度上动摇了禁欲主义的传统观念，超越了道德批判的固有模式，那种热情奔放的情思涌动对每个人的艺术和道德良知都构成严肃的拷问。但是过分的肉体化渲染、沉醉和挑逗，在造成爱的感觉错位的同时，又重新落入了男性窥视目光的圈套，有种非道德主义的享乐倾向。在这一方面，80年代中期的女性主义诗歌创作，既有成功的经验，亦有失败的教训。

女性诗歌自发轫就开始不断对自身进行反思与转变，这一转变在90年代逐渐明朗化，80年代与90年代之间，是一条鸿沟或曰断裂带，无论是社会历史向度的启蒙，还是貌似与之相反的神话学取向，都戛然终结。经历了稍嫌沉寂的年份，至少从90年代中期之后，女性诗歌写作逐渐从内在自我关注转向外部世界，从初现端倪的神话学范式转入日常生活范式。这一时期的女诗人也为数众多：林雪、寒烟、池凌云、胡茗茗、三色堇、李琦、金铃子、周瓒……当然也有一些例外，如在王小妮、娜夜、蓝蓝等人的诗歌中，尽管依旧有爱与忧伤，但把这些情感体验置于日常经验语境中，也就意味着将一种抒情的孤立状态置于一种反讽的混杂语境，日常被转化为书写策略。李南的写作在某种非确定的信念中体现出更富于智性和批判性的话语；靳晓静则以精神分析式的话语更新了人们对她过去诗歌的印象；路也将一切事物果决地转换为修辞的能力，表现出特殊的活力；李轻松长于深度挖掘生命中的隐秘之境，以超然的深刻歌咏神秘的事物和大自然，在犀利的诘问中揭示现代社会的真相及生命的荒谬、痛苦；安琪在概念化写作之余善于表达人生情绪和自我感觉，思想反叛，专注于在诗行中思考和提出哲学问题……一般而言,她们并未特别强调性别意识和女性意识。自90年代开始,诗歌写作更多地转向了对日常生活的较为平易的叙述,并致力于创造出叙述的转义。在这一时期,一种来自知识阶层的智性经验为女性诗歌提供了更为自觉的意义实践。简言之,90年代的女性诗歌写作从自白、内省经验转向了对外部世界的观察,一方面似乎不免变得有些碎片化,另一方面,又意味着从无意识场景转向了更为广阔的社会历史和现实生活场景。

  90年代的女性诗歌由崛起之初的性别色彩浓烈逐渐演变为淡化性别对抗意识,寻求构建与男性平等的双性写作模式,诗歌创作开始回归女性的自我书写,并没有过分强调女性情感或女性经验,更多的女诗人选择以个人内心独白或日常生活来建构真诚自然的女人形象。从"高高在上的女神"到"日常生活中的人",这一微妙转变让女性诗歌的发展方向趋于明朗化,凸显女诗人个性化风格的书写态势成为发展大方向。此外,90年代,以伊蕾、尹丽川、虹影、冯晏、潇潇、叶丽隽等为代表的女性诗人逐渐从二元对立的性别身份中抽身而出,裹杂在大众消费文化的浪潮中,张扬女性的身体与爱欲。她们采用戏剧性的表现方式,在独白、私语与对话间游移,语音声调与20世纪80年代相比,显得轻松、明快而热烈。

  翟永明90年代的诗歌写作由80年代的自我封闭空间走入敞开的现实生活,性别对抗的姿态有所放松,对现实生活关注的视野不断拓展,诗人通常以冷静旁观者的姿态打捞日常生活中的点滴诗意。尤其是在1993年创作《咖啡馆之歌》后,翟永明"完成了久已期待的语言的转换",这组诗带走了诗人"过去写作中受普拉斯影响而强调的自白语调,而带来一种新的细微而平淡的叙说风格"[①]。《咖啡馆之歌》组诗是翟永明的又一次出发,开启了90年代书写现

[①] 翟永明:《再谈"黑夜意识"与"女性诗歌"》,《诗探索》1995年第1期。

实日常生活的新面向。翟永明在90年代也延续了对女性命运和群体命运的思考，只是对女性的书写方式不再是追求"黑夜意识"概念性的表达，不再将女性置于性别二元对立模式中去思考，而是竭力发现女性在日常生活状态下的生存本相和命运波澜。淡化性别对抗意识，更强调普遍人性的关怀，这种话语方式不是诗人女性视域的消失，而是女性视域的深化。1996年，翟永明完成了大型组诗《十四首素歌——致母亲》，诗人无意像80年代那样设置两性关系的激烈对抗，而是通过长短交错的叙述与反思，在主流话语即男性话语体系（革命史、政治史）之外悄悄发掘出女性族群的历史（受难史、建设史、衰老史），由此达成了对既定话语体系的补充与消解。王小妮为90年代的诗坛提供了一种不动声色的戏剧性的观察力，通过捕捉现代女性遭遇的日常细节，反思隐晦的生存境遇，探掘现代生命的深度。她擅长以敏锐的心理剧式的叙述转化当下烦琐平庸的经验世界，从习见的日常视觉意象进入艰深的思考，用明晰的语言表达复杂的生命感悟，这种写作路向，与翟永明等人互为补充，更完整地构成了女性诗歌文本的丰富性，迂回到达女性世界的某种深层状态。王小妮最初为人们熟悉，是凭一首诗《我感到了阳光》，她的名字出现在朦胧诗人的行列之中。大学毕业后，她南下深圳，地域变迁带来写作的重大变化，其"1985.12—1986.1"写下的那批诗，犹如换了一个人。这种变化是精神上的重生，使她在陷入日常生活的种种琐事之后竟然还开拓出属于自己的独立天地，在结束青春期写作之后还能持续并不断超越地写下去。王小妮的根本变化其实体现在她与语言的关系上，体现在她驾驭语言的能力上，她逐渐突入语言的腹地，敏锐地发现新的诗歌演习场域——历来女子是被讲述的，她却成了讲述（"写"）的"主体"；历来"女子无才便是德"，她却尽情享受语言"制作"的快乐；历来女子是倾听者，她却请别人离开，把自己囚禁在语言的"狭隘房间"之中。诗歌创作已经不是一种僭越，不是消遣和吐露，而是主动的自觉的行为，是参与生活、丰富生命的不可或缺的行为。

　　针对20世纪八九十年代的女性诗歌创作，学界在努力勾勒繁复的景观图景时，往往淡化郑敏和陈敬容，尤其是遗漏灰娃和郑玲等"归来"女诗人的创作。持守不老的诗心，郑敏无愧于"中国诗坛的一株世纪之树"的称誉，她在彰显和超越女性意识时，更为侧重展露"现代心智"的复杂性。1984年到1986年，郑敏迎来其诗歌创作至关重要的阶段，自80年代中期到世纪之交，郑敏始终保持着旺盛的创作精力，先后出版了诗集《寻觅集》《心象》《早晨，我在雨里采花》《郑敏诗集（1979—1999）》等。1982年早春，她完成组诗《第二个童年与海》，这是其诗歌创作的一个新起点。此后，郑敏还一连创作了《画与音乐组诗》《海的肖像》等，具有浓厚的时代气息，同时意蕴也更加深沉。郑敏80年代的诗歌创作，取得了前卫的成就，比她年轻时代的诗，更深厚、更凝练，有很强烈的知性追求，但与此同时也延续了此前以哲学为底蕴，以人文的情感作为诗歌的经纬，善于在中西文化之间寻求结合点，善于把哲理和思辨融入形象的特点。90年代初创作了堪称其晚年力作的《诗人与死》——兼具精神向度与语言向度的优卓性。晚年郑敏更多是透过"死"来审视"生"，切入到充满血腥、暴力、动荡的历史肌肤中去解剖命运的悲剧及其根源，写出了"20世纪中国知识分子的身心之痛与觉悟之旅"①。郑敏更为侧重的是单一性别背后的人性广度，以及对人性境遇的当下思考，她的超性别写作对90年代女性诗歌具有深远影响，她不仅在理论上对当代女性诗歌提出批判，而且为中国当代诗歌写作提

---

① 刘燕：《无声的极光：郑敏十四行组诗〈诗人与死〉解读》，《中国现代文学研究丛刊》2015年第10期。

供了新的可能，当然也抛出一系列质疑和反思。

同为"九叶派"的女诗人，无论在20世纪40年代担任《中国新诗》编辑时联络分散各地的诗人，还是新时期之初积极促成1981年《九叶集》的结集出版，陈敬容都是这个诗歌流派最为核心的人物。陈敬容在停笔30年后，也开始耕耘生命中最后一季的诗园。"归来"后，她的诗歌较之以往增加了成熟的思考、对人生丰沛的体验以及对命运不屈的顽强抗争，1983年她出版了个人第三本诗集《老去的是时间》。从《为了新绿满树》《幸福的颜色》到《句号》《习题》等，其深邃的思想和青葱蓬勃的诗性蕴藏在独特的意象中，婉转莹洁而不失厚朴深刻，灵动清透富于哲理意涵。从1979年恢复写作到1982年诗情爆发，再到1989年因病逝世，陈敬容最后阶段的诗歌创作并不是她一生当中的创作顶峰，但也体现出很高的艺术水平。

在一众"归来"的诗人中，灰娃和郑玲创作经历极为特殊，不具有普遍性。灰娃的诗歌创作经历恰切地诠释了"美唤醒灵魂去行动"（但丁语）。1972年，在患有精神分裂症的情况下，灰娃才开始诗歌创作。从45岁启笔至今下，灰娃仍有新诗作发表或新诗选集出版，共出版五本诗集，诗歌的内容也逐渐丰富多彩，不仅延续70年代的"自我谈聊"式的写法，还探索人与自然、历史的关系。仅从其创作经历看，她为中国现当代诗歌史创造了一个无法复制的奇迹。灰娃的写作没有经历练习期，不过其早期的创作不管从思想内容还是艺术技巧来看，均已形成个人风格，达到较高的艺术水准。多年来，她诗绪活跃敏感，诗艺先锋且有个性，她的佳作多出离日常经验，别人难以模仿，标识度很高。灰娃善于用超现实的手法解读现实生活中的现象和思绪的闪现，与亡灵和世界对话，不乏神性的目光和超验的心灵感悟，多重的思绪情境营构出奇幻变化的心灵之旅。郑玲是被诗歌史长期忽略的诗人，1958年因为诗歌而被错划为右派，五十岁时以少女般的纯真情怀再次燃起诗歌创作的热情，相继出版了九部诗集。当时在"归来"的诗人队伍中，无论是个人名气还是诗歌创作成就，郑玲都还未引起更多人关注，但她并不放弃始终秉持的诗歌创作信念。重返诗坛后，她告别了青春洋溢的时代，在黄昏向晚之中独自承担岁月重负，这也是"归来"诗人的普遍命运。岁月的负荷让他们手中的笔渐重渐沉，然而，郑玲的写作激情却随着年龄的增长日渐浓烈，呈现出逆生长的趋势。由于郑玲前期的诗歌创作之路并不长，受政治因素的介入也并未到达积重难返的程度，诗路上也没有完全定型，因此她在后期诗歌创作的转变上显得驾轻就熟。80年代，郑玲摆脱了直白抒情的写作方式，很快融入"新诗潮"的变革之中。

如果说80年代女性诗歌的惊雷登场是一次集体性诗歌"爆炸"事件，那么经过90年代沉淀之后的21世纪女性诗歌则是夜空中纷繁多姿的"烟火"场景。新世纪女性诗歌既是对20世纪女性诗歌书写的承续，亦有坚定的悖逆、拆解和发展。一方面，承传了90年代女性诗歌摆脱性别局限的自由本真的写作姿态，女性诗歌的整体创作氛围变得更为自由，跨越了"女性诗歌是什么"和"女性诗歌该如何写"两个阶段后，21世纪的女性诗歌进入了"女性诗歌本来是什么样"的自主自觉阶段。另一方面，21世纪以来，女性诗歌在运思向度、书写形态、美学诉求方面都发生了一系列的嬗变，它们多维度地表征着女性诗歌的成熟与成长。首先，从性别关注转向历史与现实，体现为底层关怀、政治自觉和批判精神，获得更具穿透性与批判性的历史想象力，比如翟永明、王小妮、蓝蓝等以担当精神介入日常生活的诗篇，安琪、郑小琼、杜涯、荣荣、玉珍、青蓝格格等来自生活现场、来自底层的诗作，阿毛、李轻松、李成恩等以新异的话语方式处理生存问题、历史问题、公共事件或个体生命问题的诗篇……她们冲破狭隘的自我之茧，告别自恋、自伤性的独白话语，不再将目光胶着于个体哀乐，而是以一种开阔的视野、更具包容度的温情，以及深邃的细致去审视外部世界，重新在个体与社会之间建立了伦理关怀的维度，延展了写作疆域；在女性命运与宏大的人文关怀、激烈的批判意识之间建立起彼此激活的能动关系，有效地勾连了古今、自我与现实的深层逻辑。其次，挣脱了闭抑的、概念化的性别经验的呈现，拓耕了女性诗歌的经验书写，比如马莉、海男、卢炜、梅尔、三色堇、金铃子、施施然、阿毛、梁小曼等女诗人画家的双栖创作，以及萨仁图娅、娜夜、娜仁琪琪格、吉尔、白玛央金、梅萨、白玛曲真、鲁娟、哈森、冉冉、沙戈、薛梅、马文秀等少数民族女诗人烙印民族经验的诗写。以李琦、李南、何向阳、胡茗茗、宝蘭、宋晓杰、刘萱、爱斐儿、王屏、从容、韩春燕、扶桑、李小洛、杨方、冯娜、灯灯、林珊、吕达、彭鸣、苏羽、代薇、苏浅、川美、王立春、子梵梅、梅依然、林馥娜、语伞、秦立彦、赵四、横行胭脂、夏花、谈雅丽、唐果、衣米一、纯玻璃、转角、罗雨、宫池、马丽、莫在红、花语、周智慧、阿紫、舒然、杜杜等为代表的女诗人将女性经验融入个人具体的生存境遇之中，并借此抵达更为深广的生存本相；与此同时，日常美学的扩张是新世纪常态化社会语境下女诗人践行诗意的诗学方式，宇向、吕约、尹丽川、马雁、春树、巫昂、戴潍娜、杨碧薇、杜绿绿、孙担担、余幼幼、苏笑嫣、蔡英明、张译丹以颖异于前辈诗人的姿态扩展了女性诗歌的美学范式。此外，还有以寒烟为代表的女诗人以生命殉道诗歌，以生活的苦难和艰辛哺育诗歌，以此来触摸、探寻和坚守纯粹的灵魂书写，以及以余秀华为代表的对生命和情爱焦灼的率性书写……她们的诗歌创作为当代女性诗坛呈奉了新的景观。

21世纪女性诗歌的日常书写在承续朱光潜所言的"人生的艺术化"的同时,还将社会关怀熔铸于个人体验,承载了知识分子的精神追求。其中最具代表性的是蓝蓝,她格外侧重公共书写,对社会事件的观察、对劳动者的苦痛辛酸和生活重荷的挖掘、对生活裂隙和悖谬的捕捉、对生命尊严的敬重、对城市的批判与反思,都异于同时期女诗人的创作。在悲哀和疼痛的凝视中,她从未放弃过对美和人性的追寻,这也是蓝蓝诗歌打动人心的原因。此外,蓝蓝是当代女诗人中少有的关注并创作童诗的诗人,她对童诗的写作源自热爱,这也填补了当代女诗人诗歌创作领域的一个空疏。21世纪以来,穿梭于古典和当下、艺术和文化之余,翟永明还挥洒另一副笔墨创作了《胡惠姗自述》《上书房、下书房》《坟茔里的儿童》《儿童的点滴之歌》《大爱清尘》等不少介入现实、反映社会问题的诗作。它们既是对时代的记录,直击时代症候,也彰显出诗人对现实的思考与介入姿态。这些诗作不乏深刻自觉的反思,指向经济快速发展所带来的市场及道德失控问题。暌违数年,直至新近出版的精选诗集《全沉浸末日脚本》[①]中,翟永明再度跨越女性视野,从个体经历推及人类困境,在日常细节观察与想象未来、思索个体与人类命运共同体等诸多命题中树立起超性别写作的新典范。

四、结语

"中国女性诗歌史"书系以中国女性诗歌创作为研究主线,择取不同历史时期取得非凡成绩、极具影响力的女诗人及其代表性诗作进行研究,以点带面,力图还原中国女性诗歌创作曲折的演进过程和丰富的历史成因;呈现不同阶段女诗人的文学素养、审美旨趣、

---

① 翟永明:《全沉浸末日脚本》,辽宁人民出版社,2022。

写作经验、生存境遇、日常书写、品性格调、史家定位乃至超卓的个性和传奇的人生；以发展的文学史观、开放性细读的手法对经典诗作进行再解读和鉴赏；探究其诗艺表征、书写范式、主旨意蕴、情感表达、意象择取、风格嬗变、话语方式等与性别身份、诗学观念、人生经验的诸多关联。写作过程中，史论与文本细读交织，作家作品论与丰富的史料和诗人传记互渗观照，多维立体地总结千百年来中国女性诗歌的生命意识、心理诉求、精神行程、思想体察、诗品诗境、艺术特质、颖异别才。最后，探讨女性诗歌的书写迁移、诗学转向、美学肌理、诗意内质、诗情成因、接受传播、先锋写作、性别与经典论等文学史鲜少关注的议题，是本书尝试突破既有研究成果所作出的创新和努力。

目前，本书系已完成《月满西楼：中国女性诗歌史（古代、近代卷）》《诗的女神：中国女性诗歌史（现代卷）》《漂往远海：中国女性诗歌史（当代卷）》三本，古代、近代卷由赵雪沛、孙晓娅撰写，现代卷和当代卷由孙晓娅撰写，三卷及导论由孙晓娅统摄（导论古代部分由赵雪沛执笔）。因研究视域从先秦至当下，打通古今女性诗歌创作，实属女性诗歌专题研究的一项拓荒性工程，加之涉及的研究对象众多，跨度较长，著者的研究能力有限，写作中难免存在不足，承望同仁多加批评指正。

孙晓娅

首都师范大学中国诗歌研究中心

2022 年 3 月 8 日

修订于 2024 年 10 月 1 日

| 第一章 |

从先秦到南北朝：初试啼声

谢无量《中国妇女文学史》称："周时妇学始备，故上古妇女文学，亦周代为盛。""周时妇人，能诵《诗》者极多。"①虽然上古时期距今年代久远，很多作品都已湮没无传，但《诗经》中仍保留了一些女性作品，可以确定的有二十首左右，存疑的就更多了。可见在我国诗歌产生初期，女性就有着很高的参与度与创作热情。到了两汉，卓文君、蔡琰等优秀女诗人的创作更为诗坛增色良多，尤其是蔡琰，其五言古诗的成就可以说不在汉末三国任何一位男性作家之下。而魏晋南北朝出现的以《子夜歌》四十二首为代表的乐府民歌，缠绵悱恻，情思动人，不仅在当时广为传唱，而且对后世女诗人的创作影响深远。从我国女性诗歌总的创作发展看，先秦到南北朝只是初试啼声的发端期，但取得的成就却不容小觑，此时期出现的名家与名篇，数量不多却能流播于后世，影响之大，与男性诗作相比亦毫不逊色。

▍第一节　先秦的歌唱：《诗经》中的女性诗歌创作

女性诗歌的创作，从先秦《诗经》开始，就显示出深挚丰沛的情感与写作热情。今日《诗经》中能确定为女性所作的诗，大概有

---

① 谢无量：《中国妇女文学史》，载《谢无量文集》第五卷，中国人民大学出版社，2011，第11、14页。

二十首，当中不乏名篇。这些诗作虽数量有限，然而内容丰富，情感真淳，语言质朴，堪称女性诗歌发展史的灿烂开端。

一、婚姻不幸的悲怨与爱情追求的执着

反映婚恋主题的作品在《诗经》中所占比例很高，在女性诗歌里也是如此。从情感内容上而言，女性婚恋诗主要可划分为两类，即反映婚姻不幸与表现爱情忠贞。前者如《召南·江有汜》：

江有汜，之子归。不我以，不我以，其后也悔。
江有渚，之子归。不我与，不我与，其后也处。
江有沱，之子归。不我过，不我过，其啸也歌。

关于这首诗的释义，高亨《诗经今注》称："一个官吏或商人在他做客的地方娶了一个妻子。他回本乡时，把她抛弃了。她唱出这首歌以自慰。"[1] 方玉润《诗经原始》则另有说法："此必江汉商人远归梓里，而弃其妾不以相从，始则不以备数。继则不与偕行，终且望其庐舍而不之过。妾乃作此诗以自叹而自解耳。"[2] 无论是妻还是妾，这女子终究是被薄情的丈夫抛弃了。"之子归"，他将要回到家乡去，却"不我以""不我与""不我过"，非但不肯带"我"一同归去，甚至到后来都不再到"我"这里来了，可谓极其凉薄无情。这女子除了伤心怨叹，也只能悲愤地诅咒对方日后必定后悔忧愁，借此宣泄情绪。

另一首《邶风·谷风》，更是以沉痛悲怆的口吻诉说了丈夫的喜新厌旧和翻脸无情：

---

[1] 高亨：《诗经今注》，载高亨著、董治安编《高亨著作集林》第三卷，清华大学出版社，2004，第49页。
[2] 〔清〕方玉润：《诗经原始》，李先耕点校，中华书局，1986，第112页。

习习谷风，以阴以雨。黾勉同心，不宜有怒。采葑采菲，无以下体。德音莫违，及尔同死。

行道迟迟，中心有违。不远伊迩，薄送我畿。谁谓荼苦，其甘如荠。宴尔新昏，如兄如弟。

泾以渭浊，湜湜其沚。宴尔新昏，不我屑以。毋逝我梁，毋发我笱。我躬不阅，遑恤我后？

就其深矣，方之舟之；就其浅矣，泳之游之。何有何亡，黾勉求之。凡民有丧，匍匐救之。

不我能慉，反以我为仇。既阻我德，贾用不售。昔育恐育鞫，及尔颠覆。既生既育，比予于毒。

我有旨蓄，亦以御冬。宴尔新昏，以我御穷。有洸有溃，既诒我肄。不念昔者，伊余来塈。

关于这首诗，朱熹《诗集传》注："妇人为夫所弃，故作此诗，以叙其悲怨之情。"① 高亨《诗经今注》解释得更为细致："这首诗的主人是一个劳动妇女。她和她丈夫起初家境很穷，后来稍微富裕。她的丈夫另娶了一个妻子，而把她赶走。通篇是写她对丈夫的诉苦、愤恨和责难。"② 诗中的情感是十分复杂的，有对丈夫的劝勉，希望他以德取人，不要违背当初"同死"的誓言；有因丈夫"宴尔新昏"、另娶新欢而生出的伤心失望；有面对丈夫"不我能慉，反以我为仇"的决绝而感受到的无比心寒与气愤；也有对丈夫不念往昔患难之情、弃己如敝履的怨愤痛斥。结句"不念昔者，伊余来塈"则于种种哀恨悲怆中依然流露出对旧日夫妻情分的深深眷恋，

---

① 〔宋〕朱熹集撰：《诗集传》，赵长征点校，中华书局，2017，第31页。
② 高亨：《诗经今注》，载高亨著、董治安编《高亨著作集林》第三卷，清华大学出版社，2004，第71页。

更使读者为她的不幸遭遇而倍增同情和伤感。

除了诉说婚姻的不幸,表达对爱情的执着忠贞也是当时女性诗歌的一大亮点,经典之作如《鄘风·柏舟》:

泛彼柏舟,在彼中河。髧彼两髦,实维我仪。之死矢靡它。母也天只!不谅人只!

泛彼柏舟,在彼河侧。髧彼两髦,实维我特。之死矢靡慝。母也天只!不谅人只!

对这首诗,余冠英《诗经选》的诠释较为贴切:"一个少女自己找好了结婚对象,誓死不改变主意。恨阿母不亮察她的心。"[1]诗中以呼喊怨叹的语气直接而大胆地倾诉自己对这段恋情"之死矢靡它""之死矢靡慝"的坚贞执着心意;"髧彼两髦,实维我仪""髧彼两髦,实维我特"是对恋人毫不掩饰的深深爱悦与柔情,而"母也天只!不谅人只!"的呼号中则充满了郁愤而激楚的情绪,从中可以见出先秦时期女性对自由爱情的勇敢追求。

有时为了守护爱情,她们甚至不惜以生命为代价,《王风·大车》诗云:

大车槛槛,毳衣如菼。岂不尔思?畏子不敢!
大车啍啍,毳衣如璊。岂不尔思?畏子不奔!
榖则异室,死则同穴。谓予不信,有如皦日!

据《列女传》所载,此诗是春秋时息国国君的夫人所写的绝命诗。楚国伐息,破之,俘虏了息君,楚王令其看守城门,而将美丽的息夫人纳于后宫。某次楚王出游,夫人趁机往见息君,同他诉说

---

[1] 余冠英选注:《诗经选》,中华书局,2012,第52页。

不忘旧恩、愿死生相随的拳拳心意，并作诗表明生虽异室、死则同穴的忠贞情怀。之后息夫人自杀，息君也追随而去。"楚王贤其夫人守节有义，乃以诸侯之礼，合而葬之"①。在那样困厄的处境中，身为弱女子，息夫人无法主宰自己如飘蓬般的凄凉命运，但刚烈的她却不肯向悲惨的现实俯首，于是以生命为代价，保全了自己的贞烈名节与爱情。她的勇敢与决绝，反而令身为男子的息君显得有些懦弱和犹疑。"岂不尔思？畏子不敢！""岂不尔思？畏子不奔！"这掷地有声的探问中燃烧的是一颗决不肯苟全的心。"谓予不信，有如皦日！"如此热烈的忠爱与深情，真的是堪与日月争辉。

二、家国之痛与怀亲之情

先秦时期女性诗歌的题材比较丰富，不似后世大都集中于相思闺怨的抒写。《诗经》中的女性诗歌创作也明显体现出这一点，除了表现爱情追求和婚姻不幸的内容，还有其他不同层面情感的动人传达，最具代表性的，是描写家国之恨与思亲怀抱的作品。以前者来说，最著名的就是许穆夫人所作的《鄘风·载驰》：

> 载驰载驱，归唁卫侯。驱马悠悠，言至于漕。大夫跋涉，我心则忧。
> 既不我嘉，不能旋反。视尔不臧，我思不远？
> 既不我嘉，不能旋济。视尔不臧，我思不闷？
> 陟彼阿丘，言采其蝱。女子善怀，亦各有行。许人尤之，众稚且狂。
> 我行其野，芃芃其麦。控于大邦，谁因谁极？
> 大夫君子，无我有尤。百尔所思，不如我所之！

许穆夫人是卫昭伯的女儿，嫁给许国穆公。鲁闵公二年（前660），

---

① 〔汉〕刘向：《列女传》卷三，清乾隆四十四年（1779）鲍氏知不足斋印本。

狄人伐卫，卫懿公阵亡，国人分散。后来因宋国相助，遗民在漕邑安顿下来，并立戴公为新君。不久，戴公去世，文公立。许穆夫人是戴公的妹妹，闻讯从许国前往漕邑吊唁，且"伤许之小，力不能救"（《毛诗序》）①，打算向大国求援，拯救祖国。然而她的这些想法却得不到许国人的理解支持，最终她在途中遭许国大臣阻拦，被迫折返，悲怆之余，写下了这首洋溢着爱国激情的佳作。诗中一方面表达了许穆夫人忧心国难、力图救援的深沉心意，一方面也鲜明地体现出对百般阻挠、反对她救国之举的许国大臣的不满与愤恨。作为我国诗歌发展史上的第一首女性爱国诗，《载驰》不仅以浓郁的家国深情打动了读者的心弦，更显示出女性诗歌在发端期便具有如男性诗歌那样题材丰富、情思高华的特点，并不存在后世所谓的"闺阁气"。

除了《载驰》，许穆夫人同时还作有《邶风·泉水》一诗，抒发了对故国亲人的怀念牵挂之情。诗云：

> 毖彼泉水，亦流于淇。有怀于卫，靡日不思。娈彼诸姬，聊与之谋。
> 出宿于泲，饮饯于祢。女子有行，远父母兄弟。问我诸姑，遂及伯姊。
> 出宿于干，饮饯于言。载脂载舝，还车言迈。遄臻于卫，不瑕有害。
> 我思肥泉，兹之永叹。思须与漕，我心悠悠。驾言出游，以写我忧。

除了对祖国倾覆的深深忧念，女诗人也同样牵记着故乡的父母亲人——"有怀于卫，靡日不思"。在那样的时代里，她身不由己嫁到异国，从此永怀远离亲友的痛楚，所以才会叹息"女子有行，远父母兄弟"。从"诸姬""诸姑""伯姊"，到"肥泉""须与漕"，无论亲人还是故乡的水流，都是日夜萦绕于心、挥之不去的深沉牵

---

① 《十三经注疏》整理委员会整理、李学勤主编：《十三经注疏·毛诗正义》，北京大学出版社，1999，第221页。

念。本欲在此国破危难之际归卫探问吊唁，不想却横遭阻截，无法实现心愿。所以她只能发出无奈而愤懑的慨叹："我思肥泉，兹之永叹。思须与漕，我心悠悠。"在思亲的愁绪中也融入了对故国故乡的殷切眷念，从而使诗情显得格外厚重深沉。

表现同样主题的还有卫女《卫风·竹竿》：

籊籊竹竿，以钓于淇。岂不尔思，远莫致之。
泉源在左，淇水在右。女子有行，远父母兄弟。
淇水在右，泉源在左。巧笑之瑳，佩玉之傩。
淇水滺滺，桧楫松舟。驾言出游，以写我忧。

此诗所抒发的情感与《泉水》极为相似，甚至某些诗句都出现了重合。不过《竹竿》单纯只是对亲人故土的怀念，并不涉及忧虑宗国之情，如《毛诗序》称："《竹竿》，卫女思归也。"[①]诗中以卫国的"淇水""泉源"起兴，自然引发出对家乡和亲人的无尽想念与欲归归不得的无奈、忧伤与苦闷。不同于《泉水》中因中途遭遇阻截而生的郁愤之意，这首诗情思深长，笔致绵婉，如方玉润《诗经原始》所言："局度雍容，音节圆畅，而造语之工，风致嫣然，自足以擅美一时。"[②]

三、劳动生活的真实摹写

《诗经》中的作品，尤其是《国风》，大都采自民间，比较真实而全面地反映了当时百姓的生活面貌。其中有不少描写劳动场景的诗歌，往往生动质朴，充满活泼的生命力和浓郁的生活气息。女性

[①] 《十三经注疏》整理委员会整理、李学勤主编：《十三经注疏·毛诗正义》，北京大学出版社，1999，第235页。
[②] 〔清〕方玉润：《诗经原始》，李先耕点校，中华书局，1986，第182页。

诗歌中也有这样的作品，如《周南·芣苢》：

> 采采芣苢，薄言采之。采采芣苢，薄言有之。
> 采采芣苢，薄言掇之。采采芣苢，薄言捋之。
> 采采芣苢，薄言袺之。采采芣苢，薄言襭之。

关于这首诗的内容，朱熹《诗集传》注云："妇人无事，相与采此芣苢，而赋其事以相乐也。"①芣苢即车前子，古人相信它的种子可治妇人不孕，其嫩叶也可以食用。此诗采用叠音复沓的手法，以简洁清新而明快的语言为读者描摹了夏日里女性四处采摘芣苢的劳动场面，从中仿佛传出她们回荡在山间田野的清亮歌声。对此，方玉润《诗经原始》曾有过十分准确而优美的解读："读者试平心静气，涵泳此诗，恍听田家妇女，三三五五，于平原绣野，风和日丽中群歌互答，余音袅袅，若远若近，忽断忽续，不知其情之何以移而神之何以旷。"②这随口唱出的愉快歌声，到了今日仍那样悠扬动人，值得反复讽咏回味。

值得关注的是，《诗经》中的女性诗歌题材并不局限于上述几种。如《召南·行露》写一个已有夫家的女子抗拒一个强横男子想要硬行聘娶的举动，并表示即使遭遇诉讼也不会屈服；《周南·汝坟》言周幽王时犬戎攻破都城镐京，一位官员避乱归家，妻子喜其平安归来而赋诗；庄姜的《邶风·终风》言"遭州吁之暴，见侮慢而不能正也"③（《毛诗序》），《邶风·燕燕》则是"送归妾也"④

---

① 〔宋〕朱熹集撰：《诗集传》，赵长征点校，中华书局，2017，第8页。
② 〔清〕方玉润：《诗经原始》，李先耕点校，中华书局，1986，第85页。
③ 《十三经注疏》整理委员会整理、李学勤主编：《十三经注疏·毛诗正义》，北京大学出版社，1999，第126页。
④ 《十三经注疏》整理委员会整理、李学勤主编：《十三经注疏·毛诗正义》，北京大学出版社，1999，第121页。

(《毛诗序》)。由此可以看出,当时女性诗歌的创作在题材的丰富和写作视野的开阔方面与男性诗歌并无太大差别,说明在我国诗歌发展史的初期,女性诗人的成就和影响都堪与男子比肩。

四、质朴的语言风格与比兴手法的运用

除了题材的丰富多样,《诗经》中的女性诗歌在艺术方面也显示出与《诗经》总体创作倾向相一致的特征,具体表现为语言的质朴自然和比兴手法的熟练运用。典型的有《邶风·燕燕》:

燕燕于飞,差池其羽。之子于归,远送于野。瞻望弗及,泣涕如雨。
燕燕于飞,颉之颃之。之子于归,远于将之。瞻望弗及,伫立以泣。
燕燕于飞,下上其音。之子于归,远送于南。瞻望弗及,实劳我心。
仲氏任只,其心塞渊。终温且惠,淑慎其身。先君之思,以勖寡人。

《毛诗序》云:"《燕燕》,卫庄姜送归妾也。"庄姜乃卫庄公妻,无子,后庄公娶陈国女子戴妫,生子完,庄姜便以完为己之子,立为太子。庄公去世后,太子即位,是为桓公。但在桓公十六年(前719),庄公与宠妾所生的另一子州吁杀桓公自立,桓公的母亲戴妫也因此被遣送回陈国。庄姜素与戴妫感情深厚,故特别为其送行,临别之际自知此生无法再见,满心哀伤,遂赋此诗。诗的语言极为平易朴素,虽然隔着几千年的漫长岁月,今人仍可以没有太多障碍地领会到其中所表达的情思。同时,她以"燕燕于飞"这样的意象比拟戴妫的即将远离,兴中有比,自然浑融,格外使人感伤。

不只《邶风·燕燕》,《诗经》中的其他女性作品也都体现出相同的审美旨趣,以质朴平实为美,以抒写深厚真挚的情感为最重要的写作目的。这是《诗经》整体艺术风貌和抒情特质的反映,也是上古时期文学创作的总体倾向。

第二节　卓文君与蔡琰：两汉的深情与悲音

汉代乐府诗十分兴盛，由杂言而渐趋向整齐的五言体，至汉末则正式确立了五言古诗的形式，以《古诗十九首》最为知名。而关于五言诗的起源，不少人认为是来自虞姬所作《答项王楚歌》："汉兵已略地，四面楚歌声。大王意气尽，贱妾何聊生！"如此则五言诗实源于女性。虽然这种说法尚存争议，但可聊备一说。汉武帝时又有苏武妻和卓文君的五言诗，不仅诗情动人，在艺术表现方面也已趋于成熟，足以与苏、李诗相抗。汉末蔡琰则因其流离乱世的不幸境遇，写出了著名的《悲愤诗》。这首诗堪称汉代女性诗歌的巅峰之作，即使与当时的男性名家之作相比亦可谓毫不逊色。此外，宫廷女诗人的创作也颇堪瞩目，乌孙公主和班婕妤的诗作都深刻而真实地表达了在环境和时代压迫下她们的悲怨与凄凉情怀，是我手写我心的典型代表，可以视作一种珍贵的历史资料，令后世读者能够更真切地了解体会她们当日的沉痛心声。

一、深爱与决绝：卓文君《白头吟》体现出的女性情爱观的新内涵

卓文君是西汉临邛（今四川邛崃）人，富豪卓王孙之女，出嫁不久便守寡而归母家。某日卓家举行宴会，座中的司马相如以《凤求凰》曲琴挑文君，善鼓琴的她闻之心动，夜半离家与司马相如私奔去成都。司马相如家徒四壁，夫妻二人生活困顿，卓文君无奈当垆卖酒。后司马相如因善写辞赋而得到武帝赏识，拜为郎，常侍左右，从此直上青云。据说司马相如富贵后，又想娶茂陵女为妾，卓文君悲愤而作《白头吟》，诗云：

皑如山上雪，皎若云间月。闻君有两意，故来相决绝。今日斗酒会，明旦沟水头。躞蹀御沟上，沟水东西流。凄凄复凄凄，嫁娶不须啼。愿得一心人，白头不相离。竹竿何袅袅，鱼尾何簁簁。男儿重意气，何用钱刀为！

诗的开端便以白雪明月来比喻自己对夫君真纯无瑕的爱情，带着些许暗讽对方负心的意味。接下来以极为直截愤激的语气表明了与薄情人一刀两断的决绝之意，"今日""明旦"两句言分手，"沟水东西流"喻往昔欢情已如流水一去不回，字句间有清醒的决心，更多的则是遭受挚爱背叛的凄苦与悲凉。而"愿得一心人，白头不相离"则流露出深情错付后的深深痛楚。结二句掷地有声的激切言辞，更反衬出负心人的卑劣不堪。诗中虽没有明显的怨恨之语，但通过各种明喻暗讽和斩截的语气，将自己的伤心愤慨和刚烈性情表现得深刻而生动，与此前女性诗歌中流露出的软弱悲愁叹息迥然有别，令人心生敬慕，故两千年来始终传诵不衰。

二、蔡琰《悲愤诗》：女性视角下的汉末动荡写真

如果说《白头吟》表现的只是个人的情爱感受，那么蔡琰的《悲愤诗》则以自身的不幸遭遇为中心，反映了汉末动乱给百姓带来的痛苦，带着诗史的意味。

蔡琰字文姬，又字昭姬，陈留圉（今河南杞县西南）人，东汉著名学者蔡邕的女儿，"博学有才辩，又妙于音律"[①]。初嫁河东卫仲道，夫亡无子，遂回家寡居。汉末大乱，其父蔡邕下狱死，她也在动乱中被掳西去，辗转没入南匈奴，嫁给了左贤王，滞留匈奴

---

① 〔南朝宋〕范晔：《后汉书》卷八十四《列女传第七十四》，〔唐〕李贤等注，清同治八年（1869）金陵书局刻本。

十二年，生二子。后来曹操因痛惜蔡邕无后，遣人以金璧将文姬赎回。文姬归汉后，又嫁给同郡董祀。

蔡琰的诗作，今唯存五言《悲愤诗》与《胡笳十八拍》，后者是否为其所作尚有争议。《悲愤诗》是她身经丧乱的真实经历的描写，极具感人的力量。诗云：

汉季失权柄，董卓乱天常。志欲图篡弑，先害诸贤良。逼迫迁旧邦，拥主以自强。海内兴义师，欲共讨不祥。卓众来东下，金甲耀日光。平土人脆弱，来兵皆胡羌。猎野围城邑，所向悉破亡。斩截无孑遗，尸骸相撑拒。马边悬男头，马后载妇女。长驱西入关，迥路险且阻。还顾邈冥冥，肝脾为烂腐。所略有万计，不得令屯聚。或有骨肉俱，欲言不敢语。失意几微间，辄言"毙降虏。要当以亭刃，我曹不活汝。"岂复惜性命，不堪其詈骂。或便加棰杖，毒痛参并下。旦则号泣行，夜则悲吟坐。欲死不能得，欲生无一可。彼苍者何辜？乃遭此厄祸。边荒与华异，人俗少义理。处所多霜雪，胡风春夏起，翩翩吹我衣，肃肃入我耳。感时念父母，哀叹无穷已。有客从外来，闻之常欢喜。迎问其消息，辄复非乡里。邂逅徼时愿，骨肉来迎己。己得自解免，当复弃儿子。天属缀人心，念别无会期。存亡永乖隔，不忍与之辞。儿前抱我颈，问"母欲何之？人言母当去，岂复有还时？阿母常仁恻，念何更不慈？我尚未成人，奈何不顾思！"见此崩五内，恍惚生狂痴。号泣手抚摩，当发复回疑。兼有同时辈，相送告离别。慕我独得归，哀叫声摧裂。马为立踟蹰，车为不转辙。观者皆歔欷，行路亦呜咽。去去割情恋，遄征日遐迈。悠悠三千里，何时复交会？念我出腹子，胸臆为摧败。既至家人尽，又复无中外。城郭为山林，庭宇生荆艾。白骨不知谁，从横莫覆盖。出门无人声，豺狼号且吠。茕茕对孤景，怛咤糜肝肺。登高远眺望，魂神忽飞逝。奄若寿命尽，旁人相宽大。为复强视息，虽生何聊赖？托命于新人，竭心自勖厉。流离成鄙贱,常恐复捐废。人生几何时,怀忧终年岁。

这样一首长篇叙事诗,凡108句,共计540字之多,读来却一气而下,毫无拖沓冗长之感。诗人以质朴而深沉的笔触细致地展现了汉末动乱带来的伤心惨目情境,以及自身的种种不幸遭际和沉痛哀婉的心情。诗的前四十句描述汉季大乱、兵祸四起的缘由和被掳入关途中的所见所感。"斩截无孑遗,尸骸相撑拒。马边悬男头,马后载妇女",如此悲惨可怖的情形令人战栗惊惧,如遭梦魇。西行路上,被掳者如牲畜般被无情驱赶。胡兵凶恶残暴,被掳者无不战战兢兢,即使亲人之间也不敢互通言语。稍有不如彼意者,胡兵便痛加詈骂,以死相胁。有时更动手毒打,令这些可怜的人身心皆受重创,故而"且则号泣行,夜则悲吟坐。欲死不能得,欲生无一可"。古语有云:"天地不仁,以万物为刍狗。"生当乱世,无辜受此劫难,诗人心情之哀痛惨怛可以想见。

接下来四十句则叙写自己身在匈奴而怀念家乡亲人的殷切情意,以及终于能够回返汉朝时却被迫与儿子生离的无比悲痛与憾恨。身在异乡,诗人时常思念老去的父母,担忧乱世中的亲人是否平安,然而自顾尚且不暇,这样的牵记也不过是徒增哀戚而已。偶有外来之人,诗人每每满怀欢喜和期望前去问询消息,却又被告知并非同乡,无从得知家人境况,字句间满溢着难言的失落与悲苦。而终于等来归汉的那天,诗人还来不及从容体会重返故国的狂喜,就不得不面对母子永诀的深哀剧痛。尤其是描写与二子分离的场景和心境,将一个母亲伤心欲绝的感受表现得极其动人:"见此崩五内,恍惚生狂痴。号泣手抚摩,当发复回疑。"痛哭的诗人抱着孩子百般抚摸不忍放手,临行之际仍不断踟蹰回首,只因此刻便是永别。而那些滞留胡地、此生归国无望的被掳者,眼见诗人将行,唯有哀哭相送,愁惨之情,无以言表。这部分叙述文字质朴而情极真切,读之使人潸然泪下。

最后二十八句写归途和到家后的所见所感，所见是满目疮痍、亲眷凋零，所感是凄楚悲凉、心神恍惚。"既至家人尽，又复无中外。"十个字道尽兵火离乱后孑然一身的孤绝悲凄怀抱。屡经磨难回到故乡，触目却是白骨纵横，家园荒芜，陪伴诗人的，是豺狼的凄厉嚎叫与漫天漫地的荒凉沉寂。当她登高远望时，那种巨大的空虚感几乎让她失去了生活下去的勇气，字句间流露出饱经沧桑、劫后余生的茫然与孤独。即使"托命于新人"，即使"旁人相宽大"，终归也无法化解诗人内心那沉积已久的忧虑惊惧之感。"人生几何时，怀忧终年岁。"从此她的生命里永远都留着这梦魇的影子了。

对于蔡琰的《悲愤诗》，历来都有很高的评价。钟惺《名媛诗归》曰："五言古长诗，虽汉人亦不易作，惟《悲愤诗》及庐江小吏妻耳！二诗之妙亦略相当，妙在详至而不冗漫，变化而不杂乱，断续而不碎脱，若有意，若无意；若无法，又若有法，惟老杜颇优为之。"①《清诗话·汉诗总说》称："屈原将投汨罗而作《离骚》，李陵降胡不归而赋别苏武诗，蔡琰被掠失身而赋《悲愤》诸诗，千古绝调，必成于失意不可解之时。"②所谓"国家不幸诗家幸，赋到沧桑句便工"（赵翼《题遗山诗》），蔡琰《悲愤诗》的动人肺腑，即源于作者颠沛流离的命运和苦难遭遇带给她的磨砺与激发。与另一首影响巨大的五言长诗《孔雀东南飞》相比，《悲愤诗》更具现实意义和诗史价值。尤其是它出自女性作者之手，以女性视角展现当时社会变乱动荡、百姓惨遭屠戮的种种现实场景，无论从内容还是艺术上来看，都堪称女性诗歌发展史上罕见的杰出作品。正如谭

---

① 〔明〕钟惺：《名媛诗归》卷二，明刻本。
② 〔清〕费锡璜：《汉诗总说》，载〔清〕王夫之等撰《清诗话》，上海古籍出版社，1963，第943页。

正璧《中国女性文学史》所言:"像这样好的长诗,在全部中国文学史上,你能够找得到几首呢?"①

三、《悲愁歌》与《怨歌行》:宫廷女性的悲伤叹惋

与前述卓文君、蔡琰的创作相比,汉代宫廷女性的诗歌无论在成就还是影响力方面都显得略为黯淡,但独特的境遇使她们也能够写出带着独特情感风貌的作品,诗作同样流传广远,自有其动人的情韵,其中最具代表性的作者是刘细君(乌孙公主)和班婕妤。

刘细君是江都王刘建之女,汉武帝元封中以公主身份嫁给乌孙王昆莫,故后世又称其为乌孙公主。公主到乌孙后,自建宫室,苦于语言不通、环境陌生和生活习俗方面的诸多不便,尤其是昆莫年老,更令她心事凄苦,满怀悲郁,于是作《悲愁歌》自遣,诗云:

吾家嫁我兮天一方,远托异国兮乌孙王,穹庐为室兮旃为墙,以肉为食兮酪为浆。居常土思兮心内伤,愿为黄鹄兮归故乡!

诗仿若脱口而出,让人感觉质朴流畅,同时又充盈着真切饱满的情思。开篇的"天一方""远托异国"已经流露出不甘远嫁他乡的深深幽怨,"穹庐"二句更进一步点明对胡地居室和饮食难以接受难以适应的辛酸哀苦,从而自然引出愿化黄鹄返故乡的深沉渴望。此诗虽是直抒己意,不假修饰,却有着强烈的感染力,堪称以情真取胜的经典范例。如《清诗话·汉诗总说》所云:"汉人诗未有无所为而作者,如《垓下歌》《春歌》《幽歌》《悲愁歌》《白头吟》,皆到发愤处为诗,所以成绝调。"②

---

① 谭正璧:《中国女性文学史》,百花文艺出版社,2001,第57页。
② 〔清〕费锡璜:《汉诗总说》,载〔清〕王夫之等撰《清诗话》,上海古籍出版社,1963,第947页。

宫廷女诗人的不幸各有不同，在那样的时代环境中，她们如飘飞的柳絮，无法主宰自己的命运，只能随风西东，任凭天意播弄。乌孙公主远嫁异族，尝尽寂寞与怀乡之苦，而比她稍晚的班婕妤，则因宫中的争宠斗争不得已退处东宫，孤独以终。

班婕妤是楼烦（今山西宁武附近）人，少有才学，成帝时被选入宫中，不久大获宠爱，被封为婕妤。后来赵飞燕姐妹得宠，且诬陷她和许皇后行巫邪诅咒之事，虽然她最终脱罪，但担心日久见危，便主动请求去长信宫奉养太后，以期自保。从此她的生命便陷入无边寂寞冷落中，《怨歌行》（又名《团扇歌》）即是她失意哀婉心事的写照，诗云：

新裂齐纨素，皎洁如霜雪。裁成合欢扇，团团似明月。出入君怀袖，动摇微风发。常恐秋节至，凉飙夺炎热。弃捐箧笥中，恩情中道绝。

诗以团扇自喻。团扇在炎夏时节最为人们喜爱，所谓"出入君怀袖，动摇微风发"，人们取其纳凉的方便作用，故而随身携带，几乎片刻不离。然而一旦秋风起，凉飙至，人们就将团扇弃置于竹箱，任其蒙尘而无复顾念。这与诗人的遭遇何其相似：初入宫时以才德聪慧倍受君王宠爱，但这宠爱并不久长，转眼君王便为其他嫔妃所迷，将其抛诸脑后，不再眷恋，"恩情中道绝"。诗人回忆往日欢爱仿佛一场春梦，醒来便烟消云散、不知所终了。言语间流露出深深的无奈、落寞与哀伤，别具动人情韵。钟嵘《诗品》称："班姬诗，其源出于李陵。《团扇》短章，辞旨清捷，怨深文绮，得匹妇之致。"[1]诗虽写怨怀，而能恪守温柔敦厚的诗教，"怨而不怒，哀而不伤"，愈增深厚含蓄之美。

---

[1]〔南朝梁〕钟嵘：《诗品·上》，明沈氏繁露堂刻本。

第三节 魏晋南北朝民歌：民间女子的爱恋悲欢

汉代乐府诗十分兴盛，汉末又有五言诗兴起，这两种诗体发展到魏晋以后，都呈现出繁荣的创作趋势。此时期女性诗歌的成就明显不如此前的先秦两汉，女性在诗坛的地位也开始下降，不过仍产生了不少优秀的作品，主要体现在乐府民歌的创作上。此外，女性五言诗也有新的发展，虽然影响不如民歌，但在题材和审美风格上有一些新的拓展，为之后女性诗歌在艺术方面的成熟初步奠定了基础。

一、绵绵相思：从《子夜歌》到《苏小小歌》的创作主题

如果说两汉的女性诗歌以五言诗的创作最为出色，到了魏晋南北朝时期，乐府民歌却大放异彩，光芒盖过了五言诗。其内容多写男女恋情与相思，语言清绮而情意浓艳，如魏时丹阳人孟珠的《丹阳孟珠歌》其中三曲：

阳春二三月，草与水同色。道逢游冶郎，恨不早相识。

阳春二三月，草与水同色。攀条摘香花，言是欢气息。

望欢四五年，实情将懊恼。愿得无人处，回身与郎抱。

诗以阳春时节的葱郁风物为背景，以质朴清新之语表现浓郁的相思情怀，尤其是"恨不早相识""回身与郎抱"二句，情意大胆热烈而真挚，极富感发力。故《历朝名媛诗词》称许曰："措词绝佳，妖而不妖，只自情味中出来。"①

---

① 〔清〕陆昶辑：《历朝名媛诗词》卷二，清乾隆三十八年（1773）红树楼刻本。

女子所作民歌中影响最大的，当数晋时的《子夜歌》。据《旧唐书·音乐志》载："子夜，晋曲也。晋有女子夜造此声，声过哀苦。"①《乐府诗集》载四十二首，乃吴声歌曲，所写都是男女恋情，如以下几首：

宿昔不梳头，丝发披两肩。婉伸郎膝上，何处不可怜？

始欲识郎时，两心望如一。理丝入残机，何悟不成匹？

今日已欢别，合会在何时？明灯照空局，悠然未有期。

谁能思不歌，谁能饥不食？日冥当户倚，惆怅底不忆。

夜长不得眠，明月何灼灼。想闻散唤声，虚应空中诺。

侬作北辰星，千年无转移。欢行白日心，朝东暮还西。

怜欢好情怀，移居作乡里。桐树生门前，出入见梧子。

诗以女子的语气娓娓诉说在爱情里的种种悲欢感受，细腻柔婉，情韵绵绵。"婉伸郎膝上，何处不可怜？"是欢好之际的缱绻情浓，将小女儿的娇憨情态摹写毕肖，使人油然而生无限怜惜。"明灯照空局，悠然未有期""日冥当户倚，惆怅底不忆""想闻散唤声，虚应空中诺"则将离别后的相思怅惘表现得真切哀婉，字句间痴情流动，分外感人。而欢悦与思念之外，偶尔也流露出对恋人"朝东暮还西"的隐隐担忧与不满。这些诗情意真切，语言清美，质直的表达中偏又有种思致翩然的空灵之美，使人涵泳不置，真称得上是

---

① 《旧唐书》卷二十九，清同治十一年（1872）浙江书局刻本。

"千古绝唱"①。

《子夜歌》而后，南朝时期齐梁的女诗人也有一些相类之作，著名的如南齐苏小小《苏小小歌》：

我乘油壁车，郎乘青骢马。何处结同心？西陵松柏下。

苏小小是钱塘名妓，其人其事皆因此诗得以流传后世。诗中以简净清丽之笔写缠绵沉挚情思，看似质直，实则颇堪讽咏，别具韵味。

此外，南朝梁王金珠有《子夜四时歌》八首传世，当是仿《子夜歌》所作，试看其中三首：

阶上香入怀，庭中花照眼。春心郁如此，情来不可限。(《春歌》)

垂帘倦烦热，卷幌乘清阴。风吹合欢帐，直动相思琴。(《夏歌》)

寒闺周繥帐，锦衣连理文。怀情入夜月，含笑出朝云。(《冬歌》)

此组歌诗以四时流转为背景，抒写诗人心底的切切相思。春天的花光与芬芳引逗着心底无可抑止的柔情如水，夏日的清阴与微风撩动独宿合欢帐的绵绵相思如织，无论是怎样的季节，无论所见是何种风物，总能勾起她的脉脉柔情，正如其诗所言："情来不可限。"

总体而言，魏晋南北朝时期女子所作的乐府民歌抒情率真浓挚，用语清绮，虽然题材单一，多写相思别恨，却显示出自然简古的艺术风貌，这说明先秦两汉的诗歌创作传统依然发挥着相当的影响力，也反映出女性诗歌在发展初期整体上一直还是倾向于真淳简朴之美的。

---

① 谭正璧：《中国女性文学史》，百花文艺出版社，2001，第76页。

二、从传统到新变：魏晋南北朝女性诗歌艺术风格的发展轨迹

女性诗歌发展到魏晋南北朝时期，在艺术风格方面已经显示出承上启下的过渡期的审美特征。具体来说，不少诗作，尤其是乐府民歌基本上仍恪守着质朴清新的传统特征，但同时也出现了一些新变，即在齐梁绮丽诗风的影响下，女性诗歌的部分作品，特别是五言诗，开始表现出对明丽精秀之美的追求，显示了女性诗歌发展的新方向。典型的如南朝宋鲍令晖《拟青青河畔草》：

袅袅临窗竹，蔼蔼垂门桐。灼灼青轩女，泠泠高堂中。明志逸秋霜，玉颜掩春红。人生谁不别？恨君早从戎。鸣弦惭夜月，绀黛羞春风。

鲍令晖为东海（郡治今山东郯城北）人，著名文学家鲍照之妹。钟嵘《诗品》云："齐鲍令晖歌诗，往往断绝清巧，拟古尤胜。"①《历朝名媛诗词》也称："观令晖诸作，其质不及左芬，而文情特胜。"② 所谓"质不及左芬"，其实已经注意到了她的诗风并非传统的浑朴。这首诗模拟《古诗十九首》中的"青青河畔草"一诗，同样写思妇空闺独守、忆念远人的寂寞哀愁，但在语言和意象的安排上，却显得更为精美鲜丽。"袅袅""蔼蔼""灼灼""泠泠""明志""秋霜""玉颜""春红"，以及"绀黛"，措语精秀，设色明艳，使得整首诗体现出一种幽秀婉丽的美感，与以往"明转出天然"的淳朴诗风迥然有别。

南朝梁刘令娴的《春闺怨》笔致更为精雅，诗云：

花庭丽景斜，兰牖轻风度。落日更新妆，开帘对春树。鸣鹂叶中

---

① 〔南朝梁〕钟嵘：《诗品·下》，明沈氏繁露堂刻本。
② 〔清〕陆昶辑：《历朝名媛诗词》卷二，清乾隆三十八年（1773）红树楼刻本。

舞,戏蝶花间骛。调琴本要欢,心愁不成趣。良会诚非远,佳期今不遇。欲知幽怨多,春闺深且暮。

刘令娴,彭城(今江苏徐州)人,著名文学家刘孝绰第三妹,世称刘三娘。刘家有姐妹三人,皆有才学,令娴尤为出众。原有文集三卷,已散佚,今存诗文共十余篇。此诗所写也是传统的相思闺怨,但笔意明丽,刻画工致,使得原本凄楚冷落的深闺怨怀带上了几分轻倩芬馨的色彩。从结构上看,本诗是典型的先景后情写法。前半渲染春日风物,"花庭""兰牖""春树"的新隽明媚,"鸣鹂""戏蝶"的婉转啼声与翩跹身影,营造出一种静美和雅的氛围,同时色调鲜丽,精于炼字,在艺术表现上明显有别于此前的传统质朴风格,如《历朝名媛诗词》所评:"笔笔清矫,语语明秀,无一尘浊气。"①

除了五言诗,此时期的乐府民歌也不乏风格精丽之作,如王金珠《子夜四时歌》中的这几首:

朱日光素水,黄华映白雪。折梅待佳人,共迎阳春月。(《春歌》)

叠素兰房中,劳情桂杼侧。朱颜润红粉,香汗光玉色。(《秋歌》)

紫茎垂玉露,绿叶落金樱。著锦如言重,衣罗始觉轻。(《秋歌》)

诗人有意使用了很多色彩,如"朱""素""黄""白""兰""红粉""玉色""紫""绿""金"等,彼此映照,相互生发,从而获得一种绮丽韶艳的美感风貌,明显能够看出齐梁诗风的影响。

从总体上来说,魏晋南北朝时期的女性诗歌创作基本遵循先

---

① 〔清〕陆昶辑:《历朝名媛诗词》卷二,清乾隆三十八年(1773)红树楼刻本。

秦两汉的传统，以简古真淳的风貌为主，但不可否认，到了齐梁之际，华美明丽的诗风已经逐渐影响并改变了女性诗歌的艺术风格。这类诗作所占比例并不算高，却透露出女性诗歌开始由质朴转为精雅的趋势，实际上也为其后唐五代女性诗歌走向成熟铺垫了道路。

| 第二章 |

唐五代：女性诗人群体的兴起

唐朝是我国诗歌发展史上的黄金时代，出现了诸如王维、孟浩然、李白、杜甫、高适、岑参、韩愈、白居易、李商隐等众多优秀的作家及作品，唐诗也因而成为一座难以逾越的高峰。与名家辈出、佳作如林的男性诗坛相比，唐代的女性诗坛要黯淡很多，但即使总体成就无法与男性诗人相颉颃，仍有一批女诗人在文坛上留下了自己的声音。她们按照身份可划分为宫廷女诗人、女冠和歌伎诗人、闺秀诗人，其诗歌创作的情感内涵也因着身份和境遇的不同而呈现出各自的特色与风貌。

第一节 以上官婉儿为代表的宫廷女诗人

谢无量《中国妇女文学史》称："唐时后妃，多娴文艺。而徐贤妃、上官昭容，几于作者之选矣。"[①] 徐贤妃是太宗妃嫔，名惠，湖州长城（今浙江长兴）人。据说生才五月便能言，四岁通晓《论语》《诗经》，八岁能文，可谓有奇才夙慧者。太宗闻之，召其入宫并封为才人，后迁充容。太宗崩，她悲伤成疾，于高宗永徽元年（650）去世，卒赠贤妃。她长于骈赋，存诗只五首，大都文雅

[①] 谢无量：《中国妇女文学史》，载《谢无量文集》第五卷，中国人民大学出版社，2011，第190页。

端丽。而当时最负盛名的宫廷女诗人,则首推武则天时代的上官婉儿。上官婉儿为初唐著名诗人上官仪的孙女,因祖父与父亲同时被诛,尚在襁褓的她随母亲充入掖庭。及长,敏慧善文章,年十四,武后便令其掌管诏命。中宗时,上官婉儿倍受倚重,拜昭容。中宗每次召群臣赐宴赋诗,都让上官婉儿评定甲乙:"每游幸禁苑,或宗戚宴集,学士无不毕从,赋诗属和,使上官昭容第其甲乙,优者赐金帛"①;可见她诗名之盛。公元710年,韦后事败,她也被杀。开元初,曾编录《上官昭容集》共二十卷,惜不传,今《全唐诗》收其诗三十二首。《历朝名媛诗词》有云:"昭容才思鲜艳,笔气疏爽,有名士之风。"②上官婉儿诗有祖父诗的绮丽浮艳之风,又因多为应制唱酬之作,总体成就有限,今人甚至认为其诗"华而无实,非诗歌正宗,实不足取"③。尽管身份和经历限制了上官婉儿的创作,但不可否认,她的诗并非一味浮艳,当中也有"笔气疏爽"之作,如《游长宁公主流杯池》两首:

霁晓气清和,披襟赏薜萝。
玟瑁凝春色,琉璃漾水波。
跂石聊长啸,攀松乍短歌。
除非物外者,谁就此经过?

策杖临霞岫,危步下霜蹊。
志逐深山静,途随曲涧迷。
渐觉心神逸,俄看云雾低。
莫怪人题树,只为赏幽栖。

---

① 〔宋〕司马光:《资治通鉴》卷二〇九《唐纪二十五》,明嘉靖二十三年至二十四年(1544—1545)孔天胤刻本。
② 〔清〕陆昶辑:《历朝名媛诗词》卷四,清乾隆三十八年(1773)红树楼刻本。
③ 谭正璧:《中国女性文学史》,百花文艺出版社,2001,第111页。

这两首诗非但绝无任何"浮艳"气息,笔墨间的清气幽情甚至使人想到了王孟山水诗的味道。前一首以天气晴明、物候清和为背景,描摹春光与水波之秀丽莹澈,山石与青松则带出几分隐者的萧散气质。后一首集中抒写登山临水的超逸怀抱,"志逐深山静"堪称诗眼,点明超然物外、寄情幽栖的淡泊心事。两首诗中时而放怀长啸、时而闲静看云的洒脱形象,更为诗作增添了淡远疏旷的风致。

即使是相思别绪,在她笔下也同样可以呈现出清绮之美,《彩书怨》诗云:

叶下洞庭初,思君万里余。
露浓香被冷,月落锦屏虚。
欲奏江南曲,贪封蓟北书。
书中无别意,惟怅久离居。

开篇便以"洞庭""万里"将秋日相思之情直笔托出,造境疏阔,寄意深沉。"香被""锦屏"虽略嫌秾丽,然而以下几句转写离情,用语平实,含思婉雅,故总体上仍予人高浑清远的美感。"书中无别意,惟怅久离居"两句于质直中别有无限深厚情思,是所谓沉挚且闲婉者。

从唐五代宫廷女诗人的总体创作看,她们长年居于深宫,所作仍以宫怨相思为多,这也是其现实境遇的真实反映。女皇武则天也不免如此,其《如意娘》诗云:"看朱成碧思纷纷,憔悴支离为忆君。不信比来长下泪,开箱验取石榴裙。"诗情哀怨,笔致缠绵。而这方面最具典型性的作品是江采蘋的《谢赐珍珠》:

桂叶双眉久不描,残妆和泪污红绡。
长门尽日无梳洗,何必珍珠慰寂寥。

江采蘋为玄宗宠妃，开元初，由高力士选归，一度颇受宠幸。"善属文，自比谢女。淡妆雅服，而姿态明秀……性喜梅，所居阑槛，悉植数株，上榜曰梅亭。梅开赋赏，至夜分尚顾恋花下不能去。上以其所好，戏名曰梅妃。"① 其后杨贵妃入宫得宠，采蘋最终被迁于上阳宫，从此幽居寂寞，安史之乱中死于兵祸。据说她被冷落上阳宫以后，某日玄宗密封珍珠一斛相赐，她不肯受，遂赋诗以谢。诗中描写了失宠后的种种憔悴与哀伤，结句却能振起一笔，流露出幽怨之外的自矜自重情怀。其实，从"自比谢女""性喜梅"已可探知其个性中有孤傲幽洁的一面，她的辞恩不受，也在意料之中。《历朝名媛诗词》评曰："诗少婉曲，一气而出，可以想其怨愤不觉触发之意。"②

唐代的后宫一如前朝，闭锁着大量年轻美丽的女性，她们好似被囚禁在金笼里的鸟儿，空自消耗着韶华与生命，最后大都在孤独冷落中无声死去。这样的悲剧在白居易的《上阳白发人》与元稹的《连昌宫词》中已经揭露得十分深刻。正因为如此，有些寂寞而不甘的宫人也会作诗抒写深宫的幽怨凄凉，这当中流传最广的，当数"纩衣诗"与"题叶诗"。

"纩衣诗"有两种传说，其一说乃玄宗开元年间宫人所作，诗云：

> 沙场征戍客，寒苦若为眠？
> 战袍经手作，知落阿谁边？
> 蓄意多添线，含情更著绵。
> 今生已过也，结取后生缘。

---

① 佚名：《梅妃传》，载张友鹤选注《唐宋传奇选》，人民文学出版社，1979，第220页。
② 〔清〕陆昶辑：《历朝名媛诗词》卷四，清乾隆三十八年（1773）红树楼刻本。

关于这首诗的本事，《历朝名媛诗词》有云："开元中，令宫人制纩衣以赐边军。有兵士于袍中得诗，白其帅。闻于帝，帝遍示宫中，令作者勿隐，不汝罪。有宫人自言，帝即以赐兵士，曰：'吾与汝结今生缘也。'"①诗中述情缠绵深婉，虽有自怜自伤之意，而能恪守诗教温柔敦厚之旨。尤其是结二句，惆怅凄楚中仍不失克制内敛，可谓"怨而不怒"者。

另一首"纩衣诗"据称为僖宗宫人所作，诗云：

> 玉烛制袍夜，金刀呵手裁。
> 锁寄千里客，锁心终不开。

宋代诗人尤袤《全唐诗话》载："唐僖宗自内出袍千领，赐塞外吏士。神策军马真于袍中得金锁一枚，诗一首云：……真就市货锁，为人所告。主将得其诗，奏闻。僖宗令赴阙，以宫人妻真。"②"锁寄千里客，锁心终不开"，短短的十个字里却深藏着多少哀怨与无奈，思之令人神伤。

与"纩衣诗"相比，"题叶诗"故事更多，流播也更为广泛，后世作者常以此故事入诗或入词。唐代"题叶诗"至今也有两种相关传闻及作品，一说天宝末洛苑宫人题诗于梧叶，云：

> 一入深宫里，年年不见春。
> 聊题一片叶，寄与有情人。

诗随御沟水流出，为诗人顾况所得，顾况也取一叶题诗其上，泛于波中。诗云："花落深宫莺亦悲，上阳宫女断肠时。帝城不禁

---

① 〔清〕陆昶辑：《历朝名媛诗词》卷四，清乾隆三十八年（1773）红树楼刻本。
② 〔宋〕尤袤：《全唐诗话》卷下，明正德十二年（1517）鲍继文教养堂刻本。

东流水，叶上题诗寄与谁？"过了十余日，又得叶上诗一首：

> 一叶题诗出禁城，谁人酬和独含情。
> 自嗟不及波中叶，荡漾乘春取次行。

故事的结局一如纴衣诗，顾况与宫人最终得成眷属。

另一"题叶诗"据说为宣宗时宫女韩氏所作，诗云：

> 流水何太急，深宫尽日闲。
> 殷勤谢红叶，好去到人间。

《全唐诗》诗题原注称："卢偓应举时，偶临御沟，得一红叶，上有绝句，置于巾箱。及出宫人，偓得韩氏。睹红叶，吁嗟久之，曰：'当时偶题，不谓郎君得之！'"①类似的记载尚有若干，人物和细节虽有出入，但故事大略相同。这几首"题叶诗"及相关的本事传说实际上都反映了当时深宫女子的凄凉命运和哀怨情怀，纵然所有的记载皆以有情人终成眷属为结局，却始终未能改变历史的真相，即白居易笔下上阳白发人的悲剧，而这才是彼时绝大部分宫人境遇的真实写照。

宫怨和相思之外，唐代宫闱诗中也有少数内容新颖的作品，带给读者别样的观感。如宜芬公主的《虚池驿题屏风》：

> 出嫁辞乡国，由来此别难。
> 圣恩愁远道，行路泣相看。
> 沙塞容颜尽，边隅粉黛残。
> 妾心何所断？他日望长安。

---

① 《全唐诗》卷七九七，清康熙四十四年至四十六年（1705—1707）扬州诗局刻本。

宜芬公主姓豆卢氏，美而多才。天宝四年（745），潢水以北的奚霤族无主，安禄山请立其质子，而以公主为配，遣中使护送，至虚池驿，公主满心悲愁，遂题诗屏风上。诗中将被迫永离故乡、远嫁异族的哀伤愁苦与间关道路、风尘仆仆的劳顿憔悴以凝练质朴的笔法一一道出。三、四句写情固然"怨而不怒，含蓄得体"①，"沙塞容颜尽，边隅粉黛残"却倍多凄苦情思，令人心生不忍。而结二句尤有深情绵邈之感："妾心何所断？他日望长安。"这样忧伤的揣想，正婉转透露出对故国的深沉眷恋，自问自答间有无限唏嘘与悲凉。而事实上，在抵达奚霤后，国中已立别君，公主与质子皆遇害，她的不幸遭遇，实在令人感伤。

当时还有因才学高妙、声名远播而被召入宫中的才女，如德宗时期的五宋（贝州宋廷芬之女若华、若昭、若伦、若宪、若荀）与鲍君徽。君徽字文姬，善诗，早寡又无兄弟，与母亲相依为命。德宗曾召其入宫，与侍臣赓和，赏赐甚为丰厚。但君徽不恋荣宠，入宫不久便以奉养老母为由上疏乞归。今存诗四首，其中《关山月》一首从内容到风格都别开生面，是当时女性诗歌中难得的独立不群之作。诗云：

高高秋月明，北照辽阳城。塞迥光初满，风多晕更生。征人望乡思，战马闻鼙惊。朔风悲边草，胡沙暗虏营。霜凝匣中剑，风惫原上旌。早晚谒金阙，不闻刁斗声。

"关山月"是古乐府歌辞，内容多与边塞、思乡及征人思妇有关。鲍君徽此诗从秋月之清光映照边城的凄寒明澈之境写起，引出征人的对月怀乡之情，"战马闻鼙惊"更流露出厌倦战争的心

---

① 〔清〕陆昶辑：《历朝名媛诗词》卷四，清乾隆三十八年（1773）红树楼刻本。

态。继而以一系列相关意象渲染边塞的荒凉萧飒氛围，朔风、沙漠、严霜、狂风等一系列意象的叠加，不仅凸显了环境的恶劣，且隐隐透出兵戎征战之苦。最后两句则表达了渴望早日结束战争、回朝归乡的深沉心愿。诗中多写景物，境界阔大，笔力劲健沉着，呈现出边塞诗特有的苍茫浑融之美，这在宫廷女诗人中诚属难得。

唐以后的五代时期，宫廷女诗人的创作也颇具特色，其中后蜀花蕊夫人徐氏（一说费氏）可称翘楚。徐氏是后蜀主孟昶的妃子，幼能文，尤工诗，貌美且聪慧，故而宠冠后宫。曾作《宫词》百首，"才藻风流，不减王建"[1]。宋平蜀，孟昶遇害，夫人被召入宫，太祖对她颇为爱重。后输入蚕室，徐氏悲愁忧郁，因不忘故君，最终以罪赐死。相传太祖曾与其论蜀之所以亡，她口占一首以答，诗云：

> 君王城上竖降旗，妾在深宫那得知。
> 十四万人齐解甲，更无一个是男儿！

诗的后二句可谓大胆而尖锐，将批评的锋芒直指向包括君王和将士在内的所有男性，议论深刻，字句中既有亡国的不甘，又饱含郁愤沉痛之思。故薛雪《一瓢斋诗话》称许曰："何等气魄，何等忠愤！当令普天下须眉，一时俯首。"[2]

此外，花蕊夫人的《宫词》以女性独有的细腻笔触全面生动地展示了宫廷生活的不同侧影，虽无深刻的内涵与现实意义，但也算得上轻倩优美，别具情味。如以下几首：

---

[1] 谢无量：《中国妇女文学史》，载《谢无量文集》第五卷，中国人民大学出版社，2011，第251页。
[2] 〔清〕薛雪：《一瓢斋诗话》，清扫叶村庄刻本。

龙池九曲远相通，杨柳丝牵两岸风。
长似江南好风景，画船来去碧波中。

春风一面晓妆成，偷折花枝傍水行。
却被内监遥觑见，故将红豆打黄莺。

沉香亭子傍池斜，夏日巡游歇翠华。
帘畔玉盆盛净水，内人手里剖银瓜。

太液波清水殿凉，画船惊起宿鸳鸯。
翠眉不及池边柳，取次飞花入建章。

花蕊夫人笔下的宫廷生活充满了活泼的生活气息与悠闲安适的味道，不似大多传统宫词那样抒写闭锁深宫的幽怨寂寞和凄凉失意。她笔下的宫闱中，有碧波九曲、画船来去的赏心惬意，也有春日偷折花枝、夏日玉盆剖瓜的欢乐闲适。即使写到宫人长期与外界隔绝的寂寞，也带着轻俏活泼的声口，不觉哀怨。同时，虽然身为女性，所写又是宫廷题材，她的诗中却并无五代诗词常见的秾艳绮丽，而多清韶流美之致，如《历朝名媛诗词》所评："所作宫词清新俊雅，具有才思，想其风致，自是一出色女子。而才多命薄，流离以死，惜哉！"①

五代时战火不断，蜀中因地理优势而相对安定，君主又多雅好文艺，故五代的女性文学，大都出于蜀中。以宫廷诗人来说，除后蜀花蕊夫人外，前蜀王建的徐贤妃、徐淑妃，王衍的昭仪李舜弦、宫人李玉箫，也均有诗作传世。李玉箫《宫词》诗云：

---

① 〔清〕陆昶辑：《历朝名媛诗词》卷七，清乾隆三十八年（1773）红树楼刻本。

鸳鸯瓦上瞥然声，昼寝宫娥梦里惊。

元是我王金弹子，海棠花下打流莺。

诗中选取宫中生活的一个剪影作生动描写，充满轻灵活泼的韵味，虽无深意，却也称得上自然清新，流露出淡淡的闲逸娇慵情思，细味之有嫣然可爱之感。

唐五代的宫廷女性诗创作虽多写相思宫怨，然并未仅仅拘限于此，诗歌情感整体上呈现出多样化的特征，尤其是对宫中生活的多方面描摹，大都摒除秾艳，以新鲜的观感与清新活泼的风貌见长。她们的存世作品有限，却能反映出当时女性诗歌创作的一个特殊侧面，自有其文学史的独特意义。

第二节 以李冶、鱼玄机、薛涛为代表的女冠和歌伎诗人

与前朝相比，唐代的女性诗坛出现了一个前所未有的特殊创作群体：女冠和歌伎诗人。前者与唐代重视道教直接相关。除了文人士大夫多与道流来往，女性也受当时风气影响，唐公主中常有修道不嫁者。谢无量《中国妇女文学史》称："唐时重道，贵人名家，多出为女冠。至其末流，或尚佻达而慁礼法。故唐之女冠，恒与士人往来酬答。失之流荡，盖异于娼优者鲜矣。就中李季兰、鱼玄机雅有文才，为当时诗人所许。"① 谭正璧《中国女性文学史》也说："女道士善于吟风弄月的，本来可以车载斗量，其中确有天才而为

---

① 谢无量：《中国妇女文学史》，载《谢无量文集》第五卷，中国人民大学出版社，2011，第 217 页。

当时一般诗人所称许的，只有李冶和鱼玄机二人。"①

李冶，字季兰，乌程（今浙江湖州）人。貌美工诗，善弹琴，性情浪漫，意态萧散。她以女冠身份与很多才士诗人往还唱和，包括陆羽、刘长卿、诗僧皎然等。因诗名显扬，晚年曾被召入宫中，后因上诗给叛将朱泚，被德宗处死。李冶的诗存世不多，但颇受推许，如《唐诗纪事》载："刘长卿谓季兰为女中诗豪。"②高仲武《中兴间气集》云："自鲍照以下，罕有其伦。如'远水浮仙棹，寒星伴使车'，盖五言之佳境也。"③陆昶《历朝名媛诗词》对她的诗也十分欣赏，称其"笔力矫亢，词气清洒，落落名士之风，不似出女人手"④。

鱼玄机，字幼微，一字蕙兰，长安（今陕西西安）人。姿容美丽，聪慧有才思，好读书，尤工诗。十五岁时嫁给补阙李亿为妾，起初情好甚笃，后因夫人妒恨不容，李亿对她的爱意也渐转冷淡，于是她被遣入长安咸宜观为女道士。被弃的痛苦一度令她无比感伤，但特别的身份也带给她此前不曾有过的自由。成为女冠后，鱼玄机不仅与诸多文士如温庭筠、李亿、李郢等来往赠答，且曾漫游江陵、汉阳、武昌、鄂州、九江等地。后因笞杀女童绿翘，被京兆尹温璋处死。今有《唐女郎鱼玄机诗》一卷传世，《全唐诗》存其诗四十八首。《历朝名媛诗词》评其诗曰："诗文藻有余，格局不高，大抵意致流逸，出入一概情味语，比李季兰稍逊。"⑤

女冠诗人之外，唐朝又有歌伎诗人。唐时歌诗最为发达，流风

---

① 谭正璧：《中国女性文学史》，百花文艺出版社，2001，第132页。
② 〔宋〕计有功：《唐诗纪事》卷七十八，明嘉靖二十四年（1545）洪楩清平山堂刻本。
③ 〔唐〕高仲武辑：《中兴间气集》卷下，明崇祯汲古阁刻本。
④ 〔清〕陆昶辑：《历朝名媛诗词》卷五，清乾隆三十八年（1773）红树楼刻本。
⑤ 〔清〕陆昶辑：《历朝名媛诗词》卷五，清乾隆三十八年（1773）红树楼刻本。

所染，一些才情不俗的歌伎也因着与风流士子交往应酬的机会而常有诗文唱答。章学诚《妇学》云："名妓工诗，亦通古义，转以男女慕悦之实，托于诗人温厚之辞，故其遗言雅而有则，真而不秽，流传千载，得耀简编，不能以人废也。"①唐代歌伎诗人中最负盛名的是中唐时期的薛涛。薛涛字洪度（一作弘度），长安（今陕西西安）人，父名郧（一作郑），因做官流寓蜀地。辛文房《唐才子传》称其"性辨慧，娴翰墨。居浣花里，种菖蒲满门，傍即东北走长安道也……大和中卒，有《锦江集》五卷"②。韦皋镇蜀时，闻薛涛诗名，遂召令其侍酒赋诗，薛涛因入乐籍。后韦皋曾"以校书郎奏请之，护军曰'不可'，遂止。涛出入幕府，自皋至李德裕，凡历事十一镇，皆以诗受知。其间与涛唱和者，元稹、白居易、牛僧孺、令狐楚、裴度、严绶、张籍、杜牧、刘禹锡、吴武陵、张祐，余皆名士，记载凡二十人，竟有酬和"③。薛涛晚年居浣花溪，着女冠服，好制深红小彩笺，时称"薛涛笺"。薛涛现存诗九十余首，后人曾辑录她和李冶诗合为《薛涛李冶诗集》。胡震亨《唐音癸签》称其"工绝句，无雌声"④，《历朝名媛诗词》云："涛诗颇多，才情轶荡，而时出闲婉，女中少有其比。"⑤

以李冶、鱼玄机与薛涛为代表的女冠和歌伎诗人，她们的创作以及时人对其诗歌的关注与推崇，实则也从一个侧面反映了唐代诗歌的兴盛繁荣。她们的作品一方面继承了前朝女诗人多写爱恋相思

---

① 〔清〕章学诚：《妇学》，载〔清〕虫天子编《香艳丛书》二集卷四，人民文学出版社，1992，第502页。
② 〔元〕辛文房：《唐才子传》卷八，清嘉庆十年（1805）陆氏三间草堂刻本。
③ 〔元〕费著：《蜀笺谱》，载〔清〕张海鹏辑《墨海金壶》，清嘉庆十三年至十六年（1808—1811）刻本。
④ 〔明〕胡震亨：《唐音癸签》卷八，清抄本。
⑤ 〔清〕陆昶辑：《历朝名媛诗词》卷六，清乾隆三十八年（1773）红树楼刻本。

的传统，同时又因着身份与经历的特殊，诗歌的情感内容与艺术风格又有新的拓展，对后来的女性诗歌创作影响深远。

一、相思与哀愁：女性诗歌传统主题的进一步确立

女冠与歌伎看似身份有别，本质上差异不大。她们都可以不受传统礼法的拘束，自由地与不同的才子文士交游酬唱，在展示才情、收获称赏的同时，也难免与某些才士产生或深或浅的恋情。也正是她们的特殊身份，注定其恋爱不会有期待中的结局，最终只成为时过境迁后的渺茫回忆和创作中的诗料罢了。这样来了又去的爱情带来的相思与哀愁，是她们诗中重要的主题。典型的如以下三首：

> 人道海水深，不抵相思半。
> 海水尚有涯，相思渺无畔。
> 携琴上高楼，楼虚月华满。
> 弹得相思曲，弦肠一时断。
>
> ——李冶《相思怨》

> 枫叶千枝复万枝，江桥掩映暮帆迟。
> 忆君心似西江水，日夜东流无歇时。
>
> ——鱼玄机《江陵愁望寄子安》

> 芙蓉新落蜀山秋，锦字开缄到是愁。
> 闺阁不知戎马事，月高还上望夫楼。
>
> ——薛涛《赠远二首》（其一）

李诗直切沉挚，鱼诗柔婉缠绵，薛诗则多怅惘忧伤。这些诗中各自表达了作者深浓的思恋与柔情，由此可知，无论身份如何，女性对于爱情的执着与向往其实并无差异。可惜在男权社会里，无论

恋情还是婚姻，女性都无法拥有自主和平等的权利。她们在爱情里往往比男性更容易深陷，因此也越发被动，所谓"百年苦乐由他人"（白居易《太行路》）。所以其诗中最常抒写的，便是离愁与思念，诗中的那个"她"，永远是无奈的"被离别者"，永远是满怀愁绪和柔情的等待者：

> 相看指杨柳，别恨转依依。
> 万里江西水，孤舟何处归？
> 溢城潮不到，夏口信应稀。
> 唯有衡阳雁，年年来去飞。
> ——李冶《送韩揆之江西》

> 江南江北愁望，相思相忆空吟。
> 鸳鸯暖卧沙浦，鸂鶒闲飞橘林。
> 烟里歌声隐隐，渡头月色沉沉。
> 含情咫尺千里，况听家家远砧。
> ——鱼玄机《隔汉江寄子安》

> 惆怅人间万事违，两人同去一人归。
> 生憎平望亭前水，忍照鸳鸯相背飞。
> ——徐月英《送人》

诗中的她们或别恨依依，或愁望空吟，或孤影徘徊，心头翻涌起伏的，都是离思与寂寞交织的盼归之情。同时，这深深的盼望中也暗藏着几许不安与忧虑，这源于对未来情路的茫然凄惶之感，也源自男权社会中女性一贯的卑弱地位。每一段感情，她们大都无法决定其最终走向和结果，故而其作品中永远不乏相思怀念的痴情和哀伤。这是当时社会中几乎所有女性都无法破解的人生难题，尤其是那些敏感多思的才女，往往更易陷入寻爱的桎梏中难以自拔。

自先秦《诗经》以来，女性就开始了爱情诗的创作，唐代女诗人，特别是女冠和歌伎诗人，由于相对自由的身份，拥有比寻常女子更多、更丰富的恋情经验。在这些充满了不确定性的爱情里，她们时常面对离别甚至被弃的命运，患得患失之间，唯有写下内心的种种怀思和感伤聊以自遣，且时有佳作广为流播，对后世的女性文学创作产生了重要影响，也进一步明确凸显出女性诗歌以抒写相思哀愁为主的传统。这种风气一直延续到女性文学最为繁盛的明清时期，始终未曾有本质上的改变。这与社会环境和女性的生活环境有关，也与她们天性中更易沉湎于缠绵细腻的情感特质有关。

二、交游唱和与自我感怀：拓展的题材与诗意

唐代女冠和歌伎诗人因着身份的特殊和才情的颖慧，常会结交许多当时的才士诗人，彼此多有赠答之作，并因此形成了一种流行风气，可谓前朝所未有。试看以下几首寄赠之作：

> 无事乌程县，蹉跎岁月余。
> 不知芸阁吏，寂寞竟何如？
> 远水浮仙棹，寒星伴使车。
> 因过大雷岸，莫忘八行书。
>
> ——李冶《寄校书七兄》

> 苦思搜诗灯下吟，不眠长夜怕寒衾。
> 满庭木叶愁风起，透幌纱窗惜月沉。
> 疏散未闲终遂愿，盛衰空见本来心。
> 幽栖莫定梧桐处，暮雀啾啾空绕林。
>
> ——鱼玄机《冬夜寄温飞卿》

曦轮初转照仙扃，旋擘烟岚上窅冥。
不得玄晖同指点，天涯苍翠漫青青。

——薛涛《斛石山晓望寄吕侍御》

  虽然这几首寄赠的对象都是男性，但细味诗意，并无缠绵的男女相思之情，更多的是友人间的清朗情意。李冶"因过大雷岸，莫忘八行书"用鲍照《登大雷岸与妹书》故事，是典型的兄妹情；鱼玄机寄温庭筠诗大略可以看出二人的交情"多半在文字"[①]，字句间不见半分儿女情长的意味；薛涛"不得玄晖同指点，天涯苍翠漫青青"虽流露出些许失落与怅然，但诗思淡远，未见明显的怨慕情怀。这样的交游赠答之作，突破了以往女性与才子文士之间基本只限定于恋人关系的单一格局，同时也为女性诗歌的创作增加了新的题材内容。其后明清才女多有与男性相唱和者，即是这种风气的延续与发扬光大。

  唐代的女冠和歌伎诗人虽享有普通女性很难得到的自由而开阔的生活，却也更为深切地感受到情殇之痛和飘零无依的寂寞彷徨。而周旋于才士之间，即使才情得到欣赏，也终究只是他们诗酒世界里的浪漫点缀罢了，并没有真正进入男性文坛或者改变命运的可能。这样的无情现实令人难免心生郁悒，所以很多时候，她们的诗里都流露出凄切的身世感怀，如鱼玄机的《卖残牡丹》：

临风兴叹落花频，芳意潜消又一春。
应为价高人不问，却缘香甚蝶难亲。
红英只称生宫里，翠叶那堪染路尘？

[①] 谭正璧：《中国女性文学史》，百花文艺出版社，2001，第142页。

及至移根上林苑，王孙方恨买无因。

这是明显的托物寄怀之作。她以残落的牡丹自比，感叹韶华飞逝而终究无法得到梦想中的归宿与情感上的知己。"应为价高人不问，却缘香甚蝶难亲"两句深刻地揭示出空负才华却无人真正解赏的现实，语气中有无限失落凄楚。诗的后半则以愤懑之笔表达了内心的不平之意，也透出有才无命的悲凉与郁恨。此诗如钟惺《名媛诗归》所说："如此语，岂但寄托，渐说向忿恨上去。千古有情人，所托非偶，便有不能自持以正意，此岂其人之罪哉？亦有以使之者矣！"① 而使她心生忿恨难以自已的，其实并非某个或某几个负心人，而是当时男女不平等的生存环境。

李冶《湖上卧病喜陆鸿渐至》一诗则更多凄怆沉痛之感：

昔去繁霜月，今来苦雾时。
相逢仍卧病，欲语泪先垂。
强劝陶家酒，还吟谢客诗。
偶然成一醉，此外更何之？

陆鸿渐即陆羽，当时的名士兼隐士，性情淡泊萧散，诗意闲雅，又嗜茶，著《茶经》三卷，后世尊其为茶神。从诗中可以看出，李冶与其交谊颇深，否则不会以如此深挚之语对他剖白内心的难言之痛。诗的前半以寒月、苦雾、卧病与垂泪点染凄苦心境，之后的"强劝""还吟"两句抒写终日郁郁不欢的黯淡怀抱，而结句的借酒浇愁更令人深感诗人无以消解的悲怆与怅恨。谭正璧《中国女性文学史》曾感叹道："她有豪迈的天才，她有经世的知识，假使她是

---

① 〔明〕钟惺：《名媛诗归》卷十一，明刻本。

个男子，她可以尽量发挥她的天才，尽量运用她的知识，厕身士夫之林，扬名千载之后。但她是个女子，为一般人视为不足与谋大事而以玩物看待的女子，满腔才识，欲何所用？"① 这样的困境，并非她一人深陷其中，而是那个时代所有才女的共同命运。所以鱼玄机曾写过《游崇真观南楼睹新及第题名处》，诗云：

> 云峰满目放春晴，历历银钩指下生。
> 自恨罗衣掩诗句，举头空羡榜中名。

"自恨罗衣掩诗句"，多么沉痛而不甘的呼声！这当中既有对自我才华的明确肯定，也包含着深深的失意乃至愤懑。不过，虽然已认识到无法改变男女不平等的现实，也自知终究无法进入男性社会中一争高下，但对于困扰她们的另外一个重大问题——男女之情，鱼玄机却已有了全新的态度和大胆的理念，其《赠邻女》诗云：

> 羞日遮罗袖，愁春懒起妆。
> 易求无价宝，难得有心郎。
> 枕上潜垂泪，花间暗断肠。
> 自能窥宋玉，何必恨王昌！

正因为痛切地意识到男子的薄情负心，她才发出了"易求无价宝，难得有心郎"的无奈叹息。既然如此，又何必垂泪断肠，空自伤怀，不如弃旧迎新，转而追寻下一段恋情，于是她大胆地宣称："自能窥宋玉，何必恨王昌！"这不仅是对男权世界的勇敢挑战，更体现出对自我才情和价值的欣赏与珍视。后世有些道学家因而将

---

① 谭正璧：《中国女性文学史》，百花文艺出版社，2001，第133页。

她视为淫荡无耻的女子，实在是迂阔之见。

此外，对于大部分沦落风尘的女性而言，歌伎的身份与生活常令她们深感悲哀，如徐月英的《叙怀》：

> 为失三从泣泪频，此身何用处人伦。
> 虽然日逐笙歌乐，长羡荆钗与布裙。

从诗中可以看出，对于误落风尘的不幸命运，诗人是怀抱着极深的憾恨之意的。"此身何用处人伦"一句可谓椎心泣血，道尽无限悲怆。纵然在外人眼中她们过着锦衣玉食、笙歌宴饮的放浪欢乐生活，内心深处却"长羡荆钗与布裙"。她的忧伤感叹，实则代表了当时很多歌伎的心声。

综上所述，唐代女冠和歌伎诗人的创作一方面真实反映了特殊身份下她们的人生境遇与复杂感受，一方面在继承前代女性文学传统的基础上进一步开拓了诗歌题材与情思内涵。她们诗中流露出的身世之恨与郁愤情绪，说明少数情识卓越的才女已经开始对男权社会产生了不满和质疑，这样的声音在后来女性文学的创作中不绝如缕，到了吕碧城和秋瑾的时代终于达到了顶峰。

第三节　以黄崇嘏为代表的闺秀诗人

与宫廷女诗人、女冠和歌伎诗人相比，唐代闺秀诗人的数量虽不在前两者之下，但她们都只留下断简零篇，没有出现像上官婉儿、李冶、鱼玄机和薛涛那样影响大、存世作品较多的代表人物。故而从总体上看，唐代闺秀诗人的成就略显逊色，但其中仍有值得瞩目的作家和作品，显露出属于自己的动人光彩。

一、咏史与旅思：闺秀诗的独特视角

以题材内容而论，唐代闺秀诗自然也是以抒写相思闺怨为主，典型的如晁采《雨中忆夫》："春风送雨过窗东，忽忆良人在客中。安得妾身今似雨，也随风去与郎同。"又如陈玉兰《寄夫》："夫戍边关妾在吴，西风吹妾妾忧夫。一行书信千行泪，寒到君边衣到无？"措语自然清新，情致缠绵动人。而唐代闺秀诗在传统题材之外，又开拓出新的写作视角，即咏史诗与怀古诗。

咏史诗在唐以前的女性诗歌中曾出现过，如南朝刘孝绰长妹、王淑英妻刘氏的《和昭君怨》一首，刘孝绰第三妹、徐悱妻刘令娴的《和婕妤怨》一首，以及范靖妻沈氏的《王昭君叹》二首等。刘氏姐妹两首诗所咏乃汉王昭君和班婕妤事，写其伤怨之情与不幸际遇，语质情直，稍欠含蓄与韵味。相比之下，唐代闺秀诗人的咏史诸作在诗艺方面显得更加成熟，往往措语秀雅而富于情韵。如程长文《铜雀台怨》诗云：

> 君王去后行人绝，箫筝不响歌喉咽。
> 雄剑无威光彩沉，宝琴零落金星灭。
> 玉阶寂寞坠秋露，月照当时歌舞处。
> 当时歌舞人不回，化为今日西陵灰。

又如裴瑶的《阖闾城怀古》：

> 五湖春水接遥天，国破君亡不记年。
> 唯有妖娥曾舞处，古台寂寞起愁烟。

程诗咏东汉末年曹操铜雀台事，裴诗咏春秋时吴王夫差与西施事。两首诗中均运用了比兴与今昔对照的手法，渲染冷落苍茫之境与盛衰兴亡的历史沧桑感,语言则一精雅,一流丽,而皆能情境相融,余韵绵邈。"雄剑无威光彩沉,宝琴零落金星灭"的沉郁悲凉,"国破君亡不记年""古台寂寞起愁烟"的怅恨幽渺,皆能跳出女性诗歌的传统题材风调,予人耳目一新之感。

此外,唐代闺秀诗中还首次出现了抒写旅途感怀的作品,虽然数量很少,却是一个可贵的突破。如刘淑柔《中秋夜泊武昌》:

> 两城相对峙,一水向东流。
> 今夜素娥月,何年黄鹤楼?
> 悠悠兰棹晚,渺渺荻花秋。
> 无奈柔肠断,关山总是愁。

不同于寻幽览胜的游赏风景之作,这种表达长途旅思的作品往往情调凄恻,充满零落天涯的寂寞和飘荡无依的哀愁。诗的开篇写景空阔:两城相对,一水东流,颇有气象万千之势。承此以下,"今夜""何年"一联则引发了时空邈远、世事变幻的苍茫迷惘之思。在这"兰棹晚""荻花秋"的凄凉秋夜里,泊舟异乡的她内心自有无边孤凄与彷徨。"关山总是愁"的悲凉怨叹背后,实则深藏着她对故园和亲人的深沉思念,而这才是她"柔肠断"的真正缘由。诗中将疏阔悠远之境与哀婉沉郁情怀完美融和,浑成中不乏幽思杳渺,堪称佳作。

此外,抒发行旅之思的作品还有尼海印的《舟夜》一首。据《全唐诗》载,她是唐末蜀地慈光寺尼,自幼出家,才思清俊。虽为方外之人,身份有别于闺秀,但因其只有这一首诗存世,恰好又是以旅思为主题,故不忍舍弃,录之于下:

> 水色连天色,风声益浪声。

> 旅人归思苦，渔叟梦魂惊。
>
> 举棹云先到，移舟月逐行。
>
> 旋吟诗句罢，犹见远山横。

虽然诗中提到了"归思苦"，但从总体情境来看，多疏快俊逸之致，而少凄苦愁寂之意。"水色""天色"，"风声""浪声"，以及"云先到""月逐行"，这些风物的描摹烘托令整首诗染上了轻扬灵动的气息，写境阔远，思致俊逸，从而冲淡了栖迟道路的凄怨情绪，可谓别具情韵。

二、"愿天速变作男儿"：才女的自信

唐五代闺秀诗人中经历最特殊、最具传奇色彩的一位，当数五代时蜀地黄崇嘏。据《全唐诗》等书记载，她是临邛（今四川邛崃）人，工词翰书画，自幼作男子装，着儒生服，旁人皆不知其为女儿身。及长，黄崇嘏以诗献蜀相周庠，庠召为掾，又推荐她作司户参军。因其明敏有干才，周庠颇为器重，欲以女妻之。黄崇嘏不得已，只好上诗辞婚。庠得诗大惊，询问后方知她是黄使君之女，尚未适人。后黄崇嘏归家，与老妪相伴而终。她的《辞蜀相妻女诗》云：

> 一辞拾翠碧江湄，贫守蓬茅但赋诗。
>
> 自服蓝衫居郡掾，永抛鸾镜画蛾眉。
>
> 立身卓尔青松操，挺志铿然白璧姿。
>
> 幕府若容为坦腹，愿天速变作男儿。

从诗中流露出的安贫守道、以志节自许的态度可知，她是一位自视甚高、不随流俗、颇具个性的才女。诚如《名媛诗归》所

言:"述志诗,句句森耸,想其气概,自然第一流人。"① 尤其"立身卓尔青松操,挺志铿然白璧姿"两句,道尽女诗人卓然独立、深自期许的非凡志意。可惜当时的社会环境无法为她提供发挥才能的机会,最终她只能默默终老故乡,空自浪费了美好的才情,令人深觉惋惜。

虽然黄崇嘏的经历在唐五代只是个例,但她表现出来的不输男子的才华,以及敢于突破闺阁拘限的勇气,都使她成为女性文学史上难以超越的典范,影响着后世的众多才女,而这并非仅仅是一首诗的意义便能涵括的。正因如此,即使其人其诗都只是孤例,也有必须为之一书的价值,至少她的名字和传奇般的人生不应湮没在今日的女性文学史中。

第四节　唐五代:女性诗歌创作走向成熟的关键期

自先秦以来,女性诗歌的创作同整个诗歌发展史的趋势与轨迹是基本并行一致的。唐代是诗歌创作的黄金时代,与之相应,唐代女性诗歌也走向了成熟,这主要体现在艺术手法、语言风格与审美旨趣等方面的渐趋稳定,同时也表现在女诗人们努力开拓创新的可贵意识与勇于实践的精神。

一、托物寄怀的抒情手法

先秦两汉的女性诗歌大都质朴真淳,以情动人,虽常用比兴手法,但总体依然表现出质直的风貌。即使在南北朝时期,齐梁的靡丽诗风对女性诗歌也影响甚微,这与古体诗的文体特质有关,也与

---

① 〔明〕钟惺:《名媛诗归》卷十七,明刻本。

女性诗人的审美取向有关。到了唐五代，近体诗已成熟定型，古体诗依然保持着活泼的生命力，诗坛进入鼎盛发展期。而随着诗歌盛世的到来，女性诗歌创作随之发生了变化。除了格律和语言方面的渐趋精雅，在抒情手法上也开始有些新变，其中最明显的，就是运用托物寄怀的手法述情写意，从而使诗情更加深挚婉曲，引人回味。借咏物抒怀的作品此前唯有汉代班婕妤的《怨歌行》较为知名，而唐五代时期的女性诗歌虽存世数量不多，托物寄怀的诗作却颇有可称道者。除了鱼玄机的《卖残牡丹》，薛涛的《鸳鸯草》与《柳絮》二首也各具深意，诗云：

绿英满香砌，两两鸳鸯小。
但娱春日长，不管秋风早！

——《鸳鸯草》

二月杨花轻复微，春风摇荡惹人衣。
他家本是无情物，一任南飞又北飞。

——《柳絮》

《鸳鸯草》以草木荣枯喻恋情与欢爱的无常，"但娱春日长，不管秋风早"暗示情浓时虽千般恩爱缠绵，而日后情转冷落之际，过往情深只会令人倍觉伤痛难堪，咏物中寄寓着深深的警醒之意。《柳絮》借飞絮的四下飘荡、沾惹人衣来讽刺到处留情的轻薄男子，"他家本是无情物"可谓一针见血，尖锐的笔触中带着淡淡的鄙薄与嗤笑，而能生动传神，有语尽而情不尽的闲远意致。

杜秋娘的《金缕衣》与柳氏的《答韩翃》也是脍炙人口的佳作：

劝君莫惜金缕衣，劝君惜取少年时。

> 花开堪折直须折，莫待无花空折枝！
>
> ——杜秋娘《金缕衣》

> 杨柳枝，芳菲节，可恨年年赠离别。
> 一叶随风忽报秋，纵使君来岂堪折！
>
> ——柳氏《答韩翃》

《金缕衣》以"莫惜金缕衣""花开直须折"的拳拳劝勉之语，传达珍惜青春韶光、珍重眼前人的深沉情意，一气呵成，动人肺腑。《历朝名媛诗词》称此诗"词气明爽，手口相应，其莫惜、须惜、堪折、须折、空折，层层宕跌，读之不厌，可称能事"①。柳氏为韩翃妾，韩翃赴侯希逸幕府任，将其留在都下，结果不幸遭遇兵乱，柳氏出家为尼。后因貌美多才，被番将沙吒利劫去，幸有虞候许俊用计救回，柳氏得以复归于韩。此诗乃韩翃离别三年未归，寄诗于柳氏，柳氏所答之作。韩诗云："章台柳，章台柳，往日青青今在否？纵使长条似旧垂，也应攀折他人手。"二人都选择以柳寄情，一则与柳姓暗合，一语双关；二则自古就有折柳送别的风俗，故柳枝即寓别意。针对韩翃对自己琵琶别抱的猜疑，柳氏在这首诗中以看似伤惋实则怨愤的语气倾诉了对韩翃一去不归、自己韶华空逝的悲恨之情，诚如《名媛诗归》所评："激直痛楚，绝不宛曲，可想其胸怀郁愤。"②

托物寄怀手法的运用，使得诗情愈发深婉沉着，有余韵绵长之美。唐代女诗人在创作中对此种手法的运用虽然称不上广泛和精熟，但已显露出她们对进一步提高诗艺水平的热情与追求，而这种追求，正是女性文学一直生生不息、持续发展的重要原动力。

---

① 〔清〕陆昶辑：《历朝名媛诗词》卷六，清乾隆三十八年（1773）红树楼刻本。
② 〔明〕钟惺：《名媛诗归》卷十五，明刻本。

二、开阔的诗境

传统女性诗歌因为作者生存环境和生活经历的局限,题材以闺怨离思为主,即使偶尔杂以身世感慨,所写也基本不出闺阁深院的范围,这直接导致了女性诗歌诗境的相对封闭狭窄。到了唐代,随着女冠和歌伎诗人群体的出现,这种情况有了明显改变。女冠和歌伎因为身份的特别,在日常生活里比普通女性享有更多的自由,这自由一方面体现在活动范围的扩大,一方面体现在拥有与诸多男性交游唱和与恋爱的机会。这些使得她们的诗中出现了小楼深闺之外更加开阔的世界,而与男性文士的往来赠答也间接影响了她们的写作,使得她们的诗风诗境呈现出不同于以往的疏隽特质。典型的作品如鱼玄机《遣怀》:

闲散身无事,风光独自游。
断云江上月,解缆海中舟。
琴弄萧梁寺,诗吟庾亮楼。
丛篁堪作伴,片石好为俦。
燕雀徒为贵,金银志不求。
满杯春酒绿,对月夜窗幽。
绕砌澄清沼,抽簪映细流。
卧床书册遍,半醉起梳头。

与其说这是女诗人当日的生活实景,不如说是她所追求的梦想之境。她渴望从污浊的尘世与纠缠的情愁中彻底逃离,如闲云野鹤般一身轻快,纵情飘游于天地之间,泛舟江海,弄琴吟诗,与翠竹片石为伴,啸傲权贵,淡泊自处。在精神世界的自由闲远之外,她也描述了心中的理想居处与生活:有春酒可酌,有月色映窗,石阶下是清澈的池沼，水边有摇曳的花枝映照，闲来卧床展卷，醉起慵倦梳头。再也没有什么能困扰她的身心，从此如清风飞云般度过轻盈自在的一生。如此优美的梦想境界中，唯有她独自潇洒徜徉其间，别无他人，也不再需要任何人。诗中展现出的情境澹隽空灵，疏阔中不乏闲静清幽之美，完全摒除了女性诗歌常见的"闺阁气"，别具一种萧散出尘的超逸气韵。

另如薛涛《送友人》诗云：

> 水国蒹葭夜有霜，月寒山色共苍苍。
> 谁言千里自今夕，离梦杳如关塞长。

虽是抒写传统离情，却并未陷入哀怨缠绵的思致里，而是以疏宕之笔勾画出蒹葭苍苍、月照寒山的阔远苍茫境界，借此烘托凄寂秋夜中内心涌动的无尽怀念与忧伤，含思深沉而造境开阔。钟惺《名媛诗归》称许此诗"浅浅语，幻入深意，此不独意态淡宕也"①。

李冶的《恩命追入留别广陵故人》一首则别具萧散意味：

> 无才多病分龙钟，不料虚名达九重。
> 仰愧弹冠上华发，多惭拂镜理衰容。
> 驰心北阙随芳草，极目南山望旧峰。
> 桂树不能留野客，沙鸥出浦谩相逢。

李冶以诗称名于时，天宝年间，玄宗闻其才，将其召入宫中，此诗即为李冶临行前留别所作。身为女子而能诗名直达天听，原本应是特别值得欣喜乃至自傲之事，但不同于李白"仰天大笑出门

---

① 〔明〕钟惺：《名媛诗归》卷十三，明刻本。

去，我辈岂是蓬蒿人"（李白《南陵别儿童入京》）的疏狂洒脱与豪气干云，李冶诗中所展露的，更多的是一种自谦内敛的心理状态与淡漠闲远的精神气质。诗的前半诗人感慨自己老病龙钟，字句间都是意兴阑珊之感。后半自言身虽北去长安，心却系恋故园山川。结二句以比兴手法含蓄道出自己不慕富贵、希冀如沙鸥般悠游自在的心愿。陆昶评李冶诗"笔力矫亢，词气清洒，落落名士之风，不似出女人手"①，此首可称明证。

另一首《从萧叔子听弹琴赋得三峡流泉歌》有着女性诗歌少见的劲健豪宕之气，诗云：

妾家本住巫山云，巫山流泉常自闻。玉琴弹出转寥夐，直是当时梦里听。三峡迢迢几千里，一时流入幽闺里。巨石崩崖指下生，飞泉走浪弦中起。初疑愤怒含雷风，又似鸣咽流不通。回湍曲濑势将尽，时复滴沥平沙中。忆昔阮公为此曲，能令仲容听不足。一弹既罢复一弹，愿作流泉镇相续。

诗人借助七言古体诗特富表现力、抒情自由奔放的体裁特点，通过博喻、通感、想象和夸张手法的运用，将琴声的曼妙多变表现得恰切而凝练。诗中先由巫山流泉自然引出琴音的琤琮动人，之后展开奇幻的想象，以巨石崩崖、飞泉走浪拟其激越，以鸣咽难通拟其幽咽，以滴沥平沙拟其余音悠邈，显示出诗人不俗的艺术表现力。全诗首尾相绾，针线细密，措语流利圆转，笔力飞扬劲健，雄奇与疏宕兼而有之。

另如女道士元淳的《寄洛中诸姊》和越妓盛小丛的《突厥三台》，无论在题材还是诗风方面，都表现出有别于传统女性诗歌的特质：

---

① 〔清〕陆昶辑：《历朝名媛诗词》卷五，清乾隆三十八年（1773）红树楼刻本。

> 旧国经年别,关河万里思。
> 题诗凭雁翼,望月想蛾眉。
> 白发愁偏觉,归心梦独知。
> 谁堪离乱处,掩泪向南枝。
>
> ——元淳《寄洛中诸姊》

> 雁门山上雁初飞,马邑阑中马正肥。
> 日旰山西逢驿使,殷勤南北送征衣。
>
> ——盛小丛《突厥三台》

元淳诗抒发乱离飘荡中对故乡亲人的深深眷念与欲归归不得的悲凉感伤,并婉曲传写出生当乱世的无奈与怆痛。"白发愁偏觉,归心梦独知"道尽零落天涯的凄切寂寞;"谁堪离乱处,掩泪向南枝"则尤为沉痛,可称时代之哀音。盛小丛诗取材也颇为新颖。"三台"为曲调名,"突厥三台"原是歌唱北地风景的,此首稍作引申,写边塞风光。"马正肥""送征衣"凸显边地特色,也隐隐透露出敌我双方暗流涌动的紧张气息。元诗情虽沉郁,却别具苍茫浑成之气格;盛诗则笔力老到,确如钟惺所言:"直是王昌龄高适一绝句矣。"①两首作品的情与境不同,但都不落窠臼,各有新隽之处,且造境开阔,这是特别值得关注的。

即使写哀艳芊绵的恋情,女性诗歌也可以呈现出疏隽淡远之境。李冶《寄朱放》诗云:

> 望水试登山,山高湖又阔。
> 相思无晓夕,相望经年月。
> 郁郁山木荣,绵绵野花发。

---

① 〔明〕钟惺:《名媛诗归》卷十五,明刻本。

别后无限情，相逢一时说。

诗虽写相思怀人之情，展现的境界却清远疏阔。登山望远，所见是郁郁山林、绵绵繁花，风物清美，视野开阔。登高有所思，所思在远道，这种浑朴沉挚的情意颇有古风的韵味，疏宕之境中别有柔情万千，令人为之低回不已。

三、清丽自然的诗风

古代女性诗歌的创作从初期就自觉恪守着真纯质朴的抒情传统，与之相应，其整体诗风也大都偏于清新自然。唐五代的女性诗歌一方面继承了前代的写作风格，一方面也随着近体诗的渐趋成熟而有所进步发展，比如语言更为工雅，诗思更为秀美，更加注重抒情的韵味等，配合艺术手法的日益纯熟，这些综合起来，便造就了当时女性诗歌清丽自然的总体艺术风貌。其中最具代表性的作家应是鱼玄机，她的不少诗作都体现出清丽的美感，除了前文提到的《遣怀》，《夏日山居》和《访赵炼师不遇》也都写得清雅动人：

移得仙居此地来，花丛自遍不曾栽。
庭前亚树张衣桁，坐上新泉泛酒杯。
轩槛暗传深竹径，绮罗长拥乱书堆。
闲乘画舫吟明月，信任轻风吹却回。

——《夏日山居》

何处同仙侣，青衣独在家？
暖炉留煮药，邻院为煎茶。
画壁灯光暗，幡竿日影斜。

> 殷勤重回首，墙外数枝花。
>
> ——《访赵炼师不遇》

前一首以淡雅新隽之笔描摹夏日山居的幽静美好情境。幽花绿树、流泉竹径渲染出居处之雅洁，酒樽书卷与明月清风则透露了诗人的疏放自在情态。语言清丽，意致洒落，散发着闲远萧散的气息，读罢令人心意旷远。后一首写访友不遇所见，因着对方的道友身份，诗中选取了"煮药""煎茶""幡竿"来烘染修道者居处的幽寂况味，流露出一种弃绝红尘的疏离空静之思。诗借写景来侧面传写人之风神，落笔自然，情怀淡婉，有余韵悠长的美感。

薛涛《秋泉》一诗则带着清冷的风味：

> 冷色初澄一带烟，幽声遥泻十丝弦。
> 长来枕上牵情思，不使愁人半夜眠。

诗写秋日泉水的泠然之声，从而生发因情思牵绊而长夜难眠的愁苦哀婉心事，设色清淡，意境幽寂，落想空灵，令这相思之情也染上了几分静谧杳渺的气息。

从唐五代女性诗歌的创作来看，宫廷女诗人、女冠和歌伎诗人的成就和影响明显要高于闺秀诗人，尤其是以李冶、鱼玄机和薛涛为代表的女冠和歌伎诗人，其作品从情思内涵到艺术表现都体现出女性诗歌走向成熟的趋势。同时也可以看出，女性诗歌从成熟初期就开始或有意或无意地拓展着诗境诗情，虽然此阶段女性在文坛上的地位已经大大下降，无复先秦两汉时的风光，但依然有一些女诗人在传统的拘囿之中努力冲破闺怨相思的束缚，焕发出不一样的光彩和风姿，这是尤为可贵、尤其值得关注的地方。

| 第三章 |

宋元女词人的崛起

作为抒情文学的词之一体，至两宋而达到发展的顶峰，其间名家辈出，佳作如林。而在男性占绝对主体优势的宋代词坛，女词人李清照却以横空出世之姿睥睨群雄，以高妙精绝的词笔在词之领域独领风骚，真正做到了"不徒俯视巾帼，直欲压倒须眉"①。这在古代文学史上是极为罕见的范例。在封建社会中，由于礼教的束缚，女性大都被剥夺了受教育的机会。即使极少数幸运者因家庭或身份的因素能够读书识字并参与文学创作，但从整体上来说她们的成就终究很难与同时代、同领域的第一流大家相抗衡。那么为何到了宋代会出现李清照这样出色的女性作者，可与男性词家平分秋色？除了李清照本身的天才与特殊的家庭环境、人生经历之外，词这种音乐文学"要眇宜修"、婉转优美的特性也使得作为女性的李清照尤其擅长通过词来抒发其细腻深隐的情思。换句话说，在众多文体之中，词是最适合表现女性心灵与情感的一种。因此，宋代参与词的创作的女性远比参与其他文体创作的女性多。除李清照之外，朱淑真、魏夫人、吴淑姬等人的作品也都知名于时，宋末更集中出现了一批爱国女词人。谢无量曾说："词至宋而极盛，故宋妇人多工词者。当时以词被于弦管，上自闺阁，下逮娼妓，皆习为词，亦风气使然

---

① 〔清〕李调元：《雨村词话》卷三，载唐圭璋编《词话丛编》，中华书局，1986，第1431页。

矣。"① 这固然是当时风气的影响，同时也与词体的特性有关。

第一节 俯视巾帼、压倒须眉的李清照

李清照（1084—约1155），自号易安居士，齐州章丘（今山东济南章丘区西北）人。父李格非，字文叔，是当时著名的学者，以文章受知于苏轼，名列"苏门后四学士"，有《洛阳名园记》等传世。母王氏亦能文。李清照天资聪慧，博闻强记，"自少年便有诗名，才力华赡，逼近前辈"②。年十八嫁给太学生赵明诚，夫妻皆好学能文，平生搜集金石古玩甚多。靖康之难，宋室南渡，国势岌岌可危。不久赵明诚病逝于建康（今江苏南京），李清照孤苦无依，兵火流离间旧藏尽失。绍兴四年（1134），卜居金华，生活渐渐安定下来。几年后又迁居临安（今浙江杭州），在那里度过了寂寞的晚年。其词集名"漱玉词"，《宋史·艺文志》作六卷，《直斋书录解题》作五卷，皆散佚，至今只余四十余首，以及零星片断的诗、文、赋。即使存世作品不多，然其才情之卓越，依然震烁词坛。后来论词者对其作品大都称许有加，如：

> 王士禛：张南湖论词派有二，一曰婉约，一曰豪放，仆谓婉约以易安为宗，豪放惟幼安称首，皆吾济南人，难乎为继矣。（《花草蒙拾》）③

---

① 谢无量：《中国妇女文学史》，载《谢无量文集》第五卷，中国人民大学出版社，2011，第282页。
② 〔宋〕王灼：《碧鸡漫志》卷二，载唐圭璋编《词话丛编》，中华书局，1986，第88页。
③ 〔清〕王士禛：《花草蒙拾》，载唐圭璋编《词话丛编》，中华书局，1986，第685页。

> 沈谦：男中李后主，女中李易安，极是当行本色。(《填词杂说》)①
>
> 李调元：易安在宋诸媛中，自卓然一家，不在秦七、黄九之下。词无一首不工，其炼处可夺梦窗之席，其丽处直参片玉之班，盖不徒俯视巾帼，直欲压倒须眉。(《雨村词话》)②

谢无量《中国妇女文学史》称："盖唐五代之际，妇人为词者少。宋时间有作者，在易安前，妇人词传者，率不过一二阕。至易安独蔚为大家，睥睨前世。"③ 词体发展至两宋最为繁盛，成就也达到了顶峰，而有宋之世，李清照是唯一一位能与男性名家抗衡的女词人，对后世词人，尤其是女词人影响极为深远。李清照不仅在词的创作方面功力不凡，且有《词论》传世，这是我国文学史上现存的女性文学批评的第一篇作品。文中对宋初以来词坛上的诸位大家作手一一展开批评，言辞犀利而大胆，充分体现出她高度的文学自信与不随流俗、独抒己见的个性。尤其是针对苏轼的"以诗为词"，提出了"词别是一家"的词学创作理念，强调词体本身不同于诗的特质，见识可谓高卓。而且，李清照不仅提出了这一理念，在具体的写作中，也成功地付诸实践，并取得了出色的成就。

一、"词别是一家"的成功实践

易安词向来被视作"婉约之宗"，是因为它能够充分体现"词别是一家"的特质，传情写境细腻婉美动人，最是"本色当行"。缪钺先生在《论李易安词》一文中，曾谈到李清照在词的创作上的

---

① 〔清〕沈谦：《填词杂说》，载唐圭璋编《词话丛编》，中华书局，1986，第631页。
② 〔清〕李调元：《雨村词话》卷三，载唐圭璋编《词话丛编》，中华书局，1986，第1431页。
③ 谢无量：《中国妇女文学史》，载《谢无量文集》第五卷，中国人民大学出版社，2011，第267—268页。

超卓之处主要表现在三点：一"为纯粹之词人"，二"有高超之境界"，三"富创辟之能力"。[①]之所以称其为"纯粹之词人"，是因为"词本以妍媚生姿，贵阴柔之美，李易安为女子，尤得天性之近。……易安承父母两系之遗传，灵襟秀气，超越恒流，察物观生，言哀涉乐，常在妍美幽约之境，感于心，出诸口，不加矫饰，自合于词，所谓自然之流露，虽易安亦或不自知其所以然"[②]。从体裁特质来看，词本偏于抒写幽约细美之情，而女子天性敏感柔婉，心思细密曲折，故从文体的角度而言，词"要眇宜修"的特点与女子天性尤为契合。李清照以女性身份传情写意，自然流利中别具灵秀韵致。经典之作如《一剪梅》：

红藕香残玉簟秋。轻解罗裳，独上兰舟。云中谁寄锦书来，雁字回时，月满西楼。　　花自飘零水自流。一种相思，两处闲愁。此情无计可消除，才下眉头，却上心头。

词写思妇的离愁极为细腻动人，而又含蓄有致。词中的意象如红藕、玉簟、罗裳、兰舟、锦书、雁阵、月光，给人以精美典雅、清丽自然的审美感受，意象虽多却不觉烦琐堆叠。而"轻解""独上"的动作描写，充分体现出女性的柔婉天性与孤寂心绪。下片抒发深切的相思情怀，语言浅切清新，传情自然而深婉，既有柔情深意，又不乏灵秀之思，正表现出词人性灵上的敏锐与聪慧。

又如《浣溪沙》：

淡荡春光寒食天，玉炉沉水袅残烟。梦回山枕隐花钿。　　海燕未来人斗草，江梅已过柳生绵。黄昏疏雨湿秋千。

---

① 缪钺：《论李易安词》，载《缪钺说词》，上海古籍出版社，1999，第93页。
② 缪钺：《论李易安词》，载《缪钺说词》，上海古籍出版社，1999，第91页。

词写惜春之情，并借此透露出幽微要眇的少女情怀。词从春光落笔，"淡荡"两字形容春色融和荡漾，使人有轻松美好欣悦之感。"玉炉"句由室外转入室内，写玉炉中沉水香烧，袅袅轻烟缭绕一室，环境清雅而宁静。"梦回山枕隐花钿"引出所写之人，山枕，指枕形如山。温庭筠《菩萨蛮》："山枕隐秾妆，绿檀金凤凰。"此句即是用温词句意，写少女因春困而不觉沉沉睡去。此前写窗外春光淡荡，室内炉烟袅袅，与此刻少女的蒙眬梦醒相映衬，既令人感知春日之和暖融漾，又察觉些许淡淡的旖旎思致，一份欲语还休的春日幽情隐隐透出。

下片以婉曲幽隐之笔传写惜春怀抱。上片既已说"寒食"，则点出春事已然过半，因而"海燕""江梅"两句以北归燕子、少女的斗草嬉戏，以及梅花落尽、柳絮飘飞等诸种与春日相关的意象与习俗暗示春景渐趋阑珊，虽未明言而惜春之情隐然可见。结拍"黄昏疏雨湿秋千"，以景结情，情韵悠远。在前文的铺垫之后，黄昏中被微雨打湿的秋千，静静悬挂在空庭之中，仿佛少女无所寄寓的寂寞心事。在这里，惜春之意与内心的孤凄感受自然相融，意境清疏幽淡，写情深婉幽微，用语优美而流利，令人读来不免浮想联翩。整首词不落重笔，全以景语取胜，而情思的流露在若有若无之间，充分体现出"词别是一家"的特质，称李清照为"婉约之宗"，并非过誉。

自五代以来，相思闺情便成为词最重要的创作主题，但那些幽怨离愁都出自男性的笔端，是所谓"男子而作闺音"者。纵然当中不乏名作，但终究不及女子自己的表达来得真切生动。李清照以女性身份写词，诸多闺情之作都写得柔婉细腻，沁人心脾，几乎随意拈来皆成佳构。除上述两首外，又如《蝶恋花》与《小重山》，情思之幽柔婉美，在女词人中亦不多见。词云：

暖雨晴风初破冻，柳眼梅腮，已觉春心动。酒意诗情谁与共？泪融残粉花钿重。　乍试夹衫金缕缝，山枕斜欹，枕损钗头凤。独抱浓愁无好梦，夜阑犹剪灯花弄。

——《蝶恋花》

春到长门春草青，江梅些子破，未开匀。碧云笼碾玉成尘，留晓梦，惊破一瓯春。　花影压重门，疏帘铺淡月，好黄昏。二年三度负东君，归来也，著意过今春。

——《小重山》

两首所写皆是春日所思所感。不同的是，《蝶恋花》重在抒发离愁，故词情幽怨绮丽，芬馨与清婉兼备，细腻且流美，颇有五代花间遗韵；《小重山》偏于惜春怀抱的表达，造境清隽，写情淹雅，疏淡的笔调中不乏新警之思。两首词的题材最为常见，李清照却能独出己意，举重若轻，情境虽异，动人处则同样令人惊艳不已。而"柳眼梅腮""惊破一瓯春"，措语新俊、咏物传神，更显示了李清照才情的高卓不凡。

当时女词人不太轻易尝试、同时也很难驾驭的慢词，李清照写来也是如流水行云般自然清丽，典型的如《念奴娇》：

萧条庭院，又斜风细雨、重门须闭。宠柳娇花寒食近，种种恼人天气。险韵诗成，扶头酒醒，别是闲滋味。征鸿过尽，万千心事难寄。　楼上几日春寒，帘垂四面，玉阑干慵倚。被冷香消新梦觉，不许愁人不起。清露晨流，新桐初引，多少游春意。日高烟敛，更看今日晴未。

坚持"词别是一家"的李清照，南渡之前所写题材大都不出闺情相思的范畴。其词往往秉持着"我手写我心"的创作态度，真实细腻地抒写个人的生活与生命感受，读来仿若随意点染，却别具清妍新丽之致。这首《念奴娇》抒发暮春时节的感伤心绪与相思情怀，既流美，又深婉。开篇着意渲染寂寞冷落氛围。"寒食近"暗示春事渐趋阑珊，又兼风雨交加，故有"恼人天气"的嗔怨之语。重门深锁，庭院萧条，道出独守空闺的处境，也透露了词人内心的孤独与凄清。随后词人承此直下，由"险韵诗成，扶头酒醒"的百无聊赖、时光漫漶之感，细数征鸿、愁情万千的幽怨怅惘，写到春寒袭人、被冷香消的空虚、愁苦与哀伤，传情细腻柔婉，清丽的字句中暗藏无数微茫心事。然"清露"以下，语意一转，借《世说新语·赏誉》"清露晨流，新桐初引"原句，将此前消黯情绪一笔扫去。"多少游春意"流溢着欣然神往的活泼意致，"更看今日晴未"与此呼应，将词情自然转向明朗，使人精神为之一振。这样一转一结，堪称另辟蹊径，笔力不凡。故清代毛先舒对此大加称许曰："尝论词贵开拓，不欲沾滞，忽悲忽喜，乍近乍远，所为妙耳。如游乐词，须微著愁思，方不痴肥。李《春情》词本闺怨，结云：'多少游春意''更看今日晴未'，忽尔开拓，不但不为题束，并不为本意所苦，直如行云，舒展自如，人不觉耳。"①

二、写情活泼生动、大胆率真

虽然目前关于李清照早年的生活资料很少，但由其作品中所表现的情境及见识胸襟可以感知并推测出她当是成长于一个宽松开明的家庭环境中。她的父亲李格非不仅摒弃了当时普遍存在的"重男轻女"之传统观念，给予李清照以良好的诗书文化教育，而且在日常生活中也让她享有相当程度的自由，这对李清照个性的形成与后

---

① 〔清〕毛先舒：《诗辨坻》卷四。见王仲闻校注：《李清照集校注》，人民文学出版社，1979，第52页。

来文学创作所取得的过人成就都有着直接而重要的影响。其早期作品《如梦令》便生动地表现了少女时期的快乐自在生活：

常记溪亭日暮，沉醉不知归路。兴尽晚回舟，误入藕花深处。争渡，争渡，惊起一滩鸥鹭。

身为官宦人家的女子，不仅任性地外出嬉游至日暮，且又"沉醉"，绾合"兴尽晚回舟"句，可以想见其恣肆飞扬而畅快的内心感受。而"误入""惊起"更写出活泼又富有画面感的一幕，使人仿佛身临其境，有着很强的艺术感染力。不难想象，这种自由快意的生活直接影响了李清照的性格形成。

此外，李清照的婚姻也堪称幸福。她与丈夫赵明诚情趣相投，彼此欣赏。婚后两人共同收集金石古玩，校勘题签，以诗书自娱，"赌书泼茶"的故事正是这段谐美婚姻留给后世的佳话。也因为如此，李清照的个性中有着独立、自信、率真、高雅、大方等多方面的特点，表现在词的创作上，首先就是写情活泼生动而大胆率真。她虽然生长于官宦之家，却完全无视传统礼教与身份地位的束缚制约。除了《如梦令》，又如《减字木兰花》：

卖花担上，买得一枝春欲放。泪染轻匀，犹带彤霞晓露痕。　怕郎猜道，奴面不如花面好。云鬓斜簪，徒要教郎比并看。

从词意看，这一首可能是词人新婚后不久所作，充满浓郁的生活气息与浪漫活泼的生活情趣。上片写词人对花朵的由衷赏爱，流露出无限的惜春情怀。下片以娇嗔语气将人与花相比，既表现了天真而好胜的性格，同时又使人感受到新婚夫妇间的旖旎甜蜜。以女性身份写闺中情意，生动直白中颇见娇纵恣肆之意，所以王灼称其"作长短句能曲折尽人意，轻巧尖新，姿态百出，闾巷荒淫之语，肆意落笔,自古缙绅之家能文妇女,未见如此无顾藉也"[①]。他说的"肆意落笔""无顾藉",其实正可见出李清照大胆真率的个性特点。

此外,易安词的"无顾藉"还表现在她在词中展示了自己有才无处施展的不平之感与高远怀抱,其不俗的眼界与追求完全超越了封建社会中女性的狭小生存范围。经典之作如《渔家傲》:

天接云涛连晓雾,星河欲转千帆舞。仿佛梦魂归帝所。闻天语,殷勤问我归何处。　我报路长嗟日暮,学诗谩有惊人句。九万里风鹏正举。风休住,蓬舟吹取三山去。

以"当行本色"著称的李清照,也能写出这首"绝似苏辛派"的作品[②]。词既是记梦,于是词人飞腾幻想的灵翼,开篇即展现海天相连、晓雾弥漫、星河转动、千帆飞舞的奇幻景象,继而写她的一缕梦魂升入天帝的居所,向天帝诉说内心流离无依的孤凄与空有才华而遭逢不幸的悲凉。下片化用《庄子·逍遥游》的典故,营构出大鹏展翅九万里的恢宏气象,寄托对高远美好理想境界的奋力追求。如果说整首词是一部气势磅礴的交响乐,那么最后三句便是最高亢昂扬的乐曲高潮和收束。这个超现实的梦境,既传达了李清照对现实的强烈愤懑与其超尘脱俗的不凡心志,也充分体现出她瑰奇的想象力与高超的构思造境艺术造诣。沈曾植评赏易安词"堕情者醉其芬馨,飞想者赏其神骏"[③],此词无愧"神骏"

[①]〔宋〕王灼:《碧鸡漫志》卷二,载唐圭璋编《词话丛编》,中华书局,1986,第88页。

[②] 梁令娴:《艺蘅馆词选》乙卷。见王仲闻校注:《李清照集校注》,人民文学出版社,1979,第7页。

[③]〔清〕沈曾植:《菌阁琐谈》,载唐圭璋编《词话丛编》,中华书局,1986,第3608页。

之作。

三、白描手法的出色运用

李清照也是一位白描高手,擅长以自然清新的笔法传情写境,往往于浅切处见其深妙稳雅之思致。如《怨王孙》词云:

湖上风来波浩渺,秋已暮、红稀香少。水光山色与人亲,说不尽、无穷好。　　莲子已成荷叶老,清露洗、蘋花汀草。眠沙鸥鹭不回头,似也恨、人归早。

从词意来看,此首当是南渡前所作,写秋日泛舟湖上所见的清幽秀美景色,情思明快,境界疏阔,总体以白描为主。词人将一己游湖的轻盈飞扬心情通过对秋日明净风物的生动描摹传神地呈现出来,无论"水光山色与人亲,说不尽、无穷好"流溢出的快意轻畅,或是"眠沙鸥鹭不回头,似也恨、人归早"的亲切活泼情味,都令人清晰地感受到她内心的欢欣与自在。全词以景传情,风格疏快,多平常语,而又清新流利,不愧为白描的经典佳作。

南渡后,国破家亡的李清照饱经怆痛,迁播流离间心境亦无复当年的浪漫飞扬。故其后期作品少有早年词作的婉美明秀,更多是以简净的白描手法抒写内心种种复杂感怀,看似平淡的笔触中自有无限沉郁之思。如以下三首:

庭院深深深几许?云窗雾阁常扃。柳梢梅萼渐分明。春归秣陵树,人客建安城。　　感月吟风多少事,如今老去无成。谁怜憔悴更凋零。试灯无意思,踏雪没心情。

——《临江仙》

窗前谁种芭蕉树，阴满中庭，阴满中庭，叶叶心心，舒卷有余情。　　伤心枕上三更雨，点滴霖霪，点滴霖霪，愁损北人，不惯起来听。

——《添字丑奴儿》

风柔日薄春犹早，夹衫乍著心情好。睡起觉微寒，梅花鬓上残。　　故乡何处是？忘了除非醉。沉水卧时烧，香消酒未消。

——《菩萨蛮》

　　与南渡前的作品相比，这些词中明显更多家国剧变后的沧桑风霜之感，字句间流淌着难以尽说的沉痛与悲凉。天涯那端无法忘却的故乡，永远回不去的往昔岁月，最终都化为含着微光和泪水的苍茫记忆，无声沉淀在余生的依稀残梦里。"试灯无意思，踏雪没心情"的憔悴哀伤，"愁损北人，不惯起来听"的凄楚寂寞，"故乡何处是？忘了除非醉"的悲怆无奈，这些浓郁深厚的情意都以自然无雕琢的白描手法作了最动人最饱满的呈现。这固然首先得益于词人的超卓才华，但更多则来自其内心情感的汹涌冲击。诚如况周颐所言："真字是词骨。情真，景真，所作必佳。"①

　　到了晚年，定居临安的女词人在时光荏苒中渐渐平复了南渡之初的伤痛悲凉，心境渐归沉静，往往以从容舒徐之笔传写沧桑过后的深沉怀抱，愈增隽永情味。如《摊破浣溪沙》：

病起萧萧两鬓华，卧看残月上窗纱。豆蔻连梢煎熟水，莫分茶。　　枕上诗书闲处好，门前风景雨来佳。终日向人多酝藉，木樨花。

　　词写病后的情境与感受，当是词人晚年流寓南方的作品。即使

---

① 〔清〕况周颐：《蕙风词话》卷一，载唐圭璋编《词话丛编》，中华书局，1986，第4408页。

年华老去，即使孤独抱病，她那饱经伤痛的心灵也并未失去对美的感应。卧读诗书的闲适，溟蒙细雨中的清幽风景，都是老病生涯之外的点滴微光。词的结拍写一树吐露着淡淡幽香的桂花，仿佛着意抚慰陪伴孤身只影的她。此处移情于物，赋予花朵以深情。"多酝藉"三字既流露词人对桂花含蓄雅淡之美的由衷欣赏，也使人感到词人在困顿孤寂中依然保持着对生命的热情。

又如《蝶恋花·上巳召亲族》词云：

永夜恹恹欢意少。空梦长安，认取长安道。为报今年春色好。花光月影宜相照。　　随意杯盘虽草草。酒美梅酸，恰称人怀抱。醉莫插花花莫笑。可怜春似人将老。

日复一日，年复一年，漂泊异乡、渐渐老去的词人终于明白此生再也无法实现叶落归根的梦想。"空梦长安，认取长安道。"她的故国与故乡一样，都已成为永远不可触及的空蒙回忆。而时光流转，岁月峥嵘，她心上的破碎伤口，终归慢慢结成淡淡的疤痕。当年"沉醉不知归路"的飞扬恣肆，也变为如今"永夜恹恹欢意少"的意兴阑珊。月影花光、酒美梅酸的欢闹宴会中，她感受到春光荡漾的美好，更多的却是"可怜春似人将老"的苦涩喟慨。这些晚年的作品里，情绪的表达愈发沉郁，常予人以深折厚重之感，然语言与手法上则绝无雕炼或刻意痕迹，纯用白描，显示出一种洗去铅华而自臻化境的平淡隽永之美，几乎每一首皆堪称经典。

四、"富创辟之能力"：富于创新性的《漱玉词》

易安词不仅才情超卓，且极富创新性，在语言运用、抒情手法等方面都表现出与众不同的才华与创意。缪钺先生曾说过李清照"富创辟之能力"，并称其"开径独行，无所依傍""虽生诸人之后，而不肯摹拟任何一家""易安词在有宋诸名家中，自有其精神面目。……大抵于芬馨之中，有神骏之致，适以表现其胸怀襟韵，而早期灵秀，晚岁沈健，则又因年因境而异"①。易安词常于看似普通的题材内容中见其灵襟秀气，像《如梦令》二首、《渔家傲》《一剪梅》等都是"于芬馨之中，有神骏之致"，而其名作《醉花阴》也是如此，词云：

薄雾浓云愁永昼，瑞脑销金兽。佳节又重阳，玉枕纱厨，半夜凉初透。　东篱把酒黄昏后，有暗香盈袖。莫道不消魂，帘卷西风，人比黄花瘦。

这一首历来为论词者所称赏，所谓"幽细凄清，声情双绝"②"无一字不秀雅"③。结拍三句尤其精妙，她以敏锐的联想，将帘外的菊花与帘内的人自然融为一处。因为菊花向来给人以高雅清瘦之感，正与女词人的神韵气质暗合，人与花的情意相应，姿态相似。她以个性化的秀逸典雅词笔、柔美蕴藉的情感，将外在的景物描写与内心的精神境界自然融合，成功地塑造了一个清丽善感、气韵脱俗的女词人形象。想象奇妙新颖，措语精到，既有"芬馨"之美，又见"神骏"之思，易安词颇富创辟才华，于此可见一斑。

又如《武陵春》：

风住尘香花已尽，日晚倦梳头。物是人非事事休，欲语泪先

---

① 缪钺：《论李易安词》，载《缪钺说词》，上海古籍出版社，1999，第92—93页。
② 〔清〕许宝善辑：《自怡轩词选》卷二。见王仲闻校注：《李清照集校注》，人民文学出版社，1979，第38页。
③ 〔清〕陈廷焯：《云韶集》卷十。见王仲闻校注：《李清照集校注》，人民文学出版社，1979，第38页。

流。　闻说双溪春尚好，也拟泛轻舟。只恐双溪舴艋舟，载不动、许多愁。

此词是绍兴五年（1135）时避乱金华所作，抒发了国变后沉痛悲苦的心情。特别是最后一句写愁，将愁看作有重量的东西，不但可随水而流，而且可以用船来装载。词坛上历来不乏写愁佳句，如李后主之"问君能有几多愁，恰似一江春水向东流"（《虞美人》），"剪不断，理还乱，是离愁，别是一般滋味在心头"（《相见欢》），秦观之"便做春江都是泪，流不尽，许多愁"（《江城子》），"春去也，飞红万点愁如海"（《千秋岁》），贺铸之"试问闲愁都几许？一川烟草，满城风絮，梅子黄时雨"（《青玉案》），均是从不同角度出发，将抽象的愁思具象化，而李清照能在前贤基础上，自出机杼，将愁写成有重量之物，既生动又新奇，使人印象深刻。

李清照的创新之处还表现在语言的运用上，比如"绿肥红瘦"（《如梦令》）、"柳眼梅腮"（《蝶恋花》）、"宠柳娇花寒食近"（《念奴娇》）、"别到杏花肥"（《临江仙·梅》），都予人奇骏灵动之感，所谓"用浅俗之语，发清新之思"[1]。另外，她善用叠字，最经典者达十四字之多，即《声声慢》一阕。张端义《贵耳集》称："此乃公孙大娘舞剑手。本朝非无能词之士，未曾有一下十四叠字者。后叠又云：'到黄昏、点点滴滴。'又使叠字，俱无斧凿痕。"[2]《花草新编》云："易安此词首起十四叠字，超然笔墨蹊径之外。岂特

---

[1]〔清〕彭孙遹：《金粟词话》，载唐圭璋编《词话丛编》，中华书局，1986，第721页。
[2]〔清〕陈廷焯：《白雨斋词话》卷七，载唐圭璋编《词话丛编》，中华书局，1986，第3944页。

闺帏，士林中不多见也。"①《词苑丛谈》也称："首句连下十四个叠字，真似大珠小珠落玉盘也。"②用叠字而能自然妥帖，举重若轻，毫无刻意痕迹，充分证明了李清照在语言方面的超卓才华。

此外，易安词中明显表现出对花意象的偏爱，以咏花为主题的便有十首之多，包括梅花、菊花、桂花等，其他作品中也多有花意象的出现。就目前留存的易安词来看，咏梅之作所占比例最高，由此可见词人的审美倾向。这些咏花之作大都有所寄托，借花来抒写个人的性情怀抱乃至人生境界。典型的如《渔家傲》：

雪里已知春信至，寒梅点缀琼枝腻。香脸半开娇旖旎。当庭际，玉人浴出新妆洗。　　造化可能偏有意，故教明月玲珑地。共赏金尊沉绿蚁。莫辞醉，此花不与群花比。

又如《鹧鸪天》：

暗淡轻黄体性柔，情疏迹远只香留。何须浅碧深红色，自是花中第一流。　　梅定妒，菊应羞。画阑开处冠中秋。骚人可煞无情思，何事当年不见收。

这两首词分咏梅花与桂花。摹写花之神韵生动自然，而"此花不与群花比"与"何须浅碧深红色，自是花中第一流"，则借花传情，含蓄表现出词人清高脱俗、孤芳自赏的精神境界。

此外，这些咏花之作常常寄寓着词人深沉的身世之感。如《孤雁儿》：

---

① 〔明〕吴承恩：《花草新编》卷四。见王仲闻校注：《李清照集校注》，人民文学出版社，1979，第66页。
② 〔清〕徐釚：《词苑丛谈》卷三，清道光二十七年（1847）海山仙馆丛书。

藤床纸帐朝眠起。说不尽、无佳思。沉香断续玉炉寒,伴我情怀如水。笛里三弄,梅心惊破,多少春情意。 小风疏雨萧萧地。又催下、千行泪。吹箫人去玉楼空,肠断与谁同倚。一枝折得,人间天上,没个人堪寄。

词前有小序云:"世人作梅词,下笔便俗。予试作一篇,乃知前言不妄耳。"词借咏梅抒发对故去丈夫的哀悼怀念之意。上片以淡笔轻轻写来:藤床纸帐的寒素淡净,断续的残烟与渐冷的香炉,皆已婉转透露出孤寂凄恻的心境。笛声依旧清亮悠远,却再也唤不回昔时的温柔时光。下片承此而抒怀,风雨萧萧而泪落千行点明心事凄苦;"吹箫人去"以弄玉、萧史的典故,暗示丈夫已逝、词人独守空闺的无限怆然。结拍三句以折梅寄人的典实进一步抒写悼亡追念之情。据周煇《清波杂志》载:"顷见易安族人言:明诚在建康日,易安每值天大雪,即顶笠披蓑,循城远览以寻诗,得句必邀其夫赓和,明诚每苦之也。"① 当年二人共同踏雪寻诗的浪漫往事已如云烟消散,"人间天上,没个人堪寄",正道尽物是人非的伤痛悲凉。全词将咏梅与悼亡自然相融于一处,情意深切凄婉,读来使人唏嘘。

类似的作品还有《清平乐》:

年年雪里,常插梅花醉。挼尽梅花无好意,赢得满衣清泪。 今年海角天涯,萧萧两鬓生华。看取晚来风势,故应难看梅花。

词通过今昔对比写出凄凉萧索的身世之感,沉郁蕴藉,深挚动人。当年"常插梅花醉"的欢乐飞扬,而今飘零异乡、"两鬓生华"

---

① 〔宋〕周煇:《清波杂志》卷八。见王仲闻校注:《李清照集校注》,人民文学出版社,1979,第241页。

的孤寂悲凉，两相对照，不言情而深情流泻，动人肺腑。

李清照是我国文学史上创造力最强、影响最大、艺术成就也最高的女性作家。她的作品既体现了"词别是一家"的特质，写情绘景自然婉美、细腻妥帖，同时又具有超越凡俗的襟怀见识与高远的精神境界，正所谓"闺房之秀，固文士之豪也"①。她打破了男性一统文坛的传统格局，不仅对后来的女性作家影响深远，而且在中国文学史上也有着崇高的地位，为历代评论者所推许赞赏。

第二节 "断肠"女词人朱淑真

朱淑真，号幽栖居士，钱塘（今浙江杭州）人。关于她的生平，向来争议颇多。因其诗集中有与"魏夫人"唱酬之作，她曾一度被认为是宰相曾布妻、女词人魏夫人的诗友，故被称为北宋人。实则此"魏夫人"未必即彼魏夫人，此说不可确信。据缪钺、黄嫣梨等今人的详细考证，大致断定朱淑真的主要生活时期为南宋初，时代略晚于李清照。

朱淑真出身环境优渥的仕宦之家，少喜读书，工诗词，且有画作传世。少女时代的朱淑真生活悠游，日日徜徉于诗酒书画的美好天地里，也常有外出游赏的快乐。而且，从其作品内不难察觉，当时她大概有一位颇为倾心的恋人，彼此缱绻情浓，诗中多有流露。可惜这段恋情最终被父母之命的婚姻断送，朱淑真被迫与恋人分手。婚后夫妇不相得，丈夫是个俗吏，重利而不重情，令敏感聪慧

---

① 〔清〕沈曾植：《菌阁琐谈》，载唐圭璋编《词话丛编》，中华书局，1986，第3608页。

的朱淑真倍感失望与不满。可能正因两人关系愈渐冷落疏离，后来她的丈夫纳了小妾并携之赴任，实则是变相地抛弃了朱淑真，这使她的处境更为寂寞难堪，心情也更加凄苦。关于她的结局，也有不同的说法。一种认为朱淑真与丈夫关系破裂，回归母家，郁郁抱恨而终，是因病亡故；另一种则认为婚姻不幸的她又与当年恋人重温旧情，事发后投水自尽，主要是依据魏仲恭《断肠诗集序》所云："其死也，不能葬骨于地下，如青冢之可吊，并其诗为父母一火焚之。"① 果真如是，那么她的一生实在是个悲剧。

朱淑真的作品在其生前并未刊刻出版，且死后被其父母付之一炬。或许是因其诗词中表现的情思凄婉动人，兼之身世堪怜，易于引发人们的同情，所以她的某些作品便逐渐流传开去。《历朝名媛诗词》称其"才色清丽，罕有比者，所偶非伦，赋《断肠诗》十卷以自解。临安王唐佐为传，述其始末。吴中士夫集其诗二百余篇，宛陵魏仲恭为之序。诗有雅致，出笔明畅而少深思，由其怨怀多触，遣语容易也。然以闺阁中人能耽笔砚，著作成帙，比诸买珠觅翠，徒好眉妩者不其贤哉！"② 叹息称赏之情溢于言表。惜乎王唐佐的小传已不可见，不过魏仲恭的序尚在："……比往武林，见旅邸中好事者往往传诵朱淑真词，每窃听之，清新婉丽，蓄思含情，能道人意中事，岂泛泛者所能及，未尝不一唱而三叹也。"③ 从中可知朱淑真的诗词确乎先流播于民间，之后才由吴中的文士搜罗成集。虽不免散佚，所保留下来的作品仍堪称丰富。如张璋、黄

---

① 〔宋〕魏仲恭：《断肠诗集序》，载〔宋〕朱淑真撰、〔宋〕魏仲恭辑、〔宋〕郑元佐注、冀勤辑校《朱淑真集注》，中华书局，2008，第1页。
② 〔清〕陆昶辑：《历朝名媛诗词》卷八，清乾隆三十八年（1773）红树楼刻本。
③ 〔宋〕魏仲恭：《断肠诗集序》，载〔宋〕朱淑真撰、〔宋〕魏仲恭辑、〔宋〕郑元佐注、冀勤辑校《朱淑真集注》，中华书局，2008，第1页。

畲校注的《朱淑真集》，收录了诗三百三十七首，词三十二首。单纯以数量而论，朱淑真堪称元代之前存世作品最多的一位女性诗人。

朱淑真生活于南宋初期，未曾像李清照那样亲历家国之变与流离之苦，虽然也曾随宦远行，但一生大多数时间都在闺中度过，生活环境比较狭窄，人生经历也相对单纯。正因如此，敏慧善感的她才将全部身心投入对自身情感的专注审视与深细体会上，如魏仲恭所说："一生抑郁不得志，故诗中多有忧愁怨恨之语。每临风对月，触目伤怀，皆寓于诗，以写其胸中不平之气。"[①] 与诗相比，朱淑真存词不多，而成就却不容忽视。词的特质即擅写幽微要眇之情，传达私人难以言传的微妙情思，故以文体论，词更契合女子柔婉细腻的天性；以抒情论，词更适于表达幽怨感伤之意。从这个角度来看，朱淑真《断肠词》是典型的"女儿词"，当中反映的，皆是其哀婉多思、深挚缱绻的内心感受。

一、"天易见，见伊难"：情爱失路的幽恨与凄凉

如前所述，朱淑真的悲剧实源于其婚姻的不幸，如后人所言："父母失审，不能择伉俪……竟无知音，悒悒抱恨而终。"[②] 作为一名赋性颖慧、情怀浪漫的才女，朱淑真一生都在追求两心相契的伴侣。然而，无情的现实摧毁了她的美好想象，进入婚姻的她从此仿佛跌入一个无法醒来的梦魇，她只能借手中的词笔不断地诉说宣泄内心的深深哀怨与难以消解的寂寞凄凉。如《减字木兰花·春怨》

[①]〔宋〕魏仲恭：《断肠诗集序》，载〔宋〕朱淑真撰、〔宋〕魏仲恭辑、〔宋〕郑元佐注、冀勤辑校《朱淑真集注》，中华书局，2008，第1页。

[②]〔宋〕魏仲恭：《断肠诗集序》，载〔宋〕朱淑真撰、〔宋〕魏仲恭辑、〔宋〕郑元佐注、冀勤辑校《朱淑真集注》，中华书局，2008，第1页。

词云：

独行独坐，独倡独酬还独卧。伫立伤神，无奈轻寒着摸人。此情谁见，泪洗残妆无一半。愁病相仍，剔尽寒灯梦不成。

易安名作《声声慢》开篇连用十四个叠字，以烘托冷落之境与凄苦情怀，一向为论者所激赏。朱淑真此词起笔连用五个"独"字，极力凸显独守空闺、形影相吊的刻骨孤寂，虽不及易安词独绝，也颇为新警。接下来词意愈转愈深，一层紧似一层地将内心的忧伤乃至绝望一气逼出。轻寒恻恻、愁病相仍、剔尽寒灯，无不昭示着她的寂寞神伤与困苦无奈。在五个"独"字以后，又写了两个"寒"，前后相缉，倍加深透地传达出其悲凉黯淡的生命感受。

又如《鹊桥仙·七夕》词云：

巧云妆晚，西风罢暑，小雨翻空月坠。牵牛织女几经秋，尚多少、离肠恨泪。微凉入袂，幽欢生座，天上人间满意。何如暮暮与朝朝，更改却、年年岁岁。

词借咏七夕双星事来寄寓自身爱而不得的忧伤，表面上是对牛郎织女夫妻聚少离多、长年分隔银河两岸深感同情，实则借此抒发一己有情人难成眷属的幽幽怅恨。结拍处她别出心裁，反用秦观"两情若是久长时，又岂在朝朝暮暮"词意，道出与爱人年年岁岁长相厮守的美好祈愿。明知没有实现的可能，依然生出这样看似幼稚的想法，实则正进一步深刻地展现出词人的情浓情真，运思可谓不俗。

朱淑真的词里也会偶尔记录下恋情带来的甜美一面，如《清平乐·夏日游湖》词云：

恼烟撩露，留我须臾住。携手藕花湖上路，一霎黄梅细雨。　　娇痴不怕人猜，和衣睡倒人怀。最是分携时候，归来懒傍妆台。

关于这首词的内容，向来都有争论。一说是写词人少女时代与恋人的约会情境，一说是写婚后因夫妻不谐，不顾伦理道德约束而与昔日爱侣（也有人认为是"新欢"）密约游湖的甜蜜场景。词里所表露的那种深陷于热恋中女子的娇痴缱绻情态极为真切动人，笔意真率大胆，刻画细腻入微，在闺秀词中可谓罕见。即使被王灼斥为"闾巷荒淫之语，肆意落笔""无顾藉"的李清照，于此也要逊色几分。故明代徐士俊感慨曰："朱淑真云'娇痴不怕人猜'，便太纵矣。"① 清代吴衡照的态度则通达得多："易安'眼波才动被人猜'，矜持得妙；淑真'娇痴不怕人猜'，放诞得妙。"② 无论"太纵"还是"放诞"，都是对其写情之恣意大胆而生发的感叹，只不过前者保守，后者明达而已。

然而，对词人来说，甜蜜的时光稍纵即逝，恋人终究还是离她远去，漫漫岁月里陪伴她的只有无尽孤独与哀恨。所以她笔下流淌最多的，还是心碎肠断的悲凄之感。《江城子·赏春》词云：

斜风细雨作春寒。对尊前，忆前欢。曾把梨花，寂寞泪阑干。芳草断烟南浦路，和别泪，看青山。　　昨宵结得梦鸳鸯。水云间，悄无言。争奈醒来，愁恨又依然。展转衾裯空懊恼，天易见、见伊难。

"谁道闲情抛掷久？每到春来，惆怅还依旧。"（冯延巳《鹊踏枝》）春依旧，惆怅依旧，而斯人斯情却已不复当年。轻寒细雨中

---

① 〔明〕卓人月辑、徐士俊参评：《古今词统》卷四，明崇祯刻本。
② 〔清〕吴衡照：《莲子居词话》卷二，载唐圭璋编《词话丛编》，中华书局，1986，第2423页。

把酒追忆"前欢",不禁泪水横颐。曾许下的"何如暮暮与朝朝,更改却、年年岁岁"的天真愿望,最终也只是模糊的空想罢了。即使梦中重逢,彼此亦是无言相向,尤使人倍感凄怆。面对"剪不断,理还乱"的愁思千缕,她唯有发出"天易见、见伊难"的悲凉叹息,这当中有无奈,有眷恋,更多的是旧情不再的绝望感伤。痴心人终成断肠人,这是词人爱情悲剧的真实写照。

二、清丽柔婉:女性传统词风的代表

在宋代女性词坛上,朱淑真一向与李清照并称,后世论词者也多将二者相提并论,但她们的词风其实并不相同。陈廷焯《白雨斋词话》曰:"朱淑真词,才力不逮易安,然规模唐五代,不失分寸。"[①]况周颐《蕙风词话》则称:"即以词格论,淑真清空婉约,纯乎北宋。易安笔情近浓至,意境较沉博,下开南宋风气。"[②]淑真词有易安词之"芬馨",但无其"神骏"的一面,这与两人不同的性情、学养、识见、经历以及审美趣味有关。《断肠词》总体上仍遵循词贵婉约的传统,以清丽柔婉的风格为主。对此,缪钺先生曾表达过与陈廷焯相近的观点:"朱淑真填词,承晚唐五代遗风,受《花间集》沾溉尤深。北宋中叶以后词坛的变化,如柳永大作慢词,开展铺叙,苏轼以诗法入词,拓新境界,这些,对朱淑真似乎都很少影响。"[③]她的词,与其诗作具有类似的抒情特点,即"虽时有翩翩之

---

① 〔清〕陈廷焯:《白雨斋词话》卷二,载唐圭璋编《词话丛编》,中华书局,1986,第3820页。
② 〔清〕况周颐:《蕙风词话》卷四,载唐圭璋编《词话丛编》,中华书局,1986,第4497页。
③ 缪钺:《论朱淑真生活年代及其〈断肠词〉》,载张宏生、张雁编《古代女诗人研究》,湖北教育出版社,2002,第427页。

致，而少深思。由其怨怀多触，遣语容易也"①。又因为集中多写相思幽怨之情，故词风相对单一，带着较为鲜明的花间特色，笔致清新，情意凄婉。典型的如《谒金门》：

春已半，触目此情无限。十二阑干闲倚遍，愁来天不管。　　好是风和日暖，输与莺莺燕燕。满院落花帘不卷，断肠芳草远。

词写深闺幽恨。上片写春光过半、触目生愁，一气直抒，情怀哀怨；下片略作折宕，借天气、莺燕与落花侧面烘托心境之郁悒。结句尤其凄婉，落花满地，帘栊低垂，这阑珊的春意仿佛是词人愁寂心事的写照。而她所深深眷恋、为之"断肠"的他，早已远走天涯，消逝于芳草不知处了。词中情景交融，造境清丽，语言自然流美，蕴思深婉而余韵渺邈。陈廷焯称此词"得五代人神髓""殊不让和凝、李珣辈"②，缪钺先生则认为"这首词的风格虽然很像《花间集》，但自出新意，并非摹古"③，都是很准确的评价。

另一首《蝶恋花·送春》同样写伤春，清婉之外又具缠绵情致：

楼外垂杨千万缕。欲系青春，少住春还去。犹自风前飘柳絮，随春且看归何处。　　绿满山川闻杜宇。便做无情，莫也愁人苦。把酒送春春不语，黄昏却下潇潇雨。

此一首颇有南唐正中词神韵，情怀凄楚，思致深婉。词中"春"

---

① 谢无量：《中国妇女文学史》，载《谢无量文集》第五卷，中国人民大学出版社，2011，第279页。
② 转引自〔宋〕李清照、〔宋〕朱淑真著，王新霞、乔雅俊编注：《此情无计可消除：漱玉词·断肠词》，人民文学出版社，2009，第87页。
③ 缪钺：《论朱淑真生活年代及其〈断肠词〉》，载张宏生、张雁编《古代女诗人研究》，湖北教育出版社，2002，第427页。

字出现了五次之多，显然是有意为之，借此而深化伤春题旨，予人反复缠绵之感。值得注意的是，此词虽然情意凄苦，笔法却疏快跌宕，不滞不粘，所谓"笔底毫无沉闷"者①。

如前人所言，朱淑真词规模唐五代，以清婉柔美为特色，然其集中也时有清隽之作，多为咏物词，别具秀气灵襟。如下面两首：

竹里一枝斜，映带林逾静。雨后清奇画不成，浅水横疏影。　吹彻小单于，心事思重省。拂拂风前度暗香，月色侵花冷。

——《卜算子·咏梅》

也无梅柳新标格，也无桃李妖娆色。一味恼人香，群花争敢当。　情知天上种，飘落深岩洞。不管月宫寒，将枝比并看。

——《菩萨蛮·木樨》

从朱淑真现存的词作可知，她对梅花有着极为明显的偏爱，这也与宋人爱梅风气相一致。此外，她吟咏的对象还有梨花和桂花，都是风致清令的花朵。《卜算子》写梅花之清绮标格。竹林、雨后、浅水、月色点染幽静冷隽境界，笛声与暗香则传递清远与杳渺交织的凄迷情韵，含思动人，笔底似有清气弥漫。《菩萨蛮》咏桂花，语言浅近平直，颇有民歌风味，而能落想不俗，"情知"两句化用宋之问《灵隐寺》"桂子月中落，天香云外飘"诗意，以新奇的想象赋予桂花高雅幽洁的美感，看似平淡的笔墨中实有空灵之致。

他如《眼儿媚》写春愁绵绵，情虽幽怨，词风却韶雅轻倩，词云：

---

① 〔清〕李佳：《左庵词话》卷上，载唐圭璋编《词话丛编》，中华书局，1986，第3132页。

迟迟风日弄轻柔,花径暗香流。清明过了,不堪回首,云锁朱楼。　午窗睡起莺声巧,何处唤春愁。绿杨影里,海棠亭畔,红杏梢头。

"清明过了"暗示时节已是暮春,故有"春愁"笼罩心头。这种伤春主题原本十分普通,何况又是来自闺中的叹惋,极易流于庸常,但朱淑真却自出新意,以"云锁朱楼"暗示情怀之忧郁,而暖日和风、花香浮动的淡荡春光愈发反衬出其心境的黯淡,正是"以乐景写哀情"者。全词最堪称道之处乃"何处唤春愁"以下几句,句式及情境表现手法明显来自对贺铸《青玉案》"试问闲愁都几许?一川烟草,满城风絮,梅子黄时雨"的模仿,然别具轻倩流丽之美,风格既淡雅,且柔媚,反映出闺秀词的独特风韵。

与李清照相比,朱淑真才力固自不及,同时也缺乏李清照丰富的人生经历与创新精神。从至今保存下来的作品看,其诗作数量远超词作,可见她在词的创作方面并未投入太多热情。而且,无论诗还是词,大都抒写相思离愁与空闺幽恨,这一方面显示了由生活环境封闭而导致的作品题材内容的狭窄,也说明她在写作中并没有李清照那样明确的辨体意识。尽管如此,朱淑真的《断肠词》仍以情思的凄婉、笔意的真率和风格的清丽柔美得到了后世的肯定称许,也始终影响着后来女词人的创作。她不幸的情感遭际和由此而生发的怨叹悲伤很容易引起境遇相似的女性的深切共鸣,而其柔婉清新的词风也符合多数女词人的审美期待,更契合女性自身的言情特质。如果说易安词尚具文士气,神骏超迈处难以企及,那么朱淑真的词便纯属"女儿词",在女性词中颇具典型性与代表性,在词坛上自有其不可替代的地位与影响。

第三节 以徐君宝妻为代表的宋末爱国女词人

　　南宋后期,随着爱国词高潮的消歇,骚雅词派随之兴起。此一阶段的词作大都于艺术上用力颇深,但缺少活泼的新鲜感与生命力,词坛也渐渐进入了衰落期。直到 1276 年南宋都城临安沦陷于蒙古军之手,其后经过几年的艰苦抗战,宋军最终于 1279 年崖山一战中彻底失败。大臣陆秀夫身背最后一个皇帝赵昺蹈海殉国,南宋灭亡。而在这最后的数年间,以及南宋覆亡后的若干年里,词坛却涌现出文天祥、汪元量、刘辰翁、张炎、王沂孙等优秀的爱国词人与遗民词人,为宋代词坛写下了最后的闪耀着爱国光芒的优秀作品。尤其值得注意的是,宋末也出现了不少爱国女词人,她们生当乱世,亲历国破家亡与流离迁徙之苦,有的甚至不惜牺牲性命以反抗侵略者。其作品中的家国情怀深切感人,可以说皆是以血泪凝结而成的。这些女词人大致可分为两个不同群体,一为宫廷词人,一为民间词人。因身份不同,词作的情感与风格也略有差别,以下分而论之。

一、故国情与思乡意:宫廷女词人的悲郁情怀

　　公元 1276 年,蒙古军南下,临安陷落,年幼的皇帝以及太后、宗室,还有大量的宫人被掳北上。在这些宫人中,颇有善文辞者。她们原本并非词人,却因着特殊情境际遇的激发,先后写下了饱含悲怆的动人作品,传达出浓郁的故国之思。最为世人所称赏者,乃王清惠《满江红·题驿壁》,词云:

　　　　太液芙蓉,浑不似、旧时颜色。曾记得、春风雨露,玉楼金阙。名播兰簪妃后里,晕潮莲脸君王侧。忽一声、鼙鼓揭天来,繁华

歌。　　龙虎散，风云灭。千古恨，凭谁说？对山河百二，泪盈襟血。客馆夜惊尘土梦，宫车晓辗关山月。问嫦娥，于我肯从容，同圆缺。

　　王清惠为宋恭帝时的昭仪，宋亡后被迫随三宫北上，途中题此词于驿馆壁，该词作遂流播中原。入元后，王清惠自请为女道士，号冲华，于1287年左右去世。身为昭仪的王清惠在面对宋室倾覆、河山易主的巨变时，恐怕比普通人更能深刻地感受到亡国的锥心痛苦。词的上片先是追忆当年在宫中名播后妃、随侍君王的无限风光荣宠，"春风雨露"暗示己之得宠，"玉楼金阙"点出宫殿之华美，用笔精炼而含蓄。"忽一声"以下，陡然由绮丽秾华之境转入国破乱离的悲痛与绝望，"繁华歇""风云灭"，曾经的美好与辉煌全都在敌人的"鼙鼓"声里灰飞烟灭，这样的今昔之痛令她满心哀恨，"泪盈襟血"。失去了一切的她被驱往陌生的北方，颠簸劳顿中回想故国与故乡，心头汹涌的，该是多么深重的悲苦与凄惶之情呢？所以结拍的苍凉一问，正婉曲道出逃离现实、徜徉天外的幻想。而从词人后来的结局可知，最终她还是得到了想要的"从容"余生，也算是不幸中的唯一一点幸运了。

　　宋末被掳北行者中，有一位宫廷琴师汪元量，也是南宋著名的爱国遗民诗人。由于心系故乡，也因着对昔时宗国的怀念，他屡次上书元世祖，终于在1288年以道士身份回返江南。临行前，不少滞留北方的旧日宫人为他作词送别，因而留下了这些颇为珍贵的思念故国之作：

　　吴山秋，越山秋，吴越两山相对愁。长江不尽流。　　风飕飕，雨飕飕，万里归人空白头。南冠泣楚囚。

——章丽贞《长相思》

南高峰，北高峰，南北高峰云淡浓。湖山图画中。　采芙蓉，赏芙蓉，小小红船西复东。相思无路通。

——袁正真《长相思》

春睡起，积雪满燕山。万里长城横玉带，六街灯火已阑珊。人立蓟楼间。　空懊恼，独客此时还。辔压马头金错落，鞍笼驼背锦斓斑。肠断唱阳关。

——金德淑《望江南》

寒料峭，独立望长城。木落萧萧天远大，□声羌管过云行。归客若为情？　樽酒尽，勒马问归程。渐近芦沟桥畔路，野墙荒驿夕阳明。长短几邮亭？

——连妙淑《望江南》

君去也，晓出蓟门西。鲁酒千杯人不醉，臂鹰健卒马如飞。回首隔天涯。　云黯黯，万里雪霏霏。料得江南人到早，水边篱落忽横枝。清兴少人知。

——黄静淑《望江南》

秋夜永，月影上阑干。客枕梦回燕塞冷，角声吹彻五更寒。无语翠眉攒。　天渐晚，把酒泪先弹。塞北江南千万里，别君容易见君难。何处是长安？

——陶明淑《望江南》

江北路，一望雪皑皑。万里打围鹰隼急，六军刁斗去还来。归客别金台。　江北酒，一饮动千杯。客有黄金如粪土，薄情不肯赎奴回。挥泪洒黄埃。

——杨慧淑《望江南》

燕塞雪，片片大如拳。蓟上酒楼喧鼓吹，帝城车马走骈阗。羁馆独凄然。　燕塞月，缺了又还圆。万里妾心愁更苦，十春和泪看婵娟。何日是归年？

——华清淑《望江南》

春去也，白雪尚飘零。万里归人骑快马，到家时节藕花馨。那更忆长城？　妾薄命，两鬓渐星星。忍唱乾淳供奉曲，断肠人听断肠声。肠断泪如倾。

——周容淑《望江南》

　　虽然这些词的作者并非同一人，但从身世遭遇和心境方面而言，她们实则可以视为群而合一的统一体。甚至连词牌，选择的都是托意明确的《长相思》和《望江南》。在这些饱含故国之思与思归之情的词作中，有"南北高峰云淡浓""水边篱落忽横枝"这样对江南美好风物的深深追忆怀念，有对"春睡起，积雪满燕山""燕塞雪，片片大如拳"的北地寒苦之境的描摹，有"回首隔天涯""别君容易见君难"的依依别情，更有"南冠泣楚囚""何处是长安"这般悲怆深沉的亡国之恨，以及"十春和泪看婵娟""妾薄命，两鬓渐星星"的凄凉沉郁的身世之慨。这些宫人并非专门的作者，她们的词明白晓畅，自然清新，与南唐李后主词相近，皆能以白描写至情，恰如王国维评纳兰词："以自然之眼观物，以自然之舌言情。"[1]虽非作手，然真切深厚处，亦足感人。尤为难得的是，长年的北地生活让她们饱经风霜摧残的同时，也成就了其词中阔大雄浑的意境。像"万里长城横玉带，六街灯火已阑珊""木落萧萧天远大""鲁酒千杯人不醉，臂鹰健卒马如飞""万里打围鹰隼急，六军刁斗去

---

[1] 王国维：《人间词话（插图本）》，上海古籍出版社，2004，第54页。

还来",都展现出以前女性词中难见的阔远境界与苍劲气质。宋末宫人这一组洋溢着沉挚爱国思乡情思的词作,从内容到体制,都可称得上是女性词史上空前绝后的经典,自有其特殊的意义与价值。

二、"死亦魂归":民间女词人的血泪悲歌

南宋末的动荡离乱中,比宫廷女性命运更悲惨的,是民间无数遭受敌军掳掠侮辱的女性。她们中的绝大多数早已湮灭于历史的尘烟里,能够留下作品记录自己的不幸遭遇者,实属寥寥。其中尤其使后来者感慨万千的当推徐君宝妻的《满庭芳》:

汉上繁华,江南人物,尚遗宣政风流。绿窗朱户,十里烂银钩。一旦刀兵齐举,旌旗拥、百万貔貅。长驱入,歌台舞榭,风卷落花愁。　　清平三百载,典章文物,扫地俱休。幸此身未北,犹客南州。破鉴徐郎何在,空惆怅、相见无由。从今后,断魂千里,夜夜岳阳楼。

据明代杨慎《词品》载:"岳州徐君宝妻某氏,被虏来杭,居韩蕲王府。自岳至杭,相从数千里,其主者数欲犯之,而终以巧计脱。盖某氏有令姿,主者弗忍杀之也。一日,主者怒甚,将即强焉,因告曰:'俟妾祭谢先夫,然后乃为君妇不迟也,君奚怒焉!'主者喜诺。某氏乃焚香再拜默祝,南向饮泣,题《满庭芳》一词于壁上,书已,投大池中以死。"① 由此可知,这是女词人拒不为敌所辱、投水自尽前的绝笔。其中饱含对祖国山川风物的留恋与痛惜,对无由再见的亲人的眷念哀伤,以及魂系故土的无限忠贞。沉郁中自有劲气盘旋,悲愤中又含深情婉转,读罢孰能不为之动容涕下?只此一首,便堪称宋代女性词中的不朽之作了。诚如《历朝名媛诗

---

① 〔明〕杨慎:《词品》卷六,载唐圭璋编《词话丛编》,中华书局,1986,第527页。

词》所称:"悲凉慷慨,有丈夫概,出色女子,才节两绝,在王冲华之右。"①

当时又有雁峰刘氏之《沁园春》,同样沉痛动人,词云:

> 我生不辰,逢此百罹,况乎乱离。奈恶因缘到,不夫不主,被擒捉去,为妾为妻。父母公姑,弟兄姊妹,流落不知东与西。心中事,把家书写下,分付伊谁?　越人北向燕支,回首望、雁峰天一涯。奈翠鬟云软,笠儿怎带;柳腰春细,马性难骑。缺月疏桐,淡烟衰草,对此如何不泪垂!君知否?我生于何处,死亦魂归!

关于此词的由来,《梅磵诗话》卷下云:"近丁丑岁,有过军挟一妇人,经从长兴和平酒库前,题一词云……词名《沁园春》,后书雁峰刘氏题。语意凄惋,见者为之伤心,可与蒋氏词并传。"② 由此可知,刘氏与徐君宝妻遭遇相似,同样是被元军掳掠北行。在这首词中,她以近乎口语化的表达,淋漓尽致地抒发了生逢乱世、国破家亡的惊痛哀恨,以及自己沦入敌手、身不由己的绝望与悲伤。当她遭敌军裹挟被迫"北向燕支"时,回望故乡而唯有苍茫满目;当她颠簸于风霜长路,凄凉中独自涕泣时,便已然预知了未来的不幸命运。然而,在泪水与悲伤中,却迸发出最后的慷慨之音:"君知否?我生于何处,死亦魂归!"正是因为这不屈之志的流露,词情在凄婉中多了几许忠烈之气,使人心生感佩。

总之,宋代由于礼教的束缚,"女子弄文诚可罪,那堪咏月更吟风"(朱淑真《自责》)的社会道德压力的日渐加深,以及妇女地位的一向低微,女性词的总体成就是无法与男性相抗的。但李清照、朱淑真等优秀女作家的出现,则打破了男性一统词坛的局面。女词

---

① 〔清〕陆昶辑:《历朝名媛诗词》卷十一,清乾隆三十八年(1773)红树楼刻本。
② 〔宋〕韦居安:《梅磵诗话》卷下,明抄本。

人的创作虽然因为客观因素只能局促在有限的范围内，然而她们在这狭窄的天地里能够深透专注地倾听自己内心世界每一个细小真切的声音，将这种种独特而微妙的感受付诸词笔，表现出女性真正的情感世界，同时也呈现给世人真实的女性形象，这当是宋代女性词的价值所在。

第四节　元代最优秀的女词人张玉娘

张玉娘，字若琼，号一贞居士，松阳（今浙江遂昌）人，生卒年不可考。以往论词者多将她视为宋代人，与李清照、朱淑真、吴淑姬并称为"宋代四大女词人"。然而玉娘集中有《王将军墓》一诗，诗前小序称："宋王将军，名远宜，松阳人。宋亡，与元兵战于望松岭，死之，遂葬于此。"另，玉娘曾祖张再兴为南宋淳熙八年（1181）进士，据此推断，玉娘大概是宋末元初人。玉娘父张懋，字可翁，举孝行，为提举官，母刘氏，年近五十方生玉娘。玉娘乃父母老来所得之女，且又容色出众、颖慧过人，因而倍受双亲钟爱。同时，张家虽非望族，然自高祖起即历代入仕为官，可谓世代书香。受家庭环境熏染，玉娘自幼便耽文墨，工诗词，时人比之班昭。

玉娘少时许字表兄沈佺，彼此爱慕，钟情特甚。沈佺为宣和策对第一人沈晦的后人，俊茂有才华，二人时有诗文往来，日益缱绻情浓。但后来不知为何，张家父母起了悔婚的念头，这令热恋中的玉娘陡然跌入愁苦之境。（也就是从那时开始，她的人生就无可逆转地一步步走向悲剧。）更为雪上加霜的是，此后不久，沈佺随父宦游京师，这让原本就满心郁闷的玉娘又饱尝两地相思之苦。除却以手中的词笔抒写深深的眷念与孤寂，对恋人早日归来的殷切期盼成了她愁闷生活中的唯一寄托。不幸造化弄人，同样痴心一片的沈佺因"积思郁悒"、两度感染风寒，终致卧床不起。玉娘闻知，不顾旧时所谓男女之防的礼法，遣使问候安慰。沈佺疾笃之际，玉娘得知他是因悔婚一事而病，悲痛中寄书立誓云："毂不偶于君，愿死以同穴也！"① 然而如此深情最终也未能挽回恋人年轻的生命。

沈佺去世时只有二十二岁，这突如其来的惨剧摧毁了玉娘曾经安稳宁静的生活。与恋人永诀后的每一天都仿佛沉落于万劫不复的深渊，她的世界从此只余无尽哀恸与泪水，以及度日如年的煎熬、绝望与刻骨的孤寂。父母不忍见玉娘如此伤怀，试图为她再议婚事，被玉娘断然拒绝："妾所未亡者，为有二亲耳。"② 日复一日，年复一年，她的思念哀伤始终不曾消减丝毫。她的身体仍栖息于这世间，而她的心神早已随恋人远逝。这种心如死灰的日子在她二十八岁那年终于结束。明嘉靖中，同邑王诏作《张玉娘传》，以看似玄幻的笔法记录了她的死亡：

> 时值元夕，父媪出观灯，呼诏女伴强之行。不可，托疾，隐几。忽烛影挥鹤下，见沈郎宛若，属曰："若琼宜自重！幸不寒凤盟，固所愿也。"张且惊且喜，往，握其衣，不相迎。顾视烛影，以手拥髻，凄然泣下，曰："所不与沈郎者，有如此烛！"语绝，觉，不见。张悲绝，久乃苏，曰："郎舍我乎？"遂得阴疾以卒。③

---

① 〔明〕王诏：《张玉娘传》，载〔元〕张玉娘撰《张大家兰雪集》，清乾隆三十四年（1769）鲍氏知不足斋抄本。
② 〔明〕王诏：《张玉娘传》，载〔元〕张玉娘撰《张大家兰雪集》，清乾隆三十四年（1769）鲍氏知不足斋抄本。
③ 〔明〕王诏：《张玉娘传》，载〔元〕张玉娘撰《张大家兰雪集》，清乾隆三十四年（1769）鲍氏知不足斋抄本。

王诏的描述中明显夹杂着想象的成分，但与通行的梦沈生来迎、不久去世的说法大体相同。只是王诏言其"得阴疾以卒"，通行的记载则是绝食而亡。据说玉娘殉情后，父母怜惜她痴心，遂请求沈家将其与沈佺合葬，如此则确乎实现了玉娘当初"愿死以同穴"的深情誓言。

玉娘有《兰雪集》两卷存世，收诗一百一十七首，词十六阕。虽然她的爱情悲剧当时广为传播，时人报之以深切的哀怜，但她的作品直至清初才由著名戏剧家孟称舜付梓刊行。总体而言，玉娘的诗古近体兼擅，含思深婉，笔意工雅。她短暂的一生中虽足迹不出松阳，也并无复杂的人生经历，但其诗歌内容与风格却表现出与其身世不甚相符的开阔性与多样性。除了爱情上的相思咏叹，她的诗中还有写景、咏物、闺情、游览、咏史、边塞、题画、思亲等诸多题材的表现。尤其是《塞上曲》《从军行》《幽州胡马客》《王将军墓》几首，以劲健豪宕之笔抒发忠勇爱国之情怀，令人震撼而感佩。从艺术风格来看，在女性诗歌常见的清新婉美之外，玉娘的诗风还呈现出轻畅流丽、俊逸疏快以及恬淡闲远、新隽秀雅等多种不同的美感风貌。对比玉娘的诗与词作，能够明确感觉到她对两种不同文体特质的把握与区别。其诗偏于清新疏淡，其词则恪守婉约传统，多含蓄蕴藉的表达，写情深挚细腻而稳雅，绝无疏放直快之笔。她这种辨体意识，与前辈李清照暗相契合，也正因为如此，她的词中几乎全是对相思悲郁之情的抒写，风格亦哀婉凄恻，典雅柔约，体现出较深的文学素养。

一、爱别离：以生命写就的深情词章

如前所述，如果没有与沈佺的悲剧之恋，张玉娘的生活原本应该平静无忧。自从陷入与沈佺的恋情后，痴心的她便常常为相思寂寞所困扰，而其后恋人的过早离世，更带给她此生最为沉重的打击。无论是早期的思念牵缠，还是后来的锥心之痛，她都选择以词为载体作深情的诉说与展现。这是因为词体具有幽微要眇、善写婉曲深隐之情的特质，比诗更适于表达其"心有千千结"的无限缠绵与凄怆怀抱。早期的相思怀远之作如以下两首：

极目天空树远，春山蹙损，倚遍雕阑。翠竹参差声戛，环佩珊珊。雪肌香、荆山玉莹，蝉鬓乱、巫峡云寒。拭啼痕。镜光羞照，辜负青鸾。　何时星前月下，重将清冷，细与温存。蓟燕秋劲，玉郎应未整归鞍。数新鸿、欲传佳信，阁兔毫、难写悲酸。到黄昏，败荷疏雨，几度销魂。

——《玉蝴蝶·离情》

霜天破夜，一阵寒风，乱渐入帘穿户。醉觉珊瑚，梦回湘浦，隔水晓钟声度。不作《高唐赋》。笑巫山神女，行云朝暮。细思算、从前旧事，总为无情，顿相辜负。正多病多愁，又听山城，戍笳悲诉。　强起推残绣褥，独对菱花，瘦减精神三楚。为甚月楼，歌亭花院，酒债诗怀轻阻。待伊趁前路，争如我，双驾香车归去。任春融翠阁，画堂香霭，席前为我翻新句。依然京兆成眉妩。

——《玉女摇仙佩·秋情》

张玉娘很喜爱慢词这种体式，存世的十六首词作中，慢词有七首之多，在宋元女词人中堪称翘楚。其词借鉴了柳永词长于铺叙、委婉细腻的抒情特点，而回避了柳词俚俗的一面，情意凄楚缠绵，婉曲动人。细味这两首词，当是沈佺宦游京师期间所作，所写情境颇为相似，皆以秋日萧瑟景色烘托凄寂氛围，字句间全是刻骨的思念与缱绻柔情。词中写到词人因与恋人分离而生的憔悴、寂寞和感伤心事，也流露出对他日重会欢聚、"星前月下""细与温存"的甜蜜想象与期待，甚至还表现了深深的后悔与内疚："细思算、从前旧事，总为无情，顿相辜负。"两首写情均细腻温婉，娓娓道来，仿佛女儿家的喁喁私语，苦涩与梦想交织，哀怨愁闷中又闪动着点点希望的微光，思致缠绵，全以情真取胜。此外，值得注意的是，这两首词在结构安排上同样借鉴了柳永《戚氏》《浪淘沙慢》（梦觉、透窗风一线）时空交错的特点，虽不如柳词那样层次复杂，但词中的感情也摆脱了平铺直叙的写法，在"现在—未来—现在"或者"现在—过去—现在—未来"几个不同时空中不断穿插起伏，造成错综复杂、一唱三叹的抒情效果。

然而，年轻的张玉娘那时并不知晓未来的残酷命运，人分两地的相思之苦固然令她深感忧伤，但她终究仍怀抱着对未来重会，乃至终成眷属的美好期望。而后来沈佺的遽然离世，让她的人生从此坠入无边的黑暗与痛苦中，也让她的词里从此再也看不到一丝暖意与期冀。《汉宫春·元夕用京仲远韵》词云：

> 玉兔光回，看琼流河汉，冷浸楼台。正是歌传花市，云静天街。兰煤沉水、彻金莲、影晕香埃。绝胜□，三千绾约，共将月下归来。　　多管是春风有意，把一年好景，先与安排。何人轻驰宝马，烂醉金罍。衣裳雅淡，拥神仙、花外徘徊。独怪我、绣罗帘锁，年年憔悴裙钗。

细味词意，这首大概作于沈佺去世几年后。词中情感的表达较为舒徐冲淡，可见她已经度过了最为艰难伤痛的时期，开始将永失所爱的刻骨悲怆转化为苍凉而漫长的怀念，那些无处投递的爱与无法释怀的相思，在她心底沉默而绝望地喧嚣。这悲伤无法平复，却可以暂时掩藏于现实生活的尘影之下，而她也终于能够以看似淡然的语气来诉说或者是透露些许这情绪的暗涌。词中写元夕的清美幽洁景色与士女出游的热闹繁华气象,从天上明月星河的清光写到人间花市的歌舞升平与公子佳人游赏之欢乐、车马衣饰之华贵精致。在层层铺排之后,词的结拍则以垂帘不出、独自伤怀的自我形象收束,愈显乐更乐而哀更哀。此前对元夕热闹享乐的种种摹写,其实都是为了这最后的刺心一笔。"年年憔悴裙钗"六字力透纸背,深婉的笔意中蕴涵无限沉痛悲凉,思之使人神伤。

另一首《念奴娇·中秋月次姚孝宁韵》也表达了类似的凄怆情怀,词云:

冰轮驾海,破寒烟、万点苍山凝绿。清逼嫦娥秋殿静,桂树香飘金粟。万顷琉璃,一天素练,光彻飞琼屋。楚云无迹,萧萧梦断银竹。　都胜三五寻常夜,高河新泻下,雪波霜瀑。臂冷香销成独坐,顾影愁增千斛。燕子楼空,凤箫人远,幽恨悲黄鹄。夜阑漏尽,梅花声动湘玉。

元夕和中秋都是亲友欢聚的节日,所以更易触动词人内心的感怀。如同前一首那样,她的抒情是以看似平静的笔调缓缓展开的。从起句直到过片三句,都是在描绘中秋夜的清幽静谧之美。"冰轮""寒烟""苍山""秋殿""琉璃""素练""琼屋""银竹""雪波霜瀑",这些风物意象都散发着晶莹寒凉的气息,共同营构出一个澄澈绝尘的玉一般的世界。而"万顷""一天""光彻""高河新泻",写景阔远,有笼罩宇宙气象。与其说她是在着意刻画中秋夜色,不如说是她为心碎神伤的自己打造了一处暂时抛离现实的高旷清寒的如梦幻境,这缥缈而寂寞的时空,纵然无法安放她的哀伤,却能暂时带来一丝虚无的出离与解脱之感。"臂冷香销"以下,则是对凄怆消黯心情的表达。夜渐凉深,香已成灰,愁绪满怀的她独坐深闺,唯有抱臂顾影自怜而已。任外面多少繁华欢愉,终究与她是毫不相干的，尘世的热气再也无法渗入她冰冷的心之深海。"燕子楼空"三句连用盼盼、弄玉和陶婴的典故，抒发爱侣已逝、形单影只的寂寞与幽恨。而长夜漫漫，陪伴她的，只有笛声悠悠，诉说着深沉的悲怨与思念，仿佛可以穿越生死边界，抵达恋人的所在之地。

二、婉雅凄恻的《兰雪词》

张玉娘的《兰雪集》存词不多，内容也比较单一，大都集中于对相思恋情的描写。从艺术上而言，《兰雪词》一方面因为多写情愁而表现出凄恻哀婉的风貌，另一方面，在语言和抒情手法上则偏于典雅委婉，不作激切直宕的表达。此外，玉娘词中也有少数风格清隽的作品，当是受到以南宋姜、张为代表的骚雅词派的影响。

《兰雪词》风格大都婉雅凄恻，如《法曲献仙音·夏夜》词云：

天卷残云，漏传高阁，数点萤流花径。立尽屏山无语，新竹高槐，乱筛清影。看画扇，罗衫上，光凝月华冷。　夜初永，问萧娘、近来憔悴，思往事、对景顿成追省。低转玉绳飞，澹金波、银汉犹耿。簟展湘纹，向珊瑚、不觉清倦。任钗横鬓乱，慵自起来偷整。

这是对夏夜相思之情的叙写，应是玉娘与沈佺相恋时所作。词中述情婉曲，除"无语""憔悴""追省"泄露了几分幽怨困顿心绪，其他皆是借助景致或人物的意态动作等含蓄抒发怀思寂寞之情。残云、漏声、流萤、树影、月光与星河，如此清新静美的夏夜景色中微微荡漾着淡淡的冷落气息；而无心睡眠、钗横鬓乱则照应前文的"思往事""成追省"，进一步委婉透露为情所困的心事。词中用语秀雅，情致深婉，虽有凄恻之思，却能以曲笔纡徐出之，有余韵不绝的美感。

情境风貌颇为相似的又如《卖花声·冬景》与《南乡子·清昼》：

衾重夜寒凝。幽梦初醒。玉盘香水彻清冰。起向妆台看晓镜，瘦靥梅英。　门外六花零。香袂稜稜。等闲斜倚旧围屏。冷浸宝奁脂粉懒，无限凄清。

——《卖花声·冬景》

疏雨动轻寒。金鸭无心爇麝兰。深院深深人不到，凭阑。尽日花枝独自看。　销睡报双鬟。茗鼎香分小凤团。雪浪不须除酒病，珊珊。愁绕春丛泪未干。

——《南乡子·清昼》

无论是雪花纷飞的寒冬，还是暖意融漾的春日，词人的忧思始终无可断绝。冬季的雪落寒凝固然让她心绪萧瑟、脂粉懒匀，春天的疏雨轻寒同样带给她莫名的慵倦寂寞与愁情如织的幽怨感受。两首词都以婉雅凄楚的笔致含蓄表露词人内心的哀伤冷落，刻画细腻，传情柔美，别具动人韵味。

与李清照、朱淑真不同，张玉娘及其《兰雪词》起初一直湮没于文坛，不大为人所知，即使后来其作品得以付梓刊行，其影响力也远不及李、朱二人。故词学名家唐圭璋先生曾深深为之不平，撰文称："谁也知道，宋代女词人，有李易安、朱淑真、魏夫人、吴淑姬这一般人。可是很少人知道，宋代还有一位女词人张玉娘，足以和她们分庭抗礼呢！……她短促的身世，比李易安朱淑真更为悲惨。李易安是悼念伉俪，朱淑真是哀伤所遇，而她则是有情人不能成眷属，含恨千古。"[①]事实上，在唐先生写作此文的20世纪30年

---

① 唐圭璋：《宋代女词人张玉娘》，《文艺月刊》1937年第6卷第4期。

代,谭正璧先生所著《中国女性文学史》中已经以相当的篇幅介绍了张玉娘及其《兰雪集》,字句间也流露出深深的同情与推许之情。在谈到《兰雪词》时,他说,"集中共有词十六阕,首首都有她寄托的生命,首首都是她生活的写照"①,"在'词匠的词'风行而词将走入坟墓之门的时代,她仍能保持着清新婉丽的风格,可见她不是个没有主见而随波逐流的人。在当时一切词人中,也可算得'独具只眼'了"②。

  客观来看,张玉娘词在整体的艺术水准上不及易安词,与朱淑真词类似,皆能得易安之"芬馨",而无其"神骏"。《兰雪词》于婉雅工稳处略胜《断肠词》,但论及轻倩流丽,则是《断肠词》所长。而且,从总的创作看,张玉娘的诗成就更高,其词数量少且题材风格单一,又欠缺像李、朱那样的独特风貌,故而当年湮没不彰,多少也应与此有关。尽管如此,在元代词坛上,张玉娘仍堪称成就最高的女词人,值得为之一书。

---

① 谭正璧:《中国女性文学史》,百花文艺出版社,2001,第282页。
② 谭正璧:《中国女性文学史》,百花文艺出版社,2001,第283—284页。

| 第四章 |

明代：女性诗词创作渐趋繁盛的肇端

在经历了元代和明前中期的沉寂冷落之后，以万历年间陆卿子和徐媛的广泛交往和诗词唱和为标志，女性诗词创作开启了走向繁荣的新阶段。以吴江沈氏母女为代表的闺秀词人和以王微、李因为代表的名妓词人，各自取得了令人瞩目的艺术成就，为其后女性文学黄金时代的到来奠定了坚实的基础。

第一节 以吴江沈氏母女为代表的闺秀作家

晚明才女中，吴江沈宜修、叶小鸾母女称得上是声名颇著的优秀作家。她们的作品，无论是诗还是词，都以工致秀雅的风格见长。她们在作品里表现出来的秀雅之美与清婉之风对明末及以后的女性诗词创作具有明显的濡染之功，同时也为后来者提供了很好的写作范例。

一、沈宜修《鹂吹集》：闺情的秀雅抒写

沈宜修（1590—1635），字宛君，吴江（今江苏苏州吴江区）人。山东按察副使沈珫长女，工部郎中叶绍袁妻，著名戏曲作家、理论家沈璟的侄女。沈氏与叶氏俱为吴江大族，沈宜修自幼便生活在文学气息浓郁的环境中。十六岁嫁给叶绍袁后，夫妇情深，常以

吟咏为乐。所生五子三女皆有文藻，可谓一门风雅，在当时即传为美谈。其儿女中，三女叶小鸾最为美慧，却不幸于壬申（1632）十月出嫁前猝然而逝，年仅十七岁。长女叶纨纨因病中哭妹过哀，七十日后亦逝于沈宜修怀中。沈宜修连失二女，本已哀恸不已，孰料乙亥（1635）又连丧次子世偁、婆母冯太夫人与五岁儿世儴。宜修由是呕血不起，于当年九月与世长辞。其作品由丈夫叶绍袁辑为《鹂吹》一集，有诗六百三十四首，词一百九十阕，文七篇，收入《午梦堂集》。

在多数旁观者的眼中，沈宜修在生命的最后三年虽然频遭亲人去世的打击，但整体看来，她四十五年的人生尚属平静美满。然而纵览《鹂吹集》中所收诗词，几乎触处生愁，字句间流溢着浓郁的感伤和悲郁之思，如："容华减青镜，团扇伤流序。嗟哉处世间，忧愁半相与。"（《感怀》）"浊酒聊自酌，穷愁无可倾。"（《秋雨独酌遣怀》）"事去不堪重忆省，愁来无奈可防堤。"（《秋日病余》）"不如休想再相逢，此生拼却愁消尽。"（《踏莎行》）"愁怀如许，料天还知道。"（《风中柳·感旧》）可以说，沈宜修看似静好美满的人生与其笔下流淌的郁悒忧伤形成了矛盾的对照，令后世很多读者颇感困惑。而从叶绍袁与家中其他亲友为她撰写的祭文与传略中，其实不难发现具体的因由所在。

沈宜修十六岁于归叶氏，叶绍袁早年丧父，母亲冯太夫人膝下仅此一子，对其寄望之深可以想见。据叶绍袁称：

> 余少时，携签笈，从游若思诸君子，肄业为常，不甚居家中，即居家中，亦不敢一私入君帏。非太宜人命，寒篝夜雨，竹窗纸帐，萧萧掩书室卧耳。①

---

① 〔明〕叶绍袁：《亡室沈安人传》，载〔明〕叶绍袁原编、冀勤辑校《午梦堂集》，中华书局，1998，第226页。

（宛君）十六来归……我时舞象游黉，微名薄起，人皆为君慰，不知频年失志，坎壈不平，或闭户编蓬，或担簦丽泽，入君帷幕，与君披对，经年无几日耳。甚且腊尽年除，尝栖外馆，我岂无情，疏越至此，悫庭义方，罔敢违戾，结褵以来，君所知也。①

不仅如此，婚后三十年间，叶绍袁或为功名读书外馆，或因仕宦漂泊南北，夫妇间始终聚少离多。这对于敏感多思的沈宜修而言，无疑是一种长期的折磨与消耗。才情丰美的她还来不及细细品味得遇良人的欢喜，便不得不面对频频别离的孤独与无奈。因此，她的寂寞与忧伤是可以想见的，其《感怀》（和仲韶韵，时在苕上）诗云：

> 凉风吹落霞，静夜松飘露。
> 修竹乍舒篁，游子天涯暮……
> 月色入回廊，照我愁独步。
> 开帘览余花，思结江淹赋。
> 一水隔河梁，片云渺无度……
> 别恨梦难从，谁挽江头渡。
> 风月最无凭，莫向东君诉……

黄昏中落霞成绮，长夜里松飘凉露，风物静美如斯，奈何亦难以抚慰愁怀。月色温柔，洒落在空庭与回廊，映照着，或者说陪伴着茕茕只影的她。而山水迢遥，归期无定，离人如片云般飘荡于天涯彼端。那些漫长等待中的忧思难解，那些凄清梦境里的别恨依依，最终又能诉与谁听？她的孤独也好，伤叹也罢，都不过是思念

---

① 〔明〕叶绍袁：《百日祭亡室沈安人文》，载〔明〕叶绍袁原编、冀勤辑校《午梦堂集》，中华书局，1998，第210页。

的回声，只能回荡在一己寂寞的心底。

在词中，沈宜修的伤别之情显得愈发缠绵深浓：

春事阑珊可怨嗟，愁看柳絮逐风斜。碧云天际正无涯。　莫问燕台曾落日，休怜吴地有飞花。春风总不属侬家。

——《浣溪沙·和仲韶寄韵》

芳草连天不耐芟，柳丝无力系征帆。垂条空折手纤纤。　人去河梁生寂寞，燕归帘榭自呢喃。可堪对酒湿青衫。

——《浣溪沙·暮春感别》

对于困守空闺的女性而言，日复一日的漫漫等待常令人心生无可依凭的空虚与凄凉。这两首词均有意将伤别之思的叙写置于春光淡荡的背景中，更可凸显出"此去经年，应是良辰好景虚设"（柳永《雨霖铃》）的深深怅惘。她所"怨嗟"的，是如柳絮飞花般飘零的韶颜芳华，是良人未归、两地暌隔的伤怀与思念。特别是"春风总不属侬家"一句，述情含蓄深婉，笔意缠绵幽怨，道尽内心的无奈与感恨。在当时的社会里，她的思念与泪水虽无可非议，却必须让步于丈夫的举业与前程，除了聊借手中的词笔寄情一二，她所能选择的，也唯有沉默。

除此之外，叶沈两家虽为吴江望族，但到了叶绍袁、沈宜修的时代却皆已式微。尤其庚午（1630）叶绍袁辞官归里后，家境愈趋荒落萧条。叶绍袁曾自述云："余自庚午陈情，归养太宜人，家殖益荒落。"① 沈宜修面对的是"儿女债多，清闲福浅，求衣营食，不

---

① 〔明〕叶绍袁：《亡室沈安人传》，载〔明〕叶绍袁原编、冀勤辑校《午梦堂集》，中华书局，1998，第 228 页。

遑宁处"①的境况,身司主内之职的她不得不耗神劳心,疲于应付。其诗中不止一次写到穷愁煎迫的生活状态,如《季冬二十四夜穷愁煎逼不胜凄感漫然赋此》(其二):

> 红烛流残腊夜遥,醉来聊学读《离骚》。
> 空林影叠苍云积,疏幌寒迎白雪飘。
> 笑傲不禁烟月老,穷愁难逐岁华消。
> 萧条自卧袁安室,寥落心期向九霄。

虽然诗末以袁安卧雪的典故表达了安于清贫的淡泊心态,但"穷愁"一句依然透露了生计艰难带来的黯然与苦闷。其他又如《贫病》诗云:

> 贫病由来不可当,可怜贫病两相伤。
> 萧条病怯西风冷,摇落贫消秋日长。
> 病卧家寒捱岁月,贫无客至少匆忙。
> 病魔欲倩诗魂谢,贫鬼何年却远方。

将穷愁交迫作为吟咏主题,在女性作品中可谓颇为鲜见。在这首诗里,沈宜修以略带自嘲的语气反复描摹"贫病相伤"的窘迫生活,如果说"贫无客至少匆忙"还有些微的戏谑之意,那么"捱岁月"三字则透出无可掩饰的悲凉情绪,令人深刻感受到彼时她胸臆间难遣的无奈与愁闷。

纵然生性泊如的沈宜修不以贫苦为病,多年来穷愁煎迫的现实生活问题仍不免日复一日地啮蚀着她本已抑郁多感的心。尤其是爱女叶小鸾、叶纨纨相继去世,她的精神世界遭遇了前所未有的深重

---

① 〔明〕叶绍袁:《百日祭亡室沈安人文》,载〔明〕叶绍袁原编、冀勤辑校《午梦堂集》,中华书局,1998,第210页。

打击，所谓"双泪为枯，病根旋种"①。自此沈宜修身心憔悴，"自两女亡后，拾草问花，皆滋涕泪，兴亦尽减矣。且又恒与病缘，癸酉以来，终日慅慅药铛间耳"②。然而悲剧还未结束，二女亡故后未及三年，又于乙亥短短数月间连丧二子和婆母冯太夫人，沈宜修因此病重吐血，是年秋便溘然长逝。在她去世后，丈夫叶绍袁伤悼不已，曾叹息曰："三十年间，晦明风雨，清昼黄昏，曾欢娱愉乐之几何，而拂乱忧愁之日积。蛾眉长蹙，对妆镜以无言；笑靥或开，袖罗巾而每湿。君深心之委曲，与苦情之忍默，即我不能尽知之，知之亦不能尽言之也。"③自称与妻子"伦则夫妇，契兼朋友"④的叶绍袁对沈宜修内心的种种愁情尚且不可尽知，那么她诗词中所抒写的幽怨与寂寞，其实也不过是其苦闷情绪的冰山一角罢了。

沈宜修《鹂吹集》中共收词一百九十首，诗六百三十四首。沈宜修一生中除丁卯（1627）曾携子女随宦金陵五个月之外，其余时间基本不离闺中的范围，少女时如是，出嫁后亦如是。故沈宜修诗词所表现的情感与内容具有典型的闺阁特色。像大部分女性作者一样，爱别离的相思、流光似水的感伤与伤春悲秋的怅惘共同构成了其诗词吟咏的主题：

犹见寒梅枝上小。昨夜东风，又向庭前绕。梦破纱窗啼曙鸟，无端

---

① 〔明〕叶绍袁：《百日祭亡室沈安人文》，载〔明〕叶绍袁原编、冀勤辑校《午梦堂集》，中华书局，1998，第210页。
② 〔明〕叶绍袁：《亡室沈安人传》，载〔明〕叶绍袁原编、冀勤辑校《午梦堂集》，中华书局，1998，第229页。
③ 〔明〕叶绍袁：《百日祭亡室沈安人文》，载〔明〕叶绍袁原编、冀勤辑校《午梦堂集》，中华书局，1998，第209页。
④ 〔明〕叶绍袁：《百日祭亡室沈安人文》，载〔明〕叶绍袁原编、冀勤辑校《午梦堂集》，中华书局，1998，第211页。

不断闲烦恼。　　却恨疏帘帘外渺。愁里光阴，脉脉谁知道。心绪一砧空自捣，沿阶依旧生芳草。

——《蝶恋花·感怀》

　　因为不被了解，也因为难以言说，沈宜修没有在词内留下关于其深愁之缘起的明确线索。对她这样的女子而言，闺阁之外的世界是相对陌生渺茫的，纵使神往也找不到属于自己的角色与位置，而闺阁之内的一切又常常由于太过熟悉太过贴近反而失去了能够含蓄寄意的对象。由前文可知，她的愁情是复杂多端的，当中既有生活坎壈的消磨之痛，也有个性遭受压抑的苦闷之感。很多时候囿于道德与环境的制约，她无法道出内心的幽抑与哀怨，所以只能以"无端"、以"闲烦恼"来掩饰真正的心情，以"脉脉谁知道"将所有感受轻轻带过。然而这并不表示她试图通过这样的方式去淡化或分散读者对其愁闷心境的关注，那忧怀如捣又无人诉说的孤凄寂寞恰如萋萋不断、年年重生的芳草般紧紧缠绕着她早已憔悴不堪的词心。"空自"与"依旧"二语在相缔相生中加深了情感的浓度与沉郁吞吐的韵味，令人愈发切近地体会到她看似疏离的笔墨里包蕴的绵绵不绝的如缕愁思。

　　实际上，在沈宜修后期创作的许多作品中，已然蕴涵着不同于早期的世事沧桑与生命忧患之感，因而具有更加饱满厚重的情感意蕴与深沉的人生思致。这在其诗中表现得尤为明显：

黄叶吹残绕竹扉，篱边景色冷依依。
柔肠每欲临风断，蓬鬓谁怜向日飞。
半夜灯花空自落，一生心事总成违。
樽前徒有添惆怅，俯首难禁泪满衣。

——《寒夜感怀》

无语纱窗对月明，萧萧风竹似秋声。
心慵不耐忧旋扰，病怯难禁梦复惊。
旧事已随流水去，新愁时逐乱云生。
徘徊每自挑灯立，长叹能消几许情。

——《月夜病中》

夜静频惊竹叶声，遥看秋色在江城。
闲宵清漏同思永，明月疏星与梦平。
团扇鹊辞罗袖裛，卷书萤入羽钗横。
忧愁两字休重写，满纸何能得尽情。

——《静夜》

　　萧瑟的深秋，冷寂的寒夜，更易触动诗人的郁郁心事。黄叶纷飞，风竹萧萧，带来无边孤凄之感。而空自坠落的灯花，漫漫长夜里的漏声与月色，都暗示着思绪难平的她所感受到的沉沉忧思和寂寞。一个又一个难眠的永夜，仿佛没有尽头的愁情如织，她又如何能够一一细说？这所有独自挨过的孤绝时刻与独自面对的广漠哀愁，最终也只能化作"一生心事总成违""满纸何能得尽情"的幽幽叹息。

　　在给弟弟沈自征的书信中，沈宜修曾感慨："从夫既贵，儿女盈前，若言无福，似乎作践，但日坐愁中，未知福是何物，此生业重，惟有皈向空王以销之耳。"[1] 她的愁绪万端，固然与天性里的敏感多思有关，如沈自征所言，"赋性多愁，洞明禅理，不能自解免，虽一生境遇坎壈为多，亦良由禀情特甚"[2]，但更多的，恐怕仍是

---

[1] 〔明〕沈自征：《鹂吹集序》，载〔明〕叶绍袁原编、冀勤辑校《午梦堂集》，中华书局，1998，第19页。

[2] 〔明〕沈自征：《鹂吹集序》，载〔明〕叶绍袁原编、冀勤辑校《午梦堂集》，中华书局，1998，第18页。

时代与环境的种种压抑与困顿所致。除了夫妇分离之苦与穷愁交迫的生活压力，她还要长年面对秉性严苛、"以慈闱兼父道"①的婆母冯太夫人，"每下气柔声，犹恐逆姑心"②，"柔颜曼色"③，如此惶然终身。故叶绍袁叹息曰："君诗多悲凉凄婉之音，夫诗以穷故工，一穷愁之况，已足工诗，矧又离别之怀，哀伤之感，诗宁能不工耶！"④此外，沈宜修生活的晚明，个性解放的思潮虽风起云涌，却无法真正改变女性的社会地位与处境。从叶绍袁等人的祭文中可知，个性婉娈至孝的沈宜修其实也有洒落超逸的一面："好谈笑，善诙谐，能饮酒……桐阴映窗，帘横一几，焚香独坐，有荀令君之癖"，"风仪详整，神气爽豁，潇洒旷逸之韵，如千尺寒松，清涛谡谡……世俗情法，夷然不屑也"⑤。对文学之事和清雅生活的喜爱，谈笑挥麈的俊爽潇洒，从某种程度上反映了沈宜修对当时女性传统生活状态的背离。然而，大的时代环境终究无从改变，她深藏的不满与苦恼也无法作直接的倾诉。她的"日坐愁中"，可以说与这无解的人生困境有着相当密切的关系。

除了伤离别的主题与生命忧患之思，沈宜修的作品中还有相当数量的悼亡之作，多为追念两个早逝的女儿叶纨纨和叶小鸾所作，尤以诗为多，往往悲楚凄绝，引人泪下：

---

① 〔明〕叶绍袁：《亡室沈安人传》，载〔明〕叶绍袁原编、冀勤辑校《午梦堂集》，中华书局，1998，第226页。
② 〔明〕沈自征：《鹂吹集序》，载〔明〕叶绍袁原编、冀勤辑校《午梦堂集》，中华书局，1998，第17—18页。
③ 〔明〕叶绍袁：《亡室沈安人传》，载〔明〕叶绍袁原编、冀勤辑校《午梦堂集》，中华书局，1998，第226页。
④ 〔明〕叶绍袁：《亡室沈安人传》，载〔明〕叶绍袁原编、冀勤辑校《午梦堂集》，中华书局，1998，第229页。
⑤ 〔明〕叶绍袁：《亡室沈安人传》，载〔明〕叶绍袁原编、冀勤辑校《午梦堂集》，中华书局，1998，第228页。

东风吹不到泉台,姊妹长眠甚日开。

微雨池塘春索寞,暮云烟树影徘徊。

半生只与愁为伴,七载尝从闷里催。

赴唁归宁伤竟殁,可堪哀处更添哀。

——《哭长女昭齐》(其四)

西风冽。竹声敲雨凄寒切。凄寒切。寸心百折,回肠千结。　瑶华早逗梨花雪,疏香人远愁难说。愁难说。旧时欢笑,而今泪血。

——《忆秦娥·寒夜不寐忆亡女》

绿阴惨结闲庭,卷帘不耐看风雨。竹深烟径,柳铺云影,淡然秋浦。小阁凄凉,画屏寂寞,恨知何许。听杜鹃啼罢,落红吹散,只剩得愁如缕。　一自楚些赋后,又婵娟几番三五。琴书昼永,衣香犹在,绮窗无语。雪絮吟残,梨花梦杳,伤心千古。倚栏杆,只有芊绵芳草,碧丝难数。

——《水龙吟·悼女》

沈宜修儿女虽多,但对长女纨纨与季女小鸾尤为钟爱,这从她呼纨纨为"闺中友"、称小鸾为"小友"便可见一斑。因此当小鸾突然去世时,沈宜修"肝肠裂尽,血泪成枯""日夜望其再生"[①]。谁知七十日后,纨纨也因病中哭妹过于哀恸而亡。这突如其来的惨祸令身为母亲的沈宜修陷入巨大的悲痛之中,那种刻骨的伤心直至生命的终点亦无法真正淡去。二女亡故后,无论雨冷风凄的秋日还是落红飘飞的暮春,所有变换的风物在她的眼中都只能唤回破碎而伤痛的记忆。她徘徊于往昔的回忆里,却再也无法唤回爱女的笑靥

---

① 〔明〕沈宜修:《季女琼章传》,载〔明〕叶绍袁原编、冀勤辑校《午梦堂集》,中华书局,1998,第203页。

与身影。心底汹涌的无处投递的思念之情，只能化作"寸心百折，回肠千结"，如同绵绵不断的天涯芳草，永远和她的余生缠绕在一起。这些悼亡之作几乎字字泣血，声情惨咽，笔法虽质朴，然以情真取胜，自能感人肺腑。

明词衰弊，但沈宜修像那个时代的其他优秀女词人一样，并没有受到当时词坛俗化与曲化的不良影响。从内容方面看，她的取材角度与范围都大致不出传统规范。而真正令沈宜修词蜚声词坛的，实是她那相当成熟的词风与美感风调。沈宜修词总体上予人以秀丽淹雅与绵邈凄恻之感，这一方面与她深厚的学养有关，另一方面是其词情感的幽怨所致。其秀雅的词风主要表现在抒情的工稳和雅：

尽日轻阴锁画栏，横陈锦瑟曲声残。一庭秋色半阑珊。　览卷意慵添睡思，凭几花落惜天寒。篆烟聊拨袅屏山。

——《浣溪沙·秋思》

整首词并无特殊的意蕴，只是对一个生性易感的女子在秋日里的刹那微妙心绪的摹写。一年中秋天似乎是最多情的季节，也是最令人想念的季节，仿佛美丽的风物因为即将谢幕，所以在告别之前才会努力呈现最后的光辉。当秋色阑珊，她渐渐触摸到那种幽幽的寒意，心情也开始在寂静中沉淀。她笔下轻阴笼罩的庭院，断续未了的琴音，几上的点点落花，屏前的袅袅篆烟，在看似随意的安排中已然点染出萧瑟的秋天的况味。而作为词中主角的她，则以无意理琴、懒读诗书的慵倦姿态来表现内心的轻浅苦闷与无聊，这种外物与人情的融合相当贴切自然。并且，她在遣词方面虽未有刻意雕炼的痕迹，甚至也不见尖新颖秀的用语，但以"锁"字形容阴天给予她的灰色压抑的感觉，以"横陈"带出心思的缭乱与不耐，以"袅"字传达长日漫漫的无聊情绪，都称得上于平淡中见功力。而

"轻阴"与"画栏","锦瑟"与"落花",一路淡淡写来,自有一份工稳韶雅的情致。

《鹂吹集》中以令词为多,慢词所占比例并不高,但在写情闲雅从容方面,却似乎更胜一筹,如《水龙吟》词云:

西风昨夜吹来,闲愁唤起依然旧。苔钱绣涩,蓉姿粉淡,悴丝摇柳。烟裛余香,露流初引,一番还又。想秦淮故迹,六朝遗恨,江山不堪回首。　　莫问当年秋色,琐窗长自帘垂绣。淹留岁月,消残今古,落花波皱。客梦初回,钟声半曙,雁飞归候。便追寻锦字春绡,多付与,寒筇奏。

词前有小序云:"丁卯,余随宦冶城,诸兄弟应秋试,俱得相晤。后仲韶迁北,独赴燕中。余幽居忽忽,恍焉三载,赋此志慨。"冶城指金陵,即今天的南京。金陵为六朝古都,最易触发诗人怀古之幽情。词中运用点染手法,先从瑟瑟西风落笔,自然引出闲愁依旧、人事已非的幽幽怅惘。之后以此为中心从容铺叙,借秋日种种风物的零落憔悴映照出古往今来的盛衰兴亡,"故迹"与"遗恨",不堪回首的江山更易,都令人油然而生世事如梦的无常之感。而过片"莫问"一句,则又作一种翻折,与"消残今古"相绾,倍加深沉地传递出流年飞逝的悲凉况味。此词虽感慨沉郁,但抒情闲雅,思绪的展开纡徐有致,渐进层深。既不乏深婉之思,又兼具蕴藉浑成的美感,颇能体现出沈宜修在慢词写作上的功力。

作为一名文学造诣与艺术修养都很精深的女性,沈宜修在创作过程中非常注重选取适合的意象并加以巧妙安排,来准确地表现内心种种幽微细腻的情思,这是形成其词秀丽淹雅风致的另一个重要原因。试看这首《柳梢青·初夏》:

绿暗薇屏,红飘苻镜,春付浮萍。束素寒消,薄罗香细,数尽归程。

新篁翠径初成。微雨后、荷珠溅倾。玉管声沉,桐花影外,一段闲情。

尽管带着些许良人未归的轻轻愁绪,词人的心情还是平和恬适的,从绿暗红飞、春光远去的消逝变换中体会流年似水的滋味,即使孤单也觉安然。那初生的摇曳翠竹,微雨后荷叶上闪亮的水珠,散发着无限清新无限凉爽的属于初夏的气息,而桐花影外飘来的声声雅乐,则又平添一分闲淡悠游。全词在意象与色调的安排上偏于轻倩明丽,词情相应地也比较从容流美,自然清雅的笔墨间带出舒徐有度的逸兴幽情。词以四字句为主,并不容易把握,然由她写来则笔意圆转,声韵谐婉,丝毫不见破碎拗涩之弊,充分证明了她艺术上的修养与才华。

如果说沈宜修秀丽淹雅的词风主要是由造语遣词及意象选择等外在因素所造就,那么沈词绵邈凄恻的特点则是由其词情的内质与表现手法所决定。如前文所述,沈宜修看似静好的人生其实颇多坎壈忧思,故其词中凄恻之思可谓触目皆是:

束尽纤罗不禁秋,白蘋风浪几时休。断肠明月又如钩。　　露湿丛花三径老,帘移疏影一庭幽。清砧久欲倚重楼。

——《浣溪沙·秋思》

词的上片借束尽纤罗的憔悴身姿、如钩缺月隐喻的幽幽别恨,含蓄带出怅恍心境;下片则以花瓣上渐渐凝结的凉露、帘栊慢慢移过的月影,以及寂寂长夜里的断续砧声,透露了无眠的闺中人的孤独与相思之苦。整首词的抒情柔婉而内敛,凝练的字句间凄韵欲流,而结句独自倚楼的孤寂身影,更增添了一种语尽而意未尽的余韵绵邈之美,使人回味深长。

在沈宜修后期的作品中,这种凄恻的风格渐渐渗入了衰飒萧瑟的气息:

西风自古不禁愁。奈穷秋,思悠悠。何似长江、滚滚只东流。霁景萧疏催晚色,新月影,挂帘钩。　芙蓉寂寞水痕收。淡烟浮,冷芳洲。断霭残云,犹自倚重楼。总有茱萸堪插鬓,须不是,少年头。

——《江城子·重阳感怀》

当光阴与往事渐行渐远,她也越来越深刻地感觉到生命中的瑟瑟寒意。黄昏中独自倚楼凝望,一片苍茫寥落:岸边落潮的水痕,寂寂盛开的芙蓉,清冷沙洲上的渺渺淡烟,飘浮天际的片片残云,在沉沉暮色的笼罩之下,这一切都仿佛在无声地诉说着深秋的凋零萧飒之感。思绪万端的她在飒飒秋风里回想年少时的韶颜与风华,不得不慨叹"总有茱萸堪插鬓,须不是,少年头"。她的心情是如此寂寞苍凉,她眼中的风景是如此冷落衰飒,这样的情与景的自然融合,便成就了其词的凄恻之境。

应该说,沈宜修词的秀丽淹雅与绵邈凄恻在此前和此后的女性词中也常见到,只是表现程度有所区别,沈宜修的特别之处在于她将这种风格贯彻始终。并且,作为晚明女性词坛上重要的承前启后者,沈宜修虽然囿于经历而在题材内容上并无创新开拓,但她所确立的秀雅蕴藉的词风,为后来者提供了良好的学习范式。最直接的受益者,就是她的女儿叶小鸾。

二、叶小鸾《返生香》:离世望仙之想的集中呈现

明末吴江叶氏一庭风雅,一向为人所称,而当中才名最著的女

性则首推沈宜修与叶小鸾。尤其是叶小鸾,其非比寻常的美慧与过早的遽然夭亡使她短暂的一生带上了几分传奇色彩,因而她在后世甚至比她的母亲沈宜修影响更大,也更为知名。

叶小鸾(1616—1632),字琼章,又字瑶期,沈宜修第三女。生才六月,因家贫乏乳,遂育于舅氏沈自征家。小鸾幼即灵慧,三四岁时,舅父口授《万首唐人绝句》及《花间》《草堂》诸词,"皆朗然成诵,终卷不遗一字"①,"四岁能诵《离骚》,不数遍即能了了"②。十岁归家,十二工诗,十四能弈,十六岁,有族姑能琴,略为指教,即通数调,清泠可听。兼模画谱,而落花飞蝶,极其灵巧,颇有风雅之致。除了禀赋超群,小鸾兼有绝世之姿,母亲沈宜修称其"鬒发素额,修眉玉颊,丹唇皓齿,端鼻媚靥,明眸善睐,秀色可餐,无妖艳之态,无脂粉之气"③。舅舅沈自炳也说她"长而容采端丽,明秀绝伦。翠羽朝霞,同于图画;轻云回雪,有似神人"④。母亲沈宜修曾对小鸾说:"汝非我女,我小友也。"⑤然而,如此美慧的小鸾却于婚前五日猝然离世,年仅十七岁。她的夭亡一方面使得家人伤痛万分,另一方面却也令她的一生永远烙上了离奇的印记。

小鸾十一岁时由父母许字昆山张立平,十七岁那年本已卜于十

---

① 〔明〕沈自征:《祭甥女琼章文》,载〔明〕叶绍袁原编、冀勤辑校《午梦堂集》,中华书局,1998,第 363 页。
② 〔明〕沈宜修:《季女琼章传》,载〔明〕叶绍袁原编、冀勤辑校《午梦堂集》,中华书局,1998,第 201 页。
③ 〔明〕沈宜修:《季女琼章传》,载〔明〕叶绍袁原编、冀勤辑校《午梦堂集》,中华书局,1998,第 202 页。
④ 〔明〕沈自炳:《返生香序》,载〔明〕叶绍袁原编、冀勤辑校《午梦堂集》,中华书局,1998,第 299 页。
⑤ 〔明〕沈宜修:《季女琼章传》,载〔明〕叶绍袁原编、冀勤辑校《午梦堂集》,中华书局,1998,第 203 页。

月十六日成婚,然小鸾则先期五日而卒。从沈宜修的记载来看,小鸾原本无恙,却于张家催妆之夕突然病倒,且短短二十余日中便至沉疴不起,转而又在其父应许张家就婚的第二日旋告不治。这种种巧合与奇怪之处不能不令人敏感地联想到一点,即小鸾的夭亡与她的婚事有着直接的,甚至可以说是本质上的关联。实际上,小鸾去世前两年间的诸多作品,已经流露出明显的对婚姻、对成人世界的抗拒与逃避,她的焦虑与无奈直接表现在她的游仙遁世之想中:

> 凉风袭轻袂,徘徊临前池。
> 栏花映日发,婀娜余芳姿。
> 澄波灿明镜,照我幽人思。
> 我思在霄汉,飘举任所之。
> 但恐岁月晚,相看泪如丝。
> 试采芙蓉花,何如茹隐芝。
>
> ——《池畔》

> 西风天气肃,萧萧梧飘黄。
> 征人塞上泪,随雁归故乡。
> 我无辽阳梦,何事飞苍茫。
> 所有一缄书,欲致瑶台旁。
> 寄之西王母,赐吾金玉浆。
> 一吸生琼羽,与尔共翱翔。
>
> ——《秋雁》

> 几欲呼天天更赊,自知山水此生遐,谁教生性是烟霞。 屈指数来惊岁月,流光闲去厌繁华。何时骖鹤到仙家。
>
> ——《浣溪沙·书怀》

这些诗词都是小鸾去世前不久所作，"我思在霄汉""与尔共翱翔""何时骖鹤到仙家"，字句间离世追仙之意了然可见。叶绍袁评《池畔》诗云："游仙是平日本怀，但十六七岁女子何至叹'岁月晚''泪如丝'，灵先告之耶！"论《秋雁》诗曰："遐思旷想，自当仙去，岂尘世所能久留。"①对骤失爱女的叶绍袁来说，伤痛之余唯有以女儿本非俗世之人，"自当仙去"为由勉慰悲心。但小鸾这些作品中所流露的，恐怕并非仅是逃世追仙之想，更多的，当是她对现实生活的深深隐忧。

或许是受母亲与姐姐的影响，小鸾"性耽松石，志癖烟萝，俭素能甘，繁华独厌"②，通禅理，心清喜静，母亲沈宜修言其"每日临王子敬《洛神赋》，或怀素草书，不分寒暑，静坐北窗下，一炉香相对终日。余唤之出中庭，方出，否则默默与琴书为伴而已。其爱清幽恬寂有过人者"③。像小鸾这样早慧又敏感的少女，自幼生长于书香气息浓郁的家庭中，其精神世界必定充满了诗意浪漫的气息。对于世俗的庸庸扰扰，她自然会产生本能的排斥。在这种心态下，她以飞仙入道的梦想作为消解忧虑的良方，也是容易理解的选择。然而，对未来生活的忧惧与少女情怀的浪漫无尘之间的冲突并非导致小鸾一意求仙的最重要原因，事实上，从小鸾去世前的记述与其身边女性的婚姻状况来看，她的苦闷、逃世和最后的去世都和那场未及实现的婚事有着密切的关系。

在小鸾的一生中，至少有三个至亲女性的婚姻给予了她深刻的影响。首先是她的舅母张倩倩。倩倩本是小鸾母沈宜修的表妹，嫁

---

① 〔明〕叶绍袁原编、冀勤辑校：《午梦堂集》，中华书局，1998，第302页。
② 〔明〕叶绍袁：《祭亡女小鸾文》，载〔明〕叶绍袁原编、冀勤辑校《午梦堂集》，中华书局，1998，第369页。
③ 〔明〕沈宜修：《季女琼章传》，载〔明〕叶绍袁原编、冀勤辑校《午梦堂集》，中华书局，1998，第203页。

给了沈宜修弟沈自征,生三女一子,俱早亡。小鸾出生六个月就因家贫乏乳,被送至舅家养育,倩倩对她极为怜爱。沈自征后为生活所迫,北走塞上。第二年,十岁的小鸾回到母亲身边,贫病交加的倩倩从此更加寂寞,遂于两年后亡故,年仅三十四岁。这是小鸾成长中最初的关于女性婚姻的黯淡记忆。因为彼此母女般的深情,倩倩的不幸在小鸾心底留下了永远的创伤。其次,母亲沈宜修的婚姻则令小鸾领略了成人世界的沉重与现实生活的烦恼。沈宜修与叶绍袁虽夫妻情深,然一则婆母秉性严苛,令她不得不战战兢兢,惶然终身;二则丈夫长年奔波在外,使她饱尝分离之苦;三则儿女累多,家计萧条,令她倍感生存的压力。纵然沈宜修的婚姻在外人眼中是难得的谐美,但身为女儿的小鸾所感受到的,恐怕更多的还是其压抑愁苦的一面。再次,长姐叶纨纨的不幸应当是导致小鸾抗拒婚姻的最直接的原因。同样才情过人的纨纨婚后遭遇的是遇人不淑、天壤王郎之恨,所谓"七年之中,愁城为家"[①]。因为年龄相近,因为姐妹情深,纨纨的境遇对小鸾来说更具感同身受般的影响。因此,随着婚期的临近,欲逃无处的她只能借助不断地诉说对仙境的追慕来宣泄心中的惶然之情。人们印象最为深刻的,是她去世那年所作的《鹧鸪天·壬申春夜梦中作五首》:

　　一卷《楞严》一炷香,蒲团为伴世相忘。三山碧水魂非远,半枕清风梦引长。　　依曲径,傍回廊,竹篱茅舍尽风光。空怜燕子归来去,何事营巢日日忙。　　　　　　　　　　　　　　　　(其一)

　　春雨山中翠色来,萝门欹向夕阳开。朝来携伴寻芝去,到晚提壶沽

---

① 〔明〕叶绍袁:《愁言序》,载〔明〕叶绍袁原编、冀勤辑校《午梦堂集》,中华书局,1998,第237页。

酒回。　　身倚石，手持杯，醉时何惜玉山颓。今朝未识明朝事，不醉空教日月催。　　　　　　　　　　　　　　　　　　　（其二）

西去曾游王母池，琼苏酒泛九霞卮。满天星斗如堪摘，遍体云烟似作衣。　　骑白鹿，驾青螭，群仙齐和步虚词。临行更有双成赠，赠我金茎五色芝。　　　　　　　　　　　　　　　　　（其五）

词中所描摹的，是十七岁的小鸾所神往的自由自在、清幽无尘的世界。那里有碧水清风的空明悠远，有竹篱茅舍、春雨斜阳的安然静美。她可以日日寻芳山中，可以提壶醉饮，长啸高歌，也能来往仙界，在星斗流云间乘风遨游。从此她不必为俗世种种烦忧而满怀忧惧和茫然，也不必担心无常的惘惘威胁。从这个角度而言，小鸾的离世追仙之想既表现出她对婚姻与现实的恐惧与逃避，同时也包含着她对诗意人生、对自由与美的深深向往。在她那如水晶般澄净的少女心中，也许唯有梦想才是她抵抗尘俗的武器。

然而，随着年岁渐长，小鸾内心的焦虑也日益深重。她曾经想逃离的一切，已经越来越明晰地迫近眼前。在去世前一年的秋天，小鸾作《蕉窗夜记》一文，文中她自称"煮梦子"，"隐于一室之内，惟诗酒是务，了不关世事"，且"傲然有怀仙之志，怅然作诗曰：'弱水蓬莱远，愁怀难自降。素蛾如有意，偏照读书窗。'又：'啸残明月堕，歌罢彩云流。愿向西王母，琼浆借一瓯。'"[1]在小鸾去世后，父亲叶绍袁所写祭文中也曾提及此事，云："去秋九月既望，汝作《蕉窗夜记》，泪痕融颊，愁黛横眉，虽属寓言，元非吉兆。"[2]由此

---

[1]〔明〕叶小鸾：《蕉窗夜记》，载〔明〕叶绍袁原编、冀勤辑校《午梦堂集》，中华书局，1998，第352—353页。

[2]〔明〕叶绍袁：《祭亡女小鸾文》，载〔明〕叶绍袁原编、冀勤辑校《午梦堂集》，中华书局，1998，第370页。

可知，小鸾作此文时，心境必已极为焦灼，乃至泪痕满面。所谓戏作，实属欲盖弥彰之语。她心中的这种忧惧惶然之情无法向任何人直白诉说，包括最疼惜她的父母，于是，死亡便成了她唯一可以逃避的方向。

小鸾的绝笔诗《秋暮独坐有感忆两姊》有云："自怜华发盈双鬓，无奈浮生促百年。何日与君寻大道，草堂相对共谈玄。"诗中流露出的出世之思，实则已包含着否定现实人生的想法。在那样的时代里，无路可走的她怀抱着自由与美的绮丽梦想，以如花的生命为代价，完成了对俗世生活的最后抗争。这不仅是她个人的悲剧，也是那个时代的悲剧。

作为一个早夭的天才少女，小鸾的作品一直备受称许。陈廷焯认为她的地位当在宋代著名女词人朱淑真之上："闺秀工为词者，前则李易安，后则徐湘蘋。明末叶小鸾较胜于朱淑真，可为李、徐之亚。"[①]陈维崧《妇人集》称："吴江叶进士三女：长昭齐，次蕙绸，三琼章，俱有才调。而琼章尤英彻，如玉山之映人，诗辞绝有思致。"[②]小鸾去世后，其作品由父亲叶绍袁辑为一集，名《返生香》，收诗一百零一首，词三十六调共九十首，以小令居多。与诗词兼擅的母亲相比，小鸾的词作成就更高，大都精致优美，情思空灵，艺术水平远远超越了年龄的局限，展现出一个夙慧少女细腻优美的精神世界。

与普通少女不同，小鸾词中常流露出凄迷的情思，令人时生哀怨无端之感：

---

① 〔清〕陈廷焯：《白雨斋词话》卷五，载唐圭璋编《词话丛编》，中华书局，1986，第3895页。

② 〔清〕虫天子编：《香艳丛书》一集卷二，人民文学出版社，1992，第101页。

睡花蝴蝶,枕上梦魂轻似叶。几许秋声,恼乱琴心病茂陵。 云横雾霭,天外青山何处在。蕉雨潇潇,不管人愁只乱敲。

——《减字木兰花·秋思》

蛩声泣罢夜初阑,香润彩笺残。多情明月相映,一似伴人闲。 灯蕊细,漏声单,透轻寒。萧萧瑟瑟,恻恻凄凄,落叶声干。

——《诉衷情·秋夜》

看花日日寻春早,检点春光好。轻罗香润步青春,可惜对花无酒坐花茵。 昨宵细雨催春骤,枕上惊花瘦。东君为甚最无情,只见花开不久便飘零。

——《虞美人·看花》

　　小鸾去世时只有十七岁,这些少女时期的词作,虽属春花秋月式的幽幽怅恨之作,但其中伤流年之思与萧瑟凄惶之意颇为浓郁。无论是落叶声干的晚秋,抑或风雨催花的春朝,她的怆然心事始终如一。冷雨潇潇、寒蛩声咽固然令人心生悲凉,即使是花枝烂漫、芳草芊绵的春日,她感受更深切的,也依旧是"花开不久便飘零"的无奈。第一首"枕上梦魂轻似叶"一句写花中蝴蝶的轻盈翩跹,措语灵动,落想不凡,然而在优美的思致之外,仍有种淡淡的凄迷悱恻之感,令人不觉黯然。

　　从文学天赋的角度而言,除了家学渊源,敏感与早慧很大程度上成就了小鸾的创作。尽管早逝让她来不及体验更多更复杂的人生滋味,但如今人所言:"因为她是这样一个早熟的少女,所以别人等待着亲历才能感觉到的,她凭借着旁观就已经把它的滋味领悟了。"[①]而且小鸾属于那种与秦观相似的词人,深于情而工

---

① 邓红梅:《女性词史》,山东教育出版社,2000,第197页。

于辞,天资颖异的她特别善于将一己幽微的词心作最细腻纯粹的表达:

　　门掩瑶琴静,窗消画卷闲。半庭香雾绕阑干。一带淡烟红树、隔楼看。　　云散青天瘦,风来翠袖寒。嫦娥眉又小檀弯。照得满阶花影、只难攀。

——《南柯子·秋夜》

　　天淡水云平,风袅花枝动。罗幕凉生翠袖轻,柳外飞烟共。　　独坐思悠扬,箫管慵拈弄。帐冷西窗一夜香,寂寞添幽梦。

——《卜算子·秋思》

　　自古以来,悲秋便是文人墨客钟爱的吟咏主题之一。但小鸾的秋词,凄婉之外更多了一种轻倩柔美、浪漫芊绵的气息。就前一首而言,或许这个秋夜里她并没有值得特别伤怀与感慨的事作为抒情的缘由,但不需要具体的原因她一样可以被月色、流云、淡烟、轻寒、花影,被当时的每一种景物打动。她那敏慧的词心本身已是一阕绝美的词,只要轻轻碰触便会生发出无限惘然之意。至于后一首,则别具一份朦胧幽柔之美。淡远纯净的天空,微风中轻轻摇曳的花枝,氤氲着迷离秋意的静静烟柳,有一点撩动人心的凉意,有一点若有若无的愁思。闺中的她时而暗自沉吟,时而添香寻梦,平和中也泄露了慵倦孤单的心境。她在这里所用的每一个词语,如"淡""平""袅""轻"等,都极为细腻地贴近其敏锐的词心,准确完美地传达出她感觉到的另一种况味的秋天。

　　小鸾的词作,从词情方面来说常予人以哀怨无端之感,在风格上,则表现出缠绵与流丽兼具的特点。这首《浪淘沙·春闺》(其二)便很可说明这一点:

薄暮峭寒分，罗篝香焚。粉墙留影弄微曛。一缕茶烟和梦煮，却又黄昏。　　曲曲画湘文，静掩巫云。花开花落负东君。赚取花开花又落，都是东风。

词写淡淡的伤春怀抱，凄迷中带着几分无奈与幽怨。词中所写的诸般意象，如袅袅炉香，粉墙上淡淡的斜阳，暮色中的一缕茶烟，薄暮里如梦般迷蒙的心绪，细腻又妥帖地带出缠绵柔美的感受。最后三句则先是感叹花开花又落辜负了东君的一片深情，接着指责东君，因为使得花开花落的，正是这位司春之神自己。这样往复抒情的手法，呼应上片的意象描写，加深了整首词的绵邈之情。而她在语言方面的精美新警，如"粉墙留影弄微曛""一缕茶烟和梦煮"两句，以及抒情的淡雅流利，又令此词颇具轻灵的韵致。《玉镜阳秋》称小鸾词"正如花红雪白，光悦宜人，而一语缠绵，复耐人寻咀"[1]，也可视为这首《浪淘沙》的评语。

此外，小鸾的词在缠绵婉美以外，多有清新流丽之作，典型的如以下两首：

薄卷红绡，断霞西角斜阳远。昼长无伴，闲去题花扇。　　独倚栏杆，看尽归鸦遍。轻云乱，凉风吹散，新月中天见。

——《点绛唇·暮景》

杨柳弄柔黄，缕缕纤长。海棠风醉艳红妆。折取一枝归绣户，细玩春光。　　春日对春妆，莺燕笙簧。横塘三月水流香。贴水荷钱波动处，两两鸳鸯。

——《浪淘沙·春景》

---

[1] 胡文楷编著：《历代妇女著作考（增订本）》，上海古籍出版社，1985，第187页。

尽管始终未能摆脱心结的困扰，在日常生活中小鸾仍有洒脱悠游的一面。母亲沈宜修称其"最不喜拘检，能饮酒，善言笑，潇洒多致，高情旷达"①。平素父母对小鸾极为钟爱，兼且手足情深，一家人常有斗韵飞笺之乐。少女情怀总是诗，她的生活里并不缺乏诗情画意的浪漫时光。偶尔长日无聊，她便闲题花扇消遣闷怀；黄昏时分她或者欣赏绚烂云霞，或者倚栏看尽归鸦，感受着凉风新月带来的幽静安恬。闺中的一切虽有时不免令人心生慵倦，却也别有一种岁月无惊的宁帖闲逸。而每逢春光骀荡，她看到细柳柔黄如丝、海棠嫣红如醉，沉浸于燕语莺啼、嫩荷初生的美好风物里，心中盈满生命成长的欣悦与温柔。这类作品从不同侧面记录了她的日常生活的恬静侧影，情致清新，笔意自然流利，完美呈现出小鸾作为一名少女的轻灵细腻心绪。

要之，小鸾词一方面带着传统女性词柔美婉丽的特征，另一方面造语新警，设色鲜明，情思空灵绵邈，散发出独特的美感与韵味。特别是以《鹧鸪天·壬申春夜梦中作五首》为代表的望仙词，当中表现出来的放旷洒落的情怀风致，更是同时代其他女性难以模仿超越的。虽然早逝使小鸾词在情思内容方面欠缺一些深度与广度，但她与生俱来的秀异天资与过人的颖慧弥补了人生经验的不足，使她取得了远超其年龄的不俗成就。若天假以年，她的造诣与水平应不逊于明清两代任何一位女性大家。

---

① 〔明〕沈宜修：《季女琼章传》，载〔明〕叶绍袁原编、冀勤辑校《午梦堂集》，中华书局，1998，第203页。

第二节 以王微、李因为代表的名妓诗人

一、王微诗：寄情于山水之间

王微，生卒年不详，字修微，小字王冠，号草衣道人，广陵（今江苏扬州）人。幼有洁癖、书癖、山水癖。初隶乐籍，往来西湖，曾游历三楚三岳，急人所难，挥洒千金，有侠义风。后归心禅悦，所交游者皆为胜流名士。王微早年与竟陵派宗师钟惺、谭元春为文字交，当时名流大家如陈继儒、董其昌、施闰章等亦极赏其才情。生平著述颇丰，有《远游篇》《宛在篇》《闲草》《期山草》《未焚稿》《樾馆诗》等，又作《名山记》数百卷。

据清初朱彝尊《明诗综》载，王微"初归归安茅元仪，晚归华亭许誉卿，皆不终"。①不知所据者何。但同时代的钱谦益在《列朝诗集》中并未提到王微与许誉卿的仳离，王昶《明词综》则称："时许给事誉卿为东林名人，负重望，修微依之以老。"②另许仲元《草衣道人》记王微与许氏事甚详，云："公（按：指许誉卿）葬横港，去墓二十步即草衣道人丛葬坟，子孙岁岁奉瓣香焉。遗像尚存仲处，便服，面微黄，憔悴有病容，知为入道后所写。"③似乎并不如朱彝尊所说的那样。

王微与柳如是、李因一样，都曾身经明末动荡，也亲历了亡国之痛。若以气节论，王微亦决不输给柳、李二人。钱谦益《列朝诗集小传》赞曰："颍川（按：指许誉卿）在谏垣，当政乱国危之日，

---

① 〔清〕朱彝尊：《明诗综》卷九八，清康熙四十四年（1705）秀水朱氏刻本。
② 〔清〕王昶辑：《明词综》卷十二，王兆鹏校点，辽宁教育出版社，1997，第182页。
③ 〔清〕许仲元：《三异笔谈》卷三，清光绪申报馆丛书本。

多所建白,抗节罢免,修微有助焉。乱后,相依兵刃间,间关播迁,誓死相殉。居三载而卒,颍川君哭之恸。"① 同时代的著名才媛王端淑极赏其忠意深情,曰:"修微不特声诗超越,品行亦属第一流。"② 不仅如此,王微在《樾馆诗自叙》中曾发出这样的感慨:"生非丈夫,不能扫除天下,犹事一室。"③ 这种性别方面的苦闷与不平可视作女性个人意识觉醒的兆端,她的意气不凡实在不能以其为风尘女子而小觑之。

王微以性雅好游闻名,明末清初的女性无有能过之者。《林下词选》称其"尝轻舟载诗画,往来五湖间,自言入匡庐,月下从开先寺看青玉峡,道遇虎不怖。至栖贤桥,题字金井上,白云卷之而飞。见乐天草堂圮,解衣修葺。采芝天柱峰头,三观日出,殆飘飘乎仙也"④。陈继儒则云:

修微饭蔬衣布,绰约类藐姑仙;笔床茶灶,短棹逍遥,类天随子。谒玉枢于太和,参憨公于庐阜。登高临深,飘忽数千里。智能卫足,胆可包身。独往独来,布帆无恙。⑤

像王微这样飘然一身遨游于山水之间,普通闭锁于深闺的女性是望尘莫及的。这一方面是她特殊的身份使然,但另一方面也是其酷爱游历的天性所致。从某种意义上来说,王微的这种"烟霞癖"

---

① 〔清〕钱谦益撰、钱陆灿编:《列朝诗集小传》,明文书局,1985,第 800 页。
② 〔清〕王端淑辑:《名媛诗纬》卷十九《正集附上》,清康熙山阴王氏清音堂刻本。
③ 胡文楷编著:《历代妇女著作考(增订本)》,上海古籍出版社,1985,第 88 页。
④ 〔清〕周铭:《林下词选》卷九,载《续修四库全书》第 1729 册,上海古籍出版社,2002,第 616 页。
⑤ 〔明〕陈继儒:《微道人生圹记》,收入《晚香堂集》卷五,明崇祯刻本,载《四库禁毁书丛刊》集部第 66 册,北京出版社,1997,第 614 页。

实则与徐霞客相类，是源自对山水自然的由衷热爱。因此在她的作品里，尤其是诗中，涉及山水风物之作比比皆是，所占比例之高，可以说在当时女性诗坛上无人能出其右。综观《远游篇》《闲草》《期山草》和《樾馆诗》，山峰、湖水、寒江、烟波、帆影、轻舟等意象频繁出现，如《晓起登凌霄峰》：

疏钟催曙色，策杖上凌霄。飘忽絮云里，群峰如见招。涧寒松谡谡，林暗风萧萧。嗟我每游眺，披衣不遑朝。惟应猿与鹤，天外同逍遥。

又如《吴江舟次》：

昔年从此去，寒雨共孤舟。
有病淹归旅，无诗纪远游。
半窗残月梦，几树断烟愁。
未抵荒江外，相思一夜秋。

前一首写清晨登山所见所感。淡淡晨光里疏钟悠悠，群峰缥缈，寒涧边青松挺拔，幽静中只闻林风飒飒，景色既清空又疏阔。"嗟我"以下四句即景抒情，表现出对登山临水的由衷热爱。复以猿鹤自喻，写出对自由快意人生的无限向往，读来使人意远心清。后一首换了笔墨，抒发旅途中的凄恻情怀。寒雨、孤舟、残月、断烟、荒江，所有这些萧瑟风物融合于苍茫秋夜里，将病中相思之情烘托得格外深浓。而无限寂寞、无尽哀愁，仿佛都随绵绵夜雨洒落于天地之间。类似的诗作还有不少，如《舟次江浒》《中秋湖上》《舟晓》等，说明在游历山水的过程中，人们虽可领略登临的怡然与洒脱，也不免时时面对独自漂泊的孤寂与思念。尽管如此，王微对远游的兴趣并未退减。或许对她而言，登山临水带来的舒爽喜悦与仿若出世般的空静悠远，足以抵消茫茫旅程中的风霜与寂寥。她更在意的，或者说毕生尽力追求的，始终是精神世界的自在、广大与清澈。

王微的嗜好游览，体现出其胸襟怀抱的开阔不凡，而联系其"近憩必在山水之间"①的自述及独来独往的个性，又可看出她渴望远离尘俗扰攘、孤标傲世的一面。王微既与柳如是齐名，聪慧才情亦不逊于柳。时人言其"诗词娟秀幽妍，与李清照、朱淑真相上下。至于排调品题，颇能压倒一座"②。由于声名远播，"客慕翰墨者辐辏案前，如农诉水旱。修微攒眉应之，掷笔出避西子湖，避邓尉山，避广陵。寻获兄，指其父埋骨处，仆地哭失声。延僧作水陆道场，凡十五日，以荐父灵"③。她的倦于应酬、避客不见及哭父荐灵等种种举动，实则都包含了她对自身命运及处境的强烈悲哀与不满。在游历三楚归来后，王微曾对相交甚深的陈继儒表示："自今伊始，请忏从前绮语障，买山湖上，穿容棺之墟，茅屋藤床，长伴老母，岂复问王孙草、刘郎桃、苏小小同心松柏哉？"④由此可见，在山水癖的背后，也暗藏着她对浊世的疏离乃至厌倦。其《寒夜闻梵》诗云：

　　晴雪消空翠，湖光冻未开。
　　梅魂招雁影，笋角露莓苔。
　　梦冷新生月，心然到晓灰。

---

① 〔明〕王微：《宛在篇自叙》。见胡文楷编著：《历代妇女著作考（增订本）》，上海古籍出版社，1985，第88页。
② 〔明〕陈继儒：《微道人生圹记》，收入《晚香堂集》卷五，明崇祯刻本，载《四库禁毁书丛刊》集部第66册，北京出版社，1997，第614页。
③ 〔明〕陈继儒：《微道人生圹记》，收入《晚香堂集》卷五，明崇祯刻本，载《四库禁毁书丛刊》集部第66册，北京出版社，1997，第614页。
④ 〔明〕陈继儒：《微道人生圹记》，收入《晚香堂集》卷五，明崇祯刻本，载《四库禁毁书丛刊》集部第66册，北京出版社，1997，第614页。

愿为林下磬，昏旦绕香台。

她以"晴雪""空翠""湖光""梅魂""莓苔""新月"绾合冬夜的峭寒弥漫，布置出一片幽寂凄冷的氛围，借此传达内心的空明沉静与孤独感受，同时又为尾联两句的出尘之意层层铺垫，情与境相辅相成，自然浑融。

此外，王微的《仙家竹枝词》（同李夫人登武当山作）二首也含蓄透露出离俗尚道之思，诗云：

幽踪谁识女郎身，银浦前头好问津。
朝罢玉宸无一事，坛边愿作扫花人。

不信仙家也不闲，白云春乱碧桃关。
棋亭偶向茅君弈，一局未终花已残。

诗将眼前风物与内心玄想相糅合，虚实相绾，在看似缥缈澹静的情境点染中不动声色地抒写了对仙界的歆慕，而这种歆慕之情，正折射出她对尘世的厌离心情。

王微诗中多写山水风物，也因此形成了清寂幽淡的主体诗风。她喜欢以自然疏隽、不事雕琢的笔法绘景述情，在幽隽清冷中也时而透露出几分寂历之感。《舟居拈得风字》诗云：

人情各有寄，我独如秋风。耽诗偶成癖，聊以闲自攻。薄游来吴会，寒轻不知冬。樽酒见窗月，仄径幽怀通。村烟辨遥林，夜气齐群峰。人忘舟亦静，水木各为容。恍惚书所对，残灯焰微红。

王微幼时失怙，飘零多年，故诗内常有"我独如秋风"的凄凉无依之感，同时，她又具"洁癖、书癖、山水癖"，以孤洁清标自许。"耽诗""薄游""樽酒"及夜色下的峰林、寒烟与月光,足可与之相证。虽然夜泊江上略显幽冷,却能于一片静谧间独享物我两忘的空明。结句那一点残灯的微红火焰,是清寂情境中漾起的些许暖意,却更映衬出这轻寒冬夜的萧索。全诗措语淡雅,意致清冲,妙能情景相融,自然无斧凿痕。这种淡远清疏的风格,很能体现王微诗的审美特征。

又如《舟晓》诗云:

> 朝霞破暝色,水木澹涵空。
> 月魄荒烟外,江心宿雾中。
> 神鸦回匝树,野鹤懒梳风。
> 孤棹经年客,沧州味已穷。

同样是泊舟江上,前首写寒夜,此首则描摹晓来所见。诗的前半写景,疏阔清远。"荒烟""宿雾"牵挽首句的暝色初破,点染出朦胧空茫之美,仿佛水墨画境。淡淡晨光中有鸦鹤飞掠盘旋,平添几分野趣与萧散意味,也因此引发出诗人长年飘荡天涯的丝丝寂寞感受,但更多的,应是徜徉湖山风月间的快意与从容吧。

另一首《雪夜小泛》则于寂历之外透露几许冷淡的清思,诗云:

> 北风吹夜雪,听只在菰芦。
> 但惜湖山冷,何妨野艇孤。
> 滩声疏落雁,鬼火怯啼乌。
> 欲写梅花影,敲冰砚未枯。

寒夜、飞雪、菰芦、孤舟,交织着鬼火与滩声,天地如此苍茫而冷寂,然而"何妨"二字却表露了诗人其实正在享受着这份与世隔绝般的静默与孤独。这当中有种避世的洒脱，也有隐隐的高标自许的意味。"欲写梅花影"堪称点睛之笔——她所钟爱所追求的，便是如傲雪寒梅般的清芬自赏，散发着疏离冷淡的气息。暗香幽幽，疏影横斜，而并不希求为人所知。此诗全以景语胜，通过意象与风物的安排与描摹含蓄传达出清兴幽思，情境交融，自然浑成。而风致之清雅，笔墨之淡隽，使人油然而生出尘之想，堪称佳作。

王微诗在清寂以外，亦时常呈现出闲静幽淡的美感。诗中少了冷落凄寂的气息，更多恬适与安宁。《闲居》诗云：

> 不妨昨日雨，可喜是新晴。
> 窗暝从云宿，庭虚待月行。
> 闲真难适俗，静乃合诗情。
> 冬候常如此，将愁何处生。

冬夜新晴，空气中浮动着清冽的味道。暝色入窗，庭院空静，云影月色交织成一片清幽天地。心既"闲"而"静"，自然盈满雅意诗情，"难适俗"则婉转透出对功名世界的摒弃与微讽。此诗纯用白描，措语质朴天然，仿佛信手写来，毫无藻饰与刻意痕迹，而闲适之思，宁帖之境，全在这朴淡笔墨中一一呈现，颇有几分渊明诗的恬然风味。

写境幽淡而笔意更为古朴淳厚的有《寒夜讯眉公先生》：

> 月出林光静，幽怀正柏冬。
> 台边读书火，烟里隔溪舂。
> 野鸟晚就食，石泉寒到松。
> 何时重问字，相对最高峰。

王微笔下的幽居生活总是如此沉静而闲澹，连烟火都似乎带着清虚的味道。她的这类诗里常常出现的，不外月色、山林、梅花、松柏、寒泉等风物意象，用字简净质朴，设色也鲜少明丽，往往如淡墨山水，只求令人心闲意远而已。这首寄怀眉公陈继儒的诗，典型体现出王微诗风幽淡素朴的一面。而尤能表现其孤高怀抱的，是"相对最高峰"五字中隐含的绝俗之意。她的不凡襟怀与心志，于此可见。

有时她的诗在幽淡中又有清韵之美，如《寒夜纪梦》诗云：

夜来风雪霁，梦入横山里。
松影掩寒泉，梅花落山几。
草堂何所闻，万籁寂可喜。
谁与伴独游，钟催残月起。

夜雪初霁，天地空寂，诗人的梦境也如这冬夜般幽静清美。"松影""寒泉""梅花"，既切合寒冬节候，又与"草堂"相缀，烘托出一派清雅恬淡风味。"万籁寂可喜""谁与伴独游"，则又流露了几许欣悦与飞扬之意，为整个诗境增添了轻灵洒脱的气息。

王微的词，一方面因为游历山川的影响而具有山水诗般清新俊逸的气息，鲜少名妓作品中常见的绮丽色调；另一方面，由于词人曾长期浸润于风尘中，其词作也时有那个圈子中独特的声情口吻，带着浅俗直白的味道，这可以说是多数名妓词的特点，或者说缺点。究其原因，是文学素养不够深厚所致。因此，王微词与同时的闺秀词相比，整体上显得稍欠渊雅工致。不过，她的明慧天资和独特微妙的文学感受在很大程度上弥补了她学养不足的弱点。王微存世的二十多首词中，颇有一些深挚流美、独具韵味的作品。典型的有《天仙子·别怀》：

烟水芦花愁一片，个中消息难分辨。举杯邀月不成三。君可见，侬可见，伊人独与寒灯面。　　叠尽云笺情有限，除非做本相思传。几回掷笔费沉吟。君也念，侬也念，霜鞯晓路鸡声店。

如此大胆率真的抒情方式，在闺秀词中是特别少见的。词人采用一笔双绾的手法，一方面写出自己的孤寂愁闷，另一方面也道出对方的相思感念。这样的抒情方式予人往复缠绵之感，令一个人的思念，似乎变成了双倍的眷恋。而且，她这种一气直下的表现手法虽使词情少了些含蓄婉曲的韵致，却由于大胆告白的热烈与真挚，带给读者很强的感染力与冲击力，使人印象深刻。

在爱情方面，王微与其他名妓一样，拥有更多选择的自由，同时也遭遇了更多情殇的打击。当往事渐行渐远，偶尔追忆昔日之聚散，难免会生出旧梦如烟的惘然叹息。她有一首写得非常优美空灵的《巫山一段云·怀旧》，呈现的就是这样的怊怅情怀：

昔年明月夜，放棹争采蘋。今年月明犹胜昔，空庭欲断魂。　　山似画中落，水如琴上闻。纵然梦到闲游地，离恨若为云。

那些爱恋过的人早已消失在她的人生之外，最终只剩下憔悴的她独对空庭皓月，沉默地追忆着往昔的欢乐与温柔。当日携手同游的山水、当年月下泛舟的笑语，早已深埋于时光背后。此刻她心底涌动的，有物是人非的苍凉，有旧欢如梦的凄楚——"纵然梦到闲游地，离恨若为云"。她的忧伤与怀念，又有谁人知晓呢？词中述情柔婉，清韵撩人，以淡远之笔写缠绵深情，秀美流丽中又具空灵悠远之意。陈继儒评王微《楚游稿》曰："冰雪净其聪明，云霞汰其粉泽。"①邹迪光称王微诗"空青水碧，不从丹唇皓腕中掂出者

---

① 胡文楷编著：《历代妇女著作考（增订本）》，上海古籍出版社，1985，第88—89页。

也"。① 其实她的词同样当得起这样的评价。

　　王微与李因相似，在文学创作方面都偏嗜于诗而于词则不甚用力。她的特殊身份让她得以与很多诗坛名流交游唱酬，而亲近山水、热爱游历的个性，又使得她的见识、眼界、襟怀比很多女性诗人广远开阔，这些都明显影响了其诗歌创作。从题材来看，王微写了大量描摹自然风物之作，往往写景清疏，寄情淡远，无论从数量还是质量上说，在当时的女性作家中都堪称突出。在审美风格方面，王微作诗明显追踪陶渊明、韦应物等擅写田园山水的前辈名家，虽有叙写闺情幽思的娟秀婉妍之作，但主体诗风仍以清寂幽淡为主，多用白描，笔意疏隽空灵，尤以五言古近体诗最为简净优美。在明末清初的女诗人，尤其是名妓诗人中，王微具有一份特殊的魅力，并因此获得了她在女性诗坛上"这一个"的不容替代的位置。

二、心系故国、志同冰雪的李因

　　李因（1610②—1685），字今是，又字今生，号是庵，又号龛山逸史，海昌女史，钱塘（今浙江杭州）人。明末名妓。生而韶秀，父母使之习诗画，她便能臻至妙境。且天性警敏，喜读书，耻事铅粉，与柳如是、王微并称于时。海昌葛徵奇偶见其梅诗，有"一枝留待晚春开"之句，惊异欣赏之余将其纳为侧室。李因随葛徵奇宦游多年，二人时相唱和。甲申国变，葛徵奇忠愤所激以义死，李因茕茕称未亡四十年，气节为人所称。有《竹笑轩吟草》《续集》及《三集》。

　　李因嫁给葛徵奇后，曾度过一段恬然静好的时光。葛徵奇从

---

① 胡文楷编著：《历代妇女著作考（增订本）》，上海古籍出版社，1985，第89页。
② 一说生于1616年。

宦十五载，李因得以"溯太湖，渡金焦，涉黄河，泛济水，达幽燕"①，这使得她的生活视野、人生阅历比大多数闭锁深闺的女性开阔丰富很多。这个时期她所作的诗歌由葛徵奇选刻成集，名《竹笑轩吟草》，题材以写景纪游和描摹风物为主，中多清丽秀逸之语，如：

十里湖堤面面山，却怜西子镜台闲。幽心拟结茅庵住，不在林间在水间。

——《湖上镜阁同家禄勋咏》（其二）

石岩月上布帆斜，指点前村是酒家。隔岸渔人收钓去，却怜残梦在天涯。

——《途中口号》

满院蓬蒿一径开，卷帘只有燕飞来。闲庭昼寂无人到，坐看杨花点绿苔。

——《芜园春暮》

桐花满砌菱荷香，人静山空夜色凉。月逗疏棂萤影乱，一泓新水两鸳鸯。

——《夏日晚坐二首》（其一）

这些作品颇具王孟山水诗清疏闲适的味道，所谓"虽云彤管丽娟，特饶林下风气"②。葛徵奇称李因"为诗清扬婉妩，如晨露初

---

① 〔明〕葛徵奇：《叙竹笑轩吟草》，载〔清〕李因撰《竹笑轩吟草》，周书田校点，辽宁教育出版社，2003，第4页。
② 〔清〕吴本泰：《竹笑轩吟草叙》，载〔清〕李因撰《竹笑轩吟草》，周书田校点，辽宁教育出版社，2003，第2页。

桐，又如微云疏雨，自成逸品"①，并非虚饰之辞。

从性情上来看，李因与王微相似，对山川自然有一份与生俱来的眷恋钟爱。徜徉于山间水畔，不免时生抛离尘俗、幽栖林泉之想。如以下两首诗云：

> 山寒凌晓曙，路滑霜凝阶。
> 帘静林烟乱，窗虚野色佳。
> 添炉敲石火，煮芋觅松柴。
> 耽有幽栖癖，闲吟惬旷怀。
> ——《癸未喜归芜园六首》（其六）

> 芦苇萧萧近水隈，西风野岸芙蓉开。
> 千山落叶寻秋晚，十月寒霜入梦来。
> 为向梅林依鹤迹，漫携筇杖认碑苔。
> 荒残满径东篱寂，独对黄花醉酒杯。
> ——《鹫岭山庄寻秋四首》（其四）

两首诗均作于明亡前不久，当时国势倾颓，已难挽回，葛徵奇无奈黯然归乡。女诗人虽同样忧心时局，且为夫君的遭遇深感不平，但能够远离纷争、归隐园田，对一向热爱自然的她而言何尝不是一种安慰。所以在她笔下，原本散发着萧瑟况味的秋天，也不再令人觉得凄惶与寂寞。虽然"山寒""霜凝"，千山木落、芦苇萧萧，但她看到和感受到的，是林烟氤氲、野色清嘉的静美风景，是"添炉""煮芋"这般温暖的人间烟火，以及漫步山间携杖寻秋的洒落与把酒东篱独自倾杯的疏放自在。诗中流露出的闲适惬意情怀，实

---

① 〔明〕葛徵奇：《叙竹笑轩吟草》，载〔清〕李因撰《竹笑轩吟草》，周书田校点，辽宁教育出版社，2003，第4页。

则也正与王孟诸作的精神内核相契。李因诗的"林下风气",绝不止于文字风格的表现。

表达类似怀抱的作品又如《芜园》与《舟发天津道中同家禄勋咏》,诗云:

> 雨气初凉午梦还,青松白石满林间。
> 坐看汀上新雏浴,散发渔舟学钓闲。
> ——《芜园三首》(其二)

> 客里闲心事事宜,故园松菊赋归迟。
> 秋风江上兼葭月,独坐渔矶学钓丝。
> ——《舟发天津道中同家禄勋咏六首》(其五)

李因喜欢游历山川,描摹佳景,她的诗大多是这种风致,至于其他才女笔下常见的闺中生活与情绪,在她笔下很难见到。

另外,李因的画也极为出色。"每匠意写生,披绡渗墨,禽鸟唤掷,垂竹欹疏。皆风趣泠然,冶秀独绝。"①葛徵奇则称其"独摹大小米,具体而微,所谓以烟云供养也……每遇林木孤清,云日荡漾,即奋臂振衣,磨墨汁升许,劈笺作花卉数本。余亦各加题跋,以别赝鼎"②。由此可知,葛徵奇在世时,已有李因画作的赝本流传,可以想象李因的画在当时受到重视和欢迎的程度。

李因生当明末,虽身为女子,但对国事也十分关注,"扼腕时

---

① 〔清〕吴本泰:《竹笑轩吟草叙》,载〔清〕李因撰《竹笑轩吟草》,周书田校点,辽宁教育出版社,2003,第2页。
② 〔明〕葛徵奇:《叙竹笑轩吟草》,载〔清〕李因撰《竹笑轩吟草》,周书田校点,辽宁教育出版社,2003,第4—5页。

事，义愤激烈，为须眉所不逮"①。其《闻豫鲁寇警》一诗有"徒怀报国惭彤管，洒血征袍羡木兰"之句，足可见其忠爱之意，故其诗中常有忧国情怀的流露，如《忆昔十二首》（其十）云：

> 兵戈临四野，遍地尽悲笳。
> 久出无乡信，生还莫问家。
> 看云怀朔漠，挥泪望京华。
> 壮士羞巾帼，无能博浪沙。

这组《忆昔十二首》，是明亡、夫死后的追怀之作。诗前有小序云："风雨寒宵，穷年暮景，追想兵火之变，同家禄勋避乱，小舟往来芦苇间。禄勋有言，惟以死报国。余云杀身成仁，无救于时。对泣歔欷，万感交集。由今思昔，正所谓痛定思痛耳。聊尔舒怀，并记流离之苦。"即使时移事往、江山易代，她和他曾经想用生命守护的故国早已沉埋于历史的烟云深处，但此际回首前尘，"逃亡千里散，杀掠百城空"（其二）的兵燹之灾，"正人多死节，国乱势仓皇"（其五）的大厦将倾之感，以及"更抱长沙泣，空怀吊楚湘"（其五）的郁愤怆恨，依旧如昨日亲历般惊心动魄、痛彻心扉。而在这首诗里，除却对往昔烽烟遍地、动荡流离的乱世记忆的回顾，结二句"壮士羞巾帼，无能博浪沙"更借历史上张良于博浪沙以大铁椎刺杀秦始皇的故事，明确表达出对当年竟无一英杰可以力挽狂澜、逆转危局的深深失望。"羞"与"无能"二语不无讥讽之意，语气既沉痛，又悲凉。

在明朝覆灭多年后，亡国之恨依然不断刺痛诗人的心。漫长的独居岁月里，她时时追怀故国，因时寄兴，往往动黍离之思。黄宗

---

① 〔明〕葛徵奇：《叙竹笑轩吟草》，载〔清〕李因撰《竹笑轩吟草》，周书田校点，辽宁教育出版社，2003，第5页。

羲为其作传云："其发之为诗，尚有三世相韩之痛。"①《雨霁书怀》诗云：

> 柴扉梅雨过，霁色上帘栊。
> 蔓草沿阶绿，藤花绕树红。
> 遐思千古事，幻寄百年空。
> 莫问沧桑变，闲愁付酒中。

流光如电，又是一年芳草绿、藤花红。雨水洗过的柴扉与帘栊，也同以往的每个夏天一样，闪动着晴明清润的微光，仿佛诗人心底从未真正淡去的哀伤与怀念。"遐思千古事，幻寄百年空"——盛衰兴亡原是无常的轮转，人生亦不过如幻梦般空虚。始终无法抛开的愁怀如织，或许唯有遁入醉乡，她才会得到片刻的抚慰与解脱。

《有感》一诗则兼有身世之慨与家国之恨：

> 忧时看发短，老病为贫增。
> 枵腹同饥鼠，颓颜似冻蝇。
> 从戎非我辈，狙击更谁能。
> 悲感前朝事，愁归夜半灯。

诗的前半摹写自身年华老去、贫病交迫的境况，"枵腹"一联以"饥鼠""冻蝇"自喻，着意刻画生活之困顿艰难，尤其使人心碎神伤。然而，即使身处如此窘境，诗人心底的故国之思依然时时涌动，提醒着她曾经的烽烟岁月，曾经的无尽哀恸与悲恨。"从戎非我辈，狙击更谁能"，这样的沉痛叹息想来曾无数次回荡在她的

---

① 〔清〕黄宗羲：《李因传》，收入《南雷文定·前集》卷十，载《续修四库全书》第1397册，上海古籍出版社，2002，第378页。

心中。而前朝已如逝川,旧梦前尘终归只能成为一种沉默的怀念,陪伴她度过一个又一个无眠的寂寞长夜。或许对诗人而言,永不忘却,便是她能献给故国的最后的忠贞。

不仅如此,在李因的诗里,还曾多次表现出自身报国无路的悲愤与不甘:

> 龙钟老病又惊秋,白发常怀壮士忧。
> 报国有心无剑术,空将时事锁眉头。
> ——《病起夜坐口占三首》(其三)

> 遍地烽烟四野蒿,聊将笔墨寄牢骚。
> 澄清有日悲吾老,平寇无能舞宝刀。
> ——《感怀》

即使已经垂垂老去,即使明知国势难以挽回,诗人始终挂怀时局,不曾有片刻忘失报国之志。生当如此烽火乱世,身为女子的她真正在意的,不是一己之顺逆安危,而是无力扫除敌寇、报效国家的深深憾恨。正是这样的郁愤悲凉之情,成就了她后期诗风的苍劲沉着,也更坚实地奠定了她在明末清初女性诗坛的重要地位。

鼎革后,葛徵奇去世,家道中落,故园荒芜,李因有时甚至穷愁潦倒至不能举火。她守志不变,或自纺绩谋生,或以画资度日,以至后来她的画作成为海昌土产馈赠之品中不可或缺之物,同邑仅仿其画者便有四十多人。这几十年间,"园亭寂寞,风雨晦明,神情凄楚,不无盛衰之感"[①]。如下面两首诗云:

---

① 〔清〕杨德建:《竹笑轩吟草三集跋》,载〔清〕李因撰《竹笑轩吟草》,周书田校点,辽宁教育出版社,2003,第102页。

> 凄风木末送斜阳,断续蝉吟咽晚凉。
> 几点雨残催梦短,数声落叶引愁长。
> 寒烟古寺枫林紫,野色荒村草径黄。
> 病里不知更节候,只看两鬓见秋霜。
>
> ——《秋雨三首》(其一)

> 老来诸事废,独坐为穷愁。
> 浙浙风鸣树,漫漫雪隐楼。
> 群鸦绕林木,孤雁失沙洲。
> 急景催霜鬓,谁宽卒岁忧。
>
> ——《暮冬对雪三首》(其一)

秋雨萧瑟,冬雪凄寒,每一个季节的轮转都无言催送着韶华的默默流逝。对诗人而言,国亡夫死后,余生的漫漫岁月里唯有无尽悲凉与寂寞如影随形。黯淡斜阳里寒蝉的断续凄咽之声,残雨滴碎愁梦的刹那迷惘与空虚,风雪交加、老病煎迫的穷愁孤恨,所有这些,最终都化为满鬓秋霜与满怀忧思。"群鸦绕林木,孤雁失沙洲",他人的团圆欢聚、灯火可亲,更加鲜明地映衬出如孤雁般流离失所的她孑然一身的哀伤与酸楚。两首诗都能融情入景,以苍健之笔抒写沉郁怀抱,悲凉中又不乏深劲气韵,并无靡弱之感,而这正是李因诗尤为可贵之处。

又如《雪夜书怀四首》(其四)云:

> 夜半潇潇雪打窗,随风点点冷残釭。
> 诗狂画癖俱消尽,独剩穷魔未肯降。

冬夜里大雪纷飞,潇潇打窗之声愈显陋室的孤凄与寒意。窗隙透进的冷风吹动残灯的一点微焰闪烁,映照着诗人的茕茕只影。垂垂老去的她早已消尽当年的诗兴画癖，却始终无法抛开"穷魔"纠缠困扰。末二句虽是自嘲，然最为沉痛，道尽萧飒悲凉的心事。

晚年的李因归心禅悦，长夜青灯，唯与老尼酬对而已。在她去世后，随园女弟子席佩兰感于其身世才情，有《题李因水墨花鸟卷子》诗曰："……归来静锁葳蕤户，怕检宣和旧时谱。伤心一曲念家山，画花不画根连土。晚年踪迹寄茅庵，小像沉香置佛龛。……"[1]描述的正是李因后半生凄清寂寥的境况。李因素以画知名，惜如今真本并不多见，然据席佩兰所言"画花不画根连土"，典出南宋遗民郑思肖故事，可知李因始终不忘故国的心情。那无所依傍的花朵，暗示了自身失去家国的流离之感，也展示出一个遗民的忠贞气节与襟抱。

李因所著《竹笑轩吟草》共三集，绝大部分为诗作，词只有十九调二十二首，且皆为小令或中调，说明她在词的创作上用力不多。但她的词作却每一首都堪称秀雅婉约，不带一丝俚俗与靡丽，这一点与其他妓女词人大不相同。

李因的词作从题材内容来看，大致可分两类：明亡前多写伤春惜时之意，明亡后则带着深沉的悲郁幽愤与兴亡之思。真正能代表李因词成就的，是亡国后的作品。无论是情感的深度浓度，还是意境的沉郁苍凉，都较前期有相当的改变。尤其是其晚年词作，将禾黍之痛与身世之恨打并入一处，可视为她词中最好的作品，带着与其后期诗风相近的慷壮苍劲的特色：

重九催开黄菊早，霜林染就丹枫。何须直上最高峰。紫萸仍遍插，令节古今同。　　把盏篱边供独醉，不劳馈酒王弘。遥看秋色月朦胧。

---

[1] 王蕴章：《然脂余韵》卷一，载王英志主编《清代闺秀诗话丛刊》，凤凰出版社，2010，第633页。

欲将亡国恨，细说与归鸿。

信步登高频整帽，恐防先露秋霜。扶筇着屐到篱傍。疏林云黯淡，野色树苍茫。　　笑把黄花何处酒，前村新酿开缸。仰天长叹感时伤。闲评今古事，默坐记兴亡。

——《临江仙》（二调）

从霜鬓及扶筇等细节描写可以看出，这两首词应是李因晚年所作，当时距明亡已过去了数十年之久，但她心底对故国的追悼之情始终未曾消减。在每首词的结拍，她将抒情主旨点染得愈加鲜明："欲将亡国恨，细说与归鸿"的怅然幽恨，"仰天长叹感时伤。闲评今古事，默坐记兴亡"的感慨悲凉，在她笔端毫不掩饰地流淌出来。两首词写情劲直疏宕，思致沉郁苍凉，完全摆脱了性别的局限，呈现出与普通女性词迥异的沉着浑成之境，这是世事沧桑、身历坎壈对其心灵的催发改变，也是其冰雪般的气节情操在后期词作中最有力的表现。

李因出身的卑微与其才华的颖慧、情怀的忠贞形成了强烈的对比，世人往往因而对她倍加称许。明末清初以气节著称的文坛宗师黄宗羲曾特别为李因作传，著名才女王端淑则感于其贞襟侠骨而赞叹云："撮合花鸟，凑泊烟云，易易耳。而奇志卓荦，矫矫不磨，岂非天壤间傀伟女子乎！"[1]黄裳先生将李因《竹笑轩吟草》与同时代徐灿的《拙政园诗余》视为清初女史集之双璧，乃因二人"俱生明清易代之际，其生平经历吟咏抒写，亦均有家国之感、身世之悲，盖不仅以彤管遗芬增重也"[2]。李因有两句诗云："玉映冰心洁，

---

[1]〔清〕王端淑辑：《名媛诗纬》卷十八《正集十六》，清康熙山阴王氏清音堂刻本。
[2] 黄裳：《翠墨集》，生活·读书·新知三联书店，1985，第592页。

清标耐岁寒。"(《梅》)在经历了那么多动荡患难、辛酸风霜之后,她依旧保有梅花般经霜傲雪的坚韧与孤高。在她的作品中,对亡夫的怀念与对故国的伤悼早已交织一处,因而在情感上具有更为厚重深邃的特色,也因此更具感发人心的力量。

| 第五章 |

清初：黄金时代的正式开始

经历了明清易代的动荡，清初词坛最令人瞩目的，是擅以娴雅深婉之笔抒写故国之思的著名女词人徐灿。比她稍晚的顾贞立，则以劲直疏宕的词笔深刻表达出对自身不幸境遇的愤懑不平之意，无论情感内蕴还是艺术风格都令人有耳目一新之感。同时，此时期出现了女性诗歌史上第一个正式的女性诗社——蕉园七子，表明了女性文学创作自觉意识的日渐高涨和女性诗人欲以文字传世的不俗追求，因而具有重要的诗史意义。

第一节　易代之际的优秀女词人：徐灿与顾贞立

一、擅写故国之思的徐灿

　　徐灿，字湘蘋，又字明霞，长洲（今江苏苏州）人。光禄丞徐子懋次女，海宁大学士陈之遴继室，封一品夫人。顺治十三年（1656），陈之遴被弹劾而以原官发配盛京居住，徐灿随行。同年十月朝廷复命回京入旗。顺治十五年（1658），陈又因罪全家"流徙盛京，家产籍没"[①]。康熙五年（1666），陈之遴死于戍所。康熙十年（1671），圣祖东巡，徐灿上疏乞归骨，上命还葬，得归。晚学

[①]《清实录·世祖实录》卷一一六，中华书局，1986，第908页。

佛,更号紫箬①。

徐灿词集名《拙政园诗余》,现存词九十九首。徐灿在当时即赢得词坛巨擘、阳羡词宗陈维崧的极力推许,陈称其"才锋遒丽,生平著小词绝佳。盖南宋以来,闺房之秀,一人而已。其词娣视淑真,姒畜清照"②。即使在她之后又涌现出大批女词人,其中包括顾春、吴藻这样的成就超卓者,但综观明清两代的女性词坛,徐灿仍称得上屈指可数、度越群芳的出色作手之一。

对于徐灿词,清代不少论者都将其与李清照词并称。如陈廷焯云:"闺秀工为词者,前则李易安,后则徐湘蘋。"③徐乃昌则认为:"其冠冕处,即李易安亦当避席,不独为本朝第一。"④徐灿词中大量抒写故国之思与兴亡之慨的作品是易安集内所没有的。这恰好是徐灿超越前人,令易安也要"避席"的擅胜之处。

宋元易代与明清鼎革之际带给人们的打击与痛苦有别于普通的改朝换代。女词人在大时代的震荡剧变中均不同程度地表达了国亡后的沉痛心情。但徐灿此类题材的作品不论从数量还是质量上都明显超越前代与同时代女词人,甚至与不少男性名家相比也毫不逊色。正是这些思深意远、沉郁感恨之作,确立了徐灿在清初女性词

---

① 以上徐灿生平简介据〔清〕赵尔巽主编:《清史稿列传》卷五百零八《陈之遴妻徐传》,明文书局,1985,第602页;〔清〕陈赓笙重编、〔清〕陈德锦校刊:《海宁渤海陈氏宗谱》卷二十七《第九世一品徐夫人》,民国七年(1918)海宁渤海陈氏刊本;许传霈等原纂、朱锡恩等续纂:《海宁州志稿》卷二十九,载《中国方志丛书》,民国十一年(1922)排印本,成文出版社有限公司,1983;《清实录·世祖实录》卷九十九,中华书局,1986,第770页。
② 〔清〕陈维崧:《妇人集》,载〔清〕虫天子编《香艳丛书》一集卷二,人民文学出版社,1994,第99页。
③ 〔清〕陈廷焯:《白雨斋词话》卷五,载唐圭璋编《词话丛编》,中华书局,1986,第3895页。
④ 〔清〕徐乃昌辑:《小檀栾室汇刻闺秀词》第九集,清光绪二十一年至二十二年(1895—1896)南陵徐氏小檀栾室校刊本。

坛上不可撼动的地位。

明朝覆灭，徐灿受到的打击可以想见。即使在诗词中她并未详细描述烽火乱离中自己的具体遭际，但她亲历离乱、目睹金戈满地的惊痛心情仍然清晰地表现出来："蔓草荒烟绕废丘，乱蛩哀雁吊清秋。谁知千古伤心地，却是当年秉烛游。"（《感旧》）"采莲沼，香波咽；斗草径，芳尘绝。痛烟芜何处，旧家华阅。"（《满江红·示四妹》）而在她怀念前朝的诸多作品中，有将盛衰之叹与亡国之恨融汇一处的，也有将身世之悲打并入故国之思的。前者如这首《少年游·有感》：

衰杨霜遍灞陵桥，何物似前朝。夜来明月，依然相照，还认楚宫腰。　金尊半掩琵琶恨，旧谱向谁调。翡翠楼前，胭脂井畔，魂与落花飘。

起笔即以衰杨寒霜的凄清风物暗喻明室沦亡，"何物似前朝"一句绾合旧时明月，带出物是人非的无限伤悼与悲凉怅惘。过片"金尊"二句隐寓无限感恨，借幽怨的琵琶声传达出哀恸沉重的心曲。结句将思绪宕开，以陈后主亡国之事寄托对明朝灭亡的悲恸与憾恨，一时间故国之思与兴衰之感交织一处。全词以哀艳秀雅之笔写幽渺凄恻之情，余韵绵长，兴味悠远。

又如《青玉案·吊古》，也是借咏叹兴亡以抒写亡国之悲：

伤心误到芜城路。携血泪、无挥处。半月模糊霜几树。紫箫低远，翠翘明灭，隐隐羊车度。　鲸波碧浸横江锁，故垒萧萧芦荻浦。烟水不知人事错，戈船千里，降帆一片，莫怨莲花步。

词以吊古为题，实则借古伤今。起笔用鲍照《芜城赋》讽南朝宋竟陵王刘诞据广陵城谋反、兵败身死、城池荒芜之事，暗喻明朝覆亡，故有"携血泪、无挥处"这般哀恸激楚之语。之后词人连用几个与亡国相关的典故，层层递写内心深重的伤悼情绪。"羊车度""莲花步"，分别用晋武帝事和南齐废帝东昏侯事，暗讽统治者沉迷声色，误国亡国。"鲸波"以下五句，则化用唐代刘禹锡《西塞山怀古》诗意与五代鹿虔扆《临江仙》"烟月不知人事改"句意，抒发历史兴衰之感。全词并未明言伤亡国之旨，但通过比兴手法与相关典故的恰当运用，极为深透地表达了自己哀悼故国的深沉怀抱。尤其化用前人成句入词，浑成自然，全无刻意痕迹，体现了她深厚的文学素养。

将身世之悲融入故国之思的作品则带着更多的苍凉气息，如《水龙吟·感旧》：

合欢花下留连，当时曾向君家道。悲欢转眼，花还如梦，那能长好。真个而今，台空花尽，乱烟荒草。算一番风月，一番花柳，各自斗，春风巧。　休叹花神去杳。有题花锦笺香稿。红阴舒卷，绿阴浓淡，对人犹笑。把酒微吟，譬如旧侣，梦中重到。请从今、秉烛看花，切莫待，花枝老。

从词情来看，此首与《风流子·同素庵感旧》（只如昨日事）一样，都是明亡后词人随同仕清的丈夫陈之遴重返北京所作。明崇祯十年（1637），陈之遴中进士后曾入京任翰林院编修，其《拙政园诗余序》云："丁丑通籍后，侨居都城西隅。书室数楹，颇轩敞。前有古槐垂阴如盖，后庭广数十步，中作小亭，庭前合欢树一株，青翠扶苏，叶叶相对，夜则交敛，侵晨乃舒。夏月吐花如朱丝，余与湘蘋觞咏其下，再历寒暑……湘蘋所为诗及长短句，多清新可诵。"然而，明亡后，"毋论海滨故第，化为断烟荒草，诸所游历，皆沧桑不可问矣。曩西城书室亭榭，苍然平楚，合欢树已供刍荛，独湘蘋游览诸诗在耳。自通籍去国，迨再入春明，不及一纪，而人事变易，赋咏零落若此，能不悲哉"①。对于徐灿来说，前后两次入京相隔十年，却仿佛经历了前世今生的轮回，有悲怆，有茫然，更多的或许是无尽唏嘘之感。当年在合欢花下留连觞咏的她，曾感慨万物无常，花亦如梦，转瞬飘零，却未曾想到十年后会身经易代的兵戈动荡，眼看宗国沦亡，异族入关，眼看丈夫再仕新朝，不得已只能随他入京。不难揣想，那时她的心里必定充满了痛苦、无奈与愧疚交织的复杂感受。她无力改变丈夫的选择，也无法直白地表达对故国的怀念，于是唯有借今昔之感含蓄抒写深藏的种种悲哀与憾恨。"台空花尽，乱烟荒草"道尽劫难过后的荒凉和沧桑，"红阴舒卷，绿阴浓淡，对人犹笑"以乐景写哀情，"对人犹笑"四字尤其令人有惨痛惊心之感。接下来"把酒"三句极为含蓄哀婉，看似平淡温厚的语气中流动着物是人非的无限凄凉。结拍化用前人秉烛夜游、"莫待无花空折枝"语意，进一步深化了世事变灭、人生无常的抒情主旨，而在这个主旨的背后，不难察觉到伤悼故国的幽隐情思。全词运笔和缓从容，写情却吞吐凄咽，沉郁苍凉，是所谓以淡笔写浓情者。

另一首《满江红·将至京寄素庵》则是借旅愁暗中传写对故国的追怀之意：

柳岸欹斜，帆影外、东风偏恶。人未起、旅愁先到，晓寒时作。满眼河山牵旧恨，茫茫何处藏身壑。记玉箫、金管振中流，今非昨。　　春尚在，衣怜薄。鸿去尽，书难托。叹征途憔悴，病腰如削。咫尺玉京人未见，又还负却朝来约。料残更、无语把青编，愁孤酌。

---

① 〔清〕陈之遴：《拙政园诗余序》，收入〔清〕徐灿撰《拙政园诗余》，载〔清〕吴骞辑《拜经楼丛书》，民国十一年（1922）上海博古参据拜经楼刊本影印。

从词意推测，这首《满江红》应是作于明亡后不久，当时徐灿的丈夫陈之遴出仕新朝，在北京做官，她只能携儿女北上与陈之遴相聚。词写旅途中所见所感，字句间满溢着愁苦与哀恨。开篇从羁旅行愁写起，"东风偏恶"四字已透露出郁悒情绪，"旅愁先到，晓寒时作"将这种情绪进一步深化，奠定了全篇的抒情基调。在如此铺垫之后，"满眼""茫茫"两句直抒胸臆，以激切笔意直诉时移事往而故国难忘的悲怆情怀。"今非昨"三字力透纸背，语约意丰，包蕴了太多难以言说的复杂心事，也因此引出下片深重的身世之叹。而从过片开始，词人几乎是一气直下，淋漓尽致地抒发了旅途中的风霜憔悴、孤寂凄楚之感。"咫尺玉京人未见，又还负却朝来约"尤其使人敏感，虽不知所言者为何，但语气中的伤感乃至怨愤是显而易见的。在这样的层层铺垫后，结拍处夜深难眠、独自饮酒读书的姿态，与开篇的晓寒旅愁遥相呼应，暗示从晨起至更阑，词人内心的愁绪翻涌始终不曾稍减，其中的家国之恨与羁旅之思交织一处，幽恨伤怨之情可谓溢于言表。

此外，徐灿词写故国兴亡之感具两副笔墨：一则含蓄怅惘，一则沉痛悲慨。她那首最为后人称许的《踏莎行·初春》便是以含蓄深折笔法写出：

芳草才芽，梨花未雨，春魂已作天涯絮。晶帘宛转为谁垂，金衣飞上樱桃树。　　故国茫茫，扁舟何许，夕阳一片江流去。碧云犹叠旧河山，月痕休到深深处。

在这首词里，徐灿并未借助相关典故将内心的情思外化，而以婉曲的笔法达到了同样的讽喻效果。词以伤春起兴，开端"芳草""梨花"两句紧扣"初春"题旨，"春魂"一句却并未顺势摹写春光美好，而是陡然转折，引出伤痛情怀。接下来"晶帘"二句暗藏讥刺，以飞上别枝的黄莺影射包括陈之遴在内的、不顾节操做了贰臣的文人士大夫，"樱桃"一语也令人敏感地联想到《礼记》《汉书》中天子取樱桃献宗庙之典，含蓄道出亡国的悲怆。词的下片她承此将思致一气展开：夕阳金色的余晖映照着滔滔远去的江水，逝者如斯的苍凉与茫然失路的迷惘弥漫于天地之间，今古如一。碧云与河山依旧，而她为之魂牵梦绕的故国，早已随江水一去不回，永远沉埋于历史的尘烟之下。全词虽以"故国"与"旧河山"点明主旨，但写来却委婉曲折。迷茫的思致与开阔的意境相辅相成，营造出含蓄怅恍的氛围，同时又不失沉郁和雅。结拍两句尤有余音绕梁之感，所谓语尽而意未尽也。

徐灿怀念故国的词中也有声情激越、悲慨沉痛之作，如《永遇乐·舟中感旧》：

无恙桃花，依然燕子，春景多别。前度刘郎，重来江令，往事何堪说。逝水残阳，龙归剑杳，多少英雄泪血。千古恨、河山如许，豪华一瞬抛撇。　　白玉楼前，黄金台畔，夜夜只留明月。休笑垂杨，而今金尽，秾李还消歇。世事流云，人生飞絮，都付断猿悲咽。西山在、愁容惨黛，如共人凄切。

从词情来看，此一首可能与《满江红·将至京寄素庵》为同时之作，是明亡后不久北上京城途中所作。开篇先以桃花无恙、燕子依然反衬人事已非的无情现实，刘郎、江令分别用刘禹锡诗与江总事，一则感慨世事无常，二则在丈夫陈之遴仕清的背景下，"前度""重来"也带着些许微妙的暗讽之意。"往事何堪说"将前五句一笔收拢，含蕴复杂深沉，有欲说还休的吞吐悲咽之感。"龙归剑杳"用雷焕故事，绾合"英雄泪血"，暗指当时忠烈之士回天无力、壮志未酬的忧愤沉痛。而残阳黯淡，逝水滔滔，呼应"河山如许"，将心中汹涌的亡国之恨作了更为激切的表达。"豪华一瞬抛撇"承上启下，逗引出下片河山更易、物是人非的种种不堪回首之痛：白玉楼前，黄金台畔，唯有明月年年依旧，映照着早已荒凉倾圮的亭台楼阁，仿佛无声诉说着古往今来的盛衰兴亡之理。垂杨金尽，秋李消歇，则以比兴手法含蓄传达同样的感伤心情。在这样的层层铺垫后，她的故国之思最终汇聚成"世事流云，人生飞絮，都付断猿悲咽"的深哀剧痛，散发出无限凄怆衰飒的况味。

　　从艺术风格的角度看，《拙政园诗余》中虽有少数词作如《满江红》诸阕及《永遇乐·舟中感旧》等表现出不同于一般女性词的激越慷慨的一面，但总体来说，她在创作中仍宗尚北宋词的婉转和雅，这在她的大部分作品里都可以得到印证。陈廷焯《云韶集》曰："湘蘋夫人词，宛转娴雅，丽而不佻。"① 而"宛转娴雅"正可代表其词之风格。对徐灿而言，一方面，温柔内敛的个性与词贵含蓄的观念使她对情绪的抒发有意加以节制；另一方面，易代之际的敏感处境，尤其是陈之遴仕清的事实令她无法直抒己意。因此，徐灿词在情意的表现上以宛转要眇为主。例如这一首《满庭芳·姑苏午日次素庵韵》：

　　　　旧柳浓耶，新蒲放也，依然风景吴阊。去年今午，何处把霞觞。赢得残笺剩管，犹吟泛、几曲回塘。伤心事，飞来双燕，絮语诉斜阳。　　石榴花下饮，吊花珠泪，还倩花藏。过一番令节，如度星霜。向晚竹窗萧瑟，凄凄雨、先试秋凉。难回想，彩丝艾虎，少小事微茫。

---

① 〔清〕陈廷焯：《云韶集·评》卷二十二。见程郁缀编著：《徐灿词新释辑评》，中国书店，2003，第214页。

姑苏是词人故乡苏州的别称,从词题看,当是与丈夫某年同在苏州过端午时所作。词中笔致虽颇为柔婉,而情思凄切苍凉,带着沧桑过后的不胜凄怆之感。开篇紧扣"午日",以杨柳荫浓、菖蒲初生点明初夏节令,"依然"二字含蓄透露了些许欣慰与怅惘交织的复杂情绪。"去年今午"一句,暗示此际乃重回故乡,于是前文的"依然",读来便别有一番滋味。然而接下来的叙写,却并无半分回乡的喜悦。"残笺剩管""伤心事"两句表明心境的冷落与哀伤,黄昏中双燕细语,仿佛要代人诉尽心底的沉沉郁悒。过片由此进一步生发:饮酒吊花、暗自落泪的悲戚,傍晚雨声敲窗的凄清寂寞,以及明明是端午节令却生出"秋凉"之感的萧瑟心境,所有这些描写都恰切地诠释了"过一番令节,如度星霜"的哀伤感受。结拍三句将怆然情绪略作收拢,转而追忆年少岁月的清平静好,愈发使人怅惘不置。虽然词中出现了"伤心""吊花珠泪"等表意较为显豁的用语,但运笔从容,措语渊雅,情思的抒发既沉着又和婉,别有一种幽咽凄恻、余韵绵长的美感。

另如《虞美人·有感》与《浪淘沙·庭树》,也都体现出典型的宛转娴雅之风:

满枕潇潇今夜雨,人共孤灯语。凤凰台畔乱香红,只到寻常烟月、竟匆匆。　　江上莼丝秋未采,莫怨朱颜改。吴山几曲碧漫漫,还有许多风景、待人看。

——《虞美人·有感》

庭树又秋花,做弄年华。满城霜气湿青笳。眼底眉头愁未了,去数归鸦。　　残月霭窗纱,莫便西斜。雁声和梦落天涯。渺渺濛濛云一缕,可是还家。

——《浪淘沙·庭树》

两首词皆是抒写思乡之情。前一首写情较为深隐，似乎是亡国前所作，从"凤凰台畔"大概可以推知词人其时应在南京。词中写到夜雨潇潇、孤灯荧然的凄凉，也写到落红凌乱、烟月匆匆的怅惘。下片的"莼丝"与"吴山"，点明思乡的题旨，也因而明了上片所写乃有意烘托身在异乡的落寞孤寂，思致跌宕而述情深婉。结句以舒徐沉着语气道出对故乡深沉的怀念，"还有许多风景、待人看"一句尤为动人，宛转中深情流动，很能体现出徐灿词娴雅从容的抒情特质。后一首《浪淘沙》，从《浮云集》中陈之遴的和作来看，应写于入清后词人随宦客居京城之际。起句的"又"字和"做弄"已明显透露出岁月无情、世事无常的伤怨情怀。寒夜里悲笳隐隐，清霜弥漫，触动她内心的愁思如缕，"去数归鸦"则带出思乡主旨。"愁未了"与"数归鸦"相绾，一则烘托出浓郁的乡愁，一则以倦鸟归巢暗示自身的欲归不得，笔意婉曲，令人有哀怨无端之感。下片写残月即将西斜，南飞的雁叫声嘹唳，仿佛携着她的归梦飘落于天涯之外。"渺渺濛濛云一缕，可是还家"以景结情，语尽而情未尽，深沉的思乡之情与暗藏的故国之思相生相绾，是寄深于浅的极佳范例。

在宛转娴雅的整体风格以外，由于明清易代、丈夫仕清的特殊经历，徐灿词中部分表现故国之思的作品呈现出跌宕苍凉乃至沉雄慷慨的特点，代表性的作品有《满江红·感事》：

过眼韶华，凄凄又、凉秋时节。听是处，捣衣声急，阵鸿凄切。往事堪悲闻玉树，采莲歌杳啼鹃血。叹当年，富贵已东流，金瓯缺。　　风共雨，何曾歇；翘首望，乡关月。看金戈满地，万里云叠。斧钺行边遗恨在，楼船横海随波灭。到而今，空有断肠碑，英雄业。

徐灿选择了"满江红"这一词调，就是因为它特别适合悲慨激越情感的抒发。故而在这首词中她将满怀悲怆肆意挥洒，先以捣衣声急、阵鸿凄切烘托深秋的衰飒氛围，借此更加深沉地传达"玉树""鹃血"蕴藏的浓厚的亡国之恨。而富贵东流、金瓯缺则尤为鲜明地渲染了宗国沦亡的悲恨怀抱。词的下片紧承此意，将萧飒与激壮，哀痛与感愤，风云气与苍凉意充分自然地融合一处，令人油然而生慷慨沉郁之思。特别是结拍，沉雄劲健，忧愤铿锵，可谓掷地有金石之声，完全跳出了女性词柔美婉丽的传统风格。从某种意义上说，这也是徐灿词对前代女性词的一种突破与超越。

在表现家国情怀这方面，徐灿词继承了前代的易安词而能更进一层，几臻至境。南渡后的易安也有《永遇乐》等抒发家国之恨的名作，但身为婉约之宗，易安始终秉承"词别是一家"的传统，写情十分蕴藉婉曲，如"伤心枕上三更雨，点滴霖霪，点滴霖霪，愁损北人，不惯起来听"（《添字丑奴儿》），"物是人非事事休，欲语泪先流"（《武陵春》）。而徐灿词抒情明显更为沉郁悲怆，力大思深，如"伤心误到芜城路。携血泪、无挥处"（《青玉案·吊古》），"逝水残阳，龙归剑杳，多少英雄泪血。千古恨、河山如许，豪华一瞬抛撇"（《永遇乐·舟中感旧》）。这样的悲凉忧愤之语，在易安词中是见不到的。而且徐灿作品中常将历史兴衰之感融入故国沦亡之恨，用典精切，浑成自然，带着厚重的沧桑况味。可以说，以怀念故国为题旨的作品是徐灿词中最出色、最能代表其创作成就且明显超越前代女性词的作品。其词内浓郁的家国之思与兴亡之感，又深化了词境与词情，使得她不仅堪与易安比肩，更卓然凌驾于同时代的女词人之上，成为明清之际可与众多男性词人争胜的优秀词家。

二、"奇女子"顾贞立：不甘雌伏的郁愤女词人

顾贞立，原名文婉，字碧汾，自号避秦人，无锡（今属江苏）人。清初著名词人顾贞观之姊，州佐同邑侯晋妻，进士侯麟勋母。精于翰墨，诗词极多，常与女词人王朗相倡和。著有《餐霞子集》《栖香阁诗词》。

明清两代涌现出大批的才女，但其中相当一部分人囿于"女子无才便是德""内言不出于阃"的社会成见，或者所作秘不示人，或者自行将诗稿毁弃。至于"逞才""炫才"，更是她们深为忌讳之事。顾贞立却称得上特立独行，她从来就不掩饰自己对文学创作的热情与对自我才情的自信乃至自负。在与闺友唱和的词中，她写道："何必羡儒冠，花满阑干。扫眉才子是鸣鸾。得近班家明月句，愿作齐纨。"（《浪淘沙·和纤月倒用原韵》）这份自信与率真在当时的女性作者中是极为罕见的。同时，顾贞立也鲜明地表现出对文学诗书的热爱，其《沁园春》词云："闲身不妨多病，且凭他位置、废苑荒台。伴香浓琴静，百城南面，青编满架，湘轴成堆。"她大胆承认自己对文字之事的浓厚兴趣，甚至也毫不避忌炫才之意。这种由自信而生的孤高不群的性格首先表现在她对女性传统生活状态的不满与抗拒：

掠鬓梳鬟，弓鞋窄袖，不惯从来。但经营理料，茶铛茗碗，亲供洒扫，职分当该。还谢天公深有意，便生就、粗疏丘壑才。将衰矣，斜阳日影，短景频催。　　闲身不妨多病，且凭他位置、废苑荒台。伴香浓琴静，百城南面，青编满架，湘轴成堆。一缕茶烟和芋煮，只数点秋花手自栽。都休也，蝇头蜗角，于我何哉。

——《沁园春》

词的开篇词人就以非常直接而尖锐的语气表达了对当时女性惯常生活状态的否定，无论是对梳妆衣饰还是对女红洒扫，她都表现出极为厌弃与反感的态度，"不惯从来""职分当该"两句流露出的不屑与不满昭然可见。而所谓天生的"粗疏丘壑才"，则从正面肯定了自己摒弃传统、投身文学的人生选择。因此在词的下片，她以潇洒率意的口吻对当前的生活作了极为生动的呈现：琴书为伴，茶香满室，烹茶读书之余亦有煮芋栽花之乐。诗情画意与烟火生涯融合一处，完美诠释了"闲身"与闲情的奥义所在。"蝇头蜗角，于我何哉"，更具一种超轶尘俗的名士风度。因此，词人对女性传统生活的不屑态度并不代表她内心的粗放，而是传达出对男女不平等观念的质疑，以及不甘雌伏的孤高心事。这正是顾贞立为前代及同时代女性所不及之处，也是她不群性格的一个重要侧面。从女性词史和女性生活史的角度来说，她的这种觉醒意识皆堪称先导。

顾贞立在鄙弃单调闭锁的闺阁生活的同时，也渴望冲破男尊女卑的传统格局，其词中常表现出男子般的豪气洒脱与啸傲不羁。如《南乡子》：

消尽夜来霜。落木萧疏雁数行。一寸横波凝望处，潇湘，无限江山送夕阳。　羞说擅词场。总是愁香怨粉章。安得长流俱化酒，千觞，一洗英雄儿女肠。

词前有小序云："壬子仲冬，同表妹张夫人小舟出西关，湿云连天，欲雨不雨，凄凉景况，黯然销魂。忆从前礼忏华藏，曾纵缆于此，风和日暖，迥异斯时，弹指韶光，抑何速耶？因记以二词，其二和张韵。华藏多樱桃花，故落句及之。"上片描摹秋景，秋霜遍染、落叶萧萧与归鸿成阵渲染出深秋的冷清寥落之境，"无限江山送夕阳"则于凄恻氛围中透显出光阴逝水、古今如梦的沧桑旷远之思。下片转以慷慨激宕之笔挥洒郁勃悲凉情怀，长流化酒、洗尽愁肠的豪迈与江山无限、夕阳西下的苍茫相互碰撞生发，意境阔大，思致跌宕，使得全词在韵律谐畅外尤具一气直下、铿锵劲健之美。

另一首《南乡子·雪》也是令人耳目一新的佳作：

高卧不知愁，报道琼瑶已满楼。分付侍儿休拂拭，须留，帘外冰条似玉钩。　　莫去泛扁舟，潇洒应无我一流。向日豪怀依旧在，能酬，诗满涛笺酒满瓯。

上片疏疏几笔便勾画出一个颇具名士放达风度的自我形象，潇洒中又透着几分玩世兼遁世的意味。下片抒怀，虽然词人略带自嘲与不甘地说"潇洒应无我一流"，但"诗满涛笺酒满瓯"的豪情与气概足以令人感受到她那份不让须眉的俊迈襟期与超卓心志。

不幸的是，才情过人、自视甚高的顾贞立遇人不淑，这使她感到极为失望与悒郁。其《满江红》词有"多病不堪操井臼，无才敢去嫌天壤"句，从中可以感知她对婚姻生活的极度不满与失落。"无才"句用东晋著名才女谢道韫所嫁非偶故事，暗示丈夫的才学性情皆非所期，这令赋性孤高、才思不凡的顾贞立不免深觉憾恨。因此婚后的岁月里她殊多郁悒而少见欢意，《满江红·中秋旅泊》便道出她心底难言的悲恨：

为问嫦娥，何事便、一生担搁。也曾来、百子池边，长生殿角。伴我绮窗朱户影，辜他碧海青天约。倩回风、迢递寄愁心，随漂泊。　　五色管，今闲却。千石酒，谁斟酌。想天涯羁旅，鬓丝零落。别梦匆匆偏易醒，远书草草浑难托。判长眠、憔悴过三秋，人如削。

首句即直切主题，以嫦娥"碧海青天夜夜心"的悲剧暗喻自己的不幸境遇与由此而生的怨愤。"一生担搁"四字锥心刺骨，力透纸背，道出婚姻失败带给她的无限惨痛与伤怀。"愁心""漂泊"相叠加，一是呼应"中秋旅泊"的词题，一是叹息茫茫岁月里只有明月相伴，映照着她的茕茕孤影与忧怀如捣。在如此境遇中，她闲却词笔，因为丈夫的才情无法与她应和；她只有借酒消愁，因为千般心事无人能够明了。而婚后随宦天涯，远离故园与亲人，念及韶光易逝、远书难托，种种愁思煎迫，又怎能不令她心碎神伤、憔悴瘦损？可以说，婚姻的不幸极大地影响了顾贞立的生活感受与创作心态，一方面使她的余生几乎都陷在愁肠难整与悲怨交加的心境里，另一方面，那种郁愤与凄怆的交织几乎成为其词主要的底色情感。她在很多作品中，都极其深切地表达了她内心始终难以淡去的痛楚与哀恨，典型的如这首《玉蝴蝶·苕溪署中》：

  一抹晴空无际，烟光澹荡，微月当楼。点缀平芜树色，暮霭初收。断霞边、慈乌千点，看反哺、争择枝头。漫凝眸，亲帏何处，梦里难留。 飕飕。风吹鬓影，寒生肌粟，唤起千愁。不堪回望，旧家庭院早惊秋。忆当初、栖迟三楚，今日个、落拓湖州。愿难酬。聊凭斑管，写我心忧。

从词题可知，此首乃词人婚后随宦苕溪所作。细味词意，其中沉淀了太多历经沧桑磨难后的辛酸与郁结。多年来她身不由己地流离漂泊于江湖间，韶华空过，慈帏难亲。在异乡寒意袭人的秋天里，她感受到的，是霜风吹鬓的孤凄萧飒，是暮色烟光催生出的寂寞无依。"旧家庭院"与"栖迟""落拓"相对照，自然传达出深沉的身世之感。"愿难酬"三字包蕴丰富，意味深长，尤其令人低回不已。

这样悲哀感慨的作品还有《金缕曲》：

  对月能闲坐。似空山、更寒人静，云深烟锁。道甚新春愁绪减，依旧寂寥无那。谁领略，满城灯火。看遍小屏风上画，只梅花、清瘦还如我。邀素月，成三个。　　韶光一瞬随风堕。镇消停、幽兰香里，罗浮梦左。睡鸭频移瓶注水，便是长宵工课。垂纸帐、拥衾高卧。凤颈微沈门静掩，又何心、问踏歌箫鼓。莲花漏，从头数。

词前有小序云："踏歌箫鼓，火树星楼，金吾不禁，士女成行。谚云：'谁家对月能闲坐，何处闻灯不看来。'予独不出。因赋此词。"在火树银花、笙歌鼎沸的热闹元夕，独坐闺中的词人依然满怀萧索，对月伤神。与她寂寞相伴的，唯有屏风上的清瘦梅花与窗外的一轮冷月。外面的喧嚣和繁华于她而言只是漠不相关的虚幻之象，此刻她所感到的，是仿佛置身空山的清冷孤绝，是漫漫长夜里静数莲漏的幽忧憔悴。然而，她宁愿在自己的世界里尝尽萧索，也不肯借片刻的喧嚣掩饰刻骨的哀恨。这流露出她性格中孤高自赏的一面。

对顾贞立而言，不够谐美的婚姻固然令她倍感失意与寂寞，而时代环境和世俗传统的压制束缚更激发了她内心强烈的不满与怨愤。她词中的种种苦闷愁情往往并不仅仅源于所适非偶的境遇，还有对男尊女卑社会的质疑和挑战。她的经典之作《满江红·楚黄署中闻警》就倾诉了这样的愤懑：

仆本恨人，那禁得、悲哉秋气。恰又是、将归送别，登山临水。一派角声烟霭外，数行雁字波光里。试凭高、觅取旧妆楼，谁同倚。　　乡梦远，书迢递。人半载，辞家矣。叹吴头楚尾，翛然孤寄。江上空怜商女曲，闺中漫洒神州泪。算缟綦、何必让男儿，天应忌。

此词应是顾贞立婚后不久随宦在外时所作，字里行间都是毫不掩饰的积郁怨恨。开端即以陡起的方式直接将心中的愤激展示出来——"仆本恨人"四字掷地有声，宣泄了她压抑已久的苦闷心音。"悲哉秋气"则与"角声""雁字"共同营造出萧飒凄冷的氛围，然而她的悲秋情绪，并未局限于感伤万物凋零的传统主旨。她所要表达的，除了飘零他乡、伤别念远之情，还有神州板荡带来的深深忧愤。"江上"两句直言亡国之痛，"空怜""漫洒"流露出无限怅恨，因此在词的结拍，个人"翛然孤寄"的凄凉身世与社稷沦亡的惨痛现实终于让她埋藏深心的愤激之气爆发出来："算缟綦、何必让男儿，天应忌。"缟綦即缟衣綦巾，指白绢上衣与浅绿色围裙，古时女子所服，此处指代女性。在顾贞立生活的时代，作为长年困守深闺的女子，她既得不到与男子同样上阵杀敌、靖难立功的机会，也无处发挥自己的出色才情。面对宗国覆亡，她也只能空自落泪而无从匡救。"天应忌"三字大胆地将质疑与抨击的矛头指向不合理的社会环境与男尊女卑的不合理现实，显示了她超越时代的不俗识见与气魄。

到了晚年，或许是经历了太多的挫折坎壈，看过太多的沧桑变幻，也或者是光阴的流逝终于渐渐消解了她内心的一些愁闷与郁愤，其词更多穿越风霜后的隐忍平和之意，尽管这平和中仍不乏苍凉的喟慨。如《满庭芳·四姑话旧》词云：

白雪闲庭，三余小阁，昔年曾贮婵娟。分花斗草，何地不堪怜。剪烛西窗话旧，相倚处、携手凭肩。从别后，时移世换，肠断各风烟。　　想吴山楚水，竹楼黄署，风景依然。只霜鬓雪鬟，不似从前。何事惊心岁月，弹指便、四十余年。身虽在，槿花临暮，燕子晚秋天。

由"何事惊心岁月，弹指便、四十余年"可知，这是人到中年的生命感慨。全词紧扣"话旧"主题。上片词人追忆出嫁前自在宁静的少女生活和剪烛西窗、携手凭肩的难忘时光，"从别后"情思一转,引出世事迁换的苍茫怀抱;下片由此叹息流光如电,多年后"风景依然"而旧事如烟,彼此皆已沧桑憔悴,鬓丝成霜。末句以朝开暮落的槿花和深秋即将南飞的燕子暗示内心翻涌的迟暮沧桑之意,在看似沉稳安然的语气中流露出浓郁的身世人生之悲。

自少女时期的悠游洒脱,到婚后的郁愤孤凄,直至晚年的渐趋隐忍与苍凉,顾贞立一生的心迹变化大体如是。在这转折变换之间,必然深藏着许多不为人知的痛苦与挣扎,这些却也最终成就了她的文学创作。"仆本恨人"这一困扰其大半生的心结,其实正是顾贞立能够在明末清初词坛上风姿独标的根源所在。

在明末清初的女词人中,顾贞立堪称特立独行的一位,这主要体现在其心志识见的卓异处。她从婚姻不幸的痛苦中一方面感受到男女地位差别的不合理性,一方面大胆地质疑、抨击这样的社会制度,并能大方肯定自我的才情,表现出巾帼不让须眉的非凡自信。在她的诸多词作中,常常以愤激之语宣泄对自身生存处境的强烈不满,与之相应的,她在写作上也抛开了词贵婉约的传统,往往声情激越,总体上呈现出劲直疏宕的特点。词风劲直的作品如《满江红·忆远,时蓉滨北游》:

雁泣西楼,天亦瘦,惨黄愁翠。难消受、长歌当哭,孤灯泻泪。典尽难留嫁日衣,醉来却喜书空字。问断肠、吟就是何题,长门句。　　屏山静,炉烟细。听不了,寒蛩砌。数离愁多少,撑天塞地。故国迷漫残照外,美人宛在潇湘里。坐闺中、对此可怜宵,人憔悴。

"满江红"本就适于表现慷慨激烈的怀抱,顾贞立此词的情感尤为哀愤悲凉。生计的穷愁,被弃的难堪,故国不堪回首的黍离之痛,以及知音暌隔的绵绵离恨,所有这些交织一处,最终只能以"长歌当哭"来聊作宣泄。因此,词中非常密集地出现了像

"泣""瘦""惨""愁""哭""泪""断肠""离愁""可怜""憔悴"等直抒胸臆的字句，足可想见她郁愤之深、感恨之重。全词写情造语皆直白刚劲，淋漓慷慨之中郁气盘旋，贯穿始终，体现出鲜明的劲直慷爽的特色。

《青衫湿·题〈断肠草〉》也是一首情怀激荡、风格刚健之作，词云：

倒倾三峡潺潺水，墨气染云烟。有情花月，无端风雨，俱托毫尖。　琼笺写泪，银铛煮字，送尽华年。天公何事，从来酷妒，逸韵韶颜。

《断肠草》是与顾贞立唱和的才女王朗所著，从集名及顾贞立此词的情感来看，其中必定多有伤心悲郁之作。词的发端极为新警，以"倒倾三峡潺潺水"这样的夸张语气来形容汹涌澎湃的愁情恨意，带给读者雷霆万钧的冲击力与震荡感。"有情花月"等九个四字句，皆直抒怀抱，跌宕铿锵，将自身与好友的满心怨愤尽情挥洒，末三句的诘问更是把内心压抑的郁勃之气表现得淋漓尽致。从传统的词学观角度看，词始终以含蓄要眇为美，女性词更是一直沿袭着婉曲幽微的传情方式。在顾贞立之前，女性词中也有少数雄健悲壮之作，但表达上像顾贞立这样全无避忌、摅尽胸臆的，却颇为罕见。

劲直之外，"疏宕"是顾贞立词的另一个特点。顾贞立作词以直接抒情为主，因此不少作品并不固守词贵婉约、写情要眇的传统，同时她也注意不会一味抒情，而是张弛有度，词中的意象与情绪的表达相辅相成，从而产生情景两得的美感效果。如《凤凰台上忆吹箫·重阳前三日月明如洗》：

细雨斜风，寒砧落叶，年年做就重阳。偏今宵明月，满地凝霜。愁绝绿窗深掩，挑兰炖，伴过凄凉。无聊甚，瓶花影里，独自持觞。　　流光。迁移弹指，看几度梦中，沧海田桑。纵乌丝千丈，难写微茫。莫去登高临水，料俱是、落木衰杨。添惆怅，骊歌唱罢，鸿雁离行。

从词意来看，这应是词人后期的作品。不同于前期词抒发身世之感的郁愤激烈，此时的作品已明显减少了当初的凌厉孤高，而更多苍凉沉静的生命体悟。流光如水，四季更迭，而每逢深秋，情怀依旧凄恻。词中她感慨往事如梦、别离堪伤，也叹息心事万千，素笺难写。绿窗深掩、孤灯明灭的深闺里，唯有她独自持觞的身影在漫漫长夜中摇曳着无尽寂寞。在侧重写情的同时，顾贞立也注意了意象的铺排点染，风雨、寒砧、落叶，月色、孤灯与孤鸿，恰当的景物烘托使情思的表达更具张力，也使得疏宕流利的抒情中不乏沉着深稳之致。

与疏宕的词风相关，顾贞立词在语言上则显示出疏放质直的特点，如这首《满江红·城南看菊寄纤月阁》：

为访烟霞，看不足、疏林如画。迷离处、断云孤鹜，轻帆遥挂。冷淡西风甘扑面，凄清霜菊原无话。向晴空、长啸寄登临，斜阳下。　　权领略，花盈把。聊假日，消忧罢。恐秋光老去，难留潇洒。兴废总沉波影里，古今难定青山价。待携将、此景问佳人，从头写。

与其他情辞激越的《满江红》不同，此首以清疏之笔写秋日萧散怀抱。词中并无征事用典的痕迹，全以浅笔勾勒，点染出淡远清旷的如画秋景，即使字句间带着些胜景难留、人生无常的萧瑟悲凉之思，但语言质直，意境疏朗，仍不失闲放清新的美感。

应该说，在顾贞立之前，没有女词人能像她这样以如此愤激的方式抒发浓烈的身世之恨与不平之意，并对女性的生活困境与不合理的社会制度大胆提出自己的怀疑。仅就这一点而言，顾贞立在当时的女词人中堪称独立无双。在那样的时代里，作为先行者，顾贞立注定是失意而寂寞的，然而，千百年来女性饱受压抑的怨愤一旦自她的笔端打开了缺口，女性自我意识的发展，纵使缓慢，却日渐高涨，之后的吴藻、秋瑾、吕碧城等，都是继承并进一步发扬其精神的佼佼者。顾贞立以意为主的直接抒情方式和劲直疏宕的词风，确立了她在女性词史上的卓然地位，同时为风格较为单一的女性词坛带来了清新俊逸的气息，无论在词的情感内涵还是艺术风格上都取得了不俗成就。王蕴章《然脂余韵》中称她"屹然为闺阁女宗"①，正可说明她特立独行、不为传统所局限的大家风范。

第二节 蕉园七子：清初女性诗社的代表

自晚明女性文学繁兴以来，才女间的交游唱酬活动也随之兴起。不同于前代闭门独吟、自娱自赏的创作方式，明清的不少才女更乐于与家族内外的闺友乃至男性文人斗韵飞笺、诗文唱答。不过，明末女性间的唱和大都局限于家族内或少数闺友之间。家族唱和如吴江沈、叶，山阴祁氏，桐城方氏，华亭张氏和檇李黄氏等，闺友唱和如徐媛和陆卿子、范姝、周琼与吴琪等，像王端淑与黄媛介那样交游广泛、突破男女之限者毕竟还是少数。而随着女性诗文创作的繁盛，到了清初，终于出现了影响较大、具有一定规模的女性诗

---

① 王蕴章：《然脂余韵》卷六，载王英志主编《清代闺秀诗话丛刊》，凤凰出版社，2010，第638页。

社——蕉园诗社。关于蕉园诗社,刊行较早的《众香词》称:"(钱凤纶)与姊静婉、柔嘉、柴季娴、如光、顾仲楣、启姬、李端芳、冯又令、弟妇林亚清结社湖上之蕉园。春秋佳日,即景填词,传播鸡坛,称一时之盛。"①(按:据钱凤纶《古香楼集》,静婉与柔嘉是其妹而非其姊)徐树敏、钱岳谈到了结社蕉园之事,尚未提及"蕉园七子"之名。而且《众香词》中所说的钱凤纶(字云仪)、钱静婉、钱柔嘉、柴静仪(字季娴)、柴贞仪(字如光)、顾长任(字仲楣)、顾姒(字启姬)、李淑昭(字端明,端芳应是误记)、冯娴(字又令)、林以宁(字亚清),加起来计有十人之多,不合后来"蕉园七子"的名号。之后陈文述《西泠闺咏》、恽珠《正始集》则将林以宁、顾姒、柴静仪、冯娴、钱凤纶、张昊、毛媞称为"蕉园七子"。才女徐德音《承欢集序略》云:"予生七年,先清献捐馆归里,即闻女才子蕉园诗社之名。"②钱凤纶则有《绮罗香》(初夏,偕同社寿季娴凝香室谵集,别后赋谢),冯娴亦有《答同社诸夫人》尺牍,可知蕉园结社乃不争之事实。自明万历后兴起的才女间的唱和交游,至蕉园结社已发展到一个新的阶段。它的出现表明女性诗人越来越重视彼此间在文学上的自觉交流,而不再将诗文酬唱仅仅当作闺中打发寂寞、排解郁闷的消遣手段与移情方式,同时也昭示出女性诗人文学创作热情的日渐增强与自主意识的悄悄萌芽。

一、唱酬之乐与闺中清兴:诗意的栖居天地

正式结社的形式能够保证才女们定期见面,定期地以诗文会友,如此她们便可以暂时自封闭局促的闺中脱离出来,在充满诗墨芬芳

---

① 〔清〕徐树敏、〔清〕钱岳选:《众香词·礼集·笄珈》,1933 年上海大东书局影印本。
② 〔清〕汪启淑辑:《撷芳集》卷四十四,清乾隆五十年(1785)古歙汪氏飞鸿堂刊本。

的氛围中以她自己，而不是以妻子、母亲、儿媳的身份，参与这难得的闺友聚会。蕉园诗社的冯娴有《答同社诸夫人》尺牍，书云：

> 兹晨青鸟飞来，知可以采胡麻而餐玉屑，方慰调饥之望，又何忍言辞。奈何尘鞅所缚，自春迄秋，彤管未拈，胸中茅塞可知。重九喜晴，见篱菊舒黄，欲拟陶韵，至今尚未成句，益知江郎有才尽之讥，而况我辈乎？加以外赋远游，老姑卧恙，不能稍离左右。惟有遥企园亭，见五彩缤纷处，即是诸夫人口吐白凤之时。敬当扬袂举觞，以酬珠玉也。①

从尺牍中可知，冯娴对参加诗社的聚会抱着很深的盼望，她自称自春至秋大半年的时间里未尝拈弄彤管，写作诗词，心情为之郁塞。这郁塞除了不能亲近笔墨的原因，也当是缘于与诸闺友的疏离难晤。而此次社友相招，她又偏偏因家事缠身无法与会，字句间流露出很深的失落与无奈。与冯娴相似，诗社里的其他才女也相当热衷于这种吟咏拈韵的诗友聚会，蕉园诗社中的林以宁在为冯娴的《和鸣集》作跋时谈到她们之间的唱和，说：

> 月必数会，会必拈韵分题，吟咏至夕。且又各推其姻娅若柴季娴、李端明、钱云仪、顾启姬，人订金兰，家饶雪絮，联吟卷帙，日益月增。所恨吾嫂（按：指顾长任）仙游，不获躬逢其盛，可为永叹。②

看得出她和冯娴一样，皆以参与诗社唱和为幸事，同时也以彼此间的吟咏唱酬之多为荣。对这些才女们而言，闺中的唱和交游不仅使她们有了更多切磋文艺、结交知己的机会，事实上，当她们闺中雅集、彼此拈管唱答、诗兴飞扬之际，她们也同时创造了一个诗

---

① 〔清〕陈韶辑：《历朝名媛尺牍》卷下，前涧浦氏木活字套印本。
② 〔清〕汪启淑辑：《撷芳集》卷二十七，清乾隆五十年（1785）古歙汪氏飞鸿堂刊本。

化了的、纯粹属于才女们的生活空间。在她们的诗词中，不见妆奁脂粉，亦不见女红家事，取而代之的，是诗笔砚墨与琴书茗碗交织的雅意闲情。冯娴《邀林亚清夫人》书云：

连辰雨雪，令人如在冰壶。纵目遐眺，虽不似夫人千里楼之大观，然敝居篱落间五花堆积，颇饶野趣。诘朝剪水芹、烹雪茗，顾冲寒而至，亦佳话也。倘云衣夫人尚未言旋，是天假良晤，并望拉之同来，更快心耳。①

与一二知己同赏雪景，共品佳茗，清谈洒洒，雅意殷殷，这样的相聚思之已令人心神俱清。综观蕉园诸子诗集，有不少这样的宴集酬唱之作，如钱凤纶《冬日谶柴季娴宅》诗云：

星纪岁将徂，天寒气萧槭。百卉萎繁霜，零露晞朝日。喜逢素心人，并坐芝兰室。笑语春风生，雍容事文墨。图书纷绮阁，棐几陈琴瑟。鸟散庭除静，云披帘影黑。幽居远嚣尘，超然思旷逸。流光迅掷梭，良会恐易失。既醉发清歌，终始饱明德。

冬日天寒，百花凋萎，是处一片衰飒。在如此萧瑟冷落的岁暮，能与诸闺友相聚宴饮，横琴选书，得享诗酒唱答之乐，实属一大快事。诗中以"笑语春风""雍容文墨""图书""琴瑟"营构出既富书香氛围又充盈着忻愉气息的诗意天地；同时复以鸟散空庭、云光帘影点染远离尘嚣的幽静旷远之境。而对于流光迅疾、佳会苦短的慨叹，则进一步深化了诗人对这种宴集酬唱之乐的美好感受，故而有结句醉发清歌的清狂洒落，使人为之神飞意远。

情思更为飞扬轻灵的如柴静仪《题愿圃同冯又令钱云仪顾启姬林亚清作》：

---

① 〔清〕陈韶辑：《历朝名媛尺牍》卷下，前涧浦氏木活字套印本。

>　　雕阑画阁倚层空，翠树红霞入望中。
>
>　　照水双双看舞鹤，衔芦一一数归鸿。
>
>　　帘前夜映梅花月，笔底春生柳絮风。
>
>　　相过名园夸胜景，清尊喜与玉人同。

　　钱诗写闺友诗酒飞笺之乐偏于温婉秀雅，这首诗的情境则显得更加疏快轻盈。无论是凭栏远眺所见之翠树红霞，还是水面的双双舞鹤与空中的行行归雁，都予人以明丽而疏阔轻灵的美感。至于月色梅花的清雅风致、笔底生春的高妙才情，又透露出无限欣悦与舒畅，令人深切地感知到这种诗社唱酬活动带给才女们的安慰与快乐。有时即使外出寻幽览胜，她们也可以无视山光水色之美，忘我地沉浸在诗歌唱和的天地里，如林以宁《同云仪泛舟》诗云：

>　　暗风吹送落梅香，几度渔歌起夕阳。
>
>　　舟过前山浑不觉，埋头几上和诗忙。

　　诗以简淡轻倩的笔法生动描摹出女性对于文学之事的潜心热爱，使人莞尔之余又不觉感动于她们的深深执着与热忱，也从一个侧面反映出当时才女们耽诗嗜文的普遍情形。

　　但是，闺友雅集毕竟有时间与空间的限制。才女们大多为人妻，为人母，不可能如男性文人那样常常诗酒聚会，潇洒来去。然而，即使独处闺中，才女们仍努力为自身营造一种充满诗情书香的氛围。钱凤纶《又与冯夫人书》云：

>　　夫人玉轴盈筒，牙签堆几，时而吟咏，时而临池，琴瑟在左，丹青在右。徜徉其间，乐何如哉。[①]

[①]〔清〕陈韶辑：《历朝名媛尺牍》卷下，前涧浦氏木活字套印本。

显然，在被书香诗意包围的清幽雅致的环境中，才女们为闺阁赋予了新的内涵与意义，在精神上重新构筑了一处生存空间。那里容纳着她们尘俗家庭之外的生活理想与情感寄托。因此，即使她们的身体被迫局促于深闺之中，她们的思绪与情感依然可以借此超脱于闺阁的束缚，从这个意义上说，闺阁的天地并不像我们想象的那样孤寂狭窄。钱凤纶《南轩偶成》诗云：

> 多病尤宜懒，长贫得著书。
> 幽花开石砌，野竹长庭除。
> 斗室堪容膝，方塘可种鱼。
> 眼前饶逸兴，何必买山居。

无论现实境遇如何，明清才女的笔下时常会流露出淡泊幽隐之意与自甘清贫的萧散怀抱。因为在男权社会中，功业之事与她们无关，她们更关注的，大都是内心的安贴和宁静。故而在诗人笔下，所谓的"多病"与"长贫"，恰好成就了一份清寒而简静生活的底色。一架诗书、几丛幽花、庭院中随意生长的数竿翠竹，以及一间斗室、一方水塘，足可令身心怡然自在，又"何必买山居"呢？字句间流溢出超越闺阁的通脱与恬淡之感。

林以宁《戊辰早春过云仪斋头三首》（其一）诗云：

> 三径营成别洞天，一湾流水绕窗前。
> 芳兰馥郁当轩槛，黄鸟清幽佐管弦。
> 煨芋尚留经宿火，烹茶为取隔山泉。
> 酒阑月堕春霜冷，刻烛题诗较后先。

闺阁所居之处不仅有清幽的风景与鸟语花香的安静美好，也不乏灶头煨芋的温暖生活气息和汲泉煮茶的悠游闲适，而最令人醉心难忘的，则是同闺友伏案作诗、刻烛分韵的雅意清兴。酒已阑，夜已深，恻恻春寒沁骨，这些都无法减却诗人"较后先"的写作热情。此刻的闺阁，已然成为一个远离尘俗的诗意天地，安放着她们对理想生活的全部向往。

在另一首《闲居》诗中，林以宁将诗书带来的安宁与喜悦作了进一步深细的表达，诗云：

> 闲居何所事，观书乐无穷。
> 犀帘梅雨过，竹榻来清风。
> 夫子既远游，莹卿犹稚冲。
> 举室无足语，幽境谁与同？
> 手持一篇帙，寝食于其中。
> 病患觉顿释，忧虑俱潜踪。
> 斗酒虽不能，神气已冲瀜。
> 掩卷思古人，新月悬楼东。

即使丈夫远游、稚子年幼，无人可与谈诗论文，诗人仍有一份把卷沉吟、自得其乐的欢忻情怀。只要手持一编，便可沉醉其中，浑忘身外天地，所谓"病患觉顿释，忧虑俱潜踪"。即使无法斗酒诗百篇，却已然神气充盈、心意清明，所谓开卷有益者也。诗中将"观书乐无穷"的感受细腻传神地表现出来，笔致清隽，意趣生动。

这种沉湎诗书而自成幽境的清兴诗情经常流露于蕉园诸子笔端，如："研朱读《周易》，更觉小窗幽"（钱凤纶《西窗闲咏》），"检将柿叶同临帖，悬着藜灯好校书"（林以宁《同夫子夜坐》），"架上好书舒病眼，尊中薄酒慰愁眉。任他箫鼓喧阗夜，独坐空闺自咏诗"［林以宁《庚午元夜作时夫子客燕二首》（其一）］，"沉水焚欲尽，薄酒还自斟。筒内韬细笔，壁间静瑶琴"（毛媞《小春》），"潇潇风雨静中听,竹影松枝帘外青。兴到岂知尘内事,烟云闲泼墨无停"(冯娴《和夫子九日拟登吴山因雨不果原韵》)等,无不流露出对文学琴书之事的由衷热爱。可以说,在诗书的天地中,这些才情颖异、天资聪慧的文学女性终于找到了某种寄托与释放的方式,同时发现了自我的真正价值。从这个意义上来看,文学日益成为才女们生命中的一种救赎,她们的文学创作意识也因此开始走向自觉。

二、以古为师:宗范汉唐、摒除纤艳的审美追求

蕉园七子中,成就最著者当推钱凤纶与林以宁。钱凤纶是才女顾之琼女,顾之琼又是当时颇负盛名的女诗人顾若璞的侄女。顾若璞年未三十而寡,独立支持门户,亲自教导二子成立,同时也是家族唱和的中心人物。沈善宝《名媛诗话》称:"(若璞)文多经济大篇,有西京气格。常与闺友宴坐,则讲究河漕、屯田、马政、边备诸大计。"①其人其文皆令人有"不栉书生"之感,故其诗亦绝无传统女性诗的绵婉纤丽气息。钱凤纶十六岁嫁给黄式序,成为顾若璞的孙媳妇。弟弟钱肇修在为钱凤纶《古香楼集》所写序中称:"姊归黄之日,太君孀居……姊从问寝视膳之余,更得亲承指授,所学益进。"②而林以宁则嫁给了钱凤纶的弟弟钱肇修,据《杭郡诗辑》载:"亚清能诗,能画梅竹,且善为骈四俪六之文。自序言:'少从母氏受书,取古贤女行事谆谆提命。而尤注意经学,且愿为大儒,不愿为班、左。'自命卓卓,绝不似闺阁中语。"③故钱林二人年少

---

① 〔清〕沈善宝:《名媛诗话》卷一,载王英志主编《清代闺秀诗话丛刊》,凤凰出版社,2010,第349页。
② 〔清〕钱肇修:《古香楼集序》,载李雷主编《清代闺阁诗集萃编》,中华书局,2015,第737页。
③ 施淑仪:《清代闺阁诗人征略》卷二,载《施淑仪集》,张晖点校,人民文学出版社,2011,第100页。

起便在文学创作方面受到家族风气的熏染，早有卓然出群之志，所作诗文皆追踪古人高蹈风致，扫除纤艳，自成面目，不屑为娇柔女子语。钱肇修称："记与姊论诗，姊欲独出心裁，一空前后作者，于古今名媛诗少可而多否。故其为诗巉刻峭厉，一洗铅华陋习，亦时有和平庄雅之音。"[①]而林云铭为林以宁《墨庄诗钞》所作序中称："其古风则浓艳刻画中饶有清析浑成之致，近体则峭拔整雅中兼有丰腴绵邈之姿。盖缘早岁嗜学，复得石臣相资取益，而从宦关中，孤城荒碛，晓角暮笳，无非幽思。所由激发，琐琐杂务，举不足入其胸次，以故能集汉魏三唐之长。"[②]家族内浓厚的文学氛围与不曾间断的唱和传统给予她们最初的诗书滋养，而禀赋的聪慧与嗜学的热情又进一步增强了她们的学养，大大提升了其审美旨趣和艺术表现力，并使她们产生了对自我文学创作成就的高度期许。因而在其作品中，不难发现她们手摩心追的对象皆是前代名家巨擘，既体现了不俗的审美追求，也显示出她们有意摆脱传统女性诗歌风貌的写作倾向。

蕉园诸子多有古体诗作，或浑朴沉挚如汉乐府，或明丽新警如唐音雅调，规模前贤，居然作手。前者如钱凤纶《送仲弟之山右》诗：

> 忆昔向毂岭，高堂有慈亲。
> 暮年送爱子，泪下沾衣巾。
> 嘱汝慎行役，提耳犹谆谆。
> 牵帷不忍去，游子多逡巡。
> 迢遥渭北鲤，寂寞江南春。

---

① 〔清〕钱肇修：《古香楼集序》，载李雷主编《清代闺阁诗集萃编》，中华书局，2015，第737页。
② 〔清〕林云铭：《墨庄诗钞序》，载李雷主编《清代闺阁诗集萃编》，中华书局，2015，第821页。

> 今复陇首去，泣涕辞丘坟。
> 瞬息十年事，凄怆惊心神。
> 郊原尚戎马，长途更艰辛。
> 亲颜隔窈冥，悲伤随车轮。
> 明年寒食节，伫望西归人。

钱凤纶与仲弟钱肇修自幼感情深厚，肇修为姊诗集所作序中有云："溯姊之生，长余八龄，少时同问业于先太夫人。……及余少长，出就外傅，归而考业，或有遗忘，姊尝私教我，卒获嘉誉，以是深德姊。姊亦时问家塾所课习，相与考订无虚时。……少之时，同侍先太夫人侧，常以唱酬吟咏，奉北堂之欢；暨其壮也，犹得笃昆弟之谊，煮药焚须亦所不惜。"① 姐弟二人少时一同读书，一同奉母唱答，姐姐且曾指授其学业，助其进益。成年后，彼此情谊依然笃厚，亲爱无有稍减。故而这首五言古诗所抒写的送别之情格外深挚动人。诗用倒叙手法，先忆当年慈母洒泪送弟远行的酸楚一幕：暮年送子，泪下沾巾，临别反复叮嘱，不胜依依。十年后弟弟再次踏上风霜征途，却只能"涕泣辞丘坟"，母亲已然逝去，从此天人永隔，再也触不到她的伤心泪水，再也听不到她的温柔叮咛。而此刻为他送行的姐姐，也是满怀酸楚与牵挂，遥望仲弟渐行渐远的身影，在忧心其艰辛戎马之余，唯有苦盼明年弟弟能早日归来，一同到母亲墓前洒扫祭奠。全诗纯以情真情深取胜，娓娓写来，如话家常，而能妥帖生动，摹写情境宛在目前。尤其是运用今昔对照的手法，将母子姐弟之情表现得极为真切动人，令人有泫然欲泣之感。无论是情思的沉挚醇厚，或是措语的平淡质朴，都颇具汉乐府的古

---

① 〔清〕钱肇修：《古香楼集序》，载李雷主编《清代闺阁诗集萃编》，中华书局，2015，第737页。

朴真淳风味。

蕉园诸子古诗中致敬唐人之作更多，且往往追步昌谷、太白，以奇丽生新取胜。如林以宁《美人梳头歌》：

> 银河灭影三星残，角声四起惊栖鸾。
> 井桃湿露欹雕栏，鸦啼罗幕生晓寒。
> 揽衣起坐玉台侧，枕痕尚冻燕支色。
> 明镜莹莹光似水，绿云缭乱红窗北。
> 日华渐转画帘开，一段晴霞脸上来。
> 文鱼反顾惊鸿回，杏梁小燕还相猜。

诗写闺中美人晨起梳头的绮丽风情。从拂晓的星影角声与庭院中的风物写起，渐渐转入对闺阁氛围与美人梳头的描画，最后以鱼雁传书故事含蓄点明念远情怀。全诗语言绮丽精雅，写境华美莹净，明艳中复有清气流动，带来十分新鲜的审美感受。杜诏称此诗"酷似昌谷"[①]，所言不虚。而钱凤纶的同题之作，也得到了杜诏的赞许："此题自李贺一歌擅绝千古，后人为之阁笔。此诗捃藻摘辞，别抒新意，直可继武前贤。"[②]可见两人对李贺古体诗之奇丽都是别有会心。

又如柴静仪《勖用济》诗云：

> 君不见，侯家夜夜朱筵开，残杯冷炙谁怜才。
> 长安三上不得意，蓬头蠒面仍归来。

[①]〔清〕林以宁：《墨庄诗钞》，载李雷主编《清代闺阁诗集萃编》，中华书局，2015，第824页。

[②]〔清〕钱凤纶：《古香楼集》，载李雷主编《清代闺阁诗集萃编》，中华书局，2015，第742页。

> 呜呼世情日千变，驾车食肉人争羡。
> 读书弹琴聊自娱，古来哲士能贫贱。

诗乃为落第不得志的儿子沈用济所作，字句间有怜惜，有不平，也有自甘清贫的淡泊之志。语虽朴淡，笔意却遒健洒落，极具纵横开阖之气，可谓深得太白气韵。

其他如钱凤纶《秋日夫子读书闻光阁漫赋》，杜玿称其"高调古音，如闻空涧流泉，心魂俱爽"①，《仲弟归自山右漫赋志喜》"神似古乐府"②，《七夕简启姬》是"六朝遗构"③，林以宁《苏堤行》"撷庾鲍之芳华，兼王孟之高洁"④，《独夜吟》"新警处神似昌谷"⑤，《寄嫂山右》则足可追步太白，"奔逸之中复有矩矱，固是能手"⑥，等等，不一而足。

古体诗之外，蕉园七子的近体诸作也多有追摹前朝名家的痕迹。如钱凤纶《秋日杂感八首步长兄韵》诗云：

> 水田数亩傍渔矶，三径苔封马迹稀。
> 苦月乍明缣素影，凉飙长拂薛萝衣。
> 云间几点雁初下，汀上一行鸥自飞。

---

① 〔清〕钱凤纶：《古香楼集》，载李雷主编《清代闺阁诗集萃编》，中华书局，2015，第742页。
② 〔清〕钱凤纶：《古香楼集》，载李雷主编《清代闺阁诗集萃编》，中华书局，2015，第757页。
③ 〔清〕钱凤纶：《古香楼集》，载李雷主编《清代闺阁诗集萃编》，中华书局，2015，第755页。
④ 〔清〕林以宁：《墨庄诗钞》，载李雷主编《清代闺阁诗集萃编》，中华书局，2015，第823页。
⑤ 〔清〕林以宁：《墨庄诗钞》，载李雷主编《清代闺阁诗集萃编》，中华书局，2015，第826页。
⑥ 〔清〕林以宁：《墨庄诗钞》，载李雷主编《清代闺阁诗集萃编》，中华书局，2015，第836页。

> 静掩柴门闲有待，晚烟横笛饭牛归。（其二）
>
> 江水朝朝东复东，怀愁呐呐日书空。
> 寒汀短笛秋云外，孤屿轻舠夕照中。
> 十里西湖宜市隐，百城南面佐诗穷。
> 才高孝绰何能继，一曲阳春醉晚风。（其八）

杜珣分别点评这两首曰："生新幽咽，刘沧、许浑之间。"①（其二）"祖少陵之题，学许浑之体。清新哀艳，幽咽澹泞，真足令人肠断。"②（其八）诗以萧疏澹宕之笔写寒寂闲远之情，看似淡静的笔墨间自有孤洁出尘意致。情与境自然交融，苍茫浑成，是所谓能继武前贤者。

又如林以宁《渡伊洛合流》诗云：

> 历尽山川险，方知行路难。
> 寒风鸣大谷，怪石激流湍。
> 歧路心常怯，穷途泪未干。
> 波光应笑我，独自上河干。

此首可谓脱尽闺阁语，诗笔苍老劲健，写境浑厚阔大，杜珣称其"朴老似杜"③，可谓的评。

再如柴静仪《秋夜长》：

---

① 〔清〕钱凤纶：《古香楼集》，载李雷主编《清代闺阁诗集萃编》，中华书局，2015，第743页。
② 〔清〕钱凤纶：《古香楼集》，载李雷主编《清代闺阁诗集萃编》，中华书局，2015，第744页。
③ 〔清〕林以宁：《墨庄诗钞》，载李雷主编《清代闺阁诗集萃编》，中华书局，2015，第825页。

> 秋月照边城，清光处处明。
> 冰霜连地裂，鼓角沸天鸣。
> 鹿塞思归梦，鸳楼怅别情。
> 寒衣初捣罢，乘夜寄长征。

诗中的雄浑阔远之境与伤离念远之情交织一处，苍茫中又觉幽思绵邈，愈觉此情难禁，与唐人边塞诗颇为神似。

从蕉园七子尤其是钱、林二人的诗中可以看出，她们整体上偏好古雅真淳、幽隽清丽之美，无论下笔命意，都很重视情境的浑融、造语的精深稳雅，同时不失自然流利与逸韵远致。她们一方面用力颇深，另一方面又能把握分寸，不至落入生涩矫饰的一端，诗艺堪称成熟。之所以能取得如此成就，客观上与其以古为师、规模前贤的努力有着密切关联。

三、疏阔苍凉之境与妍雅清隽之美

如前所述，蕉园诗社之所以在清初女性文坛上声名超卓，固然源于诸子文学世家的不俗背景与深厚的文学素养，同时也与其宗范汉唐、扫除纤艳的创作追求直接相关。蕉园结社本身已经表明文学于她们而言绝非点缀生活的风雅姿态，而是其人生中的重要寄托和理想追求。所以她们的作品刻意摒弃了前代女性诗常见的婉丽纤柔风格，多有疏阔境界与清隽之美的呈现，整体显示出文人化的创作倾向。

首先是苍茫疏阔之境的展现，典型的如钱凤纶《秋日杂感八首步长兄韵》（其一）：

> 天外孤峰倚槛看，离离秋菊佐盘餐。
> 千家砧杵敲风急，万里蒹葭浥露寒。

蟋蟀悲鸣村舍晚，《离骚》快读酒杯宽。
浮云遮日长安远，影落江湖一钓竿。

诗有追摹杜甫《秋兴八首》之意，虽沉郁不及老杜，而苍凉阔大之境特似。起句"天外孤峰"带出一片渺远溟蒙景色，承此而下，"千家"与"万里"相映，"风急"与"露寒"牵绾，疏阔中又见悲凉思致。颈联以秋蛰悲鸣与饮酒读骚烘托凄寂情境与清狂怀抱，尾联含蓄流露了生涯落拓、寄迹江湖的无奈惆怅，寄意深微，余韵绵长。诗中隐身的抒情者，实非作者本人，而是代入了失意文人的形象。写境疏阔苍茫，情思悲郁沉着，而能出之自然，绝无刻意痕迹。

《幻隐庵二首》（其一）则于清苍阔远之外别具一种玄远空灵，诗云：

西风吹云云欲低，烟含万壑山霏微。
山光倒影漾寒碧，网丝漠漠浮渔矶。
短篷八尺清溪冷，芙蓉着霜醉未醒。
一声长笛起斜阳，芦花飞雪秋千顷。
幽林倚楫叩禅龛，宝灯金碧礼瞿昙。
啜茗谈玄不知倦，一天皓月空澄潭。

诗的前八句笔力清劲，挥洒自如，先以西风、云影、晚烟、山色、江水和渔矶营造出一片静美苍茫境界，又借小舟、芙蓉、斜阳下的悠长笛声、风中摇曳的如雪芦花点染丝丝弥漫的幽雅秋韵，仿若一幅淡笔描摹的秋意图。在这样的铺垫之后，"幽林"以下四句扣住"幻隐庵"诗题，将礼佛谈玄而无有倦意的欣悦之情与月照清潭的空灵澄澈之境自然相绾，含蓄而传神地展露了身心俱静的爽豁安恬之感，从而令诗情诗境染上了几分玄寂清虚的气息。

林以宁的《关山月》在苍凉阔大的境界中复多豪健之气：

> 朔风四起吹云根，角声呜呜黄日昏。
> 玉河泻影银沙直，燕支冻寒凝夜色。
> 三千里外白团光，远照流黄看人织。
> 卢龙关前征戍客，此时顾之竖毛发，
> 剑气横空收不得。我欲携之报金阙，
> 早赐刀环双拜月。

"关山月"为乐府古题，多写边塞军事题材，此诗即是应题之作。诗以描摹清冷明亮的月光为引线，将边塞苍茫寒凉景色与征人思妇的思归念远之情作了形象而真切的表现，融合了很多前代边塞诗中的意象、情境与美感，又杂以清壮劲拔之气，诚如杜珣所称："音节俱壮。"①

林以宁又有《滕王阁怀古》，苍凉浑厚，字句间流动着无限叹惋迷茫之思。诗云：

> 大江直上泛层波，凭吊河山感慨多。
> 秋老宫墙唯见月，夜深高馆不闻歌。
> 苔痕犹锁王孙恨，辇路曾经帝子过。
> 古殿欹斜留断碣，春风寂寂忆鸣珂。

诗写江山代谢的盛衰兴亡之慨，以王勃《滕王阁诗》为蓝本，抒发了"物换星移几度秋"的苍茫感叹。诗中写景造境开阔清远，令人起怀古之幽情。开篇"大江直上"气势不凡，笔力劲峭，月下的残败宫墙、尘封馆阁与苔痕断碣，无不昭示着时移事往、盛衰无

---

① 〔清〕林以宁：《墨庄诗钞》，载李雷主编《清代闺阁诗集萃编》，中华书局，2015，第824页。

常的冷落沧桑之感。结句写春风中寂寞追怀的迷惘与凄然思绪，意味深长，有余音绕梁之美。

如果说对疏阔苍凉之境的描摹是蕉园诸子有意摆脱女性诗传统风貌、贴近文人化创作的努力追求，那么她们作品中妍雅清隽之美的呈现，则更契合其女性的审美旨趣，也更具艺术感染力。清隽之作如钱凤纶《奉和伯兄淇上草堂韵》：

> 日落寒山照短亭，柴扉一半暮云扃。
> 荷锄野墅对流水，策杖茅堂倚翠屏。
> 春醉绿窗花欲语，晓歌白雪梦初醒。
> 胜游已拟山阴会，曲涧潺湲枕石听。

悠游闲适的林泉生活，是很多才女的美好向往。在这首和兄之作中，诗人借歌咏草堂隐约透露了意欲幽栖山水之间的愿望。她笔下的山色云影、流水柴扉，点染出草堂环境的宁静；而绿意花光与晓梦清歌，则增添了一份活泼自在的生活气息。全诗语言工雅清丽，写景疏隽而不乏生气流动，将恬淡情怀自然融于清新风物间，思致隽永，意境清幽。杜诏称许此首"莹澈如冰壶"[①]，正是有感而发。

钱凤纶另有《愿园宴集寄柔嘉娣》诗云：

> 别业寻幽胜，松风秋暮天。
> 小桥通曲径，危石枕寒泉。
> 茶熟云初起，诗成月正圆。
> 主人情更切，虚左待云軿。

---

① 〔清〕钱凤纶：《古香楼集》，载李雷主编《清代闺阁诗集萃编》，中华书局，2015，第741页。

闺友宴集、斗韵飞笺是当时大多数才女的赏心乐事,是庸常琐屑生活里难得的一抹亮色,于蕉园诸子而言更是如此。诗以简淡之笔描摹秋日诗友欢宴的雅意幽情,"幽胜""松风""曲径""寒泉",点出环境之清雅;茶烟袅袅、月华如水绾合飞扬诗兴,则透露了此次好友相聚的舒惬怡然之感。写情淡雅,造境清疏,看似平直的语意中又不乏言外之韵、味外之思,颇有摩诘诗的风致。

冯娴《和夫子九日拟登吴山因雨不果原韵》则于清隽中多了几分出尘之意,诗云:

> 潇潇风雨静中听,竹影松枝帘外青。
> 兴到岂知尘内事,烟云闲泼墨无停。

帘外风雨潇潇,竹影松枝相映,一片浓绿深翠沁人心脾,使人神为之清;而帘内的诗人正自凝神泼墨、涂抹烟云,浑然忘却身外天地。帘外清境恰称帘内幽人,清疏风物与超逸之思彼此生发,别具澹隽情味。

如果说冯诗的自写怀抱尚属蕴藉,林以宁的《寄夫子》则更为鲜明地展现了高蹈萧散的出世情怀,诗云:

> 今日已仲夏,别时方暮春。
> 岁月不我与,百忧空萃身。
> 我留怨岑寂,君行多苦辛。
> 安得负郭田,卜居湖水滨。
> 朝耕看云气,夕织临星辰。
> 莳药常满畦,漉酒濡角巾。
> 此乐未易得,岂能忘贱贫。
> 身羁名利场,衣染京洛尘。

> 登高一望君,怆然伤心神。
> 莫惜双鲤鱼,慰我闺中人。

此诗表面上是抒发念远伤离之情,实则重在刻画归隐田园之乐。正因为时不我待、百忧萃身,她的林泉之想愈发迫切。她笔下的理想生活,是卜居湖畔、男耕女织,朝看云气、夕临星辰,种药漉酒,回到返璞归真的简单淳厚。而尘世的名利牵绊与奔波劳碌,正是众苦之源,两相对照,更觉归耕田园的恬然快乐。诗以朴质简淡的语言抒写对幽隐生活的深切期待,清疏之境与萧散之意相融相生,可以想见诗人的淡宕出尘怀抱。故杜珣读此诗称:"想见鹿门高致。"①

另一首《山居三首次庶祖姑觉上人韵》(其一)同样抒写了对林泉之乐的歆慕情怀,思致清远,写境清新。诗云:

> 白云依翠岫,碧月上荷衣。
> 瓮里醪堪醉,门前稻正肥。
> 爱观流水濑,常傍钓鱼矶。
> 不是终南径,何劳昼掩扉。

无论写景还是述怀,字句间都仿佛有清气流溢。诗的前半描摹风物环境之清幽,已有出尘之思;后半承此刻画"上人"疏放洒脱的风神高致,含蓄透露了一己的企慕心事。情景相生,自然流利的表达中自有幽隽淡远的美感。

毛媞的《雪》与张昊《西湖竹枝词》也是典型的清隽之作,而各有韵味:

---

① 〔清〕林以宁:《墨庄诗钞》,载李雷主编《清代闺阁诗集萃编》,中华书局,2015,第846页。

天涯一望茫茫白，积玉堆琼亘长陌。
兴来何处子猷船，高卧谁家袁安宅。
山中千树噪饥鸦，自扫冰鳞自煮茶。
不怪满身寒起粟，只愁压折老梅花。

——毛媞《雪》

梅雨初晴出远山，淡烟如画水长闲。
兰舟昨日横塘去，载得春光独自还。

——张昊《西湖竹枝词》

毛诗借咏雪抒写自我清雅高洁襟抱，"子猷船""袁安宅"传达洒脱态度与安贫之志，"自煮茶""老梅花"则摹写恬淡风雅之意，"林下风致"跃然纸上。张诗以清新之笔表现悠游湖山的疏放洒落，别具流美轻倩韵味，"独自还"三字堪称诗眼，透露了几分孤高而超然的气息，令人印象深刻。

清隽之外，蕉园诸子也常有妍雅之作，且妍雅中或隐或显地依然有清气往来。如钱凤纶《初夏过夫子钊儿书斋》诗云：

綷縩湘裙步浅溪，遥闻篱外煮新茶。
绿摇帘幕儿孙竹，红映琴书姊妹花。
壁上青蛇鸣夜雨，毫端白凤吐朝霞。
清风入座同挥麈，不用笙歌隔绛纱。

"煮新茶""儿孙竹""姊妹花"，疏疏几笔，点染出初夏风味；琴书、宝剑、笔墨则衬托书斋氛围，"挥麈"与"绛纱"用《世说新语》故事，尤觉戏谑而妙。诗中充盈着浓浓的书卷气，语言稳雅清丽，造境疏淡闲静，整体呈现出妍雅秀逸的美感，而不失清幽气韵。

林以宁的《同夫子夜坐》和《寄启姬云间》也皆是秀雅与清逸兼具之作：

> 小阁焚香玉漏初，半檐残雪照衣裾。
> 检将柿叶同临帖，悬着藜灯好校书。
> 玉轸有诗称静好，金鱼为珮复何如？
> 解貂买醉春寒夜，风摘梅花掷绮疏。
>
> ——《同夫子夜坐》

> 泖上浮家小结庐，水轩竹槛称幽居。
> 问人新借簪花帖，教婢闲抄相鹤书。
> 蚁子避潮缘砚席，蟹奴沿月上阶除。
> 清闺事事堪题咏，刻玉镂冰恐不如。
>
> ——《寄启姬云间》

前一首闲闲叙写冬夜诗人与夫君一同焚香悬灯、临帖校书的闺中静好之境，末二句则流露出安恬之外的疏旷飞扬思致。笔意轻倩秀妍，怀抱淡宕萧散，是雅而不失隽逸者。后一首乃寄赠闺友之作，妙在全以想象的虚笔造境传情，从居处环境的清幽宁静写到日常生活的恬然自在，看似平直，却别有一种清雅风味与淡淡的思念融注其间，使人意远神飞。

又如柴静仪《送顾启姬北上》：

> 一片桃花水，盈盈送客舟。
> 春来万杨柳，叶叶是谁愁。
> 顾我穷途者，逢君意气投。
> 烟虹时染翰，风月几登楼。

> 只合薰香坐，谁堪鼓枻游。
> 燕台一回首，云白古杭州。

顾启姬即蕉园七子之一的顾姒，字启姬，康熙庚申（1680）随丈夫鄂幼舆至京师，这首诗即为送其北行所作。诗中先写送行场景：桃花水、杨柳枝，既是春日的美好风物，又蕴涵着别愁离思。"顾我"以下，则由分离引出对往昔交游唱和之乐的追怀，字句间有无限依依怅触。结二句想象顾姒日后的思乡之情，"云白古杭州"五字蕴思深沉，情韵悠远，有余音袅袅之感，一结点睛，最堪回味。诗写离愁，而落笔淹雅疏秀，流丽空灵，沉挚深永的情意中又有清气流动，足可见其慧心颖思。

蕉园七子均出身书香世家，大都学养深厚，具有相当的文学自信，且以诗文写作为事业追求，故其诗多体现出偏文人化的创作倾向。她们的作品在宗范前朝名家之外，亦能自出机杼，摒弃纤艳，疏阔苍凉与清隽妍雅兼而有之，命意落笔皆有法度，而又自然流美，无艰涩矫饰之弊，取得了较高的艺术成就，诚如梁乙真所言："自来闺秀之结社联吟，提倡风雅者，当推蕉园诸子为盛。"[①]

---

① 梁乙真：《清代妇女文学史》，山西人民出版社，2015，第24页。

第六章

清中叶：女性诗词创作的鼎盛期（上）

清中叶女性文坛上名家辈出，作者与作品数量之多，也远超此前。乾隆年间随园女弟子群的规模和影响比清初的蕉园诗社更大更广，显示出女性诗歌创作已经进入了鼎盛期。同时，乾嘉时期的庄盘珠以清幽悱恻的《秋水轩集》称胜词坛，对后来的女词人影响颇为深远。而清中叶成就最著者，当数被视作"双璧"的女词人吴藻和顾春。她们的境遇、性格、词风各自不同，却都展露出高卓的才华，将女性词的创作推上了又一个高峰，在女性词史上有着无可撼动的地位。

第一节　以席佩兰为首的随园女弟子群

明末清初女性文学渐趋繁兴，才女间的唱答交游亦随之日益增多，蕉园诗社即为当时最负盛名者。清中叶堪称女性文学发展的黄金时代，除了结社与家族内外的各种酬和，还出现了不少冲破男女大防、主动拜男性名士为师的才女，规模和影响最大的，当推随园女弟子群。

明清之际，已有女性拜师的个别例子出现，比如徐昭华之于毛奇龄，吴绡之于冯班，张矕之于尤侗等。到了清中叶，这种情况开始增多，如汪亮学画于张瓜田，梁德绳学诗于阮元，方芳佩则分别师从翁霁堂、杭世骏、沈德潜，谈印莲与谈印梅姐妹皆从孙宪仪学诗，关锳则向魏谦升、吴黟山学习书法，向杨诸白学画，等等。这种私下指授的师徒关系在当时并未引起波澜，而真正令人瞩目的是少数才士公开广招女弟子的举动，其中最具代表性的，首推袁枚。

袁枚，字子才，为性灵派诗人的代表，门下女弟子有三十余人，比较出色的有金逸、严蕊珠、席佩兰、骆绮兰、屈秉筠、归懋仪、吴琼仙、孙云凤、孙云鹤、卢元素、王倩、汪玉轸等。袁枚不仅褒扬女子诗才，大量招收女弟子，而且举办闺秀诗会，并编选刊刻《随园女弟子诗选》行世，影响之大，一时无两。汪縠《随园女弟子诗选序》有云："随园先生，风雅所宗。年登大耋，行将重宴琼林矣。四方女士之闻其名者，皆钦为汉之伏生、夏侯胜一流，故所到处皆敛衽扱地，以弟子礼见，先生有教无类。"[①]陈康祺《郎潜纪闻二笔》则称：

客有藏《随园十三女弟子湖楼请业图》者，后附一小幅曰《后三女弟子图》，前后凡二跋。其前跋云，"乾隆壬子三月，余寓西湖宝石山庄。一时吴会之弟子，各以诗来受业。旋属尤、江二君为写图布景，而余为志姓名于后……"。又一跋云，"乙卯春，余再到湖楼，重修诗会，不料徐、金二女都已仙去，为凄然者久之。幸问字者又来三人，前次图画不能羼入，乃托老友崖君，为补小幅于后……"。[②]

袁枚在其所作《随园诗话》中也多次记载了他与女弟子会面同游的情景："……今年在西湖，静山之女，因余系父执，与女弟子

[①]〔清〕汪縠：《随园女弟子诗选序》，收入〔清〕袁枚辑《随园女弟子诗选》，载《丛书集成三编》第35册，新文丰出版公司，1997，第489页。

[②]〔清〕陈康祺：《郎潜纪闻初笔二笔三笔》，晋石点校，中华书局，1984，第341—342页。

孙碧梧姊妹到湖楼相访。"① "余今岁约女弟子骆绮兰同游西湖,余须看过梅花方出行,而绮兰约女伴先往,及余到湖楼,则已先一日归矣。见壁上题诗《咏秋灯》云……《秋扇》云……余爱其清妙,即手录以归。"②

随园女弟子人数众多,声势之盛,堪称前所未有。虽然并无结社之名,实则彼此间唱和甚多,总体艺术水平较高。袁枚论诗,主张性灵,其诗往往明白流利,独抒性情,强调真情与个性,反对功利主义的诗风,艺术上不复依傍,诗中多有新奇超妙之思的闪现,意趣生动,并常使用白描手法。这些诗学观念正符合女性文学写作特质与审美倾向,所以得到了很多女诗人的认同与效法,也直接导致了随园女弟子群的兴起。

随园女弟子中可谓人才济济,比如被称为随园"闺中三大知己"的席佩兰、金逸和严蕊珠皆以诗称名于时。席佩兰,字韵芬,一字道华,号浣云,有《长真阁诗集》。袁枚编选《随园女弟子诗选》,首列佩兰,梁乙真《清代妇女文学史》亦盛赞云:"随园女弟子中,其诗才最杰出者,当推昭文席佩兰。"③ "浣云诗不惟于随园女弟子中称翘楚,即清二百余年闺阁名媛中,亦俊才也。"④ 虽有溢美之嫌,却也可以想见其才情之高妙。金逸,字纤纤,有《瘦吟楼诗稿》,卒年仅二十五。纤纤貌美多才,袁枚所撰墓志铭中称其"每落笔如骏马在御,蹀躞不能自止"⑤。王蕴章《然脂余韵》云:"《瘦吟楼诗草》中,佳句如林……皆清俊迈俗,洗尽人间烟火

---

① 〔清〕袁枚:《随园诗话·补遗》卷二,清光绪十八年(1892)袖海山房石印本。
② 〔清〕袁枚:《随园诗话·补遗》卷四,清光绪十八年(1892)袖海山房石印本。
③ 梁乙真:《清代妇女文学史》,山西人民出版社,2015,第63页。
④ 梁乙真:《清代妇女文学史》,山西人民出版社,2015,第68页。
⑤ 〔清〕金逸:《瘦吟楼诗稿》,载李雷主编《清代闺阁诗集萃编》,中华书局,2015,第2965页。

气。"①严蕊珠，字绿华，有《露香阁草》。《闺秀诗话》称其诗"绮思清才，诵之齿颊生芬"②。蕊珠曾当面与袁枚论诗，袁枚大为叹服，认为她"尤得此中三昧"③。他如：

王倩，字雅三，号梅卿，工诗词，兼善绘画，画梅尤多，有《问花楼诗钞》《洞箫楼词》。梁乙真称："梅卿诗才，与纤纤相伯仲，倘使同时角韵，正不知谁作盟主也。"④

屈秉筠，字婉仙，有《韫玉楼集》。袁枚曾盛赞曰："婉仙之诗能一空依傍，不拾古人牙慧，仍不失唐贤准绳。求之须眉中未易多得，况其为闺阁耶？"⑤

吴琼仙，字子佩，一字珊珊，二十岁嫁徐达源（号山民）为妻，有《写韵楼诗集》。郭麐在为她所写的小传中有云："独好为诗，精思眇虑本于性。……山民故喜为诗，则各过望，同声耦歌，穷日分夜。"⑥

骆绮兰，字佩香，号秋亭，有《听秋轩诗集》。《墨林今话》称："佩香少耽书史，好吟咏，移家丹徒。袁简斋、王梦楼两太史俱以为女弟子，诗格益工。"⑦梁乙真对其诗评价也很高："秋亭诗明白如话，与席佩兰在随园女弟子中，均称翘楚。二兰之妙，宜乎简斋

---

① 王蕴章：《然脂余韵》卷二，载王英志主编《清代闺秀诗话丛刊》，凤凰出版社，2010，第672页。
② 雷瑨、雷瑊辑：《闺秀诗话》卷四，载王英志主编《清代闺秀诗话丛刊》，凤凰出版社，2010，第1001页。
③〔清〕袁枚：《随园诗话·补遗》卷十，清光绪十八年（1892）袖海山房石印本。
④ 梁乙真：《清代妇女文学史》，山西人民出版社，2015，第84页。
⑤〔清〕屈秉筠：《韫玉楼集》，载李雷主编《清代闺阁诗集萃编》，中华书局，2015，第2731页。
⑥〔清〕吴琼仙：《写韵楼诗集》，载李雷主编《清代闺阁诗集萃编》，中华书局，2015，第2826页。
⑦ 施淑仪：《清代闺阁诗人征略》卷六，载《施淑仪集》，张晖点校，人民文学出版社，2011，第267页。

梦楼心折也。"①

归懋仪，字佩珊，有《绣余吟》。王韬《瀛壖杂志》云："其诗清婉绵丽，斐然可诵。与席佩兰为闺中畏友，互相唱和，传播艺林。"②

汪玉轸，字宜秋，号小院主人，有《宜秋小院诗钞》。沈善宝《名媛诗话》称："宜秋工诗善画，所适不偶，乃卖文以自活。"③《苏州府志》也称："家贫，夫外出五年，操持家务，抚养五儿，俱以针指供给。而诗才迥异庸流，为时叹服。"④

随园女弟子虽境遇身世各自不同，诗风也略有差异，但她们生活在同一个时代，即乾隆、嘉庆这段相对太平的历史时期。这使她们的生活环境相对稳定而宁静，即使有生计窘迫的困扰，却不致遭受流离迁播之苦。同时，女性文学创作的繁盛局面并不意味着其生存状态的改变，她们大都依然沿袭着传统女性的生活方式。故而从诗的题材内容上来看，很难有新的拓展，而在诗歌的艺术表现方面则保持着较高的水准，且始终贯彻着清而雅的审美理念，总体成就可称不俗。

一、日常、题赠与清游：随园女弟子诗的题材取向

身为闺秀，虽偶有出游机会或随宦的经历，但多数时间仍居于闺中。对于大部分才女而言，闺阁生活向来是她们乐于描写并长于

---

① 梁乙真：《清代妇女文学史》，山西人民出版社，2015，第89页。
② 施淑仪：《清代闺阁诗人征略》卷六，载《施淑仪集》，张晖点校，人民文学出版社，2011，第262页。
③〔清〕沈善宝：《名媛诗话》卷三，载王英志主编《清代闺秀诗话丛刊》，凤凰出版社，2010，第401页。
④ 施淑仪：《清代闺阁诗人征略》卷六，载《施淑仪集》，张晖点校，人民文学出版社，2011，第268页。

表达的。在这方狭窄有限的小天地中，一切事物都那样熟悉而亲切——碧纱窗下，曲阑干旁，花木的清香，绿阴深处的鸟鸣，还有落红飘飞的姿态，微风倏然掠过的轻柔，这些几乎已是她们生活里不可或缺的一部分。相对于外面的广阔世界，闺中闭锁的空间一方面容易使人产生倦怠压抑的感受，另一方面又令人感到宁定与安心。尤其当有诗书相伴时，诗人更能体会那种岁月静好的雅意清欢。如下面两首诗：

> 盆梅才放暗香凝，檐竹萧萧拂瓦棱。
> 手欲拈毫先熨火，罋供煮茗预敲冰。
> 高低玉宇诸天现，缥缈红楼一晌凭。
> 耐取清寒还夜坐，书签丛里艳孤灯。
>
> ——屈秉筠《韫玉楼坐雪》

> 笔床砚瓦镇随身，为校唐诗试墨新。
> 何处落花风一阵，也应寒到卷帘人。
>
> ——王倩《即景有怀》

  两首诗都是闺中宁静生活的写照，散发着诗意书香的气息。屈诗写雪夜作诗烹茶的清雅意兴。"熨火""敲冰"凸显冬夜之寒冷，梅香幽幽、檐竹萧萧烘托环境之幽清，而缥缈红楼里的摇曳孤灯与满案书册则是这茫茫白雪里的一点亮色与暖意，同时也自然衬托出诗人闲静优雅的风致。王诗写闺中校书情境，笔床、砚瓦、新墨，以及"镇随身"的进一步渲染，令人生出错将闺房作书房的惊叹，看似平淡质直的语句间暗藏着以此为乐甚至以此为傲的心事。而落花、卷帘二句，化用易安《醉花阴》"帘卷西风，人比黄花瘦"语意，含蓄透露了念远之情，即所谓"有怀"者。以浅直之笔写幽隐之思，王倩堪称当行。

又如鲍之蕙《夏日遣怀十首》(其三)诗云:

> 泼眼皆新绿,闻声半野禽。
> 帘疏通雨气,蕉短可窗阴。
> 展卷忘长昼,裁诗乏赏音。
> 闭关无个事,不啻入山深。

夏日炎炎,又常有雨水淅沥,时光因而倍觉漫漶。诗人深居简出,抬眼但见一片新绿葱郁,寂静中偶有远处禽鸟的啼声忽隐忽现,满心弥漫的都是安宁与凉意。透入房中的雨气,窗下渐渐长成的芭蕉,则濡染出一室清幽。静坐此间,宜"展卷",尤宜"裁诗"。虽然"裁诗"句后有自注称"沦山兄与梦楼先生俱已厌世",流露了恨无知音赏的失落与寂寞,但"展卷忘长昼"也因此更为深透地反映出诗人对诗书之事的热爱。心有所安,心有所乐,即使屏居闺中,也如"入山"般自在悠然。

对于很多才女来说,栖居于庭院深处,那幽静封闭的空间里同样可以发现简单与自然的美。即使无关琴书文艺,依然可以感受到闺阁生活的恬静与安心。金逸《晨起》诗云:

> 晓妆侵晓起,一镜绿云斜。
> 残梦虚罗帐,新凉散藕花。
> 白团闲挂月,小玉解催茶。
> 澹坐不知暑,微风来水涯。

夏日晓起整妆,原本只是闺中生活十分寻常的一幕,却因为"残梦""新凉""藕花"、淡月与茶香而氤氲出极为清幽静美又缥缈的气息,因此自然引出"澹坐不知暑"的凉爽恬适之感。这样的闲静况味,令人油然而生歆悦与向往。

又如吴琼仙《偶述》诗云：

> 那有新诗答岁华，深闺长日闭窗纱。
> 玉台闲展鸡碑字，瓷碗香生雀舌茶。
> 风飐帘波扶柳絮，雨余蝶梦滞梨花。
> 熏炉烟烬慵重蓺，独倚回栏数暮鸦。

闺中生活往往因着单一、深静而令人时生岁月凝定的缓慢悠长之感。春日迟迟，纱窗静掩，或闲展碑帖，或瀹瓷品茗，恬然中自有诗意与幽情流动。窗外风卷轻帘，雨润梨花；室内熏炉烟烬，余香渐杳。而暮色里诗人独自凭栏、默数归鸦的单薄身影，却含蓄透露了安闲时光背后的一点孤寂心绪。运笔稳雅，传情微婉，有余韵绵邈之美。

骆绮兰《茶烟》一诗则将闺中的清雅之境作了极为动人的展示：

> 镇日浑无事，闲窗小试茶。
> 竹炉烧柿叶，冰碗泛兰芽。
> 袅处笼青鬓，轻时漾碧纱。
> 午余清梦破，松杪一痕斜。

骆绮兰是随园女弟子中诗才颇为出众的一位，深得袁枚称赏。然其才高而运蹇，婚后未久丈夫去世，又无子女，"仅课一螟蛉女，以代蚕织而遣余年"[①]，"门巷萧然，食贫自守"[②]。可贵的是，即使处境艰难，诗人却"无世俗见，女子态，亦不沾之，为资生计……

---

① 〔清〕袁枚：《听秋轩诗集序》，载胡晓明、彭国忠主编《江南女性别集》二编，黄山书社，2010，第579页。
② 〔清〕王文治：《听秋轩诗集序》，载胡晓明、彭国忠主编《江南女性别集》二编，黄山书社，2010，第580页。

家虽贫，常能以财赇缓急人，扶危济困，有烈士风"①。天性中的磊落洒脱使得她往往不以困苦为意，始终保持着内心的从容与悠然。这首题为《茶烟》的诗里，她选取了日常生活中一段安闲又幽雅的煮茶时光作为切入视角，借此可以窥见其恬然自适的心态。开篇"浑无事""小试茶"即流露了一种宁帖闲淡之意。颔联则承"试茶"展开描写："竹炉"句言烹茶，"冰碗"句言品茗，诗思清隽，雅意沁人。接下来由品茶而写到茶烟："袅处笼青鬓，轻时漾碧纱。"切题之余，亦传递出沉静清寂的气息。结二句写午梦醒来，蒙眬间瞥见炉上几缕茶烟缥缈如微云轻度，仿佛缭绕于窗外的松梢上，令人油然生起空静之思。

另如席佩兰《春晴》与《雨后》二诗云：

　　自觉幽慵惯，闲愁与梦兼。
　　春寒花傍户，昼静鸟窥帘。
　　草色烟中润，云光雨后添。
　　莓苔随意坐，罗袖碧痕粘。

——《春晴》

　　一片清凉境，刚逢雨后天。
　　夕阳黄似月，庭草绿疑烟。
　　地僻真成隐，心空即是禅。
　　凉风吹竹外，小婢劝幽眠。

——《雨后》

两首诗皆是抒写闲居闺中的澹静心怀。前一首更多春日里常见的慵倦情绪。内境是闲愁幽梦与春寒鸟语交织，透露了几许寂寥之

---

① 〔清〕王文治：《听秋轩诗集序》，载胡晓明、彭国忠主编《江南女性别集》二编，黄山书社，2010，第580页。

思；远眺则碧草轻烟与细雨云光融漾成水墨般的清幽图画。无比的静谧中有安恬，也有淡淡的凄恻。后一首着意刻画雨后的"清凉境"。黄昏时分，暮雨初晴，草色尤为翠碧可爱，已然引出空静心境。之后"地僻""心空"二句的萧散之思正由此生发而来，续足首句诗意。尾联却稍稍宕开，"凉风"句承上，作自然的过渡，"小婢劝幽眠"则在一片幽静之中增添了几分生活气息。这一点跳脱之笔使得对深闺情境的摹写更加亲切可感，是不可随意忽略的细节。

更多时候，对才女们而言，闺阁的一方小小天地是她们私人的精神世界，身处其间，她们能够深切地体察到与尘世隔绝的宁静与怡然，偶尔的寂寞冷寂之感，也可以被这安宁之境消解。汪玉轸《春暮》诗云：

> 暮寒小阁掩窗纱，闲倚薰笼缓啜茶。
> 静里暗惊春欲去，无风自落胆瓶花。

暮春的黄昏仍有微微寒意，诗人独坐闺房，倚薰笼取暖，啜热茶驱寒，"闲""缓"二字平淡却传神，不动声色地传写出一种闲淡氛围与安恬心绪。而无风自落的瓶花，悄然透露了春光将逝的事实，也含蓄引出诗人的惜春之情。笔淡思深，寄意幽微，有余韵绵邈之美。

金逸《静绿轩晚坐》诗云：

> 一碧梧桐院，新凉生远楼。
> 落花惟是雨，枯树易成秋。
> 茶酒抛多病，云山待放舟。
> 暮烟如有意，缕缕近人流。

集美慧于一身、婚姻也堪称美满的金逸，因其芳年早逝的结局而令人深深叹惋。多病多思的她或许比旁人更易敏锐地感受到时节的变换、光阴的流转，以及内心由此而触发的微妙悸动。与同样体弱而颖慧的庄盘珠一样，金逸也偏爱描摹秋日与黄昏。在这首诗里，诗人独坐静绿轩中，只觉新凉袭人。梧桐的碧色在落花零雨的秋意中已然染上了淡淡的凄寂色彩，尤其惹人怜惜。多病的她如今唯有屏居深闺安养，素来喜欢的茶与酒亦无奈暂时远离，难免生出几分消黯情绪。然"云山待放舟"一句，虽云"待"而逸兴幽情却暗自流动于字里行间，透露了诗人善感之外的洒落天性。尾联以拟人手法摹写微寒暮色中的迷蒙烟岚，"近人流"三字亲切可感，赋予暮烟以柔情，自然冲淡了此前的一点寂寞，带着小女儿的灵心慧思，意致隽永，颇堪回味。

王倩《十八夜花间草堂坐月》更多清幽气息，诗云：

> 春宵愁不睡，烟烬一炉香。
> 露气熏衣湿，花光近水凉。
> 解酲新茗沸，写怨素琴张。
> 多谢青天月，留人坐草堂。

这是春夜月下的静美安闲之境，带着些微闲愁与淡淡清怨，也因而使得诗情更加柔婉动人。"春宵"一语本就蕴涵美好，诗人以炉香、露水、花光、新茗、素琴绾合明月、草堂，不动声色地营造出春夜的静谧清新之感。而水边的幽凉、琴声的凄怨和炉烟散尽的空寂，虽然为清幽的诗境染上了一抹惘然的色彩，却无损整体诗意的和雅与沉静。隔着数百年的时空，那诗情画意交织的春夜、月色与花影，仿佛仍然经由这些优美的文字送来古典的芬馨气息，同时也让后世的我们了解到闭锁之外深闺特有的安宁有序，以及由此带来的恬然从容。

除了描写闺中生活之作，随园女弟子集内还有大量的题赠之作，尤以题画诗为多，题赠的对象也常有男性才士，不仅仅限于闺友。

清代不少才女在诗文写作之余，亦精于绘事，随园女弟子中善画者也不在少数。如屈秉筠"最工白描花鸟，毫柔腕劲，神致超逸，于李因、陈书外，别出一奇"[1]；王倩"工诗词，兼善绘事"[2]，"画梅尤多"[3]，曾经卖画数十帧为金逸刊刻其集；廖云锦"工写山水，兼精花卉、翎毛"[4]；席佩兰虽以诗名，画亦不俗，今存《花鸟草虫册》，尤善画兰；骆绮兰"工写生，所作'芍药三朵画卷'，论者谓入瓯香之室。尤喜画兰，以寄孤清之致"[5]；孙云凤"通音律，兼工点染花卉"[6]；吴琼仙"诗文外，绘事无不工。暇即发挥烟云，摩写花鸟"[7]；汪玉轸亦"工诗善画"[8]。正因为如此，随园女弟子的题画之作不仅数量多，且总体表现出较高的艺术水准，往往予人"诗中有画"的美感，读之仿佛有清气往来于字句间。如骆绮兰《题汪梅村访道图》：

竹杖扶过水一湾，白云深处访柴关。
桃花万树通流水，闻说神仙在此间。

---

[1] 施淑仪：《清代闺阁诗人征略》卷六，载《施淑仪集》，张晖点校，人民文学出版社，2011，第260页。
[2] 梁乙真：《清代妇女文学史》，山西人民出版社，2015，第81页。
[3] 施淑仪：《清代闺阁诗人征略》卷六，载《施淑仪集》，张晖点校，人民文学出版社，2011，第265页。
[4] 施淑仪：《清代闺阁诗人征略》卷六，载《施淑仪集》，张晖点校，人民文学出版社，2011，第266页。
[5] 施淑仪：《清代闺阁诗人征略》卷六，载《施淑仪集》，张晖点校，人民文学出版社，2011，第267页。
[6] 施淑仪：《清代闺阁诗人征略》卷六，载《施淑仪集》，张晖点校，人民文学出版社，2011，第271页。
[7] 施淑仪：《清代闺阁诗人征略》卷六，载《施淑仪集》，张晖点校，人民文学出版社，2011，第264页。
[8] 施淑仪：《清代闺阁诗人征略》卷六，载《施淑仪集》，张晖点校，人民文学出版社，2011，第268页。

整首诗堪称一幅淡远清微的山水画：流水潺潺，白云悠悠，春山无人，唯有桃花万树缤纷，更有云深不知处若有若无的一角柴关，一派幽静空灵，令人油然而生世外仙源之想。诗人全以写意手法淡笔点染，诗情画境相互生发，自然浑成，深得画作之神韵。

骆绮兰另有一首《自题平山春望图》，流溢出飘飘凌云之感，诗云：

> 春晓蹑峰顶，春风吹我衣。
> 桃花流水尽，松籁入云微。
> 未觉家山远，渐闻斋磬稀。
> 徘徊如有悟，湖外已斜晖。

与前一首相比，此诗意境更为缥缈闲远。题为"平山春望"，起笔便切入题旨。从清晨登山蹑顶、春风吹衣，写到桃花流水、松籁流云，以及不知何处传来的隐隐钟磬声，一气而下，略无滞涩，将画意之静美超逸作了极为传神的呈现。特别是中间两联的"尽""微""远""稀"四字，精炼动人，既渲染幽远空寂之境，又透出飘然出尘的思致，可谓情境两得。由此而引发结句黄昏中的有悟，倍增余韵悠邈之美。

王倩的《自题画梅》借题画咏梅，意趣与情境极为清幽，散发着萧散出尘之思：

> 孤月分千影，万花吐一香。
> 诗寻残雪夜，春满读书堂。
> 倚石苔痕古，当风鹤梦凉。
> 不妨携玉笛，相对倒金觞。

王倩善画，故集内题画诗特多。身为画家，她更能领略把握画中的独特旨趣与美感境界。月下的寒梅疏影摇曳，暗香浮动，风物已是轻清幽逸，雪夜寻诗和春满书堂又增风雅情致，而"苔痕古""鹤梦凉"与梅花相衬，别具清空淡隽之美。如此则画境呼之欲出，诗境亦沁人心脾，古今咏梅者多，此首可称不俗。

同类作品又有屈秉筠《吴门陈竹士秀才基曾偕其配金纤纤虎山唱和，已而纤纤亡，秀才作〈虎山寻梦图〉，遍征题咏，以抒其哀》诗云：

> 只在月明中，姗姗何处踪？
> 梅花三百树，香雾一重重。
> 缥缈云山认，模糊水石封。
> 天风吹梦冷，鹤背倘相逢。

如前所述，随园女弟子中的金逸貌美而兼颖慧，婚后又得佳偶，闺中唱随之乐，尤为人所称羡。无奈她体弱多病，二十五岁即撒手尘寰，使人难免有天妒红颜之恨。如诗题所言，纤纤去世后，丈夫陈基作《虎山寻梦图》以寄悼亡哀思，一时题咏者甚夥，随园女弟子也多有寄赠之作。屈秉筠的这首诗，开篇即以"月明中""何处踪"的揣想之语逗引出空灵凄寂情境，而清冷月色下被重重香雾笼罩的梅花如雪，云山流水迷离朦胧的影廓，则进一步烘托出哀婉欲绝的伤悼怀抱。一结仍是遥想，与开篇首尾相应，终归于无限幽邈微茫。此诗全以虚笔凌空点染，妙在不落实相却能传情微妙，造境缥缈，意在笔先，一片神行，清疏隽秀处深得白石诗味。

有时她们的题画之作还能传神刻画人物之风神气质，堪称难得。先看以下两首：

> 冻云深处独移家，老屋三间傍涧斜。
> 酒醒呼儿出门去，四山开遍白梅花。
> ——金逸《题结茅铜井图》

> 深闺未识诗人宅，昨夜分明梦水村。
> 却与图中浑不似，万梅花拥一柴门。
> ——汪玉轸《题郭频伽先生水村第四图》

从诗中可知画作皆为写意山水，诗境淡远清疏，与画境正相生发。云影、水村、茅屋、梅花，以及隐身于这幽寂之境中的诗人，足以构成一幅空灵而闲远的清雅画图，于是读诗如观画，画意诗情融于一处，更觉回味悠长。

萧疏淡远之外，随园女弟子题画诗也有一些风格疏放雄劲的作品，如下面这首：

> 百尺飞泉洗俗尘，谁知此地卧幽人？
> 苍松不许东皇管，独占空山万古春。
> ——归懋仪《题松阴观瀑图照》（其一）

归懋仪出身诗书之家，母李一铭"最耽吟咏"①，其《蠹余遗草》"情深文明""无巾帼气"②。归懋仪能嗣其响，"其笔潇洒出尘，不堕巾帼脂粉气"③，而这首诗堪称代表。诗为题画，但她所要传写表达的，实则是一种啸傲山水、放旷出尘的高士风神。飞

---

① 施淑仪：《清代闺阁诗人征略》卷六，载《施淑仪集》，张晖点校，人民文学出版社，2011，第262页。
② 〔清〕曹锡宝：《二余诗集序》，载胡晓明、彭国忠主编《江南女性别集》初编，黄山书社，2008，第639页。
③ 〔清〕徐祖鎏：《绣余诗草序》，载胡晓明、彭国忠主编《江南女性别集》二编，黄山书社，2010，第833页。

泉、苍松、空山，这些意象完美而自然地营造出空茫浑阔的超远萧疏画境，笔意清苍劲拔，清境清景与清思自然浑融，使人心神爽豁。

与归诗相类，王倩《题吴导泉无碍图》则刻画了一位襟期放达、洒落不羁的才子形象，诗云：

> 年少青衫客，曾为万里行。
> 江山供啸傲，诗酒惬心情。
> 绿绮有时抱，白云无意生。
> 相看图画里，隐隐听吟声。

诗里的这位高士，即图中的主人公吴导泉。她由苍茫淡远的画境与人物的意态身姿，生发出对其人怀抱心期的超妙想象，以少年青衫、万里横行、江山诗酒和古琴白云等准确烘托其不羁性情与高蹈风神。结句仿佛听吟声的奇思，清而妙雅，堪称神来之笔。

此外，随园女弟子诗中也有不少徜徉山水、寻幽览胜之作。一则得益于晚明以来社会与士林对才女日趋开明的态度，一则得益于江南风景的秀丽清嘉。随园女弟子大都为江浙人，江浙风物清美，湖山幽胜，故才女们时有纪游写景之作。如以下两首诗云：

> 万顷飐孤舲，烟波似洞庭。
> 水于春后碧，山为雨来青。
> 云暗隔村树，莲香何处汀？
> 白鸥飞去远，诗思入空冥。
>
> ——席佩兰《泛舟尚湖》

> 远水灵岩梓，人家带夕阳。
> 晚村红叶老，秋寺碧云凉。

> 小饮何辞醉,清吟不碍狂。
> 苍然成暮色,灯火近横塘。
>
> ——金逸《横塘舟中》

两首所写皆是泛舟所见所感,风物清丽,写景澹宕。前一首境界苍茫,"万顷""烟波"与"孤舲"相映照,愈显水面之空阔,结尾"白鸥"二句更带出无限悠远空蒙之思。后一首的横塘景物以静美萧疏为特点,夕阳下的"红叶老""碧云凉"与暮色灯火正点染出秋日之清寂萧瑟,"小饮""清吟"则透露几许超然与洒脱,使诗情不致陷入幽凄,可称俊笔。

又如骆绮兰的两首诗,更觉清气弥漫:

> 薄暮雨初霁,空江日已斜。
> 沿堤孤客舫,近水几人家。
> 野浦萤还焰,山田稻自花。
> 凉风天末起,秋气满汀沙。
>
> ——《晚泊龙潭》

> 空翠槛前落,春云衣上生。
> 竹烟穿径碎,山影逼潭清。
> 露重花阴湿,窗开野色平。
> 饭余僧课歇,把卷听流莺。
>
> ——《深云庵》

两首诗分写秋暮与春日景色,一清远,一晴明。前一首写秋日雨后黄昏泊舟所见,客舫人家、萤火稻花皆是寻常景物,而掩映于苍茫暮色中,便有淡淡的孤寂之思。结二句情境既凄寒,又旷远,有大笔挥洒的清放意致。后一首写山寺的绝尘之境,空翠、春云、竹烟、山影、清潭与露水、花枝,这些散发着淡隽气息的风物自然渲染出与世隔绝般的清寂幽静氛围。"把卷听流莺"流露了身心轻安的恬适心情,一结悠远,有余韵绵绵之感。

王倩的《冒雨渡江望焦山》则呈现出女性清游诗中难得的雄阔超迈境界:

> 船底走雷霆,船头风雨腥。
> 潮倾天柱白,山塞海门青。
> 积气围孤秀,游心入杳冥。
> 烟鬟看十万,那似此峰灵?

开篇即描写冒雨渡江所见,"走雷霆""风雨腥"营造出天风海雨之势,使人恍如身临其境,心生震骇。"潮倾""山塞"承此进一步刻画江上风狂雨骤、白浪拍天的景象与远山的蓊郁苍翠之美,"白""青"二字最是精妙。焦山的一点"孤秀"与"游心入杳冥"的缥缈相映,愈发凸显出水面的空茫辽远。诗中运笔苍劲,造境疏阔,体现了与普通"清游"迥异的"胜游"之美。

王倩另有《玉山舟中晓起》一诗,呈现出别样的清寒旷远之境:

> 滩急破浓睡,推篷霜满天。
> 风高鸟恋树,月堕水生烟。
> 山识重来客,人争下濑船。
> 鹭鸥寻得否,有梦落江边。

诗以看似平淡实则空灵疏宕的笔法描绘了舟中晓起所见,原本日常普通的情境,由善画的诗人眼中看去,却自然成就了一幅水墨风景。泊舟江岸,滩声惊醒晨梦,篷窗外寒霜满天,冷风劲疾,斜月落处,烟水溟蒙,一片凄寂苍茫。虽然颈联"山识""人争"二句含蓄透露了几分暖意与世间烟火气,然而结二句的思寻鸥鹭、梦落江边仍与前境相绾,迷离冷落中复多怅恍之思。笔致摇曳,落想空灵,是所谓神余言外者。

归懋仪的《琴川》则融情于景,寄寓着深沉的身世之感。诗云:

> 十年南北等浮沤,重作虞山十日游。
> 烟里橹声惊短梦,霜前雁影动新愁。
> 人家断续斜阳外,乔木苍凉古渡头。
> 百里江天迷望眼,萧萧芦荻起沙鸥。

归懋仪是江苏常熟人,故集中咏虞山之作非止一首。对于诗人而言,虞山不仅是故乡的象征,也常寄寓着深沉的人生感怀。在这首诗里,她所描摹的秋天是寂静、苍凉而萧飒的。寒烟漠漠,橹声悠悠,长空中倏然掠过的雁影,古渡边寂寞的乔木,以及斜阳下的茫茫江天、萧萧芦荻,这些风物不仅传神地烘托出深秋的幽寒凄凉氛围,更无声地诠释了身世浮沤、人生如梦的沧桑感慨。尤其是起首点明"浮沤"之叹,结句复以"沙鸥"呼应飘零之恨,寄意遥深,针线绵密,最是难得。

二、自然流丽、清新淡婉的审美归趣

随园女弟子的诗歌创作追随并实践了袁枚的"性灵说",在重视真情与个性之外,多用白描,并时有灵心妙思的流露,艺术风貌呈现出自然清丽的总体特征。

首先是自然流丽的诗风。梁乙真《清代妇女文学史》称:"简斋诗明白如话,故其女弟子,亦多受其陶染。"① 从诗歌写作传统来

---

① 梁乙真:《清代妇女文学史》,山西人民出版社,2015,第65页。

看,女性本就倾向于轻浅自然的表达方式,偏好白描手法的使用,故诗多轻畅流美之思。如汪玉轸《夏夜》与《立秋》二首:

> 贪凉自启碧窗纱,风细炉烟缕缕斜。
> 只把残灯遮护好,方才结得一双花。
>
> ——《夏夜》

> 凉风送雨雨凄清,数遍残更梦不成。
> 晓起梧窗飘一叶,始知昨夜是秋声。
>
> ——《立秋》

诗中所写,都是日常生活里的平淡一幕,诗人却能以独特而细腻的观察与体会,传达幽微的诗意感受。《夏夜》含蓄抒写念远情怀。俗云灯花可以报喜,因此这悉心遮护的一双灯花,是凄苦人生中的一点光亮。即使被弃的命运无可改变,离人也无有归期,这并蒂灯花依然给她带来了近似空虚的安慰。《立秋》写节序迁移的微妙变化。先言风雨凄凄,彻夜难眠,接下来两句却将前情反转:由晓起窗前飘落的一片梧叶,诗人恍然明白昨夜的所谓风雨声实乃秋声,即风吹树叶的萧萧之声,思致可谓新警。而俗称立秋日梧叶始落,此诗所写也恰称题旨。两首诗均能以平常简淡的语言刻画风物、传情写境,自然流利以外兼有蕴藉情致与隽巧之思,所谓似浅实深、似易实难者,确能得性灵诗之要义。

严蕊珠《秋日杂兴》二首以轻倩优美之笔写闺中闲情,散发着恬静而婉雅的气息,诗云:

> 研光笺滑兔毫柔,落墨须教腕力遒。
> 开匣怕枯鹦鹉眼,一泓秋水洗双眸。

泉试茶经活火烹，玉棋敲落月三更。
西风乱剪芭蕉叶，斜掠书窗夜有声。

被称为随园"闺中三大知己"之一的严蕊珠，美慧之名不亚于金逸，却同样红颜薄命，于十七岁的芳龄未嫁早逝，实堪伤悼。或许是因为她的生命永远停留在了少女时代，并无机会经历人生的惨淡与岁月风霜，故其诗中常展露出更多惬意悠游又清雅的情致。这两首诗虽是秋日所作，却绝无萧瑟凄楚之思。前一首写洗砚临帖的场景，二十八字中包含了纸、笔、墨、砚文房四宝，甚至还强调了落笔之际须重腕力的细节，难得的是笔意流美轻倩，不见雕琢痕迹。后一首写秋夜安恬幽静之境，即使有"西风乱剪芭蕉叶"的秋声飒飒，也只是更鲜明地反衬出诗人烹茶弈棋的闲适悠然而已。两首诗皆以白描手法描摹清新恬淡情境，仿佛信笔写出，却予人浑然天成之感，浅切明畅中亦不乏秀逸婉雅气韵。

无论写情或绘景，随园女弟子诗皆以自然圆转之美为准的，如下面两首：

荼蘼雪落剩余丝，入夏惺惺昼渐迟。
想见一帘新绿底，梳头才了便吟诗。
——屈秉筠《怀婉清姊》

隋堤柳色最堪怜，绿到扬州三月天。
双桨虹桥桥下路，数声啼鸟一溪烟。
——卢元素《虹桥春泛同如兰女史》

屈诗写怀人之情。古人有云："开到荼蘼花事了。"荼蘼花落，意味着时节已然入夏，暗含韶光飞逝的无奈，由此也自然引出对亲人的深切思念。"想见"二句落想空灵，思致清妙，别具一种渊雅温婉情味。卢诗写春日泛舟所见，笔意轻倩可爱。"柳色""扬州""三月"，将美好春色以简笔略加点染，而结句承此点睛，"数声啼鸟一溪烟"画面清远，既有啼鸟轻啭衬托出的幽静之美，又氤氲着淡烟溟蒙的迷离氛围，疑幻疑真，恍若仙境。两首诗内容有别，却都表现出自然流丽又简净的风格，实源于共同的审美追求。

又如严蕊珠《寄戴柔斋夫人》：

> 闻川烟水望迢迢，我住松陵第四桥。
> 他日挂帆容访戴，不逢雪夜即花朝。

诗的前半当是追摹前辈姜夔《过垂虹》"曲终过尽松陵路，回首烟波十四桥"，而能融化自然，自抒性灵，不觉板滞。后二句则用《世说新语》王徽之雪夜访戴逵故事："王子猷居山阴，夜大雪，眠觉，开室，命酌酒，四望皎然……忽忆戴安道。时戴在剡，即便夜乘小船就之。经宿方至，造门不前而返。人问其故，王曰：'吾本乘兴而行，兴尽而返，何必见戴？'"①既表达了对柔斋夫人的深深思慕之情，又恰好契合了夫人的姓氏，正所谓一语双关，灵心慧思，于此可见一斑。全诗造语清隽，流美的笔致中自有一种名士般的洒落疏放气质，引人意远。

袁枚所主张的"性灵"，在真情与个性的自然表达之外，也重视灵襟慧思的展露，这便为一些看似平淡的作品增添了活泼的机趣。试看下面两首：

> 夜深衣薄露华凝，屡欲催眠恐未应。
> 恰有天风解人意，窗前吹灭读书灯。

---

① 〔南朝宋〕刘义庆：《世说新语译注》，张㧑之译注，上海古籍出版社，1996，第642页。

——席佩兰《夏夜示外》

睡鸭沉沉欲断烟，床头黠鼠恼无眠。
雏鬟未解声何自，笑问阿谁夜数钱。

——吴琼仙《闻鼠》

两首诗都是描写日常琐事，而能予人新鲜的观感。席诗以淡笔写缱绻闺情，笔淡而情浓，所谓"随手拈来，别饶情致"①。吴诗则笔带戏谑，以深夜鼠声窣碎、恼人清眠为因由，引出丫鬟误会有人数钱的可笑一问，令人莞尔。席诗清绮而隽永，吴诗亲切而灵动，均能深会"性灵"二字。

严蕊珠《新秋》一诗也写得清新且富有情趣：

凉披莛簟卷帘迟，鹦鹉催成白雪诗。
怪底凭阑鱼忽聚，鬓花倒影入清池。

诗写闺中恬静悠闲的生活情味。初秋时节，暑气渐渐消退，身心顿觉舒爽。凉生竹簟，新诗写就，点明心境的清凉欣悦；卷帘迟与鹦鹉催诗的细节则透露了一点娇慵又活泼的味道。后联两句展现了一幕令人莞尔的日常画面：凭阑临风的她鬓边花朵的倒影落入池塘，于是吸引了水底的鱼儿蜂拥而至，争相喋喋于水面。这样看似普通却十分生动的画面非赋性敏慧、心思玲珑的闺阁诗人不能写出，而这份娇憨可爱的少女情怀，更为全诗增添了几许轻灵的意韵。

此外，随园女弟子诗在整体造境写意方面大都表现出清新淡婉的特征，诗中不用重笔，设色轻淡，情思深婉而意致清幽。如以下

---

① 梁乙真：《清代妇女文学史》，山西人民出版社，2015，第65页。

几首诗：

> 亭古无人迹，清宵月自圆。
> 青青萧寺竹，淡淡宋时烟。
> 积水明阶下，秋声落雁边。
> 倚阑凝睇久，白露已横天。
> ——骆绮兰《九月十五日偕女伴竹西亭坐月》

> 无事此静坐，悠悠何所思？
> 空山万籁寂，清磬一声迟。
> 沙鹭忘机候，寒蝉息影时。
> 我心如止水，笑看野云驰。
> ——席佩兰《静坐》

> 新月照庭柯，开轩雨乍过。
> 客怀当夜永，乡思入秋多。
> 残暑未消竹，凉风欲到荷。
> 天涯时节感，不寐发长歌。
> ——孙云鹤《秋夜寄怀》

与七律相比，五言律诗在抒情上更加简淡近古，与女子的淳真天性更相契合。明清女诗人五言律诗多有佳作，往往清微淡远，富有情韵，随园女弟子诗亦是如此。这三首诗均描摹秋夜风物，情怀或空明，或闲静，或隽逸，而所呈现的意境则带着相似的清幽疏淡的气息。"积水明阶下，秋声落雁边""空山万籁寂，清磬一声迟""残暑未消竹，凉风欲到荷"几句尤为静谧清空，读来有心神澄澈之感。

孙云凤《听泉》与金逸《无计》两首诗也体现出清疏淡婉的风

致,诗云:

> 听泉松林间,寻源清溪里。
> 山光生薄寒,暝色上秋水。
> 孤月带雾升,渔歌隔烟起。
> 独立望闲云,悠悠何所止。
>
> ——孙云凤《听泉》

> 无计销晴昼,移来日影迟。
> 生涯拼久病,清瘦到新诗。
> 兰气延书榻,柳絮飘砚池。
> 一春惟静卧,花落不曾知。
>
> ——金逸《无计》

孙诗写山间听泉的萧散风致,泉声、松林、清溪、闲云,以及笼罩着迷离薄雾的初升孤月,暮色轻烟里隐隐的缥缈渔歌,完美地烘托出寂静疏旷的出尘之境。金诗写伤春,字句间流动着淡淡的凄清倦怠,却不失安闲情味与书卷气息。刻画细腻,清婉可诵。两首诗情境不同,而清新淡雅的美感则颇为相似。

归懋仪的《题唐淳安上舍桐阴观书图》于清幽之外带着几分自在闲逸的味道,诗云:

> 碧云凉似水,清露滴苍苔。
> 虫语催诗就,秋声送月来。
> 豪情能结客,雅抱独怜才。
> 良夜停杯酌,高斋一卷开。

诗的前半以凝练清隽之语营造月下观书的静谧幽凉氛围:碧云

霜月、清露苍苔，以及四下传来的凄寂虫声与弥漫于天地间的漠漠秋声，自然带出秋夜书斋的清寂以及几分淡淡的出尘思致。接下来"豪情""雅抱"一联既点明画中人，又称许其人之性情襟抱，且与尾联的停杯观书自然相绾，俊逸精警，最能传写人物之独特气韵。同时人之风神也恰称诗境，读来只觉清气弥漫，疏隽澹静，诗即是画矣。

其他又如汪玉轸的《月下》：

清霜和露满阑干，月到中天分外寒。
墙角梅花三两树，纸窗画得一枝看。

诗中的"清霜"、露水、寒月无声点染出一种幽静寒峭之境，借此映衬梅花的清疏淡雅。接下来诗人却将笔锋略作转折，由梅花牵出纸窗上的横斜疏影。"画得"一语精妙，虚处传神，平添几分雅趣，自然清婉中又有隽逸之致，可谓独出机杼。

总之，清中叶随园女弟子群的出现及其文学创作反映了两个方面的事实。一是当时不少才女已经抛开"女子无才便是德"及"内言不出于梱"的传统观念，不仅嗜书耽吟，以诗文为己事，且无视所谓"男女之大防"，主动拜知名才士为师，反映了她们对自我才情的高度认同与从事文学写作的不凡热情。二是与此前相比，随园女弟子人数之可观，堪称空前。她们一致学习袁枚的性灵诗风，在某种程度上昭示着女性日渐鲜明的文学自觉意识。因为这种选择实则意味着她们对自身的审美感受和写作优势已经有了相当明晰的认知并能够付诸实践，而这正是随园女弟子们最值得称许赞叹之处。

第二节　姐妹词人：孙云凤与孙云鹤

一、"有南唐北宋意理"的孙云凤词

孙云凤，字碧梧，钱塘（今浙江杭州）人，按察使孙嘉乐女。工词能画，擅南北诸曲，有《湘筠馆词》。据《国朝闺秀正始集》，"碧梧生有凤慧，年八岁，春岩（按：孙嘉乐字春岩）出对云：'关关雎鸠。'即应声曰：'嗈嗈鸣雁。'大奇之"[1]。云凤妹云鹤、云鸾、云鸿、云鹄、云鹓并工诗画，其中云凤与云鹤尤为友爱，集内多有寄答唱和之作。云鹤才华不在乃姊之下，故《梧门诗话》云："武林闺秀，向推孙碧梧（云凤）、侣松（云鹤）两女士。"[2] 二人均为随园女弟子，袁枚曾请人绘《十三女弟子湖楼请业图》，并亲自作跋，云凤、云鹤皆身列其间。

（一）美人香草意偏深——闺思离情背后的隐隐幽恨

像大多数早慧的才女那样，孙云凤在充满书香的氛围中度过了优游恬愉的少女时代，但于归后，其婚姻却很不谐美，其夫程懋庭不喜女子弄文，"见笔砚辄憎，反目归，卒"[3]，最终云凤被休回母家。袁枚曾感慨说："近日闺秀能诗者，往往嫁无佳偶，有天壤王郎之叹。"[4] 孙云凤不幸便陷入如此困境中。对于她的坎坷遭际，为

---

[1] 〔清〕恽珠：《国朝闺秀正始集》卷十七，清道光十一年至十六年（1831—1836）红香馆刻本。
[2] 〔清〕法式善：《梧门诗话》卷十六，著者手定底稿本，载《清代稿本百种汇刊》，文海出版社有限公司，1974，第587页。
[3] 施淑仪：《清代闺阁诗人征略》卷六，载《施淑仪集》，张晖点校，人民文学出版社，2011，第271页。
[4] 〔清〕袁枚：《随园诗话》卷四，清光绪十八年（1892）袖海山房石印本。

其词集作序的郭麐有云:"碧梧早擅才华,而赋命蹇薄,故多幽忧憔悴之音。"①孙颢元《湘筠馆遗稿跋》也称:"碧梧词愈于诗……而音多凄婉,其所遇然也。"②著名女诗人汪端在《为小姑苕仙题女士画八首》中,为孙云凤题辞时亦有"寂寞湖烟澹湖雨,美人憔悴住西泠"句③。

怀抱天壤王郎之恨的孙云凤,其情怀之凄苦郁悒可想而知。在当时女性的人生里,恐怕没有什么比一桩美满的婚姻更加重要,否则怎样的才华横溢也无法补偿这样的缺憾。明清才女因婚姻不谐而抱恨终身的殆不乏人,表现在作品中,有比较直接激切的,如顾贞立、熊琏、吴藻等,有相对含蓄深隐的,如叶纨纨、李佩金,孙云凤无疑属于后者。在她的词集内,触目皆是落英芳草,细雨篆烟,她笔下的情思常不脱淡淡的闺中静寂惆怅之感,所写的离愁也是为姊妹暌隔而生的思念,而与男女情爱无关。若抛开词人的身世背景,这些词作虽优美绵婉,然不免有内容单调、缺乏寄托之弊;但如果了解她郁郁以终的乖蹇命运,也许会在看似闲静无聊的闺中惯有的生活状态中触摸到沉淀于心灵深处那压抑的悲哀与幽恨绵绵。《湘筠馆词》的最后一阕词是《西江月·自题词稿兼寄仙品妹》,其上片道出了孙云凤的真正心迹:"别绪逗将吟绪,愁心翻作闲心。美人香草意偏深,说与旁人不省。""愁心翻作闲心",说明她习惯将无限哀愁以柔婉之笔闲闲带过,语气平淡温雅,至于字句间潜藏的更深的寓意,除了最为相契相知的妹妹云鹤,旁人很难真正明了。

从题材上看,《湘筠馆词》所写内容大致可分为闺情、离愁与

---

① 〔清〕郭麐:《灵芬馆词话》卷二,载唐圭璋编《词话丛编》,中华书局,1986,第1538页。
② 〔清〕孙云凤:《湘筠馆诗》,清嘉庆十九年(1814)刻本。
③ 〔清〕汪端:《自然好学斋诗钞》卷三,载〔清〕冒俊辑《林下雅音集》,清光绪十年(1884)如不及斋刻本。

题画三类，尤以闺情离愁之作最可体现其淡静表象下的幽约郁思。在这些词中，时常流动着一种慵倦无绪的气息：

绣帘慵卷，篆缕回肠转。临镜自思人近远，忘了画眉深浅。　　单衣初试寒轻，锦屏闲却银筝。又是清明时节，落花窗外啼莺。

——《清平乐》

昼永深闺帘不卷，纱窗风袅炉烟。最无聊赖是今年。夜阑消梦雨，春尽落花天。　　记得阳关低唱处，河梁回首凄然。从来聚散总前缘。行云无去住，明月有亏圆。

——《临江仙》

孙云凤的世界几乎永远沉静闭锁，带着闺阁生活固有的凝定特征。她常写到垂垂的帘幕，深掩的重门，无声飘散的袅袅篆烟，而隐身于这帘幕重门背后的词人，其内敛幽隐的心事也如同篆烟般若有若无，迷离微渺。闺中的她要么静听纱窗外莺语百啭，感受着春去花落的无声怅惋，要么于潇潇夜雨中遥遥怀想分离已久的亲人，无奈的叹息中自有深情缱绻。然而，除了叙写姐妹离别之思的情感，孙云凤的大部分词里都很难探寻到清晰的表意痕迹。她所注重描摹展现的，基本只是闺中风物与女性常有的浅恨轻愁，而这愁思往往没有具体的指向。若非仔细体会，这些词作很容易被当作普通的闺情之作轻忽略过，所以词人才感慨说："美人香草意偏深，说与旁人不省。"屈原借香草美人的意象来象征其心志的高洁并表达其见逸被疏的悲愤情怀，那么，孙云凤又如何通过意象的安排以含蓄地抒发其内心的愁郁呢？

首先，她的词内不断出现对往日情与景的追念怀想。在这反复的回忆与今昔对比中隐隐流露出因时光飞逝而生的惊惧与怅惘交织的复杂心理。《点绛唇》词云：

> 扇怯轻罗，卷帘渐觉秋光冷。小庭人静，疏柳和烟暝。　　点点流萤，入户飞难定。阑重凭，风声月影，还是当年境。

又如《虞美人》词云：

> 昨年燕子衔花去，春色留难住。前年人倚画楼东，惆怅一帘飞絮暮烟中。　　今年又是酴醾节，此景还如昔。小廊立尽看归鸦，却恨无情芳草遍天涯。

对于夙慧天成又多才多艺的孙云凤来说，不凡的才情必然令她产生较高的自我期许，同时对自身价值也会有较深的认知与肯定，这从她主动拜袁枚为师已可见出一二。因此，当旧有的生存环境与婚后的困顿际遇令她的人生与婚姻理想均遭打击而归于破灭之时，她既感觉到深深的无能为力，也无处安顿曾为自己和家人带来荣耀的过人才华。虽然，"就感情而言，在一个不可能指望会有其他慰藉的世界中，写作提供了某种安慰"[①]，可是，作为一位内心细腻丰富的女性，她的优美才情得不到理想婚姻中的另一半——"才子"的了解与欣赏，这种爱情与创作上的双重失落使得她面对光阴的默默流逝，无法不感受到一己才华被徒然消耗的绝望痛心。在孙云凤笔下，不止一次地出现过一个悄然凝伫的寂寞身影，这两首词中亦如此。它或许是词人的真实写照，又或许是其臆想中自我苍凉境遇的某种象征。这独自静立的身影，因其无语，反而使人愈加深刻地体会到她心底难言的种种哀恨纠缠。那样

[①] [美]曼素恩：《缀珍录：十八世纪及其前后的中国妇女》，定宜庄、颜宜葳译，江苏人民出版社，2005，第283—284页。

深重而无可诉说的痛苦，最终竟只能归于沉默，这真是人生里至大至深的荒凉。

其次，由于所适非偶带来的伤害与挫败感，也由于情深相知的妹妹云鹤远隔天涯，孙云凤的词作中常表现出凄寂冷落的情思。"寒""凉""冷"等字眼在其集内处处可见。这种寒凉之感与其说是其生理上的感受，不如说是其心境的真实反映。如《忆故人》词云：

桂子香清烛影寒，正玉殿，开瑶阕。围棋花底惜更阑，人静炉烟歇。　又是中秋时节，独凭阑、西风渐渐。一天凉露，满院蛩声，半阶明月。

桂子飘香，月满如镜，中秋佳节，本是亲人团圆的日子，此刻的词人却独自凭阑，心事凄恻。静夜里微微摇曳的烛影，透出秋意的阵阵西风，漫天凉露，以及更阑人静后的蛩声与月光，这些意象融合一处，细腻而含蓄地传递出她孤寂寥落的思致感受。整首词除过片一句，全是点染风物之语，却能将其情思表达得自然又深透，这是孙云凤写情的突出特点与优长处。但有些作品亦因太过蕴藉幽微而往往令人难以确定其深层寄意所在，不免使人有憾。

不过，在一些伤离念远的作品中，她也会以较为明晰的笔法抒写内心的冷落凄清之感。《点绛唇》词云：

折柳尊前，离亭歌罢西风冷。路遥酒醒，立尽斜阳影。　流水行云，从此知难定。阑休凭，月残烟暝，总是凄凉境。

与前一首《忆故人》相比，此词无疑更多情语的表达。折柳离亭与流水行云，已然点明伤别情意与聚散无常的苍凉酸楚，而"立尽""休凭""总是"将这份情怀层层翻折，愈转愈深，字里行间流露出无边凄怆冷落之思。

将情与景结合得更加完美的,有《浪淘沙》:

风静绣帘闲,燕语梁间。小楼诗酒忆当年。今夜西窗重剪烛,细雨轻寒。　花事正阑珊,又唱《阳关》。夕阳春水木兰船。斜立画屏烟篆冷,月到阑干。

孙云凤的许多词作皆以描摹风物为主而鲜少直接抒情,这首词却是情景相间、错落有致,既不乏清绮静美的景物描写,又可令人清晰地感知到词中题旨。上片写故人重晤、剪烛夜谈的悲欣交集之慨,下片则以怅然口吻婉转道出才聚还分的无尽感伤与凄寂。虽然写情绘景均以淡笔轻出,然而于柔约平淡中更见其深情绵邈。细雨轻寒的夜里,当她与故人忆及昔日的诗酒风流、悲欢旧事,夕阳斜晖中,当她凝望春波潋滟、兰舟远去,那一刻她心底涌动的复杂情愫,又岂是笔墨所能明白表达的。"夕阳"一句写得极为优美,同时也极为忧伤,虽然纯是景语,却使人格外深刻地感受到知交分离的无助与哀伤。而结拍处紧承其离愁脉脉,以月下无语凝伫的孤单身影,凝固了所有未曾一一细诉的寂寞与凄凉。她的表意如此轻清婉雅,没半分激切的情绪,然而同样令人感怀万千。

清中叶诗画兼擅的才女不在少数,题画词也因此成为女性词的重要题材之一。本身既工词又善画的孙云凤,其《湘筠馆词》中便有相当数量的题画之作,词笔清丽,情韵动人。如《浪淘沙·题娴卿妹〈停琴伫月图〉》:

金鸭篆烟沉,风满罗襟。暮霞红断碧云深。输与阿连清兴好,石上横琴。　独坐漫沉吟,空际余音。待他蟾影挂疏林。一院嫩凉闲不寐,无限秋心。

娴卿即孙云凤妹云鹬,《灵芬馆词话》称其"诗词之外,绘事亦不减乃姊"①。在这首词中，词人借题画传达的是一份淡远萧散的怀抱。轻袅的篆烟，掠过的微风，黄昏里缭绕天际的渺渺琴音，自然点画出静谧清新的氛围。而画中人独坐待月、若有所思的沉静姿态，又使人油然而生余韵悠长的杳渺之思。顾随先生曾说："诗最怕意尽于言，没有余味。"②孙云凤此词便是留有余味的一首佳作。

另一首《卖花声·题邵庵叔〈桃花流水图〉》则极流利疏隽之致：

深树胃晴烟，栖处悠然。游踪常共白云还。细认仙凡都不是，好个溪山。　黄鸟听间关，翠草芊绵。纸窗竹屋小吟笺。飞尽桃花浑不语，赢得春闲。

词人以蓊郁深树、淡淡晴烟与无声飘落的桃花等意象勾勒出静美幽清的居处风景，"黄鸟"与"翠草"设色鲜明，既为画面平添了几分生动活泼的气韵，同时鸟儿的啁啾之声与芳草芊绵的景色也愈发衬托出山中的宁静寂历。在这样的背景下，那时而徜徉于溪山白云之间，时而安坐于纸窗竹屋中吟哦遣兴的潇洒隐士，其超然泊如的出尘襟怀与散朗神韵早已跃然纸上。末二句尤自然清妙，写尽从容恬退情态。

婚后始终怀抱天壤王郎之悲的孙云凤，其词中却从未表露过明白的憾恨之意。她作词几乎从来不落重语，抒情诸作也只以淡婉温雅之笔写怅然缠绵的朦胧凄恻情绪，而绝少流露与所适非人的心事相关的情思。她在词里表现的，多是慵倦无力的感受与因离别思念而生的凄寂心境，当然这思念与那个"他"无关。唯一能比较清楚

---

① 〔清〕郭麐：《灵芬馆词话》卷二，载唐圭璋编《词话丛编》，中华书局，1986，第1538页。
② 顾随讲、叶嘉莹笔记：《顾随诗词讲记》，顾之京整理，中国人民大学出版社，2006，第143页。

地反映出其哀恨怀抱的,是她集内诸作中从不曾出现过"他"的影子,从这一点看,孙云凤与同她遭际相似的晚明才女叶纨纨的行为如出一辙。她们二人均有着内敛自持的个性,也同样以这样一种看似含蓄实则决绝的方式彻底放弃了对爱情婚姻的最后一丝幻想。今人有言:"中国的悲剧人物不是因情而毁灭自己以暴露礼的片面性,而是把情牢固在心的一角而使礼得到维护。"① 孙云凤不肯在作品中明白抒写内心的隐痛,或许与所谓礼教有关,或许是其内敛的个性使然,对此,如今的我们已无从确知。或者正如她自己感叹的那样:"美人香草意偏深,说与旁人不省。"无论他人如何解说,都不可能真正了解她的郁结与痛苦吧。

(二)惝恍迷离、缠绵秀雅的《湘筠馆词》

孙云凤生活的清中叶词坛,正是浙派美学风尚大行其道的时期,其清空醇雅的论词主张得到了不少女词人的认同与实践。同时,针对一些词坛流弊,常州词派倡导"意内言外""比兴寄托"的词学理论。从讲求比兴寄托来看,自诩"美人香草意偏深"的孙云凤,很有可能在此一方面受到常州词派的某些影响,但从表现出来的整体艺术风格而言,她的许多词作,特别是令词,明显散发着唐宋词的传统气质与风味。《莲子居词话》云:"《湘筠馆词》,小令尤佳致,有南唐北宋意理。"② 郭麐在谈到孙云凤词时,也称:"其《相见欢》云:'年时小立苔茵……',《菩萨蛮》云:'华堂宴罢笙歌歇……'皆可入《金荃集》中。"③《金荃集》的作者为晚唐著名词人温庭筠,

---

① 张法:《中西美学与文化精神》,北京大学出版社,1994,第102页。
② 〔清〕吴衡照:《莲子居词话》卷四,载唐圭璋编《词话丛编》,中华书局,1986,第2486页。
③ 〔清〕郭麐:《灵芬馆词话》卷二,载唐圭璋编《词话丛编》,中华书局,1986,第1538页。

他与韦庄并称"温韦",是花间派的代表词人。孙云凤的《湘筠馆词》在内容上多写闺情,风格亦迷离隐约,柔婉细腻,颇有晚唐五代词风致。但闺秀身份令她在写作时摒弃了一些男性文人惯用的香艳辞藻,措语渊雅,寄意深微,显示出女性词坚持的工秀清韶的特色。

孙云凤的早期词作多为小令,受唐五代词的影响亦较为明显,其中词旨清新的如《少年游》:

淡扫蛾眉,轻盘螺髻,妆罢更涂黄。云母屏前,水晶帘外,荷气杂衣香。　晚来放艇波心去,独自觅清凉。笑摘青莲,故惊女伴,隔水打鸳鸯。

完全是闺中小女儿声态,词将少女的娇憨可爱与活泼神韵描摹得极为动人。虽然她也写到女性妆扮的样子与居室内的陈设,然而完全不用艳语,设色省净淡雅,其下字如"淡""轻",意象的选择如云屏、晶帘、荷香,只带出美好矜重之感,而不会流于俗艳。

孙云凤的不少令词迷离轻约,带着浓郁的唐五代词的古典气息。除了郭麐《灵芬馆词话》中所举两例,其他又如:

晴丝摇曳东风午,纱窗梦绕屏山路。日暖杏花香,小庭春昼长。　燕归帘乍卷,幽思天涯远。新月半黄昏,行人江上村。

——《菩萨蛮》

日长深柳黄鹂啭,绣床风紧红丝乱。微雨又残春,落花深掩门。　高楼眉暗蹙,芳草依然绿。酒醒一灯昏,思多梦似真。

——《菩萨蛮》

晴丝风乱,花里红墙短。一抹柳烟疏欲断,春色六桥重见。　衣香鬟影轻舟,金尊檀板层楼。独向小窗闲坐,满庭细草生愁。

——《清平乐》

由这些词可以看出,孙云凤的词在内容上继承了前人惯于描写闺中风物情思的传统,那些熟悉的意象如细雨落花、杨柳芳草、小楼深院,依然出现在她的笔下,女儿心事的朦胧幽怨看上去也几乎一致。不同之处在于,她不再是以旁观者的身份去描摹揣测别人的声情心意,亦非"男子而作闺音"的女性代言人,她所抒写的,是身为女子的自己真实的内心感受。其词中的情感虽朦胧幽微,却表现了一己的生活状态与细腻情思,绝非像男性那样以想象得来。而且,女性身份又使她不可能用"玉臂""慢脸"这样的语言来描摹其闺中情态,因此,她往往抛开修饰,以清婉之笔点染绘写风物,借此含蓄地传递心底的绵绵幽思。像"新月半黄昏,行人江上村"的摇曳空茫,"微雨又残春,落花深掩门"的芊绵柔美,以及"满庭细草生愁"的深婉蕴藉,其实皆是对客观外物的摹写,而一样能够将各种微妙的情思作细致完美的表达。

所以,孙云凤虽长于抒写闺情,却不似花间词人那样惯写女子的容颜服饰,也不仅局限于具体的事件细节,而是侧重于心境与感受的表达,风格深挚缠绵,这些均与南唐词人极为相似,无怪《莲子居词话》称其小令"有南唐北宋意理"。《菩萨蛮》词云:

炉烟袅袅人初定,纱窗月上梨花影。春色自年年,故人山上山。　露寒风更急,此景还如昔。记得倚阑干,夜深人未眠。

又如《菩萨蛮·寄仙品妹》:

绣衾不寐愁如织,玉炉烟袅纱窗碧。残月照帘钩,雁声寒带秋。　夜阑人寂寂,何处高楼笛。灯背小屏孤,梦无书也无。

遇人不淑的愁郁和姐妹分离的哀伤让于归后的词人时时陷入极度孤寂之中，无数个漫漫长夜里，她独守空虚，愁肠难整，没有什么可以温暖她心底的寒意与凄凉。与之相伴的，只有那袅袅飘散的炉烟与窗前静静洒落的月光。"春色自年年"——春来秋去，花谢花开，岁月自顾自地一去不回，而故人远行，始终未曾归来。日复一日的等待与徘徊中，她察觉到时光的空自消耗与才情、生命的被浪费、被虚掷，然而终究无可奈何。"记得倚阑干，夜深人未眠"，当她回首往事，发觉光阴远去，情怀如旧，昔日的心事依然印证着此刻的孤独。这样的对照往复于怅触中带出无限缠绵之意，也留下了耐人寻味咀嚼的空间。而"灯背小屏孤，梦无书也无"则道尽萧索冷落的凄寂心境。没有梦也接不到书函，叠加的失望仿佛令她的愁绪变成了双倍，而这因思念而生的幽怨也正可见出她对云鹤的姐妹深情。两首词皆以摹写风物为主，婉曲地传达出凄恻孤独的内心感受。结拍处更堪称点睛之笔，将缠绵沉厚的情致表现得含蓄自然，看似淡淡写来，实则余韵悠长。

除了南唐风味，孙云凤的一些作品也颇具北宋词婉约和雅又不失清新的美感特征。典型的如《浣溪沙》：

小院浓阴绿更幽，鹧鸪声里夕阳收。枣花微雨酿成秋。　　凉月玉箫怀旧梦，东风池草惹新愁。一春心事倚高楼。

又如《少年游·立夏》：

着柳烟浓，送春雨细，犹觉峭寒生。帘影参差，绿阴长昼，枝上杜鹃声。　　去年今日阑干外，日暖午风轻。红摘樱桃，青拈梅子，何处寄离情。

词中的意象均十分轻约柔美，无论是小院、微雨、凉月、新愁，还是摇动的帘影、轻轻掠过的午风，以及颜色可爱的樱桃梅子，都有着轻清柔和的美。她以淡雅而细腻的笔触传写闺中人的微妙心事，造语工秀，述情绵婉自然。其实北宋词，尤其是北宋前期诸作，大都深受唐五代词影响，其中花间派之温韦、南唐二主及冯延巳等，受北宋的欧阳修、张先、二晏等名家的濡染尤为明显。所以《莲子居词话》称孙云凤词"有南唐北宋意理"，即是欣赏其小令的幽约秀雅、缠绵温厚，很得传统词风的情韵与精髓，并非有严格区分的意思。我们在此所作的划分，主要是着眼于艺术风貌上的些微不同，例如孙云凤词有些颇具唐五代词朦胧芊绵的特点，其意象的选择与情思的婉弱也容易令读者产生似曾相识的熟悉感；而有的词作风调比较清丽，美感效果亦偏于典雅工稳，整体感觉上更近北宋词风。但从词情的本质方面来说，其深挚缠绵则是一致的。

　　《湘筠馆词》的古典风致是孙云凤向前代词家学习的结果。在她的词集中，可以发现不少化用前人词句之处，如"愁来天不管"（《菩萨蛮》），"困人时节日初长"（《浣溪沙》），分别用朱淑真《谒金门》词与《清昼》诗原句；"湖水雨余浮鸭绿，柳丝风暖漾鹅黄"（《浣溪沙》）取王安石"含风鸭绿粼粼起，弄日鹅黄袅袅垂"〔《半山即事十首》（其三）〕诗意；"天若有情，月如无恨，水亦西流"（《柳梢青》）源自石延年赠友人对"天若有情天亦老，月如无恨月长圆"；"绿肥红瘦和谁说"（《忆秦娥·立夏寄仙品》），"秋萧瑟，黄昏独坐窗儿黑"（《忆秦娥》）是借李清照"知否，知否，应是绿肥红瘦"（《如梦令》）及"守着窗儿，独自怎生得黑"（《声声慢》）语意而略加变化；"青梅如豆柳成阴"（《浣溪沙》）则化用欧阳修"青梅如豆柳如眉"（《阮郎归》）句；最有代表性的是《祝英台近·自题画木芙蓉》，当中的"碧云高，黄叶卷""暗惊觉、流光催换""渺渺余怀,天际绿波远",皆是由读者熟悉的前人作品中演化而来,而能自然浑成,带着属于自己的特别韵致,充分体现出她的灵性慧思与文学积淀的深厚。

孙云凤《湘筠馆词》从内容来说,基本以抒写闺情离愁为主,不免令人有单调之感。但她所表现的原本即是其闺中生活的常态,这生活的闭锁与无聊决定了其词作内容的狭窄与重复,这也是大多数女词人面对的共同困境。研究者不该简单地以"苍白琐碎""无病呻吟"嗤之讽之;此外,在浙派美学思想牢笼词坛的当时,孙云凤并未追随左右,而是执着于一己的审美追求,以芊绵婉雅的传统词风为依归,从中也能够见出她的个性所在。虽然从总体上看,《湘筠馆词》并未有何真正的开拓与突破,然而孙云凤在艺术上的修养与表现功力依旧得到时人与后世词评家的肯定与推许。从某个角度而言,她的词作成就也反映出清中叶女性词整体艺术水平的提高。

二、有疏朗悠远之致的孙云鹤词

孙云鹤,字兰友,一字仙品,又字侣松,云凤妹,县丞金玮妻。工诗善画,尤擅倚声,兼长骈体,与姊云凤齐名。有《听雨楼词》二卷。其词集自序称:"此词上卷半属儿时所为,藏之箧中,十余稔矣。次卷庚申后作,多伤离忆远、抚今追昔之言,录为自遣之计。去岁,吴石华先生著《女文选》一书,于铁峰武妹处索去。既附名卷中,复钞是编,将并付枣,且征鹤自序。昔先严有言:'闺中儿女子之言,不足为外人道。'然而结习未忘,人情不免。多年心血,若听其散失无存,亦觉可惜。令自录而藏之。今之此举,固非所望,然不敢固辞者,盖因先严平日溺爱之心,且重违先生一时表彰之意,是以略加删校,并志数言,至于词之工拙,则非鹤之所得而知也。"[1] 在这篇序里，孙云鹤交代了词集付梓的缘由经过，虽然当中不乏谦词，但"结习未忘"说明她认为自己对文字之事的热爱乃出于天性所钟，无法舍弃；且所作皆多年心血凝结而成，亦不忍任其散佚湮没。这些都表明写作对孙云鹤而言，并非简单的闺中消遣与笔墨游戏，而是记录自我生命感受与心路历程的重要载体，有着文字以外的特别意义。

（一）天涯踪迹故园心：乡愁与旅思的集中抒写

作为生活于太平之世的女性，孙云鹤的词集内自然不乏叙写浅恨轻愁的闺思之作。《点绛唇》词云：

> 露重秋初，流萤无力光难定。暗苔幽径，别是清凉境。　何处箫声，夜半凭阑听。重门静，月明风冷，一院梧桐影。

这是秋夜里静谧清幽的细腻感受。流萤在幽径间飘飞不定的微弱光点，远处隐隐传来的呜咽箫声，重门深掩的院落，月下随风摇曳铺了一地的梧桐碎影……无须更多的言语表白，这些平凡而蕴意颇深的风物已生动地点染出微凉幽寂的秋之况味。同时，月夜清寒的感受与倚阑听箫的身姿也泄露了词人心境的孤独，这孤独与漫天秋意相生相缠，情与景的融合自然浑成。笔墨既省净简淡，表情又细致轻倩，颇可见出其才思之不俗。

另一首《菩萨蛮》则是描写春日闺思的典型作品：

> 绣帘风定炉烟直，碧纱窗外垂杨色。微雨杏花残，小庭生薄寒。　天涯幽思远，双燕归来晚。烟草满平芜，春山闻鹧鸪。

---

[1] 〔清〕徐乃昌辑：《小檀栾室汇刻闺秀词》，清光绪二十一年至二十二年（1895—1896）南陵徐氏小檀栾室校刊本。

如果将此词与前一首相对照，便会发现孙云鹤在意象选择方面的敏锐与精到。女子的闺中情思原本深微隐曲，难以细诉明言，故多以风物的描摹含蓄带出，外表看来总不离伤春悲秋的惯有模式。孙云鹤在传写春、秋两个季节的微妙感受时，特别注重借助具有典型意义的意象抒发内心的不同思致。在前一首词中，她通过萤火冷风等意象营造幽淡深静的氛围情境，呈现秋日的萧瑟寂然之感；后一首词则以碧窗垂杨、杏花微雨晕染春之颜色，以炉烟袅袅、烟草平芜氤氲出迷蒙怅惘之意，整个画面散发着使人醺然的淡淡愁思。两首词一幽寂，一芊绵，个中分别全在构思与风物选择不同，词人的艺术表现力与审美感知力由此可见一斑。

孙云鹤颖慧多才，向来为父亲所钟爱，与姊云凤相契尤深。可惜她的婚姻与姐姐一样充满悲剧性，所适非偶竟然是姐妹二人相同的命运。综观她们词集里的相互寄和之作，其情意之深厚绵邈固然是缘于姐妹友爱，更深层的原因则在于彼此同病相怜、互相感念的知己之情。那种有才无命又无可告解的困顿忧思，只有对方才可真正明了。同姐姐孙云凤一样，孙云鹤词内也看不到"他"的影子，她以这种方式否定了那带给她痛苦而毫无意义的婚姻。不过，由于婚后不断随宦远行，甚至曾羁留遥远的广州达十数年之久，孙云鹤在表现伤怨怀抱时，不像姐姐云凤那样拘限于闺情当中，而是转向了乡愁与旅思的叙写，这也成为其词作在题材上的典型特征。可以说，同时期的女词人中，很少有人像她那样集中地抒写天涯故园之感。在漂泊异乡的岁月里，乡愁始终如影随形，缠绕着、牵动着她的心灵。其《绮罗香》词云：

小扇挥萤，轻绡曳雾，犹记年时庭宇。风露阑干，坐听小楼人语。道此际、枕簟生凉，又谁信、西风残暑。料如今，对月临风，绿窗不似旧情绪。　　天涯知否倦旅。多少离愁往恨，红笺难诉。千里关山，梦绕白云乡树。奈秋来，雁带书遥，但落叶，打窗无数。正潇潇，思入烟波，夜江篷背雨。

词前有小序云："客中秋晚，乡信杳然，窗外叶声风落如雨。忆昔新秋夜霁，侍家大人寝后，与碧梧姊坐南廊月色中，听文翰、宾南两妹楼头笑语时，不禁黯然魂销。词以纪之，兼寄碧梧姊。"同样的秋凉之夜，不一样的，是她的心情。抚今追昔，难免有前事如烟、今夕何夕的黯然感伤。词的上片怀想昔日与姐姐沐浴于清明月色中，闲听二妹楼头笑语的悠游场景，信笔写来，仿佛家常絮语，温馨中流露出不尽眷恋与怅然。下片直述此际的乡愁如织。羁旅天涯，乡信杳然，满怀凄寂的她静听落叶打窗的萧飒秋声，内心的孤独无依可以想见。隔着关山千里，故乡的湖光山色与年少的欢乐往事已如遥不可及的梦境，唯有于回忆里反复追想而已。在词的结拍处，她将一片乡心融入茫茫夜色烟雨中："正潇潇，思入烟波，夜江篷背雨。"她的思念仿佛漫天的雨声潇潇，轻敲着数不尽的离愁点点。而烟波江上的另一端，则永远是她日夜凝望的故里家园。

有时她会以深婉之笔摹写飘零异乡、孑然一身的冷寂境况：

村柝声寒，乡关梦断三更过。纸窗风破，一点残灯堕。　　静院无人，独自开帘坐。重门锁。梅花和我，对月成三个。

——《点绛唇》

夜寒更深，被柝声惊醒乡梦的词人开帘独坐，感受着茕茕只影的寂寞与凄恻：静院无人，重门深锁，窗边的一点残灯也被冷风吹灭。世界仿佛陷入无边的沉寂之中，与之相伴的，只有一树梅花与一轮明月。李白曾有"举杯邀明月，对影成三人"（《月下独酌》），尽显其豪宕孤傲的气质。孙云鹤则稍加变化,以"梅花和我,对月成三个"婉转抒发内心的孤恨绵绵。二人所表现出来的怀抱虽然不同,孤独的感受却是一致的。同时,孙云鹤选择以明月梅花两种意象为伴,也从侧面表明了她冰心独抱、清雅高洁的个性与心志。

随宦在外多年,对家乡与亲人的刻骨思念使得她不断忆及故园的山川风物。因此,在她的词集中有不少追怀旧游前事之作。《浣溪沙·忆湖上》便是典型的一例:

隔树烟钟出翠微,绕堤风柳荡晴晖。画船犹记六桥西。 春水蜻蜓深碧眼,菜花蝴蝶澹黄衣。湖山何处不思归。

词人的故乡钱塘,自古便以风物清嘉而闻名天下,西湖之美更是得到历代无数诗人名士的赞叹称赏。在这首词中,她以幽秀流美之笔描摹西湖风景:翠微深处的钟声悠沓,长堤上摇曳风中的柳枝柔柔,泛舟六桥的逸兴翩翩,甚至细微如飞掠水面的蜻蜓与穿梭于菜花间的淡黄蝴蝶,无不令她油然而生眷念思慕之情。或许在她心中,故乡秀丽的山川风景是唯一不变的美梦,无论何时想起,都会永远安然地在那里等待她的归来。

遗憾的是,西湖永在,有些回忆却终究成了烟消云散的过往。《南乡子·忆木香书室时杭信云欲移居》表达的就是这样的怅惘情感:

檐雨窗多藓,瓶风砚有花。夜深归去月西斜。长认,一灯红出碧窗纱。 往事随流水,乡心托暮霞。纵教身似返林鸦。只恐,木香棚外已天涯。

"檐雨"二句后有自注云:"室中旧联。"用在词的起句,当是纪念旧居之意。多年的离别之后,故乡山川依旧,可人事已非从前。就如曾留下那么多少女时代回忆的木香书室，如今将随着家人的移居而更换主人。纵然某天她终于回到故园，却再也没有旧日一盏灯火迎接夜归之人了。或许在游子心中，一旦离开从前熟悉的故土风物，无论走到哪里，都抛不开零落天涯的幽幽寂寞。时光可以冲淡许多往事，却终究带不走心底的乡愁。

由于长年随宦漂泊，辗转栖迟于风雨道路之间，孙云鹤也时时借手中的词笔抒发浓浓的羁旅之思。《菩萨蛮》词云：

迢迢不断天涯路，今宵又向芦汀住。梦断酒初醒，雁声疑橹声。　满篷霜似水，渺渺情千里。残月在孤舟，故人何处楼。

一句"迢迢不断"，连着一个"又"字，已写出长年羁旅、飘零不定的无依与辛酸感受。夜半酒醒，耳边传来雁声凄凉，恍惚中以为仍是日间橹声摇荡。窗外月光如水，静静洒落在船篷上，骤眼望去仿佛冰霜覆盖一般，散发着清寒幽寂的气息。孤舟中的她遥想千里外的故乡亲人，心头涌起的，应是寂寞与哀伤交织的无限苍凉。全词叙写的不过是客途中的所见所感，并无特出之处，但始终能以深情贯注其间，因而语虽浅淡，述情却格外动人。

与许多资质明慧的才女一样，孙云鹤自幼倍受父母钟爱，其词集自序中也曾以"溺爱"来形容父亲的爱重之意。因此，在离乡远宦的岁月里，每当念及慈帏难亲、归期渺茫，其旅愁中不免更增凄怆。《临江仙》词云：

回首凤山门外路，夕阳无限云山。黯然行矣几时还。别离从此始，咫尺归难。　依约高堂同话别，梦回清泪阑干。耳边犹似劝加餐。暗灯风舵响，欹枕水窗寒。

在这首直抒其情的词作里，表现出身为人子的她不得已辞别双亲时的悲伤心事,浅切的语句间流露出深深的不舍之情。"耳边犹似劝加餐"使人想起"可怜天下父母心"的慈爱与关怀。悲哀的是,絮絮叮咛仍宛在耳畔,而关山万里,不知何时才能重返故乡以承欢膝下。在这样的一气抒情之后,词的收束处转以写景作结。"暗灯""欹枕"二句既生动地传达出羁旅途中的飘零孤寂之感,同时将词内的悲郁情怀融入景物里,以获得含蓄怅恍的美感效果。收放之间,正见出其词艺的成熟高妙所在。

像孙云鹤一样集中抒写乡愁的,此前有清初著名女词人徐灿。其《拙政园诗余》计有词九十九首,提及思乡之情的就有二十首左右,占全部作品的五分之一,这个数量与比例在前代女词人中可谓绝无仅有。孙云鹤《听雨楼词》共存词一百三十首,乡愁旅思之作有三十余首,约占全部作品的四分之一,从数量和比例看比徐灿有过之而无不及。思念故乡原是人之常情,但像徐灿、孙云鹤这样以此为主题反复吟咏,却常常有着更深层的寓意或寄托。对徐灿而言,面对宗国覆灭、丈夫辱志变节及生存环境的压抑不平,故乡在某种意义上已渐变为她精神上的桃花源。而对在婚姻中看不到希望也得不到温情的孙云鹤来说,故乡所承载所包含的,除了情感与心灵的慰藉,还有那么多少女时代的美好回忆。可是正如幸福的人不会时时回首从前,不断追忆旧日时光与故园山川,这行为本身已说明了她内心的彷徨失落与孤单之感。由于在当时的社会里,女性婚姻不谐的痛苦往往难以明言,所以长年随宦的孙云鹤选择了思乡的主题来寄寓她无处投递的情感。而她真正的郁结与痛苦则隐身于乡愁背后,留待后人去细细体会了。

(二)清隽与婉美兼具的《听雨楼词》

诗词与姐姐云凤齐名的孙云鹤,境遇之堪伤也与其姊相似,但从词作来看,二人的风格个性却不尽相同。云凤词多芊绵惝恍之作,气质偏于柔弱纤细;而曾写下"恩仇千古事,湖海一生心"(《宝剑篇》)的孙云鹤,其所作既不乏婉美流丽之致,又多具疏朗清隽的意境,在艺术表现手法方面与云凤相比,似乎更胜一筹。

《听雨楼词》分为上、下两卷,虽然她自言上卷"半属儿时所为",但读来已颇具工稳成熟的韵致。当中有不少发抒郁思的作品,情意沉挚却并不迷离幽深,婉美中有流丽风致。其《少年游》词云:

红袖传杯,琵琶度曲,常记共清游。杏子香中,海棠花底,低按小梁州。　　十年多少沧桑事,水逝与云流。引凤台空,弄箫人远,回首不胜愁。

这是典型的感怀今昔之作。上片追忆前事,贴合词牌"少年游"之题旨。"杏子香中,海棠花底"点染出明媚而浪漫的春日氛围,红袖飞觞、弹琴度曲的逸兴幽情则尽显年少的洒落飞扬之意。那样的岁月里她们是初初绽放的春之花朵,尚未坠入尘俗婚姻与米盐琐屑的纠缠中,却不知这样的美好光阴一去不回。下片是风流云散后的苍凉寥落之感。"十年多少沧桑事",随着春花秋月来了又去的,是年少的明亮心境与欢乐游踪,而当日那些曾把酒联句的故人知己如今已不知所终,只余零落的记忆牵动着此际的惆怅心事。整首词述情深挚,上下片的今昔对比带出很明显的感发效果,措语自然清绮,不滞不涩,没有刻意雕饰的痕迹,其流丽和婉的美感正切合了令词的审美要求。

孙云鹤与姐姐孙云凤同为随园女弟子,在闺中便常以诗文切磋互答,各自于归后亦音书不绝,时相唱和。因此,虽然二人词风不尽相同,但在整体的审美风格上都遵循着传统的婉约特色。云鹤《听雨楼词》中,不乏如云凤那样深得北宋婉雅之思的作品。与前

述的《少年游》相比,《梅子黄时雨·立夏前一日》更能体现其对宋词之美的心慕思追。词云:

> 单衣趁暖春将去。又满目,吹风絮。涨绿池塘闲院宇。润侵屏帏,云生庭户,却似山深处。　碧芜千里天涯路。小立阑干谩凝伫。佳节蓬窗尊酒度。几重烟水,半川云树,一霎黄梅雨。

这首词明显是追仿北宋词人贺铸的经典作品《青玉案》,尤其是结拍三句,与贺词"一川烟草,满城风絮,梅子黄时雨"在命意方面如出一辙。贺铸当年即凭此得到"贺梅子"之誉,孙云鹤在此有意仿效,自是追慕前人的典型表现。上片她以淡婉之笔写春末夏初的温润幽静,意致颇为闲散;下片以芳草天涯、倚阑凝伫的意象姿态传递出佳节思乡的怅然情绪。但她并未就此深入生发,而是将笔意轻轻宕开,转向对风物景色的摹写:烟水茫茫,云树依微,伴随漫天洒落的细雨蒙蒙,眼前的一切就仿佛她此刻的心境,笼罩于一片迷茫朦胧中。全词情景相生,虽有效法前人的痕迹,写来却自有一份闲婉从容的韵味。有缠绵意,也有悠远之思,情感的节奏与浓度把握得恰到好处。结韵处恰如淡笔点染的水墨画,幽静中流动着不曾细述的丝丝惆怅。

工诗词兼善绘画的孙云鹤,其集内的题画词比例与姐姐云凤相比并不算高,但她的写景之作却常常体现出画家擅取景布置的优长。比较典型的如《浣溪沙》:

> 一抹青山晓雾遮,半塘春水画桥斜。垂鞭无语听啼鸦。　玉笛声中飞燕子,秋千影里出桃花。绿杨门巷是谁家。

词人笔下那一抹氤氲于轻雾中的淡淡青山,盈盈春水上的一弯画桥,翩然轻飞的燕子,柔粉霏霏的桃花与绿杨门巷里摇动的秋千的影子，这些物象由远及近、错落有致地构成了一幅优美的春日图景。画面上有声有色，有暖暖的春意如薰，造语轻倩，情思婉雅，是所谓"词中有画"者。

此外，多年随宦、飘零天涯的生活固然令孙云鹤饱尝思乡念亲、羁旅客途之苦，然而客观上也使得她的见闻经历与视野要比终日困守闺阁深院的女性更为丰富宽广。因此，她的词作整体上虽以传统的婉美为审美依归，却亦常展现出不同于普通闺秀词的清隽疏阔的思致与境界。如《点绛唇》词云：

一幅轻帆，白蘋香里西风满。洞庭秋晚，木落山容浅。　隔浦人家，望处炊烟断。斜阳转。落霞孤雁，归梦潇湘远。

全词落笔清逸秀澹，意境却颇为疏朗。无论浩渺湖上西风吹送的一幅轻帆，褪尽苍翠的寂静空山，还是隔岸遥遥的炊烟飘袅，夕阳下落霞归雁的寂寞而优美的影像，所有这些意象皆开阔悠远，显示出具有延展性与想象余地的阔大空间。配合秋日的萧疏背景，愈发衬托出她心底萦绕的渺渺归思。

又如《点绛唇·晚泛》：

欸乃声来，一行惊起冲波鹭。柳边柔橹，落日人争渡。　水色山光，载得归南浦。天将暮。残钟何处，却指烟中树。

尽管遭遇婚姻不谐之痛，孙云鹤却并未因此将自我情绪深陷其中。从她的诸多词作可以看出，对于人生的失意，她能够如欧阳修那样，始终保有一种"遣玩的意兴"。也就是说，她"知道如何欣赏大自然和人生"[①]。所以，她的作品里，虽然有愁思流动，但不

---

① 叶嘉莹：《古典诗词讲演集》，河北教育出版社，1997，第192页。

至于一味沉落纠缠其间。比如在这首《点绛唇》中,便可见出其神思飞扬的意趣:她没有细致地描摹静态的水光山色,而选择冲波而起的鹭鸶与渡头喧扰的人群落笔,画面灵动活泼,富有生气。收束处她将思绪放远,转向隐隐烟树中飘来的杳渺钟声,令词境在生动之外别具疏宕淡远之美。

有时她的游览之作中融入了苍茫的身世之感,而仍不脱清隽疏朗的意致。《青玉案·乙丑九月十九日登粤秀山》便是最具代表性的一首:

丹台石槛夫容顶,秋气爽,罗衣冷。别有幽怀谁共领。天涯风景,故园霜露,难遣登临兴。 林峦三竺应堪并,回首烟霞旧游境。何处尘襟都洗净。青山眼界,白云身世,一片斜阳磬。

乙丑岁为1805年,已是词人客居广州的第五个年头。此时的她早已步入中年,归乡之日依旧遥遥难期,回首前尘,难免有旧游如梦的深深喟慨。在异乡西风飒飒的秋天登临远眺,思念着千里之外的故园亲人,心事的寂寞能够想见。不过,失意时也保持着遣玩兴致的词人此刻仍不乏欣赏风景的幽情——"何处尘襟都洗净"。面对江山清远,心中有刹那的澄净与空明。结拍三句则堪称词眼,将眼前风物与身世飘零之感一并融入黄昏的苍凉磬音里。写境疏旷清隽,写情余韵深长,情景相生,体现出浑成又沧桑的美感特征。

与姐姐孙云凤相比,经历比较丰富、视野相对开阔的孙云鹤在词的艺术风格上多了份疏阔隽逸的意致,情感的表达亦流丽清新。不过在根本的审美旨趣方面,她的词作依然表现出传统女性词的"清""婉"特质,鲜少用典,也没有雕炼辞藻的痕迹,抒情造境皆工秀娴雅。其作品最特别之处,乃在于集中抒写乡愁旅思的题材取向。无论从数量还是质量上来看,这些作品在当时的女性词中都颇具典型性。应该说,综观清中叶女性词坛,孙氏姐妹词的内容风格及美学追求很能代表女性词的总体风貌。毕竟,在大的生存环境不变的前提下,没有自身女性意识的滋生与审美趣味的改变为基础,女性在创作上的任何突破都是极为艰难的。

第三节 庄盘珠《秋水轩集》:盛世里的缠绵哀音

庄盘珠(生卒年不详),字莲佩,阳湖(今江苏常州)人。庄有钧之女,同邑举人吴轼妻。母梦珠而生,故名盘珠。著有《秋水轩集》《紫薇轩词》。吴德旋《庄莲佩小传》称其"幼颖慧,好读书,既长,习女红精巧,然暇辄手一编不辍。尝从其兄芬佩受汉魏六朝唐人诗,读而好之,因效为之,辄工"①。金捧阊《守一斋客窗笔记》亦云:"女红外,好读书。有钧故善说诗,莲佩听之不倦。……友钧授以汉唐诸家诗,讽咏终日,遂耽吟。稍长益工,将及笄,已裒然成集,古今体凡数百首。"② 由此可见,书香之家为庄盘珠提供了很好的学习环境,父母爱其颖慧,并未因其女性身份而忽视乃至放弃对她的诗书教育。这固然得益于当时普遍爱赏女才的社会风气,同时也应与其颇具不凡色彩的出生有关。"手一编不辍"及"耽吟"说明她对于文学之事的浓厚兴趣,虽然如今存世作品只有诗五十七首,词八十八阕,但从上述记载可知,庄盘珠少女时期即已有古今体诗几百首之多,则其创作热情可以由此想见。

---

① 〔清〕吴德旋:《庄莲佩小传》,载胡晓明、彭国忠主编《江南女性别集》三编,黄山书社,2012,第1134页。
② 〔清〕金捧阊:《守一斋客窗笔记》,载胡晓明、彭国忠主编《江南女性别集》三编,黄山书社,2012,第1135页。

于归后，庄盘珠因"翁远宦，姑早丧，仍依母家"①，生儿育女，操持家政，原本体弱多病的她日渐衰弱。嘉庆某年患瘵疾（即痨病）去世，年仅二十五岁。仿佛与其非凡的出生相呼应，她的死也带着几分奇异甚至洒脱的味道——"以某月某日垂绝复苏，谓其家人曰：'余顷见神女数辈抗手相迎，云：须往侍天后，无所苦也。'言讫遂卒。"②对于这样的记载，如今的论者及读者或认为荒诞不可采信，或解读为此乃庄盘珠因其才华而生的一种隐秘的自我认知、自我定位。且不论后世如何评说，庄盘珠的颖异才情与短暂生命中的不俗印记，对后来清代女性作者的影响至为深远。刊刻《秋水轩集》的如皋才女冒俊称盘珠所作"已足树旗鼓于骚坛"③，李佳盛赞其词"娣视易安，非寻常闺秀所能"④。王蕴章《然脂余韵》亦云："有清中叶以后，闺阁倚声，不得不推苏之庄、浙之吴为眉目。《秋水》一编，艺林传播。"⑤认为庄盘珠足可与著名女词人吴藻比肩，激赏之情，溢于言表。

庄盘珠以词称胜于文坛，她的女性身份、词中流露的感伤凄凉情绪，以及韶龄早逝的不幸命运，都使读者容易对其词集中愁思宛转、悱恻幽怨的作品留下更为深刻的印象，由此也使她的《秋水轩集》被打上某种烙印，似乎其创作的主体风格、审美归趣都

---

① 〔清〕金捧阊：《守一斋客窗笔记》，载胡晓明、彭国忠主编《江南女性别集》三编，黄山书社，2012，第 1135 页。
② 〔清〕吴德旋：《庄莲佩小传》，载胡晓明、彭国忠主编《江南女性别集》三编，黄山书社，2012，第 1134 页。
③ 〔清〕冒俊：《重刊秋水轩集序》，载胡晓明、彭国忠主编《江南女性别集》三编，黄山书社，2012，第 1132 页。
④ 〔清〕李佳：《左庵词话》卷上，载唐圭璋编《词话丛编》，中华书局，1986，第 3122 页。
⑤ 王蕴章：《然脂余韵》卷二，载王英志主编《清代闺秀诗话丛刊》，凤凰出版社，2010，第 695 页。

是如此。然而通读其集，会发觉在哀伤缠绵之外，不少词作或清疏，或闲远，或深婉沉静，或闪动着慧巧与哲思，甚至偶有豪迈苍劲之音。此外，与词作相比，庄盘珠的诗作所受到的关注并不是很多，但其成就却不容小觑。身为仕宦之家的闺秀，庄盘珠却创作了不少反映农村生活的诗作，如《牧牛词》《养蚕词》《采茶词》《打麦词》等，流露出对生活艰难的农民的真切同情与对官府的深深不满，这些于女性作者尤为难得且可贵。同时，与其词作多写闺情愁思不同，其诗作更偏向于对自然风物的描摹与对诗书清兴的表现。故其诗多清幽之境，而其词多凄恻之情；诗更清新淡雅，词则多有小儿女娇柔口吻与口语白描。可见庄盘珠在写作时，对于诗词之别，始终是有所分辨的。

一、凄寂之思：《秋水轩集》的情感主调

女性原本善感多思，才女尤甚。无论四季流转，自然风物，或是思念与忧愁，寂寥与冷落，都是她们擅长表达抒写的内容。其幽微轻倩、妥帖婉转处，往往为男性文人所不及。而庄盘珠个性的敏感细腻与体物传情之精微，在她的作品中得到了十分明晰突出的表现。吴德旋称其诗"多幽怨凄丽之作，大抵似《昌谷集》云"[①]。冒俊也说《秋水轩集》"夕阳芳草不足宣其郁结也，夜月红楼不足致其缠绵也"[②]。世人对其人其作，大抵都不脱"多病复多愁"的总体印象。综观《秋水轩集》，"凉""冷""寒"等字眼触目皆是，如"细雨拖寒散满城，冷烟腻树莺无声"(《春晚曲》)，"如水凉生

[①]〔清〕吴德旋：《庄莲佩小传》，载胡晓明、彭国忠主编《江南女性别集》三编，黄山书社，2012，第1134页。

[②]〔清〕冒俊：《重刊秋水轩集序》，载胡晓明、彭国忠主编《江南女性别集》三编，黄山书社，2012，第1132页。

雨过时,小斋灯暗夜迟迟"(《病中偶成》),"凉露忽沾衣,空庭惊久立"(《久雨喜晴》),"钟送窗明,霜欺灯小,醒来冷压重衾"(《满庭芳·秋日寄怀凝晖大姊》),"怀人天暮,冷生江上楼阁"(《百字令·寄怀虞山大姊》)。此外,"愁""病""瘦""恹恹"等出现的频率也很高,如"愁多生怕近黄昏,未到黄昏先掩门"(《悼蟾姊》),"几夜愁听帘外雨。梦断罗衾,梅子青如许"(《一箩金·春晚》),"许多时节病恹恹,那更晓来浓冷"(《满宫花·秋夕》),"阁外哀鸿声急,晓枕恹恹。不知消瘦今何似,怎般滋味我偏谙"(《昼锦堂·秋日病起》),"瘦怯凭栏,慵嫌对镜,梦魂也怕空廊冷"(《踏莎行》)。对她这种工愁善病的才女而言,秋日之萧瑟,春事之阑珊,深夜里的冷落与彷徨,时时卧病的无力与不适,如此种种,皆或轻或重地触动她善感而纤细的心弦,于是在她的笔端心底,常涌动着凄寂冷落的情思,诗如《夜坐》:

> 香气暗笼衣,空庭桂花发。
> 湿萤坠微风,栖鸟惊落叶。
> 疏窗锁苦雾,空帘摇病月。
> 人影淡秋光,吟蛩坐来歇。

初秋的静夜里,桂花的幽幽暗香无声无息地弥漫开来。庭院空寂,月色朦胧,偶有一星流萤的微光闪过。而悄然飘落的秋叶的窣窣轻响,草丛间时断时续的细细虫吟,既烘托出周遭环境的寂静,也渲染了一种淡淡的凄凉意绪。之所以令人有如此观感,关键在于颈联两句:"疏窗"与"空帘"、"苦雾"与"病月",这样主观色彩极为清晰的意象实则点明了全诗情感的基调。它使原本散发着幽静疏淡气息的诗作,由此而生出丝丝孤凄的意味。诗中皆为景语,而能以景传情,从嗅觉、视觉、听觉等不同角度,含蓄自然地描摹出她所感受到的别样的秋天。

又如《病起》诗云：

> 病起惊看时序流，晚凉人上小红楼。
> 砚封蛛网经旬在，帘隔炉香尽日留。
> 深巷鸦啼衰柳月，疏篱虫报晚花秋。
> 闲持贝叶当庭读，又被砧声动暮愁。

从庄盘珠集中频频出现的"扶病""病起"，可知她的身体一向偏于羸弱。而这种病弱的体质，则进一步强化了她的敏感气质。诗写"病起"后的种种细微感怀，包括季节变迁、光阴飞逝的暗自惊心，诗书冷落、病困闺中的孤寂与无奈。"鸦啼""虫报"缩合"衰柳""晚花"，将这份凄恻心绪点染得更为深浓。而层层铺叠后，诗以黄昏里传来的阵阵捣衣声作结，既透出秋之萧瑟，又留下一种余韵悠长的含蓄美感，引人回想。

与诗相比，庄氏词中所表露的凄寂情思更为明晰浓郁而集中。有时这凄惶之下流淌的是人生无常的忧伤，典型的有《意难忘·重游近园》：

> 桂粟凝黄。记灯然兰槛，月漾银塘。红牙低按曲，乌舫竞传觞。吹鬓影，送衣香，风也忒匆忙。问此生、开怀有几，忍负秋光。　者番重到凄凉。似旧巢燕子，更过空梁。梅还如我瘦，草竟比人长。待去也，转彷徨，住又费思量。只任他、柴门深锁，一片斜阳。

词写秋日故地重游的今昔之感。上片以"桂粟凝黄"点出季节，"记灯然兰槛"以下，转入对往时欢娱情景的追忆。昔年于月色灯影中听曲传杯，逸兴翩飞，"衣香""鬓影"四字令人可以想见当日的热闹喧嚷与繁华景象。"问此生"句则以反诘语气再度表达了对此欢乐情境的深深眷恋与难忘。过片"者番重到凄凉"引出眼前所见所感。一方面以燕过空梁比喻旧游难觅的失落惘然，一方面借枯瘦梅枝、苍茫野草侧面烘托一己的凄凉怀抱。结拍柴门深锁、斜阳黯淡的荒寂景象更折射出词人去住彷徨的无限感伤。词中今昔对照，愈显乐更乐、哀更哀，流露出浓郁的聚散无常的人生喟慨。

类似的词作还有《汉宫春·春日雨后游杨氏废园》：

几日浓阴，早柳堤作絮，菜圃堆金。传是前朝贵胄，旧辟园林。池荒路古，客来过、几遍沉吟。蘼芜雨、毵毵细落，饧箫响断春深。　　却忆昔年游赏，有成行翠袖，满座朋簪。尽曾宴花醉月，谁料而今。枯松无伴，立斜阳、独自伤心。好分付、邻家燕子，莫还枉费追寻。

与前一首相比，此词在今昔之慨外又夹杂了更为浓厚的世事如烟、富贵浮云的悲凉与唏嘘。"前朝贵胄"所建的园林，当日必是风光无限、引人纵情游赏，所谓"有成行翠袖，满座朋簪"。曾经多少次"宴花醉月"，度过无数个花光摇曳、月影婆娑、笙歌直上水云间的欢醉夜晚。然而，逝者如斯，繁华落尽，如今只余一座空寂的"废园"。词人独自徘徊于漠漠春雨中，所见是池塘荒芜、亭台倾圮，一树枯松静立在凄凄暮色中，仿佛沉默地诉说着人事的沧桑迁换。而悠扬的饧箫声，催送的又岂止是淡宕春光；那彷徨寻觅的邻家燕子，迷惘的也许不仅仅是庭园的荒败冷落。隔着岁月的尘烟，遥想昔时的鬓影衣香和欢乐游踪，愈发催生了盛衰无常、人生如梦的幻灭苍茫之感。

另一首《渔家傲·秋夕》尤多幽怨思绪：

苔生庭院尘生镜，前宵燕去空梁静。独坐不眠愁夜永。挑难醒，残灯留也怜俄顷。　　屋角数星犹耿耿，罗衣渐怯虚帘冷。明灭晓风吹未定。无人径，豆棚斜月秋虫影。

这是漫漫长夜里独自吟唱的一首寂寞秋歌。词人所描摹的一切，如苔藓滋生的空庭，蒙尘的镜台与摇曳的残灯，屋角闪烁的数点寒星，凉意袭人的阵阵晓风，以及斜月下的无人小径与萧瑟的几声虫鸣，无不散发着荒凉冷落又伤怨的气息，交织成一曲秋之哀歌，借此而唱出"独坐不眠愁夜永"的她内心深深的孤寂。词中全用白描，而能写境动人，述情深切，堪称佳作。

《秋水轩集》之所以令人多有幽怨悱恻的印象，与作者特别偏爱描写秋天情境有直接关系。以词来说，即有《青玉案·秋雨》《长相思·秋夜》《离亭燕·秋思》《醉红妆·秋暮》《感恩多·秋夕》《苏幕遮·落叶》《一箩金·残菊》《菩萨蛮·秋晓》《满宫花·秋夕》《风入松·秋蝶》《诉衷情·枯荷》《金缕曲·九日》《昼锦堂·秋日病起》《风入松·秋柳》《七娘子·秋夕》《清平乐·秋夕有感》《卜算子·秋日》等，尤以写"秋夕"之作为多。而她心理上的这种寂寞凄寒感受，在咏物词里表现得更为突出，如《风入松·秋蝶》词云：

重寻断梦到天涯，不见昔时花。残春去后心情懒，怕经过、燕垒蜂衙。独自小停瓜架，依稀认得山家。　　满身文彩向谁夸，风露怎周遮？蘼芜十里凋残尽，只东篱、瘦菊藏他。一霎秋魂欲化，又惊落叶寒鸦。

又如《风入松·秋柳》：

楼头望远最神伤，昨夜又微霜。秋心摇落应难尽，剩疏疏、挂住斜阳。忽忆漫空飞絮，天涯断梦茫茫。　　重来倚棹向银塘，无复旧风光。烟痕欲补如何补，费寒蝉、百遍思量。知有而今憔悴，春堤悔种千行。

前一首写飘零无依的秋蝶。上片言其梦断天涯，心事慵倦；下片写花木凋残，风露侵袭。这仿佛秋魂般凄然欲化的憔悴秋蝶，可谓她善感多思心灵的写照。后一首写深秋的衰飒秋柳。先以"神伤""微霜""摇落""斜阳""断梦"布置出一片冷落萧条之境，之后展开对悲秋情绪的抒写，将盛衰无常、荣枯变易的今昔之慨表现得深沉动人。两首皆能咏物而不滞于物，形神俱肖，沉郁悲凉之外不乏空灵摇曳之致，词人的灵心慧性，于此可见一斑。

对于多病复多愁的词人而言，秋天尤其容易加深憔悴而困顿的生命感受，也更容易让敏感的她堕入荒寂的心境中难以自拔。《昼锦堂·秋日病起》词云：

最是今番，慵寻绣线，笔墨那还更拈。懊恼秋来情绪，却似春三。翠锁眉痕愁对镜，暖融酒力懒添衫。闲庭院，落叶响多，黄昏淡月疏帘。　　更点。听渐永，灯影动，深宵窗隙风尖。阁外哀鸿声急，晓枕恹恹。不知消瘦今何似，恁般滋味我偏谙。流光换。多少暗虫吟断，泪雨廉纤。

身体的病弱不适已经让词人深觉烦恼倦怠，偏又正逢秋思冷落，所以词的起笔便以略嫌不耐的语气诉说自己绣线懒寻、笔墨慵拈的恹恹情怀，而"愁对镜""懒添衫"则进一步深化了这种无力与感伤交织的"秋来情绪"。独坐闺中，她所感受到的秋天散发着凄楚荒寒的气息。溟蒙暮色里空静无人的庭院与落叶的窸窣细响，夜渐寒深后风吹灯影、飞鸿哀鸣的无边孤独与怅恨，这些令原本就多思多病的女词人更加愁肠百转，难以安眠。词的最后借"暗虫吟断，泪雨廉纤"传递出流光催换、心绪郁悒的惶然无奈，一结凄绝，倍增词情的黯淡苍凉之感。

他如《一丛花·衰草》《金缕曲·九日》等也都是情境凄清之

作,而《踏莎行·青霄里舟中夜归即事》则已带着些许幽森荒寒的味道:

待放兰桡,重过菊径,人和凉月同扶病。轻帆未挂恨行迟,挂时又怕西风劲。　　剪烛嫌频,推篷怯冷,荒凉野岸三更近。草梢露重寂无声,孤萤照见孤坟影。

下片写深夜行舟所见所感,以看似平淡的笔法,不动声色地布置出野岸荒凉、夜露泠泠、萤火孤坟的幽凄氛围,沉寂中透出几分森森寒意,又不仅仅是凄寂而已。这应当也是她病弱的身体感受与敏感纤细的心理特点在创作里真实而自然的一种表现。

二、清幽之美:《秋水轩集》的美感风貌

虽然庄盘珠词多有幽怨凄恻之思,但综览《秋水轩集》,尤其是其诗作,更偏于对自然风物的描摹与对清幽之美的展现。集名"秋水轩","秋水"本身即有清、寒、静诸种美感。庄盘珠的诗作常写自然风物,往往清幽疏淡。如《雨霁》:

深沉院落雨初晴,万木溶溶入夜清。
灯下凉生书有味,竹间风定鸟无声。
湿萤贴地飞难起,残月冲云暗复明。
藤簟纱厨清似水,卧听莲漏近三更。

夏夜雨霁,庭院深静而木叶清新。雨后凉意幽幽,灯下观书,别有安闲情味。窗外贴地而飞的湿萤、云层后忽隐忽现的残月,既贴合雨夜的特点,又平添几分灵动意致。尾联纱帐藤席的清凉如水、夜色里的更漏点点,则在静谧之外透出淡淡的恬然与孤寂交织的味道。全诗写景清疏,言情幽微,呈现出清新淡婉的美感。

又如《早起》诗云：

曙色已上墙，寒虫忽无语。倦枕梦惊回，残钟在何处？开窗叶满庭，始知夜来雨。清风动我衣，秋色淡如许。然叶煮新泉，茶烟满庭户。

如前所述，秋天是庄盘珠最偏爱的季节。那种萧瑟寒凉的况味，正暗自契合了她心理上的凄恻感受。不过，她笔下的秋天并非总是散发着悲凉寂寥的气息，有时也流露出闲静清雅的一面。在这首诗中，她以简净之笔将秋日晨起的见闻感受淡淡写来。从天光微明、残钟杳渺的寂静，写到落叶满庭、清风拂衣的凉凉秋意，烘托出一种清幽萧然之境。结句的煮泉烹茶，则增添了几分闲雅况味，同时也为这略嫌冷落的早晨带来些许氤氲的暖意。诗中清境与清思自然交融，令人差可想见女诗人的清婉风致。

另一首描摹秋夜的《夜坐》，于略显萧瑟的造境中依然散发着幽凉清远的美感，诗云：

庭树经霜绿痕浅，芰荷衣薄风如剪。幽虫催响近房栊，暝色已上窗灯红。浮云散尽天凝碧，露下寒空一城白。碧萝门巷急秋砧，敲落楼头半轮月。贪凉坐尽漏迢迢，听彻邻家碧玉箫。唤婢起来添宝兽，紫烟篆冷水沉消。

秋天的味道日渐浓郁，万物似乎都悄无声息地笼上了一层凄寒又清隽的色彩。草木经霜而绿褪红销，寒露凝白而碧空如洗。虫声与砧声相应，撩拨愁人秋心如醉；而灯影摇曳、香气氤氲中坐尽更漏、听彻玉箫，却是无边幽寂里最为动人的一点雅兴清韵。诗中她一方面描写了秋之萧飒，一方面也明显更着意于清远静雅情境的展示，可以说愁苦之意少，而隽逸之思多。

秋天的美好有时恰恰深藏在它凄冷的外表之下，是一种寂寞里的宁静与安心，往往令人忍不住沉醉其间。如《对月次六外叔祖韵》诗云：

> 云势如山变态奇，玉轮碾破碧玻璃。
> 叶声满院秋扶病，花影半栏人课诗。
> 霜冷雁传千里信，节迟菊过去年期。
> 小楼凉夜清光里，对影闲斟酒一卮。

即使提到了"扶病"，也并未影响此诗整体情境的清幽隽秀之美。开篇描画秋夜碧空如洗，仰观云影变幻、月轮皎洁，颇有洗涤襟怀的清旷高远之致。接着颔联将视线由上转下，写风摇木叶的瑟瑟音声和花影间亲友诗句唱答的雅意幽兴，清寂中别具情韵。颈联将思绪放远，借霜雁传信和菊花开迟渲染秋之寒凉氛围，同时又自然切合节令，字句间暗含淡淡的念远怀人之思，传情婉转微妙。而最后凉夜清光下诗人把酒赏月的一幕特写，则可视为这闲静清谧之境的点睛之笔，疏隽中尤多淡远之致。

这种对清隽疏淡之美的追求，是《秋水轩集》，尤其是《秋水轩诗》艺术风格的重要特征。除了前述作品，他如《晚眺》：

> 日落暮烟浓，青山似梦中。
> 水寒鱼窟静，叶脱鹤巢空。
> 卧菊香依砌，孤云晚映松。
> 凉生衣袂觉，入夜起微风。

诗写晚秋风物，造境幽隽，情怀萧瑟，寂历中时有出尘之思。再如《待月》：

> 虚檐贮秋光，商飙催急景。秋高天宇空，琴停夜窗静。浮云一片来，

庭树忽无影。水纹摇翠帘,砧声落金井。向晓眠未成,罗衣五更冷。

秋夜里诗人独自停琴待月,天高迥、云缥缈,月轮忽隐忽现,摇荡庭中树影,帘栊也不时铺满如水清光。无边寂历中唯觉寒砧声远,金风送凉,漫天秋思如月色般笼罩天地。全诗无一情语的直接表达,皆是以景语传写幽寂心事,总体上则不失清疏淡静的美感,正显示出《秋水轩集》一贯的审美归趣。

即使是幽怨凄丽的《秋水轩词》,其中也不乏对清幽情境的表现:

照清溪,明野径,如此秋光,只在无人境。惹个蜻蜓飞不定。红飐波心,闲弄西风影。 隐盟鸥,牵断荇,潋转汀回,花底藏渔艇。宿雨初收江岸净。客梦惊秋,烂漫斜阳冷。

——《苏幕遮·红蓼花》

千盘石磴千竿竹,不知中有幽人屋。夜月响瑶琴,空山太古心。 阶前松子落,倚树调双鹤。日日得清闲,何须更学仙。

——《菩萨蛮·山家》

前一首借蓼花描摹清丽秋色,虽有雨后黄昏的几许瑟瑟凉意,但词人着意刻画渲染的,是一份闲静轻畅的情怀。尤其是那翩飞不定的蜻蜓,透露出词人内心的悠游意兴。后一首吟咏山家,实则寄托了自己的出世理想。竹林、夜月、瑶琴、空山、松子、白鹤,这些投射着词人审美期待的意象,将原本普通的山家点染成一处隐者的幽栖之所,别具清逸疏隽的美感。

又如《苏幕遮·夏日荷亭即事》:

水亭开,槐昼永,贪看游鱼,又怕危栏凭。响雨欲来风片紧,红藕花梢,无数蜻蜓影。 瓦松明,阶藓润。泻玉溅珠,不许圆荷定。一霎凉云还卷尽,梧叶含秋,帘角斜阳冷。

相对于萧瑟的秋天,庄盘珠眼中的夏日往往多了一些明丽轻倩的色彩。上片言长昼迟迟,闲来于水亭观鱼,未几风力紧而雨欲落,池中红藕花梢有无数蜻蜓飞来飞去,似乎在通报消息,"影"字活泼而洗练。下片承此写雨落与晴后景色,尤为精警。"松明""藓润"生动地展现了雨水洗涤天地的清凉爽净之感,"泻玉"两句则对雨打池荷的情态作了极为传神而动人的描摹,"不许"两字最堪玩味。词的结拍写雨过天晴,同样笔法精炼。"一霎""卷尽"说明风雨已歇,"凉云""含秋"和"斜阳冷"一气连缀,意在凸显黄昏雨后的凉爽之境。笔致流美,风物明秀,清丽中不乏幽雅意兴,使人回思隽永。

三、澹静与通脱:《秋水轩集》的另一种情感底蕴

对于庄盘珠的诗词创作,世人常以凄怨论之。《闺秀词话》称:"今观其词,故多凄苦之音,言为心声,宜其短折也。"[1]甚至有人"因词旨悱恻,疑抱天壤王郎之憾"[2]。的确,《秋水轩集》中多有对幽怨凄切怀抱的抒写,但总体而言,其情感的表达是节制而柔婉的。在闺中小儿女的娇怯寂寞与病体引发的多愁多思以外,她的不少作品都带着闲静恬淡的味道。如《即事》:

庭院霜浓菊瘦时,双禽弄影下寒墀。
半帘淡日西风冷,一枕轻寒晓梦迟。

---

[1] 雷瑨、雷瑊辑:《闺秀词话》卷二,载王英志主编《清代闺秀诗话丛刊》,凤凰出版社,2010,第1448页。

[2] 〔清〕丁绍仪:《听秋声馆词话》卷五,载唐圭璋编《词话丛编》,中华书局,1986,第2634页。

浅碧烟痕如蚁子，娆黄酒色似鹅儿。

一杯苦茗香盈袖，落叶声中坐咏诗。

诗的前半写深秋时节，菊瘦霜浓，西风送寒，淡淡的日影平添几丝萧瑟。后半则以"浅碧""娆黄"的暖色冲淡了秋之苍凉，又以茶香诗兴进一步点明心境的安然沉静。如此则消解了悲秋况味，只余雅意幽情，引人回思。

又如《新夏吟》：

池台烟雨足，满径流新绿。日月不我留，春风去何速。花残蝶到稀，窗虚燕来熟。暝色动微凉，帘栊倚修竹。我爱泉明诗，挑灯夜深读。

初夏雨润烟浓，新绿满径，虽然敏感的诗人难免生出韶光飞逝的叹息，但暮色里微微的幽凉，帘栊边的翠竹森森，暗自绾合"烟雨"与"新绿"，自然传达出静美清新之感。而挑灯夜读的她的身影，令人只觉恬淡悠游，宁静中别具洒脱风致。

即使病体初愈，也不影响诗人的安适心境，如《病起》诗云：

断云拖暝雨廉纤，燕子衔香上画檐。

昼漏每从闲处永，新诗反向病中添。

依窗蕉叶能分月，入槛花枝碍卷帘。

一任东风自来去，闲愁吹不到眉尖。

春日里时常轻阴笼罩，细雨溟蒙，对于身体病弱的诗人而言，反倒是颐养身心的静好时光。闺中多暇，长日迟迟，偶尔的慵倦正是闲散生活的注脚。多病因而多感，沉淀的心绪恰好催发出无限诗思。尽管这种恬然宁帖的心境并非生活中常有，却恰好透露了她个性里澹静从容的一面。因此当蕉绿渐浓、花枝已长，春事日趋阑珊,她也依然不惧不忧,"一任""闲愁"二句蕴涵的随缘任运之思,即是此种怀抱的折射。

生性温婉多思的庄盘珠,其实个性里也有洒落的一面。其《南楼对月》诗云:

> 断云卷雨去无踪,人倚南楼数过鸿。
> 画角吹低残夜月,明星摇动一天风。
> 寒生城郭千门静,秋落关山万木空。
> 自笑闲愁如舞雪,片时消尽酒杯中。

秋日的雨后,天地分外清旷辽阔。登楼远眺,暮色渐深,唯见征鸿成阵,一一飞向遥遥天际。画角呜咽,长风浩荡,星光月色交辉闪动。城郭生寒,千门静锁,落木萧萧,关山空寂,天地一片苍凉静穆。中间这两联写景虽觉肃杀,然笔力清劲,造境疏阔,使人有耳目一新之感。故尾联以杯酒解闲愁的洒脱作结,情境正相契合。

另一首《雪夜读书歌》风神超隽,读来使人心意空明,诗云:

> 春倚颓墙边,病梅一花古。重阴向夕浓,天冻不成雨。朔风吹云云欲晴,溟蒙细雪浮空生。暝入庭轩忽改色,瑶花荡影江城明。伏几哦吟入幽想,掩卷忽然惊月朗。小楼梦静人不知,一片松梢堕清响。

古体歌行往往以纵横洒落、风度超迈为其所长,庄盘珠的这首诗便是典型的拟古之作。开篇先以颓墙边一树欹斜梅花点染初春景致,寒意料峭中更显梅之清雅脱俗。接着由黄昏天色阴霾、浓云密布,写到冷风吹云、细雪飘飞,城郭一片澄明。"伏几"两句引出潜心读书、沉思吟哦的诗人形象,"入幽想""惊月朗"既承上说明雪已停歇,同时也生动刻画了诗人醉心书卷的神态。诗的最后以夜深梦静、雪落松梢的幽寂宁谧为收束,如此清境,思之令人神往。全诗由梅花起笔,以青松作结,针线可谓绵密。而笔墨之凝练流利,神韵之超远清逸,尤其值得称叹。

除了诗作,庄盘珠的词中也偶有轻快闲适情怀的流露,典型的如《清平乐·暮归》：

> 月痕才上,暝色和烟漾。扑簌沙鸥惊打桨,趁溜乌篷刚放。　溪流曲曲斜斜,转过蓼叶芦花。一点红灯渐近,小桥竹屋人家。

暮色里月痕朦胧、轻烟氤氲,词人放舟欲归,却惊起沙鸥扑簌,打破了四周的无边寂静。一路溪流曲折,水声欸乃,她终于看到远处的一点温暖灯火,渐行渐近,抚慰了自己渴望归家的心。词中所写,不过是日常生活里的一幕普通场景,贵在运笔自然洗练,纯用白描而情思隽永,看似信手拈来,实则有举重若轻之妙。

他如"浃月闲无事,新诗欲满囊"[《小住青霄里浃月得诗四首》(其三)],"绮阁寒多人对酒,绿窗昼静鸟催诗"(《久雨喜晴》),"香清几润天初霁,手把离骚对酒歌"(《阴雨凉甚次六外叔祖韵》)等,均流露出闲雅情思。诗与酒抚慰了她内心的寂寞与忧思,使她在忧患人生里得到暂时的安宁与自在。多愁多病固然常易触动她的愁情百端,但诗意酒兴的一方小天地中却能够令她感受到尘劳之外的平静与美好。有时凄伤,有时安恬,这其实正是许多才女在俗世与诗境转换间所体味到的不同心境。

庄盘珠的善感个性与病弱体质使她比旁人更为深切地感受到人生如梦、世事无常的无奈悲凉,这些感慨尤为集中地体现于她的词中。如《一箩金·小饮石榴花下》词云:

> 红榴还比侬眉绰,花会添肥,侬却添消瘦。更看来朝花落否,不愁

底事难长久。　　万事无过杯在手，难定明年，人与花依旧。常向花前浇浊酒，怕它酒醒黄昏后。

此首仿佛闺中女儿的喁喁细语，是敏慧多思的女词人借花而自叹自怜的幽幽诉说。她所深心感伤的，并非只有春花零落的无奈，还有人与花皆难长久的人生无常之悲。结拍两句极为沉痛，"怕它酒醒黄昏后"的怜惜里埋藏了太多难以言说的唏嘘寂寞与绵绵怅恨。

又如以下两首：

梅枝正压垂垂雪，梅梢又上娟娟月。雪月与梅花，都来作一家。　　也知人世暂，有聚翻成散。月落雪消时，梅花剩几枝。

——《菩萨蛮·冬夜》

梦断小红楼，宿雨初收。闹晴蜂蝶上帘钩。一院海棠春不管，侬替花愁。　　吟赏记前游，转眼都休。风前扶病强抬头。知道明年人在否？花替侬愁。

——《浪淘沙·双峰书屋海棠盛开作小词以志感》

《闺秀词话》评这两首词云："一则于聚时悟离散之相因，一则于盛时悲荣华之易谢，岂真所谓'湛然了澈，不昧宿根'者耶？"[①]是否"不昧宿根"姑且不论，词中所流露的忧患意识与苍凉怀抱无疑正源于词人心底常常涌动的幻灭不定之感。所以她不止一次地慨叹："人生何苦忒多情"（《浪淘沙·送春》），"一笑春风心自警，梦比梅花易醒"（《清平乐·水仙花》）。正因为深刻觉知到生命的变

---

① 雷瑨、雷瑊辑：《闺秀词话》卷二，载王英志主编《清代闺秀诗话丛刊》，凤凰出版社，2010，第1448—1449页。

灭无常，她也常常表露出对这扰攘尘世间的疏离与对名利功业的否定。典型的如《一箩金·对月夜坐》：

得晴几日天难料。月照金樽，且赏今宵好。梧叶不堪秋闹吵，五更声比三更少。　问舍求田人易老，若有轮回，忙到何时了。怪杀霜钟敲不觉，满城人在邯郸道。

世事变幻，如阴晴之难料，唯有珍惜当下而已。富贵也好，功名也罢，世人沉醉追逐其中，无有餍足，却不知无常迅疾，须臾间此生已了，这感慨是一个旁观者的清醒审视与冷静剖析，通脱中带着几分淡淡的悲悯。

此外，《秋水轩词》中有一首别具疏放雄劲风调的作品《踏莎行·大兄寄示京口怀古词》，所感慨者更推及古今盛衰沧桑之变：

白日西驰，大江东注，朝朝暮暮相逢处。其旁坐老有青山，不愁不笑看今古。　渡口帆樯，波心钟鼓。后人又逐前人去。莫将词句掷寒涛，多情恐惹蛟龙怒。

青山依旧，斜阳几度，终究仍是"浪淘尽、千古风流人物"（苏轼《念奴娇·赤壁怀古》）。年年岁岁，山河无恙，沉默地看尽人间的兴亡变迁。相形之下，一代一代的"后人"，却早已变作了"前人"。此刻的她心底涌动的，又是怎样的惘然与苍凉呢？词借怀古抒写世事无常、逝者如斯的生命感叹，却出之以劲健疏放之笔，颇具东坡词神韵，可说是《秋水轩集》中的别调。

怀抱着这样的人生观感与体验，庄盘珠不止一次将个人的心性追求融入她所吟咏的风物中，如《菩萨蛮·春兰》：

群芳逞媚韶光里，一花秀影偏无比。草绿不逢人，空山忽见君。　　立惊遗世独,独抱幽香宿。春淡只如秋,芳心不贮愁。

空山寂静,深谷无人,"独抱幽香"的兰花沉默盛开。这份遗世独立、孤芳自赏的恬淡悠远之美,无疑是她的心之所向。而她在一些作品中对山野闲逸生活的描摹,实则也流露出相似的慕隐心态。如《采桑子·奉和外祖南庄先生草堂即事韵》:

风吹软草纤纤影,绿到桥边。暝放遥天,明灭孤花弄野烟。　　只容琴鹤三间屋,恰对青山。老去方闲,乘兴扁舟独往还。

又如《醉桃花·渔家》:

无拘无束野神仙,扁舟不记年。得鱼不换酒家钱,今宵换醉眠。　　凉雨后,晚风前,蒲帆闲未闲。蓼花开近夕阳边,网拖红影天。

其他尚有吟咏"田家""酒家"诸作:

村醅肯费赁春钱,农夫几日闲。许多野雀啄空田,斜阳笠影偏。　　逢父老,话丰年,桃源别有天。人家一簇小桥边,鸡豚聚晚烟。

——《醉桃花·田家》

雪消来问旗亭价,踏青人立秋千外。珠溅腊槽香,春风引梦长。　　茅盖三间屋,门对清溪曲。帘影半低遮,绕村红杏家。

——《菩萨蛮·酒家》

这些词中表现的是相似的幽闲意境与泊如萧散怀抱,从中可以见出庄盘珠在悱恻凄寂之外对澹静洒落之美的追求。

从总的创作而言,庄盘珠的诗与词在情境的表现与美学风貌上有着较为明显的不同,这应当与其辨体意识及诗词文体特质的区别有关。《秋水轩诗》更多清幽疏隽之美与诗书雅韵的呈现，而《秋水轩词》则偏于凄恻冷寂之思与幽怨缠绵情致的表达，是女性词风的代表。而其词传情之细腻，体物之精微，措语之新隽婉妙，遂使庄盘珠成为清代女性词坛上的佼佼者，也成为不少后世女词人倾心赞叹追慕的对象。若非韶年早逝，她的成就，应足可与后来的吴藻、顾春等大家争胜。

第七章

清中叶：女性诗词创作的鼎盛期（下）

第一节 关锳与赵我佩：浙派美学的继承者

一、关锳与《梦影楼词》

关锳，字秋芙，钱塘（今浙江杭州）人，茂才蒋坦妻，有《梦影楼词》。沈善宝《名媛诗话》云："同里关秋芙（锳）为蒋霭卿（坦）茂才之室，工诗善病。霭卿逸才天纵，舞象之前，即有诗名。近未三旬，已著作等身，与秋芙倡和，极湖山之乐。"①《然脂余韵》则称："山阴王眉叔《笙月词》中有《金缕曲》二阕，序云：'关秋芙锳，钱塘蒋霭卿坦室也。工倚声，尝偕霭卿游湖山间，一船书画，帘影衣香，如神仙中人。余尝一再过之，霭卿以所著《息影庐诗》及秋芙《梦影词》见贻。既而羽警日逼，霭卿孤身羁越中，落魄憔悴，人亦无援之者。千里沦胥，音耗遂杳。乱后访之，则夫妇俱死矣。'"②据丁丙《杭郡诗三辑》："知秋芙之卒，实先于霭卿。霭卿为作《秋灯琐忆》以志悼亡之戚。又称秋芙好佛，尝劝霭卿早纳妾。辛酉杭城再陷，霭卿与妾冻饿死围城中。"③

---

① 〔清〕沈善宝：《名媛诗话·续集中》，载王英志主编《清代闺秀诗话丛刊》，凤凰出版社，2010，第589页。
② 王蕴章：《然脂余韵》卷二，载王英志主编《清代闺秀诗话丛刊》，凤凰出版社，2010，第668页。
③ 王蕴章：《然脂余韵》卷二，载王英志主编《清代闺秀诗话丛刊》，凤凰出版社，2010，第669—670页。

与那些抱天壤王郎之恨的才女们相比，关锳与蒋坦的婚姻堪称是典型的才子佳人的美满结合。据蒋坦《秋灯琐忆》，关、蒋两家本是故中表亲，二人青梅竹马，两小无猜。于归后夫妻唱随，时悠游于湖山之间，情好相庄，仿若神仙眷侣。关锳年少工诗，新婚之夜即与蒋坦谈诗论词，复又请与联句，以试夫君之才。蒋坦对关锳的才情亦颇为欣赏爱重，不仅亲自授以琴艺，而且鼓励她学习书法与绘画。据《秋灯琐忆》称："秋芙向不工书，自游魏滋伯、吴黟山两丈之门，始学为晋唐格。惜病后目力较差，不能常事笔墨。然间作数字，犹是秀媚可人。"①又，"秋芙喜绘牡丹，而下笔颇自矜重。嗣从老友杨渚白游，活色生香，遂入南田之室"②。而且婚后夫妇间的唱酬也激发了她的写作热情。关锳原本笃信佛教，不甚热衷文字之事。其《梦影楼词自序》云："余学道十年，绮语之戒，誓不堕入。于归后，为蔼卿牵率，卒蹈故辙。"③蒋坦也说："秋芙素不工词，忆初作《菩萨蛮》云：'莫道铁为肠，铁肠今也伤。'造意尖新，无板滞之病。其后余游山阴，秋芙制《洞仙歌》见寄，气息深稳，绝无疵颣，余始讶其进境之速。归后索览近作，居然可观，乃知三日之别，固非昔日阿蒙矣。"④可见她在倚声方面的才华是在婚后才真正展现的。

钱塘自古山川嘉美，婚后蒋坦与关锳常寻幽览胜，尽享游历之乐，对此《秋灯琐忆》多有记载。如：

---

① 〔清〕蒋坦：《秋灯琐忆》，载〔清〕沈复等著《浮生六记（外三种）》，金性尧、金文男注，上海古籍出版社，2000，第158页。
② 〔清〕蒋坦：《秋灯琐忆》，载〔清〕沈复等著《浮生六记（外三种）》，金性尧、金文男注，上海古籍出版社，2000，第159页。
③ 〔清〕徐乃昌辑：《小檀栾室汇刻闺秀词》，清光绪二十一年至二十二年（1895—1896）南陵徐氏小檀栾室校刊本。
④ 〔清〕蒋坦：《秋灯琐忆》，载〔清〕沈复等著《浮生六记（外三种）》，金性尧、金文男注，上海古籍出版社，2000，第164页。

夏夜苦热，秋芙约游理安。甫出门，雷声殷殷，狂飙疾作。仆夫请回车，余以游兴方炽，强趣之行。未及南屏，而黑云四垂，山川暝合。俄见白光如练，出独秀峰顶，经天丈余，雨下如注，乃止大松树下。雨霁更行，觉竹风骚骚，万翠浓滴，两山如残妆美人，蹙黛垂眉，秀色可餐。余与秋芙且观且行，不知衣袂之既湿也。

又如：

秦亭山西去二十里，地名西溪，余家槐眉庄在焉。缘溪而西，地多芦苇，秋风起时，晴雪满滩，水波弥漫，上下一色。芦花深处，置精蓝数椽，以奉瞿昙，曰"云章阁"。……乙巳秋，余因携秋芙访之……时残雪方晴，堂下绿梅，如尘梦初醒，玉齿粲然。秋芙约为永兴寺游，遂与登二雪堂，观汪夫人方佩书刻。还坐溪上，寻炙背鱼，蒴尾螺，皆颠师胜迹。明日更游交芦、秋雪诸刹，寺僧以松萝茶进，并索题《交芦雅集图卷》。回船已夕阳在山，晚钟催饭矣……夜半至庄，吠尨迎门，回望隔溪渔火，不减鹿门晚归时也。秋芙强余作游记诗，遂与挑灯命笔，不觉至曙。

对这一次的出游，关锳特别作《迈陂塘·西溪看芦同霭卿》一词以记之，中有"粼粼漾漾平陂水，摇荡白蘋花雨。天欲暮。任今夜、乌篷随水随风去"句，流露出悠游湖山的潇洒逸兴。

关锳早年即笃信佛理，自号妙妙道人，婚后亦常与丈夫蒋坦同参佛法。虽然其词作由蒋坦选辑刊行，但她始终认为文字乃"绮语"，故在词集自序中她叹息道："噫！一念之妄，堕身文海。《梦影楼词》，岂久住五浊恶世间者。譬如鸣蜩嘒嘒，槐柳秋霜，既零遗蜕，岂惜白云溶溶。余其去猴山笙鹤间乎？文字赘疣耳。霭卿盖亦弃此而从我游也。"①蒋坦在《秋灯琐忆》的结尾也明确发愿云："数年而后，当与秋芙结庐华坞河渚间，夕梵晨钟，忏除慧业。花开之日，当并见弥陀，听无生之法。"②然而，经声禅理只能暂时安放她的忧惧与困惑，却不能令她得到精神上的真正解脱，她对人世情爱的执着留恋之心始终未曾淡去。蒋坦曾云："秋芙病，居母家六十余日。臧获陪侍，多至疲惫。其昼夜不辍者，仅余与妻妹侣琼耳……秋芙生负情癖，病中尤为缠缚。余归，必趣人召余，比至，仍无一语。侣琼问之，秋芙曰：'余命如悬丝，自分难续，仓猝恐无以与诀，彼来，余可撒手行耳。'余闻是言，始觉腹痛，继思秋芙念佛二十年，誓赴金台之迎，观此一念，恐异日轮堕人天，秋芙犹未能免。手中梧桐花，放下正自不易耳。"③一方面，她通过宗教明了生命的空幻和不可把握；另一方面，她对人生的欢愉与爱恋又眷眷难以释怀。所以，即使她的生活在旁观者眼中已是不可多得的美满，她自己却因着这份美满而更生世事无常的忧患唏嘘之意。关锳对蒋坦说过："人生百年，梦寐居半，愁病居半，襁褓垂老之日又居半，所仅存者，十一二耳；况我辈蒲柳之质，犹未必百年者乎？庾兰成云：'一月欢娱，得四五六日。'想亦自解语耳。"④也因为如此，她常常在力求超脱的愿望与羁绊纠缠的现实之间左右摇摆。其《金缕曲·答沈湘涛》词云：

---

① 〔清〕徐乃昌辑：《小檀栾室汇刻闺秀词》，清光绪二十一年至二十二年（1895—1896）南陵徐氏小檀栾室校刊本。
② 〔清〕蒋坦：《秋灯琐忆》，载〔清〕沈复等著《浮生六记（外三种）》，金性尧、金文男注，上海古籍出版社，2000，第179页。
③ 〔清〕蒋坦：《秋灯琐忆》，载〔清〕沈复等著《浮生六记（外三种）》，金性尧、金文男注，上海古籍出版社，2000，第177页。
④ 〔清〕蒋坦：《秋灯琐忆》，载〔清〕沈复等著《浮生六记（外三种）》，金性尧、金文男注，上海古籍出版社，2000，第160页。

梦想今三载。忽传来，芙蓉笺纸，新词十赉。一样红颜飘泊感，盐米光阴无奈。好珍重，玉台诗派。明月绛纱春风里，看金钗、尽下门生拜。浮大白，为君快。　　相逢各有因缘在。算人生、才能妨命，病愁何怪。只惜聪明长自误，身世漂流文海。况愁里朱颜易改。不见花间双蝴蝶，但多情即是升仙碍。知我者，定能解。

沈湘涛为关锳同里，彼此友善相惜。沈湘涛曾将自己所著诗词赠予关锳，嘱关锳为其删校。沈诗中有句云："却喜近来归佛后，清才渐觉不如前。"可知沈、关二人同样笃信佛理，而沈湘涛诗更有"才能妨命"之意，与关锳词中所感正复相同。对于文学创作一事，关锳早已表明"文字赘疣耳"的态度，所以她才叹息"聪明长自误"，懊悔"身世漂流文海"。婚姻的谐美并不能完全抵消盐米琐屑与病痛漂泊带来的困扰与忧愁，即使没有明显而巨大的打击与不幸，那些细小却难以摆脱的烦恼依然日渐侵蚀损耗着她的身体与心灵。正是由此而生的不如人意之感，使她转向宗教中寻求自在与解脱。在她看来，填词写作固然是"绮语"，福慧亦难以兼修，而情之一字更是最大的牵绊与负累。她的这些感慨既是对朋友的殷殷劝诫，也带着某种自我反省之意。

生命无常的空虚令她在词中时生凄凉萧飒的情愫，《高阳台·夕阳》词云：

断雁飘愁，盘鸦聚暝，一鞭残梦归鞍。酒醒邮程，岭云陇树漫漫。渡江几点归帆影，近荒林、一带枫斑。最难堪、第一峰前，立马斜看。　　而今休说乡关路，剩濛濛野水，瘦柳渔湾。短帽西风，古今无此荒寒。芦茄声里旌旗起，问当年、谁姓江山。有悠悠，几处牛羊，短笛吹还。

这是深秋黄昏里的萧瑟图景,冷落寂历中又有时空辽远之思。飘零的孤雁,暮色里盘旋不定的归鸦,天际的岭云陇树,江上的几点帆影,以及"濛濛野水"与深静的"瘦柳渔湾",如此空阔又如此荒凉幽寂。而江山屡屡更易的今古悠悠之慨与秋风里短笛声声、牛羊吹还的寥落宁静景象相互对照,愈发映带出夕阳西下、无语凝望时的苍茫意境与纷繁思绪。此时此刻,她的心底也许蔓生着乡愁绵绵,也许涌动着怀古幽情,但更为深沉的喟叹,却是由此触发的人生荒寒之感。当她的思绪随视线放远时,所有风物意象折射出的摇落空茫回荡于胸臆间,令人黯然生起天地寥廓而人事飘零的唏嘘无奈。

关锳与沈善宝(湘佩)、沈湘涛为诗友知音,笺筒往来,唱酬不绝。关锳有《高阳台·送沈湘佩入都》一阕,是为沈善宝北上而赋的饯行之作,情意深挚,颇能见出其"生负情癖"的缠绵个性。词云:

泪雨飘愁,酒潮流梦,惜花人又长征。见说兰桡,前头已泊旗亭。垂杨元是伤心树,怎怪它、踠地青青。向天涯、一样缠绵,各自飘零。　　开筵且莫频催酒。便一杯饮了,愁极还醒。且住春帆,听侬细数邮程。压船烟柳乌篷重,到江南、应近清明。怕红窗、风雨潇潇,一路须听。

词的上片写景,以兰桡、旗亭及杨柳这些具有典型象征意蕴的意象烘托离别氛围,"各自飘零"四字承上启下,点明闺友分袂的惘然感伤。下片将细腻曲折的心事渐次展开。她写到别筵上杯酒亦难以消解的愁绪,静听知交细数邮程的惆怅留恋,也写了遥想别后种种的缱绻深情。"怕红窗、风雨潇潇,一路须听"则以己心揣度他日友人听风听雨的客途旅思,细密柔婉处使人情思摇曳。全词由景入情，又由情及景，而下片的烟柳重重、乌篷小艇以及红窗听雨的怅然寂寞，则于不经意间流露出一片迷蒙气息，恰如《玉栖述雅》评此词所云："情文关生，渐饶烟水迷离之致。"①

蒋坦称关锳"素不工词"，然而入手未久便趋工稳，可见她于倚声一事有着相当不俗的天资与悟性。纵览《梦影楼词》，大都幽秀精致，韶雅清绮，显示出良好的素养与纯熟的词艺。《蝶恋花》词云：

几日池塘云不住。柳也濛濛，想做清明雨。半榻茶烟和梦煮，画屏几点江南树。　欲卷珠帘风不许。如此黄昏，休去移筝柱。楼上晚山青不去，夕阳正在鸦归处。

闺中的闲情幽思在她笔下散发着安静、慵倦与迷惘相混合的气息。溟蒙欲雨的天气，袅袅的氤氲茶烟，黄昏暗淡的天光里那一抹青青山色与夕阳归鸦，一切安然沉寂，时间仿佛在此刻无声凝固，字句间有种隐约的郁悒之感。全词虽没有深沉的寄意，然而措语流丽工秀，述情亦稳雅蕴藉，"半榻茶烟和梦煮"一句明显借用明季叶小鸾的"一缕茶烟和梦煮"（《浪淘沙·春闺》），可以看出她在填词方面的出色表现也是向前代女词人不断学习的结果。

又如《南楼令·题张诗舲祥河词集》：

春水绿吴舲，江湖听雨程。二十年，梦醒银灯。又是江南梅子熟，有几点，打窗声。　残月冷如冰，愁人心上明。一丝丝，泪写吴绫。门外绿杨风正起，休念与，落花听。

词写得流美圆转，轻倩秀雅。她以幽柔惝恍的笔致淡淡传写出

---

① 〔清〕况周颐：《玉栖述雅》，载唐圭璋编《词话丛编》，中华书局，1986，第4607页。

所题词稿沉郁凄恻的特色，言语间有历尽沧桑的落寞，也有情愁难遣的丝丝憔悴。词的上下片结拍处情致尤为动人，春夜里梅子零落窗上的簌簌之声，益发衬托出静谧的环境；而绿杨风起，花瓣飘零，本是极平常的景物描写，词人却能别出机杼，赋予垂杨落花以有情的特质，殷殷叮嘱的声态口吻中尽显缠绵深折的情意。

从艺术风格上看，除了婉丽工秀，关锳词也明显受到浙派美学思想的熏染，集内不乏清幽空灵之作。如《卖花声》：

楼上晚钟残，灯火更阑。一枝铜笛怨春寒。满地青苔仙羽冷，风起清坛。　花事易阑珊，春梦蒲团。相思人在碧云端。只有当时明月影，还到阑干。

词前小序云："永兴寺老梅一枝，为前明冯祭酒手植。花时香雪濛濛，如缟衣仙人翩然尘世，吟咏其下，不知明月西斜矣。"静夜的月光下，一树梅花散发着出尘般的高洁气息，清风掠过青苔与花朵，愈显清冷幽寂。不知何处的笛声幽怨，使人悄然生起无限凄寒之感。沉默徘徊于濛濛香雪下，她心头涌起的，是光阴流转的怅惘与人生如梦的空幻寂灭。敲残的晚钟，深夜里的阑珊灯火，还有花事易了的忧戚，其实皆寄寓着相同的心事与喟慨。当年曾亲手植下梅花的前朝祭酒，早已消逝于世间，如今唯有明月依旧，梅花依旧，仿佛昭示着永恒与无常之理。整首词写境空灵，旨意深微柔婉，几乎全以风物描摹点染情境，而能灵动自然，配合词前小序，读来有余韵绵长之致。

关锳词在清空典雅以外，更多幽冷萧瑟之境，如："哀鸿未过，凉蝉欲断，可怜怀抱。聚点敲窗，碎声做雨，夜深谁扫。剩乱山深处，夕阳疏柳，有残鸦噪。"（《水龙吟·落叶》）"冷露凄猿，荒云葬鹤，风走虚廊叶。伤心谁问，寒螀除是能说。"（《百字令·晚秋湖上》)"日暮。翠衣单,清霜早、已上碧梧高树。独自倚阑干,念荒城砧杵,天涯谁共语。浑冷落,旧时俦侣。"(《徵招·湖上感秋有怀湘佩湘涛》)往往极尽冷落衰飒之思。而最能体现其幽隽清冷词风又不失从容稳雅之意的,是《高阳台·皋亭揽胜图》:

鸥雨分凉,鱼云织暝,一篷山色依然。瘦影斜阳,碧天摇梦成烟。仙山依旧无消息,奈东风、换了啼鹃。剩尊前、点点残红,飞近筝弦。　凭阑休说当时事,只丛祠箫鼓,流水鸦边。一片凄阴,可堪送我华年。天涯何处无芳草,到春深、便觉堪怜。好留连,未是黄昏,休促回船。

浙派推尊南宋姜、张,关锳此词明显有着张炎同调之作《高阳台·西湖春感》的影子,同样抒写春事阑珊、韶光易逝的凄凉幽怨,而清远蕴藉处亦与玉田词相似。她在这首词里没有着意刻画衰飒荒寒之境,而代之以闲婉沉着的意致。细雨微凉,斜阳冉冉,轻风吹起落花,透露了春光将尽的消息。那些浮浮沉沉的往事,终究被流水般的光阴悄然带走,只余一片苍茫情思回荡于心间。"天涯何处无芳草,到春深、便觉堪怜"用张炎"东风且伴蔷薇住,到蔷薇、春已堪怜"(《高阳台·西湖春感》)语意,所谓愈转愈深,意渐浓而韵更远。此外,关锳也很注重词中用语的雕炼新警,她以"鸥雨""鱼云"点染湿气蒙蒙的水边景色,以"一篷"形容雨中的茫茫山色,皆堪称新奇之笔。而"碧天摇梦成烟"一句则为茫茫暮霭赋予缥缈迷离的色彩,落想不凡,思致空灵。"摇"字更凸显出其不同寻常的创造力与想象力,慧心巧思,由此可见。

关锳的《梦影楼词》,总体上以婉雅工丽、清幽蕴藉的风格为主,反映了当时女性词创作水平与词艺的渐趋成熟与稳定。以浙江一地而言,受到浙派词风影响陶染的女性作者中除了吴藻,关锳可以说是最为出色的一位。上述《卖花声》《高阳台》诸作均体现出清空醇雅的美感特征,而又有女子独有的妍婉轻清的意致。尽管她表示过自己并不像一些热衷于词之创作的才女那样对倚声一事投入很大的热情与精力,然而由她的作品来看,其清幽雅丽的风格、柔美和婉的情思与精秀清绮的语言,都证明了她颖异的才华与不俗的成就。与吴藻、孙云凤、孙云鹤诸人相比,关锳在清中叶女性词坛上的地位并不十分耀眼,但客观地说,她的词作其实具有相当高的艺术水准,隽永韶雅中往往寄托着丰富的人生之感,理应引起研究者的关注与重视。

二、追踪浙派的赵我佩词

赵我佩,字君兰,仁和(今浙江杭州)人。词人赵庆熺女,举人张上策妻。工词,有《碧桃仙馆词》一卷。对于《碧桃仙馆词》的评价,可谓褒贬不一。比如女词人陈嘉《南乡子·题赵君兰〈碧桃仙馆词〉》称许曰:"题遍镜湖春,缕雪裁冰句斩新。除却《花帘》称敌手,纷纷,巾帼论词合让君。"《花帘词》为著名女词人吴藻所著,这里陈嘉是将赵我佩与吴藻相提并论了。但陈廷焯的评价就不高,他认为《碧桃仙馆词》"格调未高,措辞亦不免于俗"[1]。其实,就赵我佩词的总体水平来看,二者所说均有欠缺公允之处。一则有过誉之嫌,一则贬损太甚。客观地说,《碧桃仙馆词》不乏柔婉清美的佳作,但有时亦表现出雕琢滞涩之弊,这是追求新变的过程中词艺尚未真正纯熟导致的结果。

(一)相思与题画:《碧桃仙馆词》的吟咏主题

作为太平时代的女性,赵我佩的一生堪称宁静安稳。虽然也曾

---

[1] 〔清〕陈廷焯:《白雨斋词话》卷五,载唐圭璋编《词话丛编》,中华书局,1986,第3897页。

短暂地遭遇过白莲教起义的烽烟，但总体而言，她的人生颇为宁定。除了随宦外游，大部分时间里她如同其他闺秀一样，只徘徊于闺阁的一方天地中。所以在写作内容上，《碧桃仙馆词》并无明显的拓展，集内大多抒发闺中的愁情与思念远人的怅惘，也有不少题画、题友人诗稿之作。她笔下的深闺生活在平和安然之外，时常带着淡淡的落寞与惆怅。《浣溪沙》词云：

尖月眉儿斗晚妆，悄来帘底自熏香。薄寒新试碧罗裳。　　桐叶萧疏秋意老，豆花零落雨声凉。恼人天气近重阳。

在词中她并没有明确的寄意所指，虽然独坐熏香的姿态泄露了一点寂寥的意绪，秋夜的薄寒天气也令她感到些微萧瑟与不适，然而真正触动其心怀的，恐怕是花木凋零所勾起的流年暗换之感。"秋意老""雨声凉"，皆隐约透露出个中消息，其写情之蕴藉委婉可见一斑。

《虞美人》一阕同样写闺思，却别具怅恍情味：

梨云一缕随风度，行遍天涯路。个中心事不分明，依约关山千里短长亭。　　脸霞半枕娇红透，睡起钗声溜。休憎远梦忒模糊，便是今宵有梦不如无。

此词动人之处不在词句意境，而在一种缠绵幽柔的缥缈情致。上片写梦境，品其词意，似是化用晏几道"梦入江南烟水路，行尽江南，不与离人遇"（《蝶恋花》）句意。虽然她自言"个中心事不分明"，但关山千里、行遍天涯的寻寻觅觅早已流露了其思念的脉脉柔情。而梦中不见苦苦追寻的远人，只有短长亭外望不到的一片空茫，似乎在暗示着她的相思即使在梦境里也得不到片刻的慰藉。下片转向梦醒后的感怀。"脸霞"二句写闺中人睡起的娇慵模样，有着引人遐思的旖旎之美。结拍处的怨怼语气使人感到她因梦不到远人而生的惆怅失落,而失望越深,便越发反衬出她内心的情意之深。因此,"便是今宵有梦不如无"这看似懊恼的语句中,正可见出其曲折绵密的柔情。词以飘渺之思起,以痴情之语结,其微妙处恰在转折之间,须细细体会。

明清才女间的唱和之风一直兴盛不衰,赵我佩虽称不上交游广泛,但其词集中也不乏与闺友的唱答之作。若论相交最深的,应是其外妹汪蘅,即她在词中常常提及的"采湘"。《虞美人·枫桥夜泊寄采湘》词云:

桃花潭水深如许,只是伤离绪。骊歌唱罢柳枝词,从此江南江北两相思。　　乌啼月落人何处,难系行舟住。还家有梦亦匆匆,何况一枝柔橹一声钟。

她将两位古人的名句化入怀念挚友的情思中,借此更加深透地传达知己分离的忧伤眷念。"桃花潭水深如许"令人想到李白《赠汪伦》诗里的真挚友情,"乌啼月落人何处"则点染出张继《枫桥夜泊》的客愁萦怀。隔着千年的时空,她与他们的感受交织在此夕的幽思摇曳之中。而在被钟声橹声惊醒归梦的寂寞深夜里,她的幽幽离愁也似那余音渺渺的苍凉钟声,静静弥漫在无边夜色里。

赵我佩与汪蘅交谊深厚,其词集中除了《虞美人》,尚有《满江红·赠别采湘外妹》《金缕曲·和采湘》《金菊对芙蓉·秋感寄采湘》《南乡子·寄采湘》。采湘去世后,赵我佩时时追念,写下了《月上海棠·哭采湘》《点绛唇·春日重过红豆轩吊采湘》《忆秦娥·扫采湘墓》等抒发悲悼之情。其《百字令·自题〈眠琴绿阴图〉》有"堪叹海上情移,钟期已杳,谁是知音侣"句,句后自注曰:"谓采湘。"可见在她的心目中,是将采湘当作子期伯牙般的

深心知己来郑重看待的。此外,与赵我佩感情颇厚的还有其二妹君莲,《虞美人·寄君莲二妹》词云:

秋心瘦似梧桐树,叶叶浇愁雨。画罗屏底薄寒生,不道西窗莲漏已三更。　锦笺欲寄情难诉,梦断天涯路。相思无计托归鸿,怎把平安写向白云中。

生活在那个时代的女性,其生命轨迹并不是由自己决定的。特别是远嫁他乡或婚后随宦迁播,常令她们被迫离开熟悉的亲人友朋,去适应另一个陌生的世界,更要忍受离别思念的煎熬,这是女性词作中多写相思别恨的主要原因之一。赵我佩此词中表现的,便是与亲人天各一方、难以相见的暌隔之苦。秋雨绵绵、夜渐寒深的时刻,最易触动她的寥落空寂之感。"怎把平安写向白云中"的喟叹既体现了其思致的灵慧,也流露出欲归无由的无奈。

很多时候,她的思念变成了一种惯常性的生活感受,提醒着她离合聚散原是人生不可摆脱的困境与哀伤。如《眼儿媚》词云:

白蘋江上晚来秋,风定柳丝柔。今宵酒醒,昨朝人去,多少离愁。　销魂最怕黄昏后,独自上高楼。三更疏雨,半床残梦,一叶扁舟。

词中所抒写的,与其说是某一次的离愁郁郁,不如说是一种更加深切的人生感怀。"今宵酒醒,昨朝人去"像是概括了词人多年来经历的聚散无常的境遇,而黄昏后独自倚楼眺望的姿态,则无言地诉说着回荡于心之深处的幽幽寂寞。"三更疏雨,半床残梦,一叶扁舟",十二字凝练精到,涵蕴了所有凄楚缭乱、难以言传的黯淡思绪——虽然看起来除却雨声、残梦与扁舟,她什么也没有说。

综观《碧桃仙馆词》,写得最好、最具感发色彩的,当数那些在相思离别中糅入身世之感的作品，流利婉转的抒情中包蕴着无尽惘然沧桑之意：

篆烟销，灯焰灭。帘卷西风，吹作漫天雪。梦里云山千万叠，便不相思，也化双飞蝶。　　漏声残，谯鼓歇。一霎相逢，一霎轻离别。悟到空空如水月，纸帐梅花，依旧音尘绝。

——《苏幕遮》

这首词的美在于词人将水月镜花的人生空幻之感与深情缱绻的执着心念绾合一处，明明已勘破世情的幻灭真相，却依然紧握"便不相思，也化双飞蝶"的痴迷不悔，看似矛盾，其实恰是使人心折之处。烟销灯灭、漏残鼓歇的消黯清冷，乍见还分的不断离散带来的愁思煎迫，以及音问沉沉、消息杳然的无情现实，所有这些都无法真正断绝她的如丝眷恋。末句"依旧"二字表明即使自己已有悟彻的慧思，却始终未曾放下期盼的执念，正是这一点空明之悟的对照，双倍地传达出其绵邈深情，也因此更加令人难忘。她在词中着意渲染的萧瑟幽凄之境，从侧面流露出飘零不定的身世之慨；而她于幻灭中仍固守心意的坚持，却堪称其个性情怀的真实写照。

有时她的身世人生之感表现得既直白又不减浓郁深沉：

人去下帘钩，笙歌散画楼。掩窗纱，欲睡还休。细算年来多少事，算不了，是离愁。　　浪迹比闲鸥，流光易白头。洗回肠，只有香瓯。借得酒兵攻垒块，攻不破，是糟邱。

——《唐多令》

毫无疑问，长久而频繁的分离之苦一方面耗损着她的情感，另一方面也令她深感韶光空逝的惶然忧惧。如果说人去楼空、笙歌散尽的空虚会让她心生疲倦与落寞，那么如沙鸥般漂泊天涯的际遇则更容易使她敏锐地察觉到那无可消解的年华老去的悲凉。词中借酒浇愁的姿态已明白透露其哀恨之深重,尽管她仍试图以略为戏谑的口吻来冲淡苦闷的情绪。至于这苦笑背后更为曲折复杂的隐衷,却不是我们能真正了解的。

与前代相比,清中叶的女性题画词堪称兴盛,这当然得益于当时才女获得的良好的闺中教育。赵我佩集内的题画之作计有十六首,表现闺中闲婉情致的作品如《临江仙·题〈无人院落图〉》:

满院苔纹青欲滴,晓来丝雨才收。茶烟轻飐绿窗幽。昼长啼鸟倦,风紧落花愁。　小小回廊春寂寞,珠帘不上银钩。玉人懒起惯娇柔。生憎鹦鹉唤,斜日下妆楼。

这是深闺生活里的恬静侧影,散发着闲适散淡的气息:雨后青翠濡湿的苔纹,绿窗下轻轻飘袅的一缕茶烟,迟迟长日里鸟儿渐渐消歇的细弱鸣声,风中飘飞的点点落花的影子,以及终日寂寂无人的空荡回廊,一切都是那么安静怡然,仿佛时间就此悄悄凝固。而垂帘背后懒起的"玉人",其娇慵无力的风致与这恬静的背景恰相拍合。结拍夕阳西下的景象平添了一抹淡淡的愁绪,而鹦鹉"不合时宜"的鸣叫虽惊起了春睡沉沉的闺中人,令她懊恼微嗔,却就此挑破了静谧无声的氛围,予人以难得的活泼轻快之感,同时也为画面增添了生气流动的韵味。

另一首《江城子·题君莲〈秋江垂钓图〉》则借题画流露出思乡的意绪:

一窝云鬓晚来妆。薄罗裳,藕丝香。短笛惺忪,吹梦落横塘。柔橹无声鸥不语,人静也,月昏黄。　露华如水浸篷窗。钓竿凉,响渔榔。怕煞销魂,芦荻满秋江。旧约休忘潮信准,风又起,客思乡。

女子细腻温婉的天性使她们易偏向叙写柔婉静美之思，日常生活的闭锁平淡与传统词风的婉曲缠绵又影响了她们的审美取向，因此，女性词中的意境特点多不离寂静二字。以此词为例，因为是对秋夜里的情境的摹写，所以词人从运笔到描绘风物均注重突出轻柔幽寂的意韵特征。画中人轻挽的松松发髻，散发着清淡香气的薄薄罗衣，吹落梦魂的断续笛声，月光下沉默不语的小船与鸟鸥，以及浩淼秋江上的苍苍芦荻，它们都带着安静的味道，但这安静的画面中可以隐隐触摸到思念的暗涌。"钓竿凉，响渔榔"点画出垂钓者久坐江边的萧然孤寂，"凉"字表意生动，而渔榔的响声是以动写静，愈发清晰地衬托出秋夜的幽谧沉静。题画之作要求作者同时具备画家的审美感知力和诗人敏慧的情思与优美不俗的表现力，而赵我佩此词既展示出画面的幽静清远，又自然传递了苍茫绵邈的思乡之情。乡愁与画境相融，细密浑成，寓意虽称不上深刻，却有着纯粹的幽约动人的美感。

此外，《碧桃仙馆词》中尚有不少为他人题稿之作，可以看出作者交游广泛的一面，同时也可以从侧面了解到她内心较为深隐的情感。《浪淘沙·题陆芝仙女士〈倩影楼稿〉》（其一）词云：

鬓影感华年，香冷蝉钿。旧游如梦梦如烟。可惜咏花人不见，泪洒情天。　　怨海恨难填，絮果谁怜。春蚕抵死尚缠绵。安得吴刚修月斧，月再团圆。

又如《浪淘沙·题绷士〈小蓬莱阁词〉》（其二）云：

把酒夜眠迟，檀板金卮。晓风残月饯春时。花落花开名士泪，写遍新词。　　红豆种相思，叶叶枝枝。闲愁除有白鸥知。知否当时狂杜牧，鬓早成丝。

从赵我佩的生平资料来看,她的一生宁静安稳,并未遭遇过明显的坎壈与挫折。虽然相思离愁是女性词永恒的抒情题材,但赵我佩词中的憔悴愁郁之思却不是简单的闲愁轻恨所能解释的。像"暮云春树诗怀冷。似天公、付我伤心病"(《月上海棠》),"借得酒兵攻垒块,攻不破,是糟邱"(《唐多令》),明显包蕴着很深的感慨与悲哀。由词集中的寄外之作可以知道,她的婚姻还算谐美,并无天壤王郎的幽恨缠绕心间。那么,她积淀的愁情究竟源自何处?如果循着明清之际女词人的心迹进一步探寻揣测,赵我佩的郁结很可能与蛰伏心底的女性意识有关。这份困扰细微深隐,不是想象中的激越沉重,所以不易察觉。作为一个敏感多情的女词人,"春蚕抵死尚缠绵"的执着态度注定会使她比旁人更加深切地感受到"情"字带来的跌宕的痛苦。在词中她不断地倾诉着离别的忧伤无奈与相思的哀怨寂寥,无论关乎爱情,还是友情亲情,都同样影响消耗着她的情感。空自等待的漫长过程中,她一方面感到才华与光阴的虚掷,一方面对被动而拘促的生命处境产生了隐隐的质疑与不满,尽管这些都暗藏在平静的表象下。如研究者所言:"一般来说,古典女性诗歌有一种蛰伏意识,悲愁、消极、温婉,多吟咏春暮花萎,离愁别恨,空闺幽怨的悲哀,少有率直表露自己独立的主体意识的作品。"[①]像大多数女性一样,赵我佩也并未直接诉说内心的真正幽恨与不满。她或者借别人的酒杯浇一己心中块垒,或者以"闲愁除有白鸥知"这样的词句含蓄地将郁怀一笔带过。这固然是由于缺乏外在因素如顾贞立、吴藻那样遇人不淑的刺激触动,也与其无力突破礼教与旧有思想的个性相关。毕竟,从女性意识的滋生到彻底觉醒之间,还有十分漫长坎坷的路途需要跋涉与穿越,而在此之前,除了或深或浅地感知到心底的悸动与压抑,女性其实没有足够的力

[①] 林树明:《女性主义文学批评在中国》,贵州人民出版社,1995,第293页。

量去改变什么。这是那个时代所有女性共同的困境。

（二）徘徊于传统与新变之间的审美风格

生活于清中叶的赵我佩，因为外部环境的相对安定，也因为闺中的局促限制了她的视野，其大部分词作主题仍围绕着闺思与离情，风格上则以传统的柔婉清淑的风格为主。当中可以看到唐五代与北宋诸作的濡染。如《长相思·秋晚》：

芦花边，蓼花边，曾记横塘唱采莲。秋风年复年。　　暮云天，暮潮天，柳外轻丝荡细烟。沙鸥和月眠。

这是赵我佩早期的作品，还带着一点儿模仿前人的稚嫩痕迹。然而笔墨轻倩秀丽，情思自然流转，很有晚唐五代的古典气息。

《画堂春·湖上采莲》则写得比较活泼而富有生气：

画船箫鼓泛银塘，高挑十二纱窗。晚妆新试碧罗裳，水面风凉。　　一片棹歌声急，采莲齐唱红腔。兰桡归去藕花香，闲煞鸳鸯。

词中她以难得的轻快口吻描述泛舟水上的欢乐闲适，语言虽平直质朴，情景的表现却自然生动，宛在目前，字句间带着些亲切的民歌风味。

在那些抒写深闺情怀的作品中，由于心事的幽微细腻，词之风格也倾向于柔美芊绵。典型的有《采桑子》：

绿苔深院帘垂地，风落榆钱。戏罢秋千，花径人来拾翠钿。　　锦屏绣谱闲抛却，长日如年。断续炉烟，学写黄庭又几篇。

闺中的世界封闭狭窄，是独属于女性的小小天地，它有宁静温馨的一面，也有单调拘束的一面。赵我佩的这首词便细致地传达了日常生活里女性的闲适恬然和随之而生的慵倦无聊之感。深院中垂帘寂寂，微风过处，榆钱无声飘落，戏罢秋千的她或闲拈绣针，或于窗下临帖遣兴，字里行间充满了岁月静好的宁定安然。不过，日复一日地重复这种凝然有序的生活，不免使人生出乏味困顿的感受。词中她写到抛却绣谱的慵倦与度日如年的心理体验，其实正说明了这种淡淡的无奈，尽管这抱怨也许并非她写作的主旨。

赵我佩还有一首颇为轻约柔曼的小词《浪淘沙·秋期》，将女儿心事刻画得含蓄深微，带着欲说还休的怅然思绪。词云：

深院下帘旌，秋冷银屏。露华如水浸中庭。一炷心香烧未灭，来拜双星。　　花底步轻轻，罗袜凉生。何人能会此时情。只有如弓天上月，照得分明。

词中试图展现的，是一份思念远人、期盼重聚的婉转情怀。所以词中写了秋冷银屏、罗袜凉生的轻寒恻恻，写了深院无人、露华满庭的幽寂萧瑟。"双星"是指牛郎星与织女星，暗示此刻夫妻分离的孤单境况。而她以"双星"与天上一弯残月遥相对照，进一步点出人如缺月般无法团圆的无奈与凄凉。此词从词意来说缠绵婉约，述情却并不粘滞，用语浅淡，意境清幽，幽柔蕴藉中又不乏流利之美，体现了女性词传统风格的优长。

此外，当时的能文女性虽然常被阻隔于社会活动之外，也无法融入男性主流文坛，但这不意味着她们在进行文学创作时，完全与外界的审美风尚相隔绝。清中叶浙派在词坛上影响巨大，流波所及，女词人中追慕仿效者亦不在少数，赵我佩即是其中之一。在柔婉清绮的传统风格之外，她的一些词作也不可避免地受到浙派美学思想的影响，显示出求新求变的意趣。

浙派论词力主清空醇雅，奉南宋姜、张为圭臬，写作时亦比较注重字句的雕炼，追求幽隽清冷与蕴藉空灵的美感。赵我佩《碧桃

仙馆词》中最能体现这种清隽思致的,是她的一些题画之作。如《台城路·题俞吉庵〈听蕉图〉》:

> 是何声起帘波外,浓阴半遮庭宇。酒梦初醒,茶烟未冷,清绝翠深深处。开门看雨。正月影筛金,满阶蛩絮。小槛灯昏,此情幽抑共谁诉。　　西窗夜凉坐久,尽轻衫侧帽,潇洒如许。簌簌方来,疏疏忽断,一片秋心能语。披图认取。想叶底微吟,旧题诗句。万叠云笺,绿天庵外补。

此词凸显的是一种极为幽寂清隽的意境,情思的表达则朦胧隐约,是词境之外的余音缭绕。围绕着"听蕉"的主题,词人细心点染了一幅深具清绝寂历之美的图画:浓翠的树荫深深,蛩声唧唧如絮语哝哝;月光下蕉叶细碎的影子,风吹芭蕉发出的断续如潇潇雨声的簌簌之音,还有茶烟未冷、酒梦初醒时的恍惚怔忡,所有这些交织一处,营造出典型的浙派宗尚的清幽雅致的美感氛围。在如此背景的衬托下,那侧帽轻衫、独坐于凉夜中听蕉音如诉的潇洒名士,其杳渺的心境已静静融入茫茫夜色中,不需要更多的语言来一一诉说。而除了词境的清寂,此词在语言及意象的选取方面也有着醇雅清韶的特征,充分体现出浙派美学思想的影响。

赵我佩还有一首借题画抒写憔悴的身世之感的词作《忆旧游·题张仲甫舍人〈香溪泛宅图〉》,含思蕴藉而笔意空灵。词云:

> 泛香溪一舸,帆影天边,远落云浔。橹唱斜阳外,待浮家去也,载鹤携琴。未忘五湖烟水,鸥鹭旧知音。看胜迹依然,馆娃宫里,响屟廊深。　　重寻。昔游地,听古寺钟敲,翠耸遥岑。易冷笙歌梦,剩酒痕浓晕,犹恋罗襟。而今鬓霜催老,憔悴少年心。只添了新词,旗亭画壁扶醉吟。

如果说前一首《台城路》主要凸显"清幽"的美感，那么这首词更注重词境的"清空"之意。由云际天边的淡淡帆影，夕阳外的悠悠橹唱，到馆娃宫里西施曾走过的寂寂空廊，山间古寺里传来的悠长而寥落的钟声……不仅散发着空静淡远的美，而且将怅触落拓的情怀一并含蓄带出。故地重游，江山胜迹依然，而笙歌梦冷，旧时心事早已随年华老去。那一叶飘荡于五湖烟水上的小小扁舟，像是承载着淡淡的怀古幽情与浓厚的今昔之慨，幽忧憔悴之思流溢于笔墨间，不只是简单的题画而已。词的上片以描摹风物为主，下片转向对苍凉思绪的叙写，景中涵情，情景相生，摇曳空灵之意与蕴藉沉潜的情思兼而有之，读来别具韵味。

浙派在清空醇雅的论词主张以外，又十分重视作品的雕炼琢磨，讲求字句的精致工秀，这一点在赵我佩词中也有所体现。比如她有一首写得十分纤巧而柔媚的小词《醉红妆》：

帘波如水篆烟浮。挂垂杨，月一钩。东风吹梦过红楼。空冷落，旧香篝。　别来情绪似伤秋。恨无计，解眉头。心太玲珑人太瘦。禁不起，许多愁。

词写闺中女子相思难遣的幽怨闲愁，从内容上看，并无特别之处，但收束处化用李清照"只恐双溪舴艋舟，载不动、许多愁"（《武陵春》）句意，而以"心太玲珑人太瘦"表现自身细密曲折的心思与脆弱纤婉的感受，颇具尖新妩媚的情味，也显示出其灵慧聪颖的心性。

又如《风入松》：

远山如画锁眉梢，梦断楚天遥。咏花人去瑶窗掩，冷阑干、料也无聊。零落词坛酒社，可怜明月良宵。　旧时楼上记吹箫，钿合暗香消。离情谩借并刀剪，赖柔丝、织网成绡。织就愁根恨叶，一齐绣入心苗。

故人远去，只留下词人独自思量，感受着别后的凄清与彷徨，纵然明月依旧，却终究挽不回昔日的欢乐情境。词的上片以淡婉笔致娓娓道出知交离散的落寞之感，语气平和但传情工稳。不过真正令人印象深刻的，是下片流露出的奇思妙想："离情谩借并刀剪，赖柔丝、织网成绡。"如同南唐后主李煜以"剪不断，理还乱"来形容心中的离愁千缕，她也赋予无形的离情以有形的丝丝缕缕，并将它写成可以剪裁编织的柔丝生绡，而且还要把织好的"愁根恨叶""一齐绣入心苗"，想象奇趣新警，而又自然贴切，无突兀牵强之感。一方面凸显出她的颖慧词心，一方面也说明其有意雕炼、力求新隽之美的倾向。

此外，从细微处看，赵我佩词中也有不少炼字的痕迹。比如"春雨肥红豆，秋风瘦白蘋（《南歌子》），"肥""瘦"二字虽明显受到前人如李清照"绿肥红瘦"（《如梦令》），韩愈"芭蕉叶大栀子肥"（《山石》）的影响，经她变化却也另有一种别致的巧思；"归来倦鹤，雪衣飞破花影"（《壶中天·题高茶庵〈茶梦庵词〉》），"破"字灵动精到，增添了画面的生动意致；"最销魂，晚饭坐篷窗，千山黑"（《满江红·赠别采湘外妹》），"黑"字下得险而准，充分渲染了沉沉离情与天涯迢递的苍茫之感；"雨声酸逗纱屏，晚来倦拥桃笙"（《清平乐》），"酸"字是利用了通感的手法，将味觉与听觉打通，传递出凄楚怅怳的思绪。而最能体现其追求锻炼精秀之美的作品，当数《声声慢·秋声仿竹山》二首，词云：

远雁悲鸣，哀蝉暗咽，销魂齐作秋声。画角城头斜阳，冷带鸦声。怕听荒村落叶，近黄昏、古寺钟声。长亭外，有黏天衰草，响送车声。　　谩向灯前问卜，但计程、窗下敲断钗声。檐铁琤琮，小楼前后风声。邻家又催刀尺，捣寒衣、一片砧声。黄花瘦、卷帘人微褪钏声。

萧萧飒飒，惨惨凄凄，飞来何处秋声。似雨还风梧桐，叶底寻声。香老豆花篱角，怕吟蛩、絮出愁声。蕉窗畔，漏疏灯一点，微逗书声。　　惊起惺忪茶梦，是相如、病渴炉沸泉声。片月长安，万家同捣衣声。今夜板桥霜冷，唤行人、野店鸡声。荒城外、听鸣笳寒杂漏声。

蒋捷为南宋著名词人，他有《声声慢·秋声》一首，全章专咏秋声，并借此含蓄传达其苦闷凄凉情绪。赵我佩这两首词仿蒋捷的同调同题之作，不仅承袭了蒋词的萧飒气息，而且围绕瑟瑟的秋意共写出十八种不同的声音（两首词中重复者不计），比起前人可谓有过之而无不及。声音本是一种无形的存在，转瞬即逝，难以捕捉，若想准确生动地传写各种看不到、摸不着的"声"，是有着相当难度的。特别是以"声"为主题作专门的描摹，情意的表现尚属其次，措语及技巧才是重点。赵我佩笔下的秋声包括雁声、蝉声、角声、鸦声、叶声、钟声、车声、钗声、檐铁声、风声、砧声、钏声、蛩声、书声、水沸声、鸡声、笳声与漏声，均可渲染出萧瑟凄清的秋之氛围，同时也显示了她敏锐细腻的感知力与成熟的表达技巧。除了词人们惯常写到的雁声、砧声、蛩声、笳声之外，她所写的因相思如捣、为远人计数归程而不断轻敲的钗声，以及闺中人抬手卷帘时手钏滑落而发出的细微的撞击声，则是从女性视角与经验出发而体会到的独特声情。虽然赵我佩写下这两首词恐怕更多的是出于炫才之意，但在语言的锤炼与思致结构的精心安排上却已能够看出其创作技巧的成熟。

此外，《碧桃仙馆词》里还有一些作品，既不乏浙派推许的清空醇雅之致，同时又别具一种旷放疏隽的风调。典型的如《步月·题黄小岩〈秋江玩月图〉》，词云：

孤鹤南飞，大江东去，诗怀直恁句留。暮霞晚景，风急白蘋洲。想吹笛,鱼龙起舞;千山外,远豁双眸。人何在,琼楼玉宇,高旷不胜秋。　　悠悠香雾绕,销魂怕,暗省檀板歌喉。青衫泪湿,灯火话难周。延素魄,朱阑共凭,卷疏星,银蒜齐钩。归去也,深情未肯逐潮收。

就措辞与词中的意象风物而言,此词带着鲜明的浙派审美特征。无论是孤鹤、暮霞、琼楼玉宇,还是朱阑银蒜、明月疏星,均呈现出醇雅的韵味,语言虽清韶淡净,然而看得出是经过了一番锻炼的。除此以外,这首词最夺人眼目处乃在于其间流动的疏旷清拔之思。起句孤鹤南飞、大江东去,已打开全篇的开阔格局,接下来写到暮色中秋风渐紧掠过白蘋洲的苍茫,臆想中闻笛起舞的鱼龙腾跃,纵目千山外的阔远无际,以及身在琼楼之上的高旷缥缈……字里行间的清劲疏阔是比浙派清隽空灵之美更加外放旷达的美感,这也是闺秀词中较为少见的。

于疏阔跌宕中又见豪放思致的,有《探春·又题〈春江后游图〉》:

鸿爪前尘,鸭头新涨,樟亭潮落时候。画鹢冲波,凉蟾出海,天水空明如昼。莫道闲花月,似赤壁当年还又。羽衣此日翩跹,玉人应共携手。　　休恨秋风去久。看镜里青娥,照人依旧。万古圆期,一江幽梦,忍唱晓风杨柳。重问盟鸥处,可省识、诗豪黄九。浪迹归来,醉怀何限回首。

善于融化前人语意入词是赵我佩词的特色之一,如"今夜板桥霜冷,唤行人、野店鸡声"(《声声慢·秋声仿竹山》)用温庭筠"鸡声茅店月,人迹板桥霜"(《商山早行》)句意,"人瘦比花黄,帘卷西风冷夕阳"(《南乡子》)则化用李清照的名句"帘卷西风,人比黄花瘦"(《醉花阴》)。这首《探春》中的一些情境也给我们以似曾相识的熟悉感，像"莫道闲花月"四句，就隐隐令人联想到苏轼《念奴娇·赤壁怀古》的"故垒西边，人道是、三国周郎赤壁""遥想公瑾当年，小乔初嫁了，雄姿英发。羽扇纶巾，谈笑间、樯橹灰飞烟灭"的高古气概，"画鹢冲波，凉蟾出海，天水空明如昼"三句既有开阔之境，"冲""出"二字又使词意平添大气豪宕之感。而她以"万古"对照"一江"，带出时空相绾的浑茫沧桑；"浪迹"拍合"醉怀"，则含蓄地勾勒出作画者疏狂不羁的气质。尽管此词在整体结构与情意表达上仍欠缺浑成流利，但写情造境均有着女性词罕见的疏阔俊快、劲直豪放的特点，因而可视为其创作风格方面的某种难得的突破。

从总体的艺术风格来说，《碧桃仙馆词》一方面遵循着柔婉清淑的传统词风，一方面又体现出追踪浙派清隽醇雅之美的倾向。当然，在学习追仿的过程中，也会暴露出一些弱点，比如个别作品刻意模仿的痕迹太重，反而丧失了应有的清新自然，有时炼字不当，读来有牵强之感，体现于慢词里尤其明显，但这些都是求新求变过程中常见的现象。重要的是，赵我佩词中显示出的浙派美学风尚的影响，表明了当时女词人有意与男性文坛贴近的趋势，同时也从侧面反映出她们对文学创作的浓厚热情与积极追求，这是清代女性词能够繁荣发展的根本动力之一。

第二节　清代女词人双璧：吴藻与顾春

一、不名一家、奄有众妙的吴藻词

吴藻，字蘋香，号玉岑子，仁和（今浙江杭州）人。能诗文，擅词曲，尤以倚声最工，名播大江南北，词集有《花帘词》《香南雪北词》各一卷。此外，吴藻亦好曲，曾作杂剧《乔影》，并为之绘《饮酒读骚图》，其洒落不羁的思致才情及当中表现出的女性角色的苦闷与不平在文坛引起了不小的震动。

(一) 婚姻不谐的幽恨与性别角色的苦闷

明清两代，以文名为人所称的才女大都出自仕宦书香家庭，不少还是世代以诗礼传家的名门望族之后。家内浓厚的文学氛围与良好的闺中教育是才女们在文学创作上取得不俗成绩的最基本条件。吴藻的特异之处是她生于商贾之家，后来又嫁作商人妇，从表面上看完全不具备一般才女的成长环境与基础，而其创作成就却超越大部分才女，确实令人惊讶不解。陈廷焯称："蘋香父夫俱业贾，两家无一读书者，而独呈翘秀，殆有夙慧也。"①《近词丛话》也说："吴蘋香女史，初好读词曲，后乃自作，亦复骎骎入古……著有《花帘词》一卷，逼真漱玉遗音……女史父夫皆业贾，无一读书者，而独工倚声，真夙世书仙也。"②其实，除了与生俱来的聪慧天资与颖异才华，吴藻能够顺利地走上文学之路也离不开年少时所受到的多方面的文艺教育。从她的作品中可知，她不仅擅长诗词曲文，而且会吹箫、弹琴、作画，有着相当深厚的艺术修养。吴藻的姐姐蘋香、茝香与哥哥梦蕉均有文才，彼此间常以诗词往还酬答，这说明她的父亲虽然是商人，却并未忽略对子女的教育。

对当时的能文女性而言，才子佳人、夫妇联吟式的美满婚姻是她们心中渴望的理想范本。可惜吴藻并没有这样的好运，出身于商贾家庭的她最终嫁给了一个不通文艺的平庸的商人。在这段婚姻

---

① [清] 陈廷焯：《白雨斋词话》卷五，载唐圭璋编《词话丛编》，中华书局，1986，第3898页。
② [清] 徐珂：《近词丛话》，载唐圭璋编《词话丛编》，中华书局，1986，第4225页。

里，也许丈夫能为她提供优渥的物质生活条件，但永远无法进入她的心灵与情感世界。她的丰美才情得不到任何真正的欣赏与回应，那种找不到对手的失望与寂寞使她的词作中时常充满愁郁与感伤情绪。与其同时代的才女赵韵卿有《百字令·题吴蘋香女史〈花帘词〉集》，其下片有句云："最怜心比秋莲，暗含苦味，试问何人晓。多少落花芳草句，尽是凄凉怀抱。"可谓道出了吴藻的凄怨心事。这种无法明白直诉的痛苦长久沉积在她的心间，由此形成了其作品里挥之不散的愁思如缕。《满江红》词云：

门掩斜阳，满院里、零花瘦草。疏帘卷，纸窗风紧，玉炉烟袅。天末数声征雁过，林边几点归鸦噪。悄无人、落叶冷空阶，红谁扫。　题不尽，伤心稿；消不尽，闲烦恼。算眼前愁境，又添诗料。翠影自怜双袖薄，病魂已约三秋老。待巡檐、索笑问寒梅，春还早。

词中的情与景都带着萧瑟寂厉的味道，吴藻笔下的风物由近处的零落花草、劲急秋风、袅袅炉烟，到远处天际的嘹呖征鸿、林边的数点归鸦，再返转眼前的空阶落叶、满地残红，镜头的推近拉远之间使人感受到一派冷落萧飒的茫茫秋思，并含蓄地流露出词人心境的孤寂与凄凉。她题写不尽的伤心词稿与难以消解的烦恼幽恨，实则皆源于那不称己意的空漠婚姻。碍于礼教，她无法将这份哀怨直接点明，然而"翠影自怜双袖薄"暗用杜甫诗中遭际堪伤、孤高清绝的佳人形象，已婉曲地透露了婚姻不谐导致的苦闷孤寂之感。

在另一首《乳燕飞·愁》中，她索性为"愁"而专赋一章，其心怀寥落忧郁之深可以想见。词曰：

不信愁来早。自生成、如影共形，依依相绕。一点灵根随处有，阅尽古今谁扫。问散作、几般怀抱。豪士悲歌儿女泪，更文园、善病河阳老。感斯意,即同调。　　助愁尚有闲中料。满天涯、晓风残月,夕阳芳草。我亦人间沦落者,此味尽教尝到。况早晚、又添多少。眼底眉头担不住,向纱窗、握管还吟啸。打一幅,写愁稿。

那仿若与生俱来、如影随形的愁绪,始终缠绕着词人易感的心灵。由古往今来的落拓才士,她想到了自身的失意与寂寞。"我亦人间沦落者"——她的悲哀是一处不可揭示的黑洞,岁岁年年,无声地吞噬着她的热情与人生。那些所谓逗引愁绪的晓风残月与夕阳芳草,不过是其郁悒心事的投影而已。她可以临窗握管,细细写下一篇以愁为主题的词稿,却终究无法获得真正的安慰与释怀。不可摆脱的命运枷锁与黯淡的现实处境,令她深深地感受到压抑的沉重与悲凉,然而除了空自嗟叹,她看不到任何希望的出口。

婚姻与情感的极度失意明显影响了吴藻的生命体验,她的心中常常因此盈满倦怠与幽怨相交织的情愫:

寂寂重门深院锁。正睡起,愁无那。觉鬓影微松钗半嚲。清晓也,慵梳裹;黄昏也,慵梳裹。　　竹簟纱橱谁耐卧。苦病境,牢担荷。怎廿载光阴如梦过。当初也,伤心我;而今也,伤心我。

——《酷相思》

心理上积聚的阴霾感觉使得吴藻在愁病相仍之际倍觉生意寥落的疲倦与无奈。她看着光阴如梦般无声流逝,却始终不曾带走哪怕一丝一缕的愁绪,而重门深锁、病卧纱橱的封闭环境又暗示了其内心的困顿寂冷之情。从古至今,爱情在女性生命中都占据着无可替代的重要位置,然而爱情带来的并不总是甜美。"在一切文化中,爱情都明显地是一种不安分的因素。它的巨大活力和激情既表现出要冲破一切阻碍的破坏性,又表现为一种理想至上、蔑视现实的超越性。这两方面都预含了爱情的悲剧性。"① 吴藻的悲剧并非情爱失路的痛苦,而是情感找不到对手的悲凉。她那颖慧过人的资质与自负清高的个性使她在梦想破灭时比旁人更为深刻地体会到彻骨的失望与现实的无情。她无力摆脱这样的困境,又不甘就此在沉默的忧伤中静静度过没有意义没有幸福的一生。而在心灵的挣扎与思索之间,她日渐深切地意识到自身的女性角色所带来的束缚与压抑。

在当时的社会制度下,男性作为拥有话语权、经济权的统治者,是女性必须依从附庸的对象,女子的命运大多由男子之手掌握操控。她们既无缘于科名功业,婚姻与情感也无力自主,只能听凭天意播弄。敏感而聪慧的吴藻在自我的人生困境中看到了这些因女性身份而生的种种拘限与不平,她的心里因此充满郁愤。她渴望突破女性身份的约束,于是便有了杂剧《乔影》的诞生。在这部剧中,吴藻塑造了一位名叫谢絮才的不俗女子形象,通过谢氏"有才无命"的苦闷牢骚来发泄自己对现实生活中女性处境地位的不满,如同剧里所唱的那样:

我谢絮才生长闺门,性耽书史。自惭巾帼,不爱铅华。敢夸紫石镌文,却喜黄衫说剑。若论襟怀可放,何殊绝云表之飞鹏;无奈身世不谐,竟似闭樊笼之病鹤。②

在词中,吴藻也不止一次地表露过不甘雌伏的心意。她那首著名的《忆江南·寄怀云裳妹八首》(其五)云:"江南忆,最忆绿阴浓。东阁引杯看宝剑,西园联袂控花骢。儿女亦英雄。"巾帼不让

---

① 张法:《中西美学与文化精神》,北京大学出版社,1994,第92页。
② 〔清〕吴藻:《乔影》,清道光刻本,载《续修四库全书》第1768册,上海古籍出版社,2002,第131页。

须眉的豪情逸兴跃然纸上。在《金缕曲》一词中，她的豪宕郁勃之气同样流溢于字里行间，词之上片云："生本青莲界。自翻来、几重愁案，替谁交代。愿掬银河三千丈，一洗女儿故态。收拾起、断脂零黛。莫学兰台悲秋语，但大言、打破乾坤隘。拔长剑，倚天外。"她以男子般劲健不羁的口吻直诉内心喷涌而出的万丈豪情。她渴望抛开女儿的身份态度与柔弱多感，渴望摆脱世间的种种压迫束缚。"拔长剑，倚天外"语出宋玉《大言赋》"长剑耿耿倚天外"，分外明晰地凸显出吴藻急欲突破自我困境，向往自由高远、独立驰骋之境的激切之思，其特别的精神追求与不凡的心性远超于同时代其他女性。

吴藻的这种由性别角色带来的苦闷有时会以另一种面目出现在词中，就如《乔影》里女扮男装的谢絮才那样，她将自己想象为一名男子，以男子的声态语气来暂时地满足心底埋藏的渴望，《洞仙歌·赠吴门青林校书》便体现了这样的情感倾向。在这首至今仍颇受争议的作品中，吴藻毫不掩饰地表露出女性少有的清狂洒落的一面。词云：

珊珊琐骨，似碧城仙侣。一笑相逢淡忘语。镇拈花倚竹，翠袖生寒，空谷里，想见个侬幽绪。　　兰釭低照影，赌酒评诗，便唱江南断肠句。一样扫眉才，偏我清狂，要消受玉人心许。正漠漠、烟波五湖春，待买个红船，载卿同去。

词里抒写词人对一个叫作"青林"的伎师的欣赏恋慕之情。她以男子的眼光与口吻描摹青林沉静幽柔的气质与淡雅清寂的情怀，而"要消受玉人心许""待买个红船，载卿同去"，则完全是一位风流疏狂之士对所爱女子的声情态度。吴藻以闺秀的身份毫无顾忌地表达对同性伎师的赏爱心意，在当时及以后均引起了纷纷的议论与猜疑，今日的一些研究者甚至由此词认为她具有同性恋的倾向。实际上，联系吴藻的生平遭际与苦闷不平的心境来看，她之所以写下如斯放意大胆的词句，不过是借此曲折地宣泄压抑已久的对两性不平等现实的愤懑与不满。如同她为《乔影》而作的《饮酒读骚图》，图中是一名身着男装、独自把酒读《离骚》的女子，寄寓的亦正是这份愿变男儿以摆脱性别束缚的心事。吴藻的好友、著名才女汪端有《题西泠女士吴蘋香〈饮酒读骚图小影〉》诗云："蜀国黄崇嘏，唐宫宋若华。美人原洒落，词客最酸辛。修竹难医俗，芳兰不媚春。江潭写秋怨，憔悴楚灵均。"①黄崇嘏，五代时临邛（今四川邛崃）人，因事入狱，献诗给蜀相周庠。周庠推荐她作司户参军，她做事十分明敏。周庠爱其才，想将女儿嫁给她。黄崇嘏作诗辞婚，周庠得诗大惊，问之，才知其原是黄使君的女儿。宋若华是唐德宗时人，与其他四姐妹若昭、若伦、若宪、若荀皆聪慧机敏，善写文章。贞元中，宋若华被德宗招入禁中，试文章，论经史，都符合上意。宋若华著有《女论语》一书，对后世女教影响颇深。汪端借黄崇嘏事称许吴藻具有不让须眉的才情天资，而以宋若华赞美其填词的高妙功力。但历史上的黄崇嘏最终逃不过恢复女身、退回深闺天地的黯淡命运，吴藻的憔悴与寂寞终归也难以消解。

理想破灭的悲哀与无路可走的焦虑绝望一直困扰着婚后的吴藻，对自身憔悴支离的命运，她时时生出郁愤与不甘交织的情绪。天赋的明慧才情给予了她相当高的自信与期许，同时也带给她太多空负清才的痛苦与梦想落空的失望。在那首备受称许也引发最多感叹的《浣溪沙》中，她倾吐的就是这样极度的无奈哀恨之感："一卷离骚一卷经，十年心事十年灯。芭蕉叶上几秋声。　　欲哭不成

---

① 〔清〕汪端：《自然好学斋诗钞》卷五，载〔清〕冒俊辑《林下雅音集》，清光绪十年（1884）如不及斋刻本。

还强笑，讳愁无奈学忘情。误人犹是说聪明。"日复一日的煎迫中，吴藻试图为自己的心灵找到呼吸与释放的出口，像很多寂寞易感的才女一样，最终她选择了佛教的空寂来作为超脱尘世羁绊的唯一途径。事实上，在道光二十四年（1844）刊行的《香南雪北词》中，已可清晰地触摸到她日渐贴近空幻寂灭之路的点点心迹。词集自序里她自言："十年来忧患余生，人事有不可言者。引商刻羽，吟事遂废，此后恐不更作。因检丛残剩稿，恕而存焉，即以居室之名名之。自今以往，扫除文字，潜心奉道。香山南，雪山北，皈依净土，几生修得到梅花乎？"① 丰才啬遇的她在漫长的心路跋涉后，终于决定放下尘世的诸般嗔痴怨怒，走向平静无波的清修之路。《浪淘沙·冬日法华山归途有感》已可见出她对生命空幻无常的深透体验。词云：

一路看山归，路转山回。薄阴阁雨黯斜晖。白了芦花三两处，猎猎风吹。　　千古冢累累，何限残碑。几人埋骨几人悲。雪点红炉炉又冷，历劫成灰。

法华山在杭州附近，为埋冢山。吴藻看到黯淡天空下法华山的累累冢堆，念及古往今来生命迁逝的苍凉悲哀，刹那间体悟到"雪点红炉炉又冷"的空虚寂灭之感。无论一生中经历怎样的欢愉与痛苦，最终它们都会被死亡之手轻轻抹去，而西方天际的那方净土，才是她灵魂的真正归属。

怀抱着这样的感悟与寄托，后期的吴藻渐渐收敛消除了从前的怨愤不平之气，其词作开始转向勘破后的淡定空明之境。《清平乐》词云：

---

① 〔清〕吴藻：《香南雪北词自记》，载〔清〕冒俊辑《林下雅音集》，清光绪十年（1884）如不及斋刻本。

银梅小院,十二重帘卷。雪北香南春不断,无奈咏花人倦。　满城初试华灯,满院湿粉空明。云母屏风月上,高寒如在瑶清。

在梅花满院、灯火满城的雪夜里,词人体会到的,不仅是微微的疲倦与沉寂,还有"高寒如在瑶清"的澄澈宁静与出尘之思。当她心底曾经翻涌的热情与怨愤慢慢冷却熄灭,她终于抵达了清修境界的超脱与自在。

由《花帘词》的愁闷失意,到《香南雪北词》的渐趋苍凉空寂,吴藻以优美多思的词笔记录了自己精神与心灵之路的曲折印迹。其中有太多复杂深沉的人生体验与无奈寂寞的心曲,还有那些挣扎于理想和现实之间的郁愤与失落哀伤。她在词中表现出来的对女性生存处境的质疑与强烈不满,是继清初顾贞立之后对男权社会的又一次大胆挑战。她没有像同时代的其他女性那样以隐忍的顺从去接受命运的不公,而是将心中的不平以激切的方式作了深透直接的表达。相对于丰美过人的才情与超妙的艺术创作功力,吴藻的这种不凡心志与识见才是她超越同侪、在女性词坛上取得不可替代地位的根本原因。

(二)题画词与游览词

由于教育水平普遍提高,且受社会爱才风气驱动,明清女性在文艺上越来越趋向于多方位的发展。除了诗词文章,音乐书画也往往是才女必备的修养,反映在文学创作中,便是大量题画词的出现。吴藻虽然出生于商贾之家,但自幼也接受了相当丰富而全面的闺中教育。相对于倚声填词,绘画并非吴藻最擅长之处,不过这没有妨碍她对画作的欣赏及对画境的领会。在其词集里,题画词的数量之多、质量之高是绝大部分女词人无法相比的。试看《鬓云松令·题〈自锄明月种梅花图〉》:

碧无痕,香满把。小劚金锄,雪片摇空下。一径凉烟都碎也,疏影横枝,补到栏杆罅。　　画中诗,诗中画。画里诗人,可是神仙亚?好个江南花月夜,翠羽飞来,说甚啁啾话。

吴藻性喜梅花,不仅词集因梅花而定名为《香南雪北词》,而且在作品中也多次写到梅花。同样一幅《自锄明月种梅花图》,她后来又为之赋长调《台城路》一阕,由此可见她爱梅之深。在这首词中,她以流逸轻灵的笔调摹写出明月淡烟的清幽静谧与梅花的暗香浮动、疏影横斜,而画中人在如此清绝风物与氛围的烘托下,也仿佛染上了梦一般的飘飘仙意,所以她以艳羡的口气说:"可是神仙亚?"全词最精彩处乃在结尾,她用了一个颇具神幻色彩的典故。据柳宗元《龙城录》载,隋朝赵师雄南迁罗浮,日暮于松林酒肆旁见到一美人淡妆素服出迎,芳香袭人。赵师雄与之同至酒家共饮,有绿衣童子献舞献歌不已。赵师雄酒醉而眠,醒后见自己在梅花树下,树上有翠鸟啁啾相顾。吴藻在花月夜的美好背景下,借翠羽飞来、啁啾细语的意象与其背后暗含的浪漫神奇故事婉转地点染出画中种梅美人清逸空灵的气质,与前一句"可是神仙亚"自然转承,同时为整个画境增添了活泼的生气与灵动新鲜之感。

另一首《清平乐·题〈桐阴听雨图〉》则散发着清雅的出尘气息:

绝无尘俗,糁地桐阴绿。石鼎松风茶未熟,瑟瑟凉生满幅。　　画中人正看鸦,孤山鹤已还家。贪洗两三竿竹,不知误了梅花。

散落一地的桐阴漠漠,以石鼎松针烹茶的闲适情态,飞鸦归鹤孤山这些远近错落的意象风景,都传递出画中那份恬静而高雅的意致。然而,静态的景物不难刻画,难得的是在不离画境的基础上生发出更为动人的"意在画外"的情韵。像"瑟瑟凉生满幅",使人仿佛可以感觉到桐阴轻风的绿意幽凉,"贪洗"二句虽则挥洒想象,淡泊的语气间自有清妙之思,是所谓"境生象外"者。

吴藻的才名使她与不少才女均有交游唱答,许云林即是其中之一。吴藻有《高阳台·云林姊属题〈湖月沁琴小影〉》,便是为其所作。词云:

选石横琴,摹山入画,年年小住西泠。三弄冰弦,三潭凉月俱清。红桥十二无人到,削芙蓉、两朵峰青。不分明,水佩风裳,错认湘灵。　　成连海上知音少,但七条丝动,移我瑶情。录曲栏杆,问谁素手同凭。几时共结湖边屋,待修箫、来和双声。且消停,一段秋怀,弹与侬听。

许云林为钱塘女诗人梁德绳之女,工诗文,兼擅琴艺与绘画,吴藻所题的《湖月沁琴小影》即出自她的笔下。词的上片着力刻画月夜里独自弹琴于湖上的女诗人清雅绝尘的意态风致,"选石横琴,摹山入画"已点明她工琴善画的出色才情;三潭印月、红桥寂寂的幽秀景色与大小孤山的秀丽剪影,则为弹琴者布置了一幅极为静美的湖山背景图。于是,在淡淡的月光下,轻抚冰弦的她的身影如同水为佩、风为裳的依约湘灵,散发着朦胧缥缈的梦幻气质。下片吴藻自然地将词笔转向对二人情谊的叙写,但始终不离"琴"的主题。她一方面称赞云林的琴艺之精,一方面抒发了对云林的深深思念。她遥想日后能与好友结庐湖畔,琴箫合奏,借优美的琴音细述人到中年的沧桑怀抱,含思婉转,回味深长。

吴藻个性中有着普通女子欠缺的大气而洒脱的一面,尽管婚姻不谐的痛苦时时缠绕着她易感的心灵,她却并未因此彻底丧失对生活的热情。她钟情于文学创作,又交游广阔,与不少才女名士结下了深厚的知己之情;她始终保持着赤子之心,对大自然抱着天生的亲近与热爱。吴藻所居住的故乡杭州向以风物清嘉、山水优美而名闻天下,每逢闲暇或者春秋佳日,她常常外出寻幽览胜,其《花帘词》中有《喝火令》一阕,词前小序云:"四月十六夜,泛棹北山,月色正中,湖面若镕银,戏拈小石投水,波光相激,月累累如贯珠。时薄酒微醺,繁弦乍歇,浩歌一阕,四山皆应,不自知其身在尘世也。"雅意幽兴,使人读罢有飘然欲飞之感。

吴藻词集中有多首游览之作,均细腻生动地抒写了她对山水自然的热爱与轻畅悠游的适意情怀。《台城路》词云:

晓莺啼破纱窗梦,东风又催花舫。水傍花流,花围水住,春水桃花新涨。兰桡画桨。有人影如云,坐来天上。认得仙源,一襟芳思幻霞想。　　清游放舟最小,苇梢千万树,都在幽港。饮绿开尊,吹香试笛,不尽浅斟低唱。芦芽渐长。看鸭鸭栏边,白鸥三两。落日柴门,老渔闲晒网。

词前有小序,写得优美轻灵,恰称词意:"积雨初收,嫩晴未稳,皋亭桃花盛开,游舫群集。午后偕蘅香、蕊香买舟,由小港抵甘墩村。一路桥低岸曲,水复峰回,秾李千株,花繁似雪,此中幽境,别有天地,非人间矣。"碧水新涨,桃花盛开,雨后的空气里充满了清凉而柔暖的春天的味道。湖上画舫点点,游人与天空的倒影映在水面,看过去好似人在天上般飘然自在。小舟一路行来,词人看水看花看桥,看兰桡幽港,看白鸥芦芽与斜晖淡淡,还有柴门晒网的渔翁,恍惚间觉得自己仿若进入了陶渊明笔下的仙境桃花源。她所见到、感受到的一切都那么空灵秀美,她的心中因而盛满了只有自然才能给予的浪漫与欣悦。而她饮酒吹笛、浅斟低唱的陶然惬意之感,又为其"桃源"之游平添了一抹飞扬的色彩。

到了中年以后,随着光阴的流逝与修行之念日深,吴藻渐渐减退了早期的热情与执着幽恨，心境开始走向沉静与苍凉。对于曾带给她无限安慰与欢愉的湖山胜景，她的态度也不复昔日的欣喜眷恋。《香南雪北词》中有一首《高阳台》，就是此种落寞情怀的反映：

山远浮烟，湖圆抱玉，丝丝杨柳轻柔。未老游情，累人催上兰舟。香尘漠漠西泠路，占红阑、笑语临流。一篷幽，摇碧谁来，第二桥头。　　自从不作伤心句，负夕阳芳草，满地闲愁。寂寂寥寥，襟期淡过暝鸥。东风几阵回桡急，峭寒生、欲裹重裘。懒勾留，花似浓春，雨似凉秋。

词前小序云："平湖秋月亭故址重新，游者云集，舟过不得上，沿堤自断桥入里湖。"西湖由苏堤、白堤划分为外湖与里湖，外湖水面开阔，里湖境界幽深。吴藻避开游人群集的平湖秋月，而选择了相对宁静的里湖，已隐约流露出一点阑珊之意。"未老游情，累人催上兰舟"——虽然心中尚余游历湖山的逸兴，却早不是当年把酒吟啸的热情可以比拟的了。"累人"二字沉郁，包含着丝丝苦涩与无奈的味道。所以，她看到西泠路上络绎不绝的香车丽人，看着红栏旁笑语临流的游客喧扰，自己却丝毫感受不到那份欢乐畅快的情怀。在道光十七年（1837）移家南湖以后，始终耿耿于命运播弄、婚姻不谐之苦的吴藻，逐渐将精力转向了净土的修行，希望借此抚平昔日的痛苦挣扎，得到心灵的平静与安宁。与之相应，她的词作基本不再表现郁愤激楚的情感，而代之以大量清雅幽秀的题画词与游览词，流露出因长期证佛而生的空明寂灭之思。她的笔下不复流淌伤心怆然的词句，襟期亦随之归于淡泊与寥落，热爱与幽恨同时一点点淡出了她的生命。她有一首《浣溪沙》，差可与此词相对照来看："冰雪心肠句欲仙，此身只合老湖边。水房春暗落梅天。　　拾翠几人抛钿朵，添香独自理琴弦。好怀渐不似当年。"因此，当东风吹过湖面，她感到的不是清新舒适，而是春寒料峭、雨似凉秋，是"懒勾留""回桡急"的意致阑珊，这其实何尝不是她后期渐转沉寂的心理写照。

（三）不名一家、奄有众妙的写作风格

吴藻在清中叶女性词坛上的地位，只有顾春可与之颉颃。她在倚声方面取得的不俗成就令当时的许多词林名士刮目相看，对其人其词亦颇多推许称誉之辞。吴藻的好友魏谦升在《花帘词序》中认为，"自祭酒（按：指吴锡麒）之亡也，或虑坛坫无人，词学中绝，不谓继起者乃在闺阁之间"①，将她的地位置于众多填词作手之上，评价可谓极高。王蕴章称吴藻"才名横溢，卓然大家"②，《近词丛话》作者徐珂则云："吴蘋香女史，初好读词曲，后乃自作，亦复骎骎入古。钱唐梁应来题其《饮酒读骚图》有句云：'南朝幕府黄崇嘏，北宋词宗李易安。'非虚誉也。著有《花帘词》一卷，逼真漱玉遗音。"③

李清照是后世女词人一致推崇追慕的前代大家，若能得到类似"漱玉遗音"这样的肯定，无疑已是最高的称赏。而易安向被推为婉约宗主，词作极芳馨秀雅之致，几乎是所有女性词人模仿的范本，吴藻集中自然也有这种含思婉转的作品。如《点绛唇》：

倚竹拈花，生寒翠袖无人问。一天风紧，雁字来成阵。　画角城楼，又早催霜信。凭阑认，乱山隐隐，只与斜阳近。

---

① 〔清〕魏谦升：《花帘词序》，载李雷主编《清代闺阁诗集萃编》，中华书局，2015，第 4111 页。
② 王蕴章：《然脂余韵》卷四，载王英志主编《清代闺秀诗话丛刊》，凤凰出版社，2010，第 771 页。
③ 〔清〕徐珂：《近词丛话》，载唐圭璋编《词话丛编》，中华书局，1986，第 4225 页。

又如《卖花声》：

花落又花开，秋去春来。昔年天气旧池台。一样夕阳芳草句，两样吟怀。　燕子莫相猜，庭院荒苔。笔床茶灶欠安排。抛掷流光人不觉，减了清才。

前一首写秋日黄昏的寒瑟孤寂情绪，后一首抒发光阴飞逝、物是人非的今昔之感，皆轻倩韶雅，蕴藉浑成，从笔意到艺术风格上与易安词均有相似处。但若是完全效仿前人，吴藻便不会成为清代词坛上的一株夺目奇葩。她凭借自身天赋的慧思奇才，在有意汲取众家所长的基础上融入个人的独特气质与情思，形成了不拘一格、"奄有众妙"的写作风格。也就是说，她的词并非专守一种格调，而是柔婉与豪壮、流利与清隽兼而有之。

与一般女词人不同，吴藻早年在倚声外兼好剧曲，杂剧《乔影》甫一面世便引起广泛关注。除此以外，她今日存世之作尚有散曲一套。对曲的偏爱间接影响到吴藻前期词作的风格，她的词常常轻柔圆脆，流美俊快，读来琅琅上口，声情谐畅。譬如她的处女作《浪淘沙》：

莲漏正迢迢，凉馆灯挑。画屏秋冷一枝箫。真个曲终人不见，月转花梢。　何处暮钟敲，黯黯魂销。断肠诗句可怜宵。莫向枕根寻旧梦，梦也无聊。

词写秋夜孤馆里的消黯愁怀。静寂中传来的迢迢更漏，远处沉沉的悠扬晚钟，撩动独宿人愁绪的呜咽箫声……一切寂寞与伤感仿佛都因此被无限拉长，而懒寻旧梦、"梦也无聊"的无奈喟慨则更深地勾勒出主人公难以言说的凄怨哀恨怀抱。全词寄意虽怅恍苦涩，措语却自然圆转，吐韵清妍兼笔致和婉，情感的表达绝无粘滞尖涩之弊,恰如陈廷焯所称:"韵味浅薄,语句轻圆,所谓隔壁听之,铿锵鼓舞者也。"①

再如《行香子》词云:

楼外残霞,柳外栖鸦。逗西风、落叶窗纱。都将秋思,吹在侬家。算几宵萤,几分月,几重花。　冷了红牙,住了铜琶。一年年、减尽才华。翠尊银烛,浅醉消它。纵梦无多,愁有数,病添些。

在这首表现秋思冷落、心绪悄然的词作中,词人的哀怨感受虽刻画得沉郁而深透,然而因为用语与选韵的轻清谐婉,整体予人以既柔约又流丽的美感效果。同时上下片的结拍处更带出几分余韵悠悠的绵邈况味。

如果说上述两首作品尚未明显流露出剧曲的风调特点,那么,《祝英台近·影》则能够清楚地看出曲词的影响。词云:

曲阑低,深院锁,人晚倦梳裹。恨海茫茫,已觉此身堕。可堪多事青灯,黄昏才到,更添上、影儿一个。　最无那。纵然着意怜卿,卿不解怜我。怎又书窗,依依伴行坐。算来驱去原难,避时尚易,索掩却、绣帏推卧。

整首词几乎全用口语,无一处用典,也无任何深曲的寄托,只是一个孤独索寞的闺中女子在絮絮地诉说她与影子之间的心事罢了,从字句口吻到表达方式都带着曲词直白浅俗的特色。原本倚声之事是十分忌讳以曲入词的,只因如此一来极易流入纤靡伧俗、味浅意薄的一路,明词不振,很大程度上即与此流弊相关。学养深厚、识见开阔的吴藻之所以敢于挑战这一避忌,在于心性灵慧的她

---

① 〔清〕陈廷焯:《白雨斋词话》卷五,载唐圭璋编《词话丛编》,中华书局,1986,第3898页。

懂得在直白浅切的基础上，注意用语不会走向柔靡粗俗的一端，并且借助独特、别出心裁的思致来巧妙灵活地表达作品的主题，借此弥补词情较为浅白的不足。例如在这首专咏影子的词里，寂寞又心绪慵倦的词人在百无聊赖中唯有对着身畔依依相随的影儿喁喁细诉凄凉情怀。她先是抱怨自己枉自多情，虽"着意怜卿"，影儿却偏偏不解怜惜孤寂的自己；接着她又不明了为何无情的影子还要不离不弃地伴着她起坐行走？言语间有无奈，也有困惑，将细腻微妙的女子心事传写得惟妙惟肖。词的最后，意兴寥落的主人公干脆躲入绣帷中假寐，以摆脱这"道是无情却有情"、徒然困扰其心神的影子。李佳《左庵词话》称吴藻此词"故作痴情语，却妙"[①]，洵为的评。

除了措辞的浅白直接，吴藻也偏爱通过重复的修辞手法来加强情感的清楚表达，并造成流畅疏快的审美效果。比如："不怕花枝恼，不怕花枝笑，只怪春风，年年此日，又吹愁到"（《连理枝》），"无意留春住，惊心怕病磨。好天能几日清和。等得花飞，等得柳丝拖。等得芭蕉叶大，夜夜雨声多"（《喝火令》），"无端新梦觉，记得分明，梦里华年竟如故。一样好凉秋，一样伤心，又一样，云和不鼓"（《洞仙歌》）。而整首词基本以重叠笔法写意传情的，是《酷相思》：

一样黄昏深院宇，一样有、笺愁句。又一样，秋灯和梦煮。昨夜也，潇潇雨；今夜也，潇潇雨。　　滴到天明还不住，只少种、芭蕉树。问几个、凉蛩阶下语。窗外也，声声絮；墙外也，声声絮。

词以交加重复的手法来渲染秋夜里雨声潇潇、凉蛩絮絮的寒凉凄恻氛围，同时也深化了词中的愁寂之情，语言与意象虽简洁清

[①]〔清〕李佳：《左庵词话》卷上，载唐圭璋编《词话丛编》，中华书局，1986，第3133页。

新，然而通过这种有节奏的、连续的重叠句式，一样能够明晰又深透地传递出愁绝心境。

婚姻失意的痛苦与人生不遇的苦闷一直困扰着吴藻，在她最终以净土修行淡去了尘俗痴念之前，这样沉重压抑的感觉从未真正消失过。而当此种郁愤情绪在她的笔下喷涌爆发时，我们看到的就是与轻圆柔脆风格截然相反的、即所谓"豪宕尤近苏辛""发海天之高唱"①的作品，这也表现出她本人驾驭各种不同词风的成熟技艺。如这首《金缕曲》：

闷欲呼天说。问苍苍、生人在世，忍偏磨灭？从古难消豪士气，也只书空咄咄。正自检、断肠诗阅。看到伤心翻失笑，笑公然、愁是吾家物。都并入、笔端结。　　英雄儿女原无别。叹千秋、收场一例，泪皆成血。待把柔情轻放下，不唱柳边风月。且整顿、铜琶铁拨。读罢离骚还酹酒，向大江、东去歌残阕。声早遏、碧云裂。

开篇即以高亢激越的语气大声叩问苍天，犹如当头棒喝，给人以无比震荡惊动的感受。她不甘空负一世才情却只能在空庭深闺与愁怀泪眼中徒然消耗，她也清楚地明白不仅是她这样的女子，古今无数的英雄豪士亦同样遭此失意坎壈之痛。"英雄儿女原无别"，她由一己之境遇推及一切不遇才士，从中可以见其其开阔的识见与襟抱。而检点自己的诗文，断肠之句触目皆是，"看到伤心翻失笑"，这不悲反笑的奇突反应正加倍深刻地传递出其苦笑背后汹涌的哀愤之情。所以，她要收拾起女儿的柔情幽怨，而以读骚饮酒、放怀高唱东坡"大江东去"的豪壮之词来宣泄内心的悲愤与不平。全词由"闷欲呼天说"的愤激，到"笑公然、愁是吾家物"的沉痛，再到

---

① 〔清〕陈文述：《花帘词序》，载〔清〕冒俊辑《林下雅音集》，清光绪十年（1884）如不及斋刻本。

结韵处"声早遏、碧云裂"的高昂，情绪的变化有着从高到低，复由低到高的起伏，因此增加了词情的折宕之感。这样的安排使得此词虽充满豪壮雄健的风调，却能于刚劲笔意中见出情怀的深曲之处，并非只是一味地豪迈慷慨而已。

沈德潜说过："郁情欲舒，天机随触，每借物引怀以抒之。"①有时吴藻也会借他人酒杯浇自己块垒，如《水调歌头·孙子勤〈看剑引杯图〉云林姊属题》：

长剑倚天外，白眼举觞空。莲花千朵出匣，珠滴小槽红。浇尽层层块垒，露尽森森芒角，云梦荡吾胸。春水变醽醁，秋水淬芙蓉。　饮如鲸，诗如虎，气如虹。狂歌斫地，恨不移向酒泉封。百炼钢难绕指，百瓮香频到口，百尺卧元龙。磊落平生志，破浪去乘风。

孙子勤是吴藻好友许云林的丈夫，吴藻为孙氏画作所题的这首词中，明显也寄寓了自己深藏已久却无法实现的理想与豪情。不同于《金缕曲》的忧愤悲痛，此词更多慷慨淋漓的豪侠之气。她运用了大量的典故与前人诗句，以一股盘旋劲健之气贯穿始终，将画中人引杯看剑、狂歌斫地的豪迈不羁气质表现得酣畅淋漓，使人读罢油然而生神往折服之意。论词者有言："词起结最难，而结尤难于起，盖不欲转入别调也。"②吴藻亦深谙此理。词以"长剑倚天外，白眼举觞空"起，以"磊落平生志，破浪去乘风"结。起句紧扣"看剑引杯"的画作主旨，定下全篇伉健基调；结句用南朝宋宗悫事，点明孙子勤高远不凡的心志襟期，同时也是她自身精神世界的间接反映，由此收结全篇，洒脱中不失开阔之思。一起一结，首尾

---

① 〔清〕沈德潜：《说诗晬语》卷上，清嘉庆三年（1798）刊本。
② 〔清〕刘体仁：《七颂堂词绎》，载唐圭璋编《词话丛编》，中华书局，1986，第618页。

相应，表现出吴藻精妙的词艺与不俗的气魄和功力。

吴藻词向以"奄有众妙"见称于世，除了轻圆流丽与豪宕刚劲，她的不少词作又深具浙派清虚骚雅的情韵。魏谦升曾表示，在浙派作手厉鹗、吴锡麒去世后，"或虑坛坫无人，词学中绝，不谓继起者乃在闺阁之间"①，认为吴藻是厉、吴之后的词学继承者，也说明其词颇有浙派的美感特点。试举《迈陂塘·初冬湖上》为例，词云：

放轻舟、短长堤畔，玉骢金勒谁跨。水痕已减三篙绿，幅幅柔蓝不泻。秋去也。只睡里、烟鬟山色仍如画。段家桥下，看枫叶霜干，芦花雪冷，衰柳不堪把。　　湖光好，何必深春浅夏，四时风景都雅。飞飞鸥鹭疏疏影，难认荷湾菱汊。归未舍。但红了、斜阳是处钟初打。碧琉璃瓦，看古寺僧换，佛楼梵起，楼外暮云亚。

西湖之美，名甲天下，生长于湖畔的词人对此自然领略更深。在她的词集中，有多首提及西湖风物的作品。这首词选取初冬湖上的清疏风物作细微精工的刻画，笔致雅洁，写意则幽美空灵。她以"柔蓝不泻"形容湖水的碧绿凝然，以"烟鬟山色仍如画"描摹冬日里孤山的寂静秀丽，表现出其妙想天成、慧质灵心的一面。虽然她写了冬季湖上游人稀少、水落霜寒的安静空疏之景，但并未极力渲染荒寒冷落的氛围，因为她要表达的是"四时风景都雅"的美好情思。因此，那如画的山色、鸥鹭翩然飞掠的影子、夕阳的一抹金红，以及古寺传来的悠扬经声，均为淡雅的画面增添了清逸疏秀的气息与微微的一点暖意。全词用语精致工丽，配合意境的宁静清空，散发着典型的浙派美学风味。

又如《踏莎行·〈松风庭院行〉看子》：

---

① 〔清〕魏谦升：《花帘词序》，载李雷主编《清代闺阁诗集萃编》，中华书局，2015，第4111页。

石补阙空,泉随径转,幽栖好个闲庭院。百年乔木晋人家,清风吹得红尘断。　　翠合无痕,凉生不暖,何须脱帽看诗卷。月明仙鹤又飞来,松花松子琴床满。

此词名为题画,而真正的词眼乃在"幽栖"二字。自东晋陶渊明《桃花源记》问世以来,归隐之梦便成为无数人忘情尘世的一剂良方。不满现实的才士以"隐"对抗"仕",以独善其身的高洁远离仕途官场的污浊黑暗。身为女性,原本并不存在这种"仕"与"隐"的冲突,因此,女子的幽隐理想可视作对自我生存处境的一种否定。像多年来抱有不遇之恨与婚姻失意之痛的吴藻,对"幽栖"生活始终怀着无限追慕与向往,原因即在于此。在这首词中,曲曲的泉水、闲静的庭院、翠盖成荫的乔木、微凉的清风、象征着仙界之美的明月仙鹤,以及落满了松花与松子的无人抚弄的琴床,共同构成了她心中理想的幽栖之境。而流动于字里行间的清寂秀雅气息与蕴藉虚静之思,又使得此词生发出丝丝淡宕空灵的美感。

此外,与大多数女词人相比,吴藻在词中常喜欢用典,且能融化不涩,用事而不为所使。如《苏幕遮·听茝香姐弹瑟》:

曲初终,人未香。指下泠泠,一片悲风绕。酒醒窗前残月到。二十五弦,弹得天应晓。　　碧空寒,湘水渺。千古伤心,只剩遗音好。江上数峰青不了。木落烟波,谁把云和抱。

全词以钱起《省试湘灵鼓瑟》诗意为主线,又融入自我的幽渺哀怨情思,有浑然天成之感。并且,"一片悲风绕"出自李白"忽闻悲风调,宛若寒松吟"(《月夜听卢子顺弹琴》);"二十五弦"用钱起"二十五弦弹夜月,不胜清怨却飞来"(《归雁》)句意;"木落烟波"则语出屈原"袅袅兮秋风,洞庭波兮木叶下"(《九歌·湘夫人》),不离湘灵鼓瑟的意韵,而又自然妥帖,不见生硬拗涩之迹。其他又如:"杜陵茅屋秋风冷,三峡词源长泻。游倦也,但听雨,巴山剪烛西窗话"(《迈陂塘·陆次山蜀游图》)用杜甫《茅屋为秋风所破歌》《醉歌行》及李商隐《夜雨寄北》诗;"雨急跳珠,云痴泼墨,愁水愁风时候"(《台城路》)用苏轼名句"黑云翻墨未遮山,白雨跳珠乱入船"(《六月二十七日望湖楼醉书》);而《满江红·洪忠宣公祠和俞少卿世兄作》及《满江红·谢叠山遗琴二首》更因为有着浓重的历史背景,而穿插使用了大量的典故史实,从中可以看出吴藻学养积淀之深与阅读范围之宽广。俞陛云《清代闺秀诗话》将徐灿、顾春与吴藻并称为"三大家",并指出:"湘蘋以深稳胜,太清以高旷胜,蘋香以博雅胜。"[①]"博雅"二字,正点明吴藻在词的创作上真正的擅胜之处。

吴藻赋性聪颖,在文学方面有着过人的艺术表现才华与常人难及的灵慧思致。阅读其作品,我们时常会感受到她的奇思妙想。比如:"好梦忒惺忪,去也匆匆。池塘春影又成空。一片吟魂无著处,随住东风"(《卖花声》),写诗思飘荡的朦胧杳渺之感。"文窗欲启未启,怕晶帘卷碎,花影人影"(《齐天乐》),写秋日里惜花又自怜的清绝况味。"何处游丝,吹到没人庭院。忒缠绵、和愁牵绊"(《风中柳·游丝》),将游丝的缠绕飘忽与愁绪的丝丝缕缕绾合一处……皆体现出脱俗超妙的情致。不仅如此,吴藻词以整体思致结构取胜的,也不在少数。例如这首《水调歌头·扑萤》:

手弄白团扇,阶下扑流萤。碧天今夜如水,三两点秋星。却绕井阑寻去,又被惺忪花影,遮得不分明。小步凤鞋困,笼袖倚山屏。　　月篱外,烟砌畔,猛相迎。回身欲觅无赖,飞上玉钗停。门掩一层帘子,帘

[①] 俞陛云:《清代闺秀诗话》,转引自邓红梅撰《梅花如雪悟香禅——吴藻词注评》,上海古籍出版社,2004,"前言"第6页。

护一重窗子，偏解入疏棂。应是会侬意，来作读书灯。

词写秋夜扑萤的活泼场景，细致有序地描述了扑萤的过程：词人由井栏一路追寻，绕到花丛附近，被花影遮碍，不见了流萤身影，只好倚屏歇息；接着词人又于不经意间与流萤兜头遇见，正欲扑捉，它却偏偏飞上头顶玉钗；最后，无可奈何的她发现流萤竟然穿过重重帘幕，来到书窗畔，仿佛善解人意的小友般为她照明，伴她读书。整个过程虽然只是普通的闺中嬉戏，却写得颇具峰回路转、曲折跌宕之妙，思绪亦十分轻快跳脱。尤其是结韵二句，移情于物，情趣盎然，欣悦中夹杂着丝丝温馨之感，尽显词人颖悟过人的才思。一首本无深刻寓意的词作却被她写得如此独特如此动人，这在其他女性词中是不多见的。

吴藻生活的清中叶后期，已是内忧外患，国势日蹙，但表面上仍笼罩着"太平盛世"的光环。相对于明末清初，清中叶女词人的生活显得更为平静，也更多沉寂的味道。晚明个性解放的思潮与明清之际改朝换代的剧变早已离她们远去，她们对文学创作的热情没有任何减退的迹象，在艺术技巧及表现等方面也更趋于成熟精工，然而，在精神内核上却看不到积极的改变与突破。自清初顾贞立以劲爽之笔写出身为女性的种种孤愤不平之后，中间虽也有少数女性作品流露出一些对自我生存状态的质疑，但直到吴藻手中，才再次真正地将性别角色的苦闷与对现实处境的不满乃至否定以直接激切的口吻方式淋漓尽致地表现出来。吴藻与顾贞立遭遇相似，都有着不幸的婚姻与不遇的愤懑，同时，二人又有着同样不甘雌伏的心态与俊拔超俗的个性。但吴藻的意识更为大胆激进，她不仅表示要洗去"女儿故态"，甚至作《乔影》及《饮酒读骚图》，在臆想中化身男子以曲折地满足自我因性别拘限而无法实现的理想，发泄有才无命、男女不平等的牢骚怨恨。在探寻女性生存价值这条坎坷路上，吴藻无疑比顾贞立走得更远，尽管社会时代环境的压抑使她最终不得不选择皈依宗教作为心灵的归宿。此外，吴藻属于个性极强的才女，她的词作在艺术风格方面无论是糅入了曲之特色的轻圆流利，还是女性词中罕见的激楚豪壮，无不散发着其特别的个性色彩。并且，吴藻作品语言之精致雅炼，思致之新警空灵，以及用典之博雅妥帖，即使同时代的男性作者也大都难以媲美。将其视为清中叶浙江地区成就最高的女词人，当不为过。

二、气格高浑、绝去纤艳的顾春词

顾春（1799—约1877），本为西林觉罗氏，后改姓为顾，字子春，又字梅仙，号太清，又号云槎外史，满洲镶蓝旗人。幼遭家难，祖父鄂昌因文字狱案牵连，被赐自尽，从此家道败落。父亲鄂实峰只能以游幕为生。顾春二十六岁时嫁给贝勒奕绘为侧室，贝勒元配妙华夫人去世后，有专房之宠。据《栖霞阁野乘》记载："太清貌绝美，尝与贝勒雪中并辔游西山，作内家妆，披红斗篷，于马上拨铁琵琶，手白如玉，见者感谓王嫱重生。"[1]因着"罪人之后"的身份，顾春在情感与生活上皆饱经坎壈，相识十年后才如愿嫁给奕绘，所幸婚后夫妇相得，情意至笃，彼此常以文字唱和，共同鉴赏金石字画，所谓"闺房韵事，堪比赵管"[2]。但道光十八年（1838）奕绘去世，顾春遭遇了深重的打击。不久家变骤起，顾春被谣言中伤，与尚未成年的子女们一起被逐出府邸，被迫变卖首饰买屋

---

[1]〔清〕孙静庵:《栖霞阁野乘》。见卢兴基编著:《顾太清词新释辑评》，中国书店，2005，第666页。

[2] 曼殊启功:《书顾太清事》。见卢兴基编著:《顾太清词新释辑评》，中国书店，2005，第691页。

居住，生活也陷入困顿。大约道光二十一年（1841）后，顾春的冤屈在定郡王镕邻的帮助下得到洗刷。之后又过了年余，她才重返府中。

顾春不仅工诗词，善绘画音乐，又能写小说，词尤精妙。当时论满洲词人，有"男中成容若，女中太清春"之语。她一生著述颇多，今有诗集《天游阁集》、词集《东海渔歌》及小说《红楼梦影》存世。

或许是少时经历患难与飘零，以及婚后常与丈夫外出游览山水，顾春的胸襟与眼界都较普通女性更为豁达与开阔。早期的苦难生活磨砺了她的心志，而婚后十余年的美满平静则令她有充足的时间与优渥的环境来加强学养与提高艺术水平。与女性词传统的柔美婉丽不同，顾春词整体表现出一种格调高浑、疏隽自然的审美特征。关于这一点，况周颐《东海渔歌序》中曾有过精当深入的阐发："太清词，其佳处在气格，不在字句，当于全体大段求之，不能以一二阕为论定一声一字为工拙。此等词，无人能知，无人能爱……夫词之为体，易涉纤佻。闺人以小慧为词，欲求其深稳沉着，殆百无一二焉。"[①]况氏之语可谓恰恰摄住了顾春词的过人处与特异处，顾春之所以能在繁荣的清代女性词坛上被视为大家，傲视群芳，原因即在于此。

（一）超迈襟期与洒落情怀：气格高浑的源头与底蕴

顾春一生遭际坎坷，早岁飘零，"半生尝尽苦酸辛"（《定风波·恶梦》），中年后即称未亡，孀居终老，但从其词来看，虽不乏感慨身世之作，亦偶有伤怀落寞之思，其主体情感风貌却是爽朗而大气的，体现出文人化而非闺阁化的抒情特征。如《水调歌头·和周紫芝〈竹坡词〉》词云：

[①]〔清〕况周颐：《东海渔歌序》，载〔清〕顾春撰《东海渔歌》，西泠印社活字本。

急雨响岩壑，林木暗濛濛。山楼四面风满，一线电光红。雨过长天如洗，收尽无边烦暑，湿气润高峰。坐对东山月，清影落怀中。　邀明月，酌美酒，共山翁。不妨谈笑，尊前歌舞且从容。老去心情依旧，莫负良辰好景，去日不能重。风月不到处，天地古今同。

词的上片写景，下片抒怀。写景生动，声、光、色交织一处，造境开阔，疏朗中不乏错落之致。"坐对"二句承上启下，引出笑傲风雨、快意人生的潇洒俊迈怀抱。整首词表现出即景写情的自然疏放风度，挥洒自如的飞扬意兴背后隐含着沧桑之余的淡淡喟慨，使得词情复多几分深稳与从容意味。

又如《高山流水·次夫子清风阁落成韵》：

群山万壑引长风。透林皋，晓日玲珑。楼外绿阴深，凭栏指点偏东。浑河水，一线如虹。清凉极，满谷幽禽啼啸，冷雾溟濛。任海天寥阔，飞跃此生中。　云容。看白衣苍狗，无心者，变化虚空。细草络危岩，岩花秀媚日承红。清风阁，高凌霄汉，列岫如童。待何年归去，谈笑各争雄。

清风阁为奕绘所建西山大南谷别墅的一处楼阁，于道光十五年（1835）完工，夫妻二人各有词纪之。阁名"清风"，故开篇即言"群山万壑引长风"，带出豪情浩荡之感。词中绘景以长镜头为主，既描摹了青山流水、林荫白云这样的疏阔景色，也写到鸟鸣、碧草、岩花这样的细微风物。尤其是上下片的结句，或逸兴遄飞，或襟期超迈，疏宕清空的景物描写中自然流露出洒落襟抱，纵笔写来，一片浑成，令人意远。

记录与闺友同游之乐的《金风玉露相逢曲》，更可见出顾春个性里飞扬俊爽的一面，词云：

寒烟冒树，凉风吹面。云外尖峰屏列。相期不负雨中游，恍若是、山阴冒雪。　东窗望远，西窗望远，一片秋光清绝。敲诗把酒晚晴初，卧夕照、残碑断碣。

词前有小序曰："中秋后一日，同云林、湘佩、家霞仙雨中游八宝山。晚晴，次湘佩韵。"云林和湘佩即顾春的好友许云林和沈善宝，霞仙是顾春的妹妹。秋日里与闺友姐妹冲雨出游，自觉逸兴幽情不减昔年王子猷之雪夜访戴。而雨后风光俊爽清旷，纵目四望，尤其令人诗思飞扬。结拍夕阳下的断碣残碑与把酒挥毫的隽朗怀抱相映衬，疏放中复多几许沉静与苍凉，予人以意余言外的悠渺之感。

此外，顾春性情的旷达洒脱，也体现在她对于无常人生的冷静审视以及由此而生的恬然自适的生活态度。如《浪淘沙·偶成》词云：

人生竟无休。驿马耕牛。道人眉上不生愁。闲把丹书窗下坐，此外何求。　光景去悠悠。岁月难留。百年同作土馒头。打叠身心安稳处，顺水行舟。

顾春早年多经磨难，故对佛道两家思想颇为亲近。面对人生的劳苦无休以及光阴飞逝、逝者如斯的无情现实，她以潜心修道作为"身心安稳"的不二法门，如此方能得真自在。平淡质直的语言中透露出安住当下的悠游闲静，可见其泊如怀抱之一斑。

顾春有两首不同时期所作的中秋词，也都表达了类似的达观心态：

楼外秋寒知不知？看看又到菊花时。半窗白日影如驰。　去日已多来日少，来何欢喜去何悲。且斟美酒对清辉。

——《浣溪沙·中秋作》

云净月如洗,风露湛青天。不知今夕何夕,陈事忆当年。多少销魂滋味,多少飘零踪迹,顿觉此心寒。何日谢尘累,肥遁水云间。　　沃愁肠,凭浊酒,枕琴眠。任他素魄,广寒清影自团圆。谁管秋虫春燕,毕竟人生如寄,各自得天全。且尽杯中物,翘首对婵娟。

——《水调歌头·中秋独酌用东坡韵》

《浣溪沙》作于道光十五年(1835),当时顾春三十七岁。人到中年,又值秋凉,心底未免生出丝丝时不我待的惶然之感。然而,面对去日苦多的现实,性格俊爽的词人并没有一味沉湎于感伤,而是以来去由他、把握当下的淡然态度从容相待。"且斟美酒对清辉"的洒脱里或许沉淀着几分无奈和怅惘,但这其实也正是人生无须回避的真相。面对并接受这样的不完满,才是真正的智者与勇者。另一首《水调歌头》作于道光十九年(1839),顾春四十一岁。就在前一年的七夕,丈夫奕绘不幸去世,未久家变又起,给她的身心都造成了深重的打击。词中的"心寒""愁肠",即是有感而发,而"何日谢尘累,肥遁水云间"的慨叹,则从另一个侧面流露出她心底的无限悲凉与怅恨。不过,面对如此多舛的际遇,几乎跌落命运谷底的她在唏嘘感恨乃至凄惶的同时,依然保持着一份永不丢弃的豁达与沉着。她想到人生如寄,一己微渺的生命于天地之中飞荡如不系之舟,各自漂向无法预知的结局。与其怨叹自怜,不如暂时放开怀抱,"且尽杯中物,翘首对婵娟"。纵然只能自斟自饮,纵然再无爱侣相伴,幸有明月清辉和杯中美酒抚慰着内心的孤独凄恻。两首写于不同境遇中的中秋词最终都以相似的表达作为收束,这样的人生态度也许称不上真正的超脱,也许夹杂着太多的苦涩,但其中表露的旷达情怀却非故作潇洒,而是饱经风霜坎壈后得来的可贵的人生经验,是顾春多难生命的真正底色。

此外，顾春诸多借景抒怀的作品中也常可窥见其疏宕豪爽的个性。《喝火令》词云：

久别情尤热，交深语更繁。故人留我饮芳尊。已到雅栖时候，窗影渐黄昏。　拂面东风冷，漫天春雪翻。醉归不怕闭城门。一路琼瑶，一路没车痕。一路远山近树，妆点玉乾坤。

词前有小序云："己亥惊蛰后一日，雪中访云林，归途雪已深矣。遂题小词，书于灯下。"己亥为道光十九年（1839），如前所述，就在前一年的七夕，奕绘去世；十月顾春及子女就被逐出府邸。写作此词的当时，正值夫亡家变后不久，而词中只以"交深语更繁"委婉约略带过。她以流利疏快的笔调，写闺友的热情相待、彼此间的把酒倾谈，写漫天翻飞的春雪扑面，写醉归途中所见琼瑶般的晶莹世界，字里行间洋溢着豪宕意兴与盎然生趣，丝毫不见身历剧变后的惨淡哀苦情绪。顾春性格中的豁达与坚强，于此可见。

在题画之作里，顾春也会借画意而抒发一己名士般疏放俊迈的情怀，如《江城子·题〈日酣川静野云高〉石画》词云：

日酣川静野云高，远山遥，碧迢迢。千里孤帆，一叶任风飘。莫话滩头波浪险，波平处，自逍遥。　昏昏天地太无聊，系长条，钓鲸鳌，且对江光山色酌香醪。其奈眼看人尽醉，悲浊世，续《离骚》。

上片仿若画家泼墨，随意挥洒，以放达劲健之笔传写疏阔清远之画境，"波平处，自逍遥"透露放旷之思，由此引出下片的一气抒怀。词人所着意刻画的遨游江湖、啸傲风月的隐者形象，实则寄予着自身对现实浊世的不满与厌弃，同时也折射出词人个性中孤高自许、不随尘俗的特质。

同样展现洒脱个性的又有《风入松·买菊》，其词云：

满城风雨近重阳，昨夜见微霜。含苞细认玲珑叶，记佳名，各色苍茫。出水芙蓉玉扇，落红万点霓裳。　萧条古寺积寒芳，不论价低昂。买归自向疏篱种，伴园蔬，平占秋光。或有白衣送酒，且拼一醉花傍。

开篇以宋代诗人潘大临原句领起，与"微霜"相缀，点明节气，结拍则用了重阳节王弘遣白衣使为陶渊明送酒故事。首尾皆用典，又都紧扣"重阳"，遥相呼应，针线可谓绵密。词中既写了菊花的各色名品，为萧瑟秋日平添绚烂之美，又表明"且拼一醉花傍"的疏放态度。这样从文字到情思完全中性化的表达，是顾春词的鲜明特质。它有别于女性作者传统的细腻柔美、婉曲芊绵，而以浑成自然、俊快疏朗见长。即使抒写幽约感伤情绪的词作，也绝无纤艳琐碎之弊。她所看重的，是整体上的气格与境界，而不在意一字一句的精美妥帖。且顾春的"中性化"或者说"文人化"的抒情特征全属一己性情襟怀的自然流露，并非刻意模仿得来，是其超迈坦荡气质的真实反映。从这个角度而言，顾春词实际上成功地继承了易安词精神面目士大夫化的特质，又更多一分高浑疏阔之气，在女性词人中诚属难能可贵。这固然得益于顾春常与丈夫奕绘诗词唱酬，但最根本的原因，当是其天性怀抱使然。

（二）写作视野的宽广与摒除闺怨的题材取向

顾春现存词332首，数量在女词人中堪称丰富。与之相应的，是题材内容的广泛与创作视野的开阔。她热爱自然，集中多咏风物。虽然二十六岁嫁给奕绘后直至去世的约五十年间，顾春足迹并未离开京城，但平日常与丈夫"并辔游西山"①，不乏登山临水之乐。仅词中提及的游踪所至，就包括白云观、天宁寺、石堂、观音

---

① 〔清〕孙静庵：《栖霞阁野乘》。见卢兴基编著：《顾太清词新释辑评》，中国书店，2005，第666页。

院、天仙庵、潭柘寺、天空寺、香山、金顶山等。经典之作如《浪淘沙·登香山望昆明湖》：

碧瓦指离宫，楼阁飞崇。遥看草色有无中。最是一年春好处，烟柳空濛。　湖水自流东，桥影垂虹。三山秀气为谁钟。武帝旌旗都不见，盛世难逢。

春日登临远眺，所见既有青山碧水的悠远空阔，又洋溢着草木葱茏的盎然生机。而"碧瓦离宫""三山秀气"则平添一份皇家威仪与高贵大气。结拍由昆明湖遥想汉武帝当年在长安昆明池训练水军的往事，使人油然生出盛衰兴亡之感，在原本飞扬的词情中融入了些许厚重与沉着，引人回味。

即使是普通的日常出游也时常令她身心轻畅，《定风波·城东泛舟》词云：

侵晓城东泛画桡，天光云影碧迢迢。少长同游随处好，恰巧，荷花生日是今朝。　极目蒹葭浮两岸，一片，小楼临水酒帘飘。听彻潺湲飞渡口，更有，乱蝉声曳绿杨梢。

顾春个性洒脱俊迈，她笔下的夏日泛舟情境同样呈现出一种活泼轻快的明朗观感。从天光云影、两岸的蒹葭苍苍，到渡口的水声潺潺、绿杨荫里的蝉声如织，所有的风物都带着开阔悠远和自在轻扬的特质，令人油然生出欣悦之意。所谓以景写情，而情在景中。

顾春性格中有着坚强爽朗的一面，这与其蓬勃丰沛的生命力有关。她对天地自然始终保持着深厚而真淳的热情，万物在她眼中都各有其美好与光彩。《鹧鸪天·荠菜》词云：

溪上星星小白花，也随春色斗豪奢。绿波渺渺无边水，细草盈盈一寸芽。　　春有限，遍天涯，千红万紫互交加。野人自有真生趣，桃叶携筐亦可夸。

不过是春季一种寻常的野菜，在顾春笔下却显得清丽可爱，野趣中又见真趣洋溢，流露出词人对纯朴平淡的乡野生活的由衷喜爱。

春天的一切在她眼中都是美丽而生机勃勃的，《东风齐着力·水波》（得平字）词云：

燕子来时，回塘向暖，野水烟生。刚胜弱絮，初从落花轻。漫漫垂杨曲沼，才添了、几点浮萍。鱼苗长，生机浩荡，恰趁新晴。　　雾縠太轻盈。波细细、参差碧浪纵横。遥天倒影，渺渺动柔情。好是东风消息，吹不定、似皱还平。天涯路，一篙新涨，万里春程。

顾春在词中用的很多字眼，如"落花轻""才添了""太轻盈""波细细"等，都散发着温柔又珍爱的气息。所有春日里初初生长的一切，无论是弱絮落花还是浮萍鱼苗，都令她心中盈满欣喜与期冀。而在这淡荡和融的春光中，"生机浩荡""万里春程"又使人清晰地感受到字句间涌动的饱满的生命热情。词为咏水波所作，一方面做到了咏物而能不粘不脱，一方面自然传达了对美好春光的深深热爱，情境优美兼气韵生动，顾春词的"气格高浑"，于此也可见一斑。

其他如《柳枝词》（其一）：

正月烧灯暖气融，天涯何处不春风。请看八九沿河柳，尽在生机浩荡中。

《风蝶令·春日游草桥，过菜花营看竹》：

春水才平岸，蛙声已满塘。蘋丝分绿映垂杨，几处澣衣村妇淡梳妆。　　看竹疏篱外，停车老树旁。李花零落杏花香，一带小桃花底菜花黄。

正因怀抱着对自然的热爱，顾春的所见所感才充盈着活泼的生命力。她不是以旁观者的身份远远欣赏淡荡春光与葱郁花草，而是将善感之心完全融入美好的风物里，写得亲切质朴又富有情韵，是王国维所说的"不隔"者。

此外，顾春平生与女词人交游甚多，闺中诗友包括沈善宝、吴藻、项纫、许云林、许云姜等。闺友间的往来唱答无疑在一定程度上鼓励了顾春的创作热情，而她与好友间的深挚情意也常表现于词中。如《江城梅花引·雨中接云姜信》：

故人千里寄书来。快些开，慢些开。不知书中安否费疑猜。别后炎凉时序改，江南北，动离愁，自徘徊。　　徘徊，徘徊，渺予怀。天一涯，水一涯，梦也梦也，梦不见，当日裙钗。谁念西风翘首寸心灰。明岁君归重见我，应不似，别离时，旧形骸。

词以轻快流利的语言抒发对久别好友的思念牵挂之情。有接到书札的惊喜，有不知对方平安与否的忐忑，有念而不见的无奈，也有别愁翻涌的感伤。一气写来，略无停滞，仿佛冲口而出，绝无假饰。全以情真取胜，而别有动人之处。

有时这思念寄托在赠送闺友的一束花朵中，《一剪梅·雨中剪菊花赠纫兰妹》词云：

暮秋天气太无聊。风又凄凄，雨又潇潇。清樽共酌恨难招。一道重城，千里之遥。　　东篱乍满冷香飘。次第开来，昨日今朝。露黄亲剪好风标。满贮筠篮，玉蕊金苞。

深秋时节，万物凋零，本就令人易生衰飒之感，偏偏又值风雨凄迷，冷清之余倍觉孤寂。这样的漫天萧瑟里，词人特别渴望能与闺友把酒倾谈，但"一道重城""恨难招"，唯有叹息而已。然而，当思念开始涌动，心底的深情必须找到出口。于是词人独自徘徊东篱之际，亲手剪下一篮菊花，将这寄托着深切怀想的清雅花朵赠予友人。无限情意，无边相思，尽在不言中了。古诗有云："涉江采芙蓉，兰泽多芳草。采之欲遗谁？所思在远道。"顾春此词，包蕴的是同样的深挚与怅惘。

顾春词集内有一首《定风波》，清雅可爱，表现出闺中生活特有的闲静又轻俏的一面，词云：

斑竹帘栊亚字栏，素馨花发晚风妍。消遣芸窗邀女伴，堪羡。闺中造物有花仙。　　妙手制成花架子，架起。鹦哥也是好花穿。闲向绿槐阴里挂，长夏。悄无人处一声蝉。

词前有小序云："古春轩老人有《消夏集》，征咏夜来香鹦歌，纫素馨以为架者，盖云林手制也。"古春轩老人即著名女诗人梁德绳，字楚生，出身簪缨贵族，"而不骄不侈"，"平生无世俗之好，惟耽吟咏"[①]，著有《古春轩诗钞》。云林即许延礽，字云林，梁德绳之女，与其妹许云姜幼承母教，皆工诗善画。从顾春集中可知，她与云林往来唱和甚多，交谊匪浅。作为时常飞笺酬答的诗友，二人在文字天地之外，也依然保持着女儿独有的玲珑慧思与闺中雅趣。时当夏日，云林以巧手编制了一个素馨花架，甚至架上的鹦哥也是由花朵穿成的。将其悬挂于槐树绿荫中，既怡悦心目，又增消夏之乐，不惟清雅，亦可见出闺阁日常生活的安闲恬适。结拍"悄

---

① 施淑仪：《清代闺阁诗人征略》卷七，载《施淑仪集》，张晖点校，人民文学出版社，2011，第 333 页。

无人处一声蝉",更添一份岁月静好之思,正如况周颐所称:"歇拍情景绝佳,咏物圣手。"①

对顾春来说,闺友间除了诗酒唱酬的雅意清兴,更可贵的是在现实生活中的彼此扶持与慰藉。如《糖多令》词云:

风起又黄昏,鸦栖静不喧。拍幽窗,霜叶翻翻。把卷挑灯人未睡,酌杯酒,默无言。 明月满前轩,天高夜色寒。有苍头、待月敲门。一袋糟糠情不浅,感君恩,养肥豚。

词前有小序云:"十月十日,屏山姊月下使苍头送糠一袋以饲猪,遂成小令申谢。"屏山即项纫,是顾春相交最深的好友之一。词作于道光十九年(1839)秋,当时顾春已被逐出府邸,赁屋住在养马营,生活一度陷于困顿。故词开篇即以秋深萧飒氛围烘托心境之凄恻寂寞,"杯酒"与"无言"更透露了郁悒忧患的重重心事。在如此情境中,好友遣人送来的一袋糟糠,虽不贵重,却为这冷清的夜晚带来了问讯与关怀的融融暖意。这样一件看似琐碎且全无诗意的日常小事,顾春写来则自然生动,深情流溢,其秉性之赤诚真率,也可见一斑。好友沈善宝曾说顾春"才气横溢,挥笔立成,待人诚信,无骄矜习气"②,言为心声,观其词,信然。

在风物与交游之外,顾春词中又多题画之作。这既因其善画,也与婚后夫妻二人时常一起品评书画有关。《鹧鸪天·题南楼老人〈秋水图〉》词云:

瑟瑟凉风入小池,红衣落尽翠离披。双螯荐酒重阳近,一鹭冲天夕

---

① 卢兴基编著:《顾太清词新释辑评》,中国书店,2005,第141页。
② 〔清〕沈善宝:《名媛诗话》卷八,载王英志主编《清代闺秀诗话丛刊》,凤凰出版社,2010,第479页。

照迟。　　白露结，碧云垂，波沉菰米动涟漪。可怜秋色无多日，留得残荷听几时。

南楼老人，即清代著名女画家陈书，善画花鸟人物及山水。词中准确而生动地表现出《秋水图》之意境与神韵：瑟瑟凉风，绿肥红瘦，白露残荷点染出秋之况味，而黄昏中冲天而飞的白鹭与水中长成的菰米，则为画面增添了灵动活泼的气息与秋实饱满的生命丰盈之感。全词写境清幽疏阔，设色清丽淡雅，而能情融景中，余韵悠远，称得上"词中有画"的佳作。

又如别有寄意的《江城子·题孙子勤〈西溪纪游图〉》：

西溪溪水拍长天。放游船，足留连。一片芦梢飞雪满前滩。仙侣同舟归去晚，夕阳下，起寒烟。　　乘流欲上白云间。小桥边，浪花圆。只有忘机鸥鹭对人闲。回首茅庵红叶里，僧送客，倚栏杆。

孙子勤是顾春好友许云林的丈夫。从词意来看，其画当是描摹夫妇同游西溪所作。词以秋水长天、芦花飞雪以及夕阳、寒烟、红叶来传写静美萧疏的秋日风物，而一片清隽中的一抹枫红，尤其使人觉得秋意氤氲，秋色醉人。"仙侣同舟"既是对孙氏夫妇的誉美之辞，同时也隐约流露了对自己美满婚姻的感受。全词最值得回味的是下片写到的"忘机鸥鹭"与"茅庵"孤僧，其中蕴涵的遁世归隐之思，当是顾春此词的深层寄意所在，或者说，是那个时代很多才女的梦想所在。

顾春个性虽坚强豁达，但早年飘零之苦与丈夫去世后的家难都不同程度地在她的心底留下了难以抹去的伤痕与阴影，故其集中多有对身世之感的抒写。如《定风波·恶梦》词云：

事事思量竟有因，半生尝尽苦酸辛。望断雁行无定处，日暮，鹈鸪原上泪沾巾。　欲写愁怀心已醉,憔悴,昏昏不似少年身。恶梦醒来心更怕,窗下,花飞叶落总惊人。

再如《一剪梅·月夜独酌》词云:

寂寞空庭月一方。窗里灯光,帘外天光。深夜独酌耐微凉。诗尽枯肠,酒满愁肠。　交枝花影不成行。才下回廊,又上东墙。三更敲过夜何长。收拾匡床,炷好炉香。

前一首写于道光十五年(1835),顾春三十七岁,已度过了十余年的幸福婚姻生活。然而,年少的不幸遭际如影随形,总会在不经意间化作"恶梦"令她惊悸难安。那无定的雁行,仿若从前四处流离的自身,"鹡鸰"则寄寓了无尽的思亲情意。词情悲凉凄楚,使人为之恻然。后一首作于道光二十二年(1842),顾春四十四岁,抒发家难后的愁闷孤独之感。夜长更深,唯有凉月孤灯相伴。寂寞中她试着借诗酒遣怀,无奈依然忧思难解,最终只能怀抱这沉郁心事入睡。语意悲怆,凄韵欲流。

顾春的身世和境遇使得她时而生出世情多变、盛衰无常的沧桑之叹,如下面两首词:

九日登高眼界宽,菊花才放小金团。縠纹细浪参差水,佛髻青螺大小山。　人易老,惜流年。茱萸插帽不成欢。西风那管离情苦,又送征鸿下远滩。

——《鹧鸪天·九日》

去天尺五韦邪杜,休疑旧梨花店。蛛网纱窗,草迷幽径,破板红桥谁换?池莲向暖,听一片蝉声,绿阴不断。点水蜻蜓,飞来又去绕花满。　登山临水寄兴,叹茫茫千古,多少恩怨。老树婆娑,回阑曲折,笔墨频挥虚馆。遥山在眼。认南谷高峰,西南数遍。归骑匆匆,夕阳天又晚。

——《台城路》

《鹧鸪天》写重阳登高。上片言登高所见,山川清远,风物疏隽。下片转而抒发光阴飞逝、无以成欢的急景流年之感,"西风"二句尤多苍凉意绪。《台城路》前有小序云:"六月廿六,云姜招游尺五庄看荷花,是日许金桥即席题词,遂用其韵。"许金桥乃顾春义兄许滇生之子,其妻石珊枝也是顾春的诗友。此番出游虽为游园赏荷而去,但顾春词中所流露出的,更多的是盛衰兴亡的沧桑之叹。古往今来,一代代如长安韦杜般贵盛的豪族世家,最后都难逃没落衰败的命运。徘徊于荒芜寂寞的庭园中,听蝉声摇曳,看蜻蜓飞舞,而满池荷花依然盛开,年年月月,仿佛早已忘记了时光的凝视。无论有多少恩怨难平,终将被流年一一抹去,只余这废弃的荒园,供后来者凭吊唏嘘罢了。两首词分别作于道光十四年(1834)和十五年(1835),当时奕绘仍在世,顾春的生活和美宁静。即便如此,早年的风霜经历、人到中年的敏感多思,仍然使词人时有忧患苍茫之意流诸笔端。不过,天性爽豁洒脱的她能以疏放之笔抒情写境,并未沉入愁云惨雾的一味伤叹中,这也正是顾春词的一大特色。

此外,顾春词集中还有吟咏节气之作,如《太常引·人日立春》《步蟾宫·至日》《步虚词·中秋》等;有为人题作之词,如《木兰花慢·题长洲女士李佩金〈生香馆遗词〉》《金缕曲·题〈花帘词〉寄吴蘋香女士》《一丛花·题湘佩〈鸿雪楼词选〉》等;有描写日常生活的,如《惜琼花·雨中补种白莲》《玲珑四犯·自制凤凰衣萤灯》《临江仙·清明前一日种海棠》等。还有被论者所称赏的阐发哲理、别有寄意的作品,如《惜分钗·看童子抖空中》《鹧鸪天·夜半读经玉漏迟》《鹧鸪天·傀儡》等，至于贺寿、咏物、咏史、悼亡、唱和也时有涉及。题材之广泛，视野之开阔，远远超越了世人对当时女性创作者的期许，并打破了才女往往为"闺阁气"所限的格局，呈现出一种更为大气、丰富而又充满生命力的精神境界，也因而间接成就了顾春词气格高浑的审美风貌。

（三）清空疏隽、自然流美的主体词风

况周颐《东海渔歌序》中称："太清词得力于周清真，旁参白石之清隽，深稳沉著，不琢不率，极合倚声消息。求其诣此之由，大概明以后词未尝寓目，纯乎宋人法乳，故能不烦洗伐，绝无一毫纤艳涉其笔端。"[①] 客观来说，顾春词中的确可以见出清真、白石两家的影响，如《霜叶飞·和周邦彦〈片玉词〉》：

萋萋芳草。疏林外、月华初上林表。断桥流水暮烟昏，正夜凉人悄。有沙际、寒蛩自晓。星星三五流萤小。见白露横空，那更对、孤灯如豆，清影相照。　　昨夜梦里分明，远随征雁，迢递千里难到。西风吹过几重山，怅故人怀抱。想篱落、黄花开了。尊前谁唱凄凉调？应念我、凝情处，听风听雨，恨添多少。

同样写秋日怀人，清真词哀婉凄怆，顾春词更多清寂怅惘之思，感情的表达也更偏于轻倩自然。整体上看，顾春词得力于清真，主要体现在意境的浑成，写情的"深稳沉著"，以及善于融化前人诗句。但清真词的注重思力安排，沉郁顿挫的抒情特点，以及典雅精丽的词风，则非顾春词所追步者。况周颐所言"不琢不率"，其实更切中顾春词的特质。清真词虽"不率"，却有些失之于"琢"。顾春词在深稳之外，又兼有秀发自然之美，这恰是其特出处。

[①]〔清〕况周颐：《东海渔歌序》，载〔清〕顾春撰《东海渔歌》，西泠印社活字本。

清代浙派推崇姜、张，主清空醇雅之说，不少女词人或深或浅地受到其影响。从审美趣味而言，顾春对白石词之清空幽隽也颇为属意，集中不乏手摹心追之作。如《念奴娇·和姜白石》词云：

湖亭依旧，记从吾、游者二三仙侣。今日莲花开已遍，翠盖团团无数。荷露烹茶，碧筒吸酒，又听萧萧雨。远山遮尽，片云应是催句。　欲暮，白鹭成行，避人沙渚，拍拍冲天去。争忍西风容易落，怕见断烟寒浦。菰米随波，红衣坠露，花里谁能住？明灯双桨，笙歌一派归路。

姜夔原作云："闹红一舸，记来时、尝与鸳鸯为侣。三十六陂人未到，水佩风裳无数。翠叶吹凉，玉容销酒，更洒菰蒲雨。嫣然摇动，冷香飞上诗句。　日暮，青盖亭亭，情人不见，争忍凌波去。只恐舞衣寒易落，愁入西风南浦。高柳垂阴，老鱼吹浪，留我花间住。田田多少，几回沙际归路。"俞陛云先生评姜夔此词"通首仙人行空，足不履地"[①]，乃赏其摇曳空灵之美。与姜作相比，顾春词中"荷露烹茶，碧筒吸酒"的风雅兼豪宕，"白鹭成行""拍拍冲天去"的轻扬俊逸，以及结拍"明灯双桨，笙歌一派归路"的洒落疏放，则于姜词的幽隽清空之外又多几分快意潇洒，自有其独特韵致。

又如《江城子·记梦》词云：

烟笼寒水月笼沙，泛灵槎，访仙家。一路清溪，双桨破烟划。才过小桥风景变，明月下，见梅花。　梅花万树影交加，山之涯，水之涯。澹宕湖天，韶秀总堪夸。我欲遍游香雪海，惊梦醒，怨啼鸦。

写梦之作，情与境大都迷离朦胧，顾春此词则多了一份空灵澄

---

① 俞陛云：《唐五代两宋词选释》，上海古籍出版社，2011，第301页。

澈之美。梦中的她于夜色中独自泛舟清溪,烟月与寒水点染出幽静迷蒙之境,"灵槎"与"仙家"则平添出尘缥缈思致。更令人惊喜的是,"破烟"后所见月下的万树梅花,层层叠叠,花影交加,如月色弥漫般开遍山间水际,与湖水长天相映照,清空澹静中兼具明丽雅洁的美感,引人沉醉,惹人遐思。结拍以鸦啼梦醒收束,尤有回味不尽的余韵绵绵之感。

另一首《柳梢青·题〈寒月疏梅图〉》则别具清绮隽秀风致:

老干横斜,一枝初放,低护檐牙。雪后黄昏,吹来何处,怨笛哀笳。 冰姿不同凡葩。照流水、清心自夸。冷澹花光,朦胧月影,深院谁家?

顾春爱梅,故集中每多吟咏。这首词以简净淡婉的笔法勾勒出月下寒梅的萧疏清雅姿态,"冰姿"二句点明梅花的绝俗高致,而结拍处花光月影相交织,冷香幽韵,呼之欲出。

顾春情怀超迈,因而清隽中常有轻扬空灵之思。典型的如《醉翁操·题云林〈湖月沁琴图〉小照》:

悠然。长天。澄渊。渺湖烟。无边。清辉灿灿兮婵娟。有美人兮飞仙。悄无言,攘袖促鸣弦。照垂杨、素蟾影偏。 羡君志在,流水高山。问君此际,心共山闲水闲。云自行而天宽,月自明而露溥。新声和且圆,轻徽徐徐弹。法曲散人间,月明风静秋夜寒。

《醉翁操》乃苏轼为同名琴曲所填的词作,以舒徐清空笔致描摹泉声琴音之美妙动人,并寄寓了对恩师欧公的深挚怀念。太清此词以景起,以景结,借长天、湖水、明月、流云布置了一片清幽、澄静、疏阔之境。"有美人兮飞仙"则恰称此境,引出所写"小照"的主人公,但词中并未着意刻画云林的具体形象,而是以"和且

"圆"的泠泠琴声含蓄传递其流水高山的高雅怀抱与萧散悠然情致。结拍处静夜里弥漫的琴音袅袅,生发出余音绕梁的悠远空灵之美,正所谓"语尽而意不尽,意尽而情不尽"者。

有时这份超隽的情怀以一种萧寂闲远的姿态淡淡透出,如《菩萨蛮·东观音洞》词云:

斜阳乍转夕阴结,观音古洞寒泉冽。黄叶拥禅关,山僧终日闲。　　石桥通曲径,树杪栖乌定。修竹暗森森,悠然净客心。

词为纪游之作,描绘了深秋黄昏山间的萧疏景色。夕阳渐渐沉落,暮色中词人所见到的一切都仿佛染上了安静又微微寂寞的色彩。"寒泉冽""暗森森"散发着萧瑟幽静的气息,与时节正相契合;而掩映于一片黄叶中的清寂古寺,终日闲淡悠游的山僧,以及无人处洗涤客心的苍翠修竹,则令人油然而生淡远出尘的超然意兴。词人的淡宕怀抱,也由此含蓄流露出来。

除了浙派美学思想的影响,顾春词更多表现出自然流美的风格特征,这也是其词能予人气格高浑之感的重要因素之一。她的很多作品,仿佛信手随意写来,完全不见刻意修饰的痕迹,全以气韵情境取胜。如《忆江南·题唐伯虎画〈江南水村〉五首》词云:

江南好,春草满芳洲。山上孤亭才落日,门前高柳系归舟。童子曳双牛。

江南好,云影接山光。负米人行莎草径,论文客坐读书堂。晚饭菜根香。

江南好,桑柘一村村。万点鸭儿浮远岸,几家稚子候柴门。风雨近黄昏。

江南好，如练暮江清。绕屋蒹葭秋露白，对门丘壑晚山明。闲话豆花棚。

江南好，明月绿杨梢。茅舍孤灯犹夜织，板桥流水暗生潮。渔火一星遥。

词为题画而作，真正达到了"词中有画"的超妙境界。每首所摹写者，无不紧系"江南水村"这一主题，而又一一呈现出不同的风物景致与美感情境。词以自然流利的笔法将画境作完美而传神的展示，既富有活泼的生活气息，又不失江南水乡特有的闲静清丽美感。情与景完美交融，读来有举重若轻之感。

又如《浪淘沙》词云：

花木自成蹊，春与人宜。清流荇藻荡参差。小鸟避人栖不定，飞上杨枝。　归骑踏香泥，山影沉西。鸳鸯冲破碧烟飞。三十六双花样好，同浴清溪。

词前小序云："春日同夫子游石堂，回经慈溪，见鸳鸯无数，马上成小令。"石堂与慈溪在奕绘的西山南谷别墅附近，风景优美，夫妻二人时常并辔游览。词写春日清嘉山水，因是"马上"所成，故措语简净，运笔疏快轻灵。花木葱茏，溪流藻荇，鸟雀翩飞，一路所见，皆是春意融漾，字句间透出欣悦轻畅之情。而黄昏中溪水上成双成对羽毛斑斓的鸳鸯，才是这幅山水画中的主人公，在它们身上，实则映射出词人对自己美满婚姻的幸福感受。这种即景抒怀的作品，真称得上是"用浅俗之语，发清新之思"①。

---

① 〔清〕彭孙遹：《金粟词话》，载唐圭璋编《词话丛编》，中华书局，1986，第721页。

另一首《浪淘沙》则多一份清虚气息：

楼外雨初晴，人倚云屏。月华如水照吹笙。多事夜寒添半臂，春也无情。　　残烛尚荧荧，好梦初惊。纱窗晓色已平明。天籁不知何处寺，一片虚灵。

词乃记梦之作，不同的是，这梦境带着几分神异的色彩，因词有小序称："梦游一处，曰天籁寺。壁间有词，牢记半阕，醒即笔之于简，盖《浪淘沙》也，足成一首。"如此则词之上片实为梦中所得，虽有些超出常理，却也并非完全荒诞不经。毕竟，有关梦中得句的记载亦不在少数。在这首词中，顾春先是描摹雨后春夜的幽静清新，写到夜色、月光与轻寒，以及独倚云屏、寂寞吹笙的美人的纤柔身影。"半臂"指短袖或无袖上衣，"添半臂"这一细节更使人油然而生怜爱之意。下片则转写梦醒后的茫然与怅惘。残烛未灭而天已破晓，回想梦中所至"天籁寺"及壁间题词，难免有疑幻疑真之感，"一片虚灵"正道出幻灭空明的心境。全词以淡笔抒情写意，幽柔自然，笔法则流利轻快，堪称白描佳作。

有时顾春词在自然流美中又带着几许芊婉轻倩的美感。如《早春怨·春夜》：

杨柳风斜，黄昏人静，睡稳栖鸦。短烛烧残，长更坐尽，小篆添些。　　红楼不闭窗纱，被一缕、春痕暗遮。澹澹轻烟，溶溶院落，月在梨花。

顾春个性中有俊迈洒脱的一面，故其词往往疏朗高浑。同时，身为一位敏感的女词人，她也时时流露出细腻柔美的情感特质。在这首带有唐五代风致的小词里，从黄昏的宁定安恬，到夜深添香的淡淡寂寥；从窗前的绿枝摇曳，到烟笼空庭、月照梨花，完美展示出女性独有的幽静而温婉的闺中情味。结拍化用晏殊"梨花院落溶溶月"(《寓意》)句意,而能妥帖自然,有浑然天成之感。词中用语流丽优美,情境柔约轻清,体现了顾春词韶秀的一面。

类似的清婉流丽之作还有《点绛唇·题朱葆瑜女史〈锄月种梅图〉》,词云:

月满风清,暗香乍试花心净。荷锄幽径,疏密安排定。　花压栏杆,翠袖和香凭。天如镜,横斜掩映,有个人相称。

顾春善画,其集中题画词之多、艺术水准之高,在当时女词人中堪称翘楚。词中提到的朱葆瑜,其堂妹朱玙(字葆瑛)亦为才媛,著有《小莲花室遗稿》和《金粟词》。朱玙有《题葆瑜伯姊〈锄月种梅图〉》一诗,中有句云:"知君雅意本清高,百树梅花手自植。"可见葆瑜对梅花钟爱之深。故顾春此词着力刻画的,并非梅花之疏影幽香,而是爱梅人的沉静气韵与淡雅风神。月明风清,碧天如镜,微寒的夜色中梅枝横斜、暗香弥漫,荷锄种梅的女词人独享风月幽清,心境之清逸恬然可以想见。而安排已定、花下凭栏小憩赏梅的纤柔身影,又令人浮想联翩。词中情与境相融,人与花相应,流美中自有轻倩之致。

顾春词的自然流美与淡婉清丽常微妙地融于一处,典型的如《醉桃源·题墨栀团扇寄云姜》词云:

花肥叶大两三枝,香浮白玉卮。轻罗团扇写冰姿,何劳腻粉施。　新雨后,好风吹,闲阶月上时。碧天如水影迟迟,清芬晚更宜。

词以简净清新之笔勾勒出栀子花的形与神。"花肥叶大"、洁白幽香,是其"形";雨后风凉、月光如水,夜色中花影轻摇、清芬弥漫，是其醉人之风神。措语流美，造境清幽，可称咏物而不滞于物者。

又如《南乡子·端阳后一日，四女仲文以玻璃小屏乞画兰花并索题，遂作此》词云：

节候过端阳，风雨连朝作嫩凉。画阁卷帘同笑语，琼浆，蒲叶榴花泛玉觞。　　薄醉写秋芳，娇女牵衣向阿娘。更要新诗题几句，微茫。记出《离骚》一段香。

顾春词取材广泛，像这首词中所写的母女亲情，亲切温厚，实为女词人所特擅。上片先描摹节候风物之美与家人宴饮之乐，下片转写女儿撒娇向自己乞画索诗。"牵衣"一语刻画小女儿的娇憨天真情态，传神生动，如在目前。而结拍所言《离骚》诗句，绾合"蒲叶榴花"，紧扣端阳节令，针线绵密。全词落笔轻灵，设色淡雅，造境写情皆以白描取胜，流利清新中不失浓郁的生活情味，尤为难得。

总之，顾春词如况周颐所言："其佳处在气格，不在字句。"① 坎坷的身世与经历磨砺了她的心志，而天性中的大气与豁达又是其词气格高浑、绝去纤艳的重要情感底蕴。同时，顾春词题材丰富，主体风格清隽自然，既呈现出"清水出芙蓉，天然去雕饰"的美感，又能细腻深稳地写境抒怀，并常予人以天真洒落、一片神行的审美印象，而这正是顾春词难以模仿超越之处。

---

① 〔清〕况周颐：《东海渔歌序》，载〔清〕顾春撰《东海渔歌》，西泠印社活字本。

| 第八章 |

从晚清到民国：最后的辉煌

晚清时期的女性文学创作总体陷入了较为黯淡沉寂的阶段，虽不乏女性作家作品，却少有成就超卓、个性鲜明者。直到清末民初之际，由于时代环境和社会风气的巨变，秋瑾和吕碧城这两位襟期卓越、见识不凡的奇女子终于横空出世，以她们各自的奇绝词笔，为古代女性诗歌的创作书写了最后的辉煌。

第一节 "休言女子非英物"：鉴湖女侠秋瑾

秋瑾（1875—1907），原名闺瑾，字璿卿，号竞雄，别号鉴湖女侠，浙江山阴（今绍兴）人。少工诗文词，"又好剑侠传，习骑马，善饮酒，慕朱家、郭解之为人。明媚倜傥，俨然花木兰、秦良玉之伦也"[①]。1904 年夏赴日留学，次年加入光复会和同盟会。1906 年回国，后在上海创办《中国女报》，宣传革命。1907 年回绍兴主持大通学堂，与徐锡麟分头准备浙皖两省起义。是年七月，徐锡麟领导的安庆起义失败，计划泄露，秋瑾因而被捕牺牲。今有《秋瑾诗词集》存世。

秋瑾与吕碧城是清末女性文坛上声名最著、成就最高的两位才

[①] 陈去病：《鉴湖女侠秋瑾传》，载李雷主编《清代闺阁诗集萃编》，中华书局，2015，第 5768 页。

女,二人甚至同号"碧城"。1904年秋瑾东渡日本之前,曾特别前往天津与吕碧城相会晤,彼此一见如故,视同知己。秋瑾也因此取消其号,让美于碧城,可称佳话。但秋瑾积极投身于革命运动的实践,而碧城虽怀同情,却"无满汉之见",只应允"任文字之役"(《欧美漫游录·予之宗教观》),在报刊上积极响应。[①]这反映了二者政治革新理念的不同。再加上个性、经历及审美归趣等因素的影响,两位"碧城"在文学创作上的风貌也判然有别。可以说,吕碧城虽亦忧虑国事、关心时局,并借文字宣扬革新思想,倡扬女权,但她更重视振兴教育以强国,故立志创办女学,为国家培养人才。她一生的辉煌成就最终仍体现于丰美的文学创作,而非革命功业。故碧城为后世所推崇,主要也是因其女词人的身份。而秋瑾毕生以革命成功为己任,其人生实践与文学创作都更鲜明地凸显着"革命者"的身份印记,也因此造就了其作品的独特气韵与境界,并成就了她在女性文学史上不可替代的地位。

一、报国之志与人生感慨:秋瑾诗词中的情感内蕴

如前所述,秋瑾兼具诗人与革命志士的双重身份,她最终的英勇就义令无数后人深深感佩,而这又在某种程度上提升了秋瑾作品的影响力。与此相关,人们最为关注、同时也最能代表秋瑾诗词成就与特色的,自然是其集中表现爱国热情与豪迈气概的作品。虽然其革命事业是在1904年赴日后展开的,但在此前的创作中,已然流露出对时局的忧虑之情以及报国之志。如《剑歌》《宝剑歌》《宝刀歌》等,都是经典佳作。诗中洋溢的巾帼不让须眉的激越豪情和英武气概,与其东渡后的文学创作在精神境界与美感特质上是如出一

---

① 参见吕碧城著、李保民笺注:《吕碧城词笺注》,上海古籍出版社,2001,第6页。

辙、前后呼应的。前期除《剑歌》诸作之外,《感事》一诗也抒写了深切的忧国情怀:

> 竟有危巢燕,应怜故国驼。
> 东侵忧未已,西望计如何?
> 儒士思投笔,闺人欲负戈。
> 谁为济时彦?相与挽颓波。

清末列强入侵,政治黑暗,革新与守旧之间的冲突愈演愈烈。作为一位胸怀天下的奇女子,秋瑾内心充满了忧虑、愤懑与悲怆,"思投笔""欲负戈"正宣泄出她的满腔报国热忱。结句盼望同仁志士能够挽狂澜于既倒,"相与"二字更表明诗人想要亲自投身革命的热烈心愿。

他如"满眼俗氛忧未已,江河日下世情非"(《申江题壁》),"南地音书频隔阻,东方烽火几时休?不堪登望苍茫里,一度凭栏一度愁"(《旧游重过有不胜今昔之感》),"幽燕烽火几时收,闻道中洋战未休。漆室空怀忧国恨,难将巾帼易兜鍪"(《杞人忧》)等,无不流露出深沉的忧国伤时之意。这种情绪在赴日后变得日渐浓厚,往往于诗词中喷薄而出,带着动人心魄的感发力。代表作如《黄海舟中日人索句并见日俄战争地图》诗云:

> 万里乘风去复来,只身东海挟春雷。
> 忍看画图移颜色,肯使江山付劫灰。
> 浊酒不销忧国泪,救时应仗出群才。
> 拼将十万头颅血,须把乾坤力挽回。

此诗作于光绪三十一年(1905)十二月诗人第二次归国途中,当时日俄战争已结束。在回来的船上有人告诉她日俄海战之处,她又见到了日俄战争地图。她想到清政府的昏庸无能、国家的衰危动荡，心中无限感慨，遂有此作。首联笔意飞动，气势开阔，借宗悫故事写自身的壮志豪情。句中以"春雷"喻理想，期望能通过自己的努力奋斗早日唤醒民众，早日迎接革命春天的到来。"忍看"句写尽胸中翻涌的痛切与愤怒，"肯使"句表明其挽救危亡的信念与决心。"浊酒"二句是诗人对英雄的渴求呼唤，也是对自己的勉励期许。她希望将来能够与革命战友一道，抛头颅，洒热血，挽救国家危亡，实现平生宏愿。"拼将十万头颅血，须把乾坤力挽回。"何等豪迈！何等悲壮！正如邵元冲《秋瑾女侠遗集序》所称："鉴湖女侠，成仁取义，大节炳然，不必以文词鸣而自足以不朽。然即以文词而论，朗丽高亢，亦有渐离击筑之风，而一往三叹，音节浏亮，又若公孙大娘舞剑，光芒灿然，不可迫视。"[①]

另一首《感时》尤多悲歌慷慨之意，诗云：

忍把光阴付逝波，这般身世奈愁何？
楚囚相对无聊极，樽酒悲歌泪涕多。
祖国河山频入梦，中原名士孰挥戈？
雄心壮志销难尽，惹得旁人笑热魔。

这首诗大约写于作者留学日本期间，表达了忧时伤世的郁愤情怀与不熄的爱国热忱。开篇两句叹息年华易逝，自伤理想尚未实现，心事愁苦。"楚囚"二句言时局混乱，国家危难，故每与友人聚会，往往情怀落寞，彼此或无言相对，或把酒歌哭，胸中块垒，何尝一日稍平！在漂泊异乡的岁月中，她时刻惦念着祖国，迫切地盼望有豪杰志士可以挺身而出，力挽狂澜。然而，她的革命抱负常

---

① 邵元冲：《秋瑾女侠遗集序》，转引自颜邦逸、赵雪沛编著《文学作品赏析——中国古典诗歌》，哈尔滨工程大学出版社，2004，第 565 页。

常不被理解,甚至招来嘲笑和讥讽。"雄心壮志销难尽,惹得旁人笑热魔",国人如此麻木昏昧,使得一心报国的诗人不免感到寂寞与伤感,这也是她心情忧虑的一个重要原因。此诗情感沉郁,然不乏雄健之思。其中流露出的茫然伤怀之意,是因为她毕竟受到历史时代的局限,未能看到广大人民的力量。但就全篇来看,仍以爱国救亡为旨,仍不失为一首佳作。

秋瑾抒写的并非仅限于报国之情,综览其集,举凡思亲、怀乡、旅思、寄赠、送别、感怀、咏物、闺情等,皆有所涉及,从中可以窥见她在豪侠慷慨以外的细腻与沉郁思致。而其作品中的不平与怨叹首先来自不如意的婚姻。秋瑾自幼聪慧,才情过人,见识胸襟又远超普通闺秀。而她所嫁的王廷钧却资质平庸,二人虽育有一子一女,也未能阻挡感情的最终破裂。徐自华《鉴湖女侠秋君墓表》中称秋瑾"丰貌英美,娴于辞令,高谈雄辩,惊其座人。自以与时多迕,居常辄逃于酒。然沉酣以往,不觉悲歌击节,拂剑起舞,气复壮甚。所夫(按:应为"天")固纨绔子,至是不相能"[1]。故秋瑾诗词中多有天壤王郎的郁悒不平,比如《谢道韫》一诗中有"可怜谢道韫,不嫁鲍参军",已经十分鲜明地表现出对王氏的不满与婚姻失意的怨愤。由婚前人人推举的才女,变为困守愁城的少妇,秋瑾内心的压抑与愁闷可想而知。其《独对次清明韵》诗云:

> 独对春光抱闷思,夕阳芳草断肠时。
> 愁城十丈坚难破,清酒三杯醉不辞。
> 喜散奁资夸任侠,好吟词赋作书痴。
> 浊流纵处身原洁,合把前生拟水芝。

---

[1] 徐自华:《鉴湖女侠秋君墓表》,载李雷主编《清代闺阁诗集萃编》,中华书局,2015,第5770页。

因为心里的郁结太过深重，诗人选择了直抒胸臆的方式淋漓尽致地宣泄情绪。起笔即以"闷思""断肠"点明题旨，之后"愁城难破"与痛饮买醉进一步强化了苦闷的感受。颈联略为振起，"任侠""书痴"勾勒出自我的卓特洒脱形象。而结尾两句透露的孤洁自许之意，也含蓄暗示了诗人不肯向浊恶现实低首的倔强心志。

生活在男尊女卑的时代，秋瑾既清楚地认知到一己不凡才情的可贵，也更加不满于男权社会对女性的种种压制束缚。如同那些丰才啬遇、心怀不平的前代才女一样，秋瑾也向往着变身男儿以实现人生理想。她不仅在生活中常以男装示人，且好饮酒，习剑骑马，积极参与各种革命活动，完全突破了女性身份的限制。其《自题小照·男装》诗云：

> 俨然在望此何人？侠骨前生悔寄身。
> 过世形骸原是幻，未来景界却疑真。
> 相逢恨晚情应集，仰屋嗟时气益振。
> 他日见余旧时友，为言今已扫浮尘。

这是"新我"挥别"旧我"的某种告白。渴望像男子那样成就功业的秋瑾，面对风雷激荡的现实形势，内心比以往任何时候都急切地想要挣脱女性身份带来的诸般拘束。所以她以"悔寄身""原是幻"表明与往昔"女子之我"的决裂，而以"气益振""扫浮尘"来形容"变身"后"新我"的慷爽英发之气。虽然只是易装引发的感慨，但诗人的壮心远志由此可见。

然而，身为女子，秋瑾也有缱绻温婉、愁思百结的一面，比如她在诗中曾再三抒写对亲人与好友的沉挚思念，深情绵邈，别有动人之处。《寄家书》诗云：

> 惆怅慈闱隔，于今三月余。
> 发容应是旧，眠食近何如？
> 恨别常抚线，怀愁但寄书。
> 秋来宜善保，珍摄晚凉初。

秋瑾对家人感情深厚，集中常有念亲之作。在当时的社会，既已嫁为人妇，便少有机会与家人相聚。身为女儿的她每每牵挂慈闱，柔肠百转，故诗情凄切而深挚。在这首诗中，她以极为朴素简净的语言抒发对母亲的眷眷思恋，从"发容""眠食"的问讯，到秋凉时节特须珍重的叮咛，字句间都是发自肺腑的温柔与惦念。

又有忆妹诗如《寄柬珵妹》：

> 锦鳞杳杳雁沉沉，无限愁怀独拥衾。
> 闺内惟余灯作伴，栏前幸有月知心。
> 数声落叶鸣空砌，一点无聊托素琴。
> 输于花枝称姊妹，不堪遥听暮江砧。

对于善感的女性而言，婚后离开熟悉的一切，进入另一个完全陌生的环境，内心的孤独、惶然与失落往往许久都难以真正淡去。在这首寄妹诗中，她这种因着分离而生的寂寞与哀愁弥漫于字里行间，"惟余""幸有"二语尤为凄楚，和着叶落空阶的细碎寒声，无聊拨弄的玎珰琴声，还有暮色苍茫中传来的断续捣衣声，共同给这个孤凄的秋夜染上了浓厚的感伤色彩，带着古代女性诗歌普遍具有的无奈而郁悒的气息。

即使对后来关系并不谐美的丈夫，秋瑾的心底也会时而涌起不忍和感伤。《重九风雨沓至耳棘心芒枯坐无聊孤吟写愁》诗云：

> 为甚秋阴不放晴,百端交集苶难平。
> 未能免俗恩成怨,无以为家我负卿。
> 回首可怜分袂日,痴心犹恋结缡情。
> 人生如有伤怀事,怕听酸风苦雨声。

秋瑾决定只身赴日留学后,与丈夫王廷钧的关系进一步恶化。性格软弱的王廷钧无法阻止妻子离家,最终只能带着四岁的女儿送别秋瑾。而秋瑾虽一意东渡,事后却难免会念及旧日情分。正逢亲友团聚的重阳佳节,面对窗外风雨,点滴往事涌上心头,故而字句间全是凄恻怅惘。特别是颔联两句,流露出极为深浓的内疚情绪。颈联则承此诉说自己对家庭亲人的依依眷念牵挂,体现出豪侠英迈之外纯女性化的细腻柔软的一面,从而使读者能够感知到一个更真实、更复杂、也更贴近生活的女诗人秋瑾,而并不仅仅是女侠、革命英烈秋瑾。

二、刚健激越与清丽芊婉:秋瑾诗词艺术风貌的不同侧面

秋瑾就义时年仅三十三岁,其文学创作历程并不算长,但因着心境、追求、人生际遇的转换,尤其是投身革命前后思想与精神的变化,其作品的风格也随之产生了较为明显的改变。前期她的诗词大多依循传统闺阁风貌,后期则一变而为激昂慷慨,配合词情的现实性、革命性,最终成就了秋瑾在文学史上的独特地位。

(一)清丽芊婉的前期风貌

秋瑾生平虽"忼爽明决,意气自雄"[①],但她毕竟身为女子,依然保有传统才女柔情善感的一面。她的生命里不仅有梦想与豪情,

---

① 徐自华:《鉴湖女侠秋君墓表》,载李雷主编《清代闺阁诗集萃编》,中华书局,2015,第5770页。

也同样充盈着亲情与友爱，思念与哀愁。所以秋瑾的作品里不乏清婉芊绵之作，尤其集中体现于早期词作中。如《减字木兰花·夏》：

又送春去，子规啼彻庭前树。夏昼初长，纨扇轻携纳晚凉。　含桃落尽，莺语心惊蝶褪粉。浴罢兰泉，斜插茉花映翠钿。

从词意来看，当是秋瑾少女时所写。词中淡淡的对节序迁移的怅惘，纳凉、沐浴、簪花的闲雅与安恬，以及清丽淡婉的词风，都贴合传统的闺情词特质，读来只觉流利轻倩。虽乏新意，却也风致翩然。

婚后与家人分离的秋瑾时而有思亲之作，往往写得凄恻绵婉，如《临江仙·中元》词云：

秋风容易中元节，霜砧捣碎乡心。蛩声凄楚不堪闻。空阶梧叶落，销尽去年魂。　何事眉峰频锁翠？愁浓鹊尾慵熏。栏杆遍倚悄无人。多情惟有影，和月伴黄昏。

词中的寂寞彷徨之感、忧思难遣的无奈与伤怀，以及几分百无聊赖的苦闷，交织出典型的女性词的凄婉情境与缠绵意韵。不过秋瑾的这类作品多用白描，鲜有纤弱破碎之弊。

秋瑾前期诗歌虽不乏忧心时事、感愤身世之作，但很多作品的内容与风格仍遵循传统，呈现出清丽婉雅的风貌。如《秋日独坐》诗云：

小坐临窗把卷哦，湘帘不卷静垂波。
室因地僻知音少，人到无聊感慨多。
半壁绿苔蛩语响，一庭黄叶雨声和。
剧怜北地秋风早，已觉凉侵翠袖罗。

从诗中提到的"北地"推断，这应是 1903 年秋天秋瑾随宦北京期间所作。彼时她与王廷钧的婚姻已由最初的静好欢愉滑向破裂崩塌的边缘，兼之背井离乡远赴京城，更加重了她内心的失意之感。"湘帘不卷"、独自吟诗的落落寡欢，"绿苔蛩语"、雨打黄叶的萧瑟凄冷，从不同侧面含蓄透露出一己的愁思如织。诗中情与境自然融合，措语疏淡而传情深婉，虽写愁怀而运笔蕴藉清雅，可以看出传统女性诗风对诗人的深刻影响。

同样以清婉笔致抒写落寞情怀的还有《梧叶》：

梧叶宵来拂画栏，西风已觉袷衣单。
十分惆怅灯无语，一味相思梦亦欢。
白雁声中秋思满，黄花篱畔暮愁宽。
却怜镜里容颜减，尚为吟诗坐漏残。

秋来万物萧瑟，恻恻西风中黄花开遍，雁声嘹唳，越发触动内心的忧思万千。凄清长夜里独对孤灯，身陷愁城的诗人心绪郁悒，唯以吟咏消遣这凉意袭人的孤寂时光。与那些慷慨激烈的爱国诗不同，此种作品很能体现出秋瑾诗早期的创作风貌，清新淡婉中又常有沉郁之致，是明清女性诗整体的审美风向所趋。

又如《重上京华申江题壁》诗云：

又是三千里外程，望云回首倍关情。
高堂有母发垂白，同调无人眼不青。
懊恼襟怀偏泥酒，支离情绪怕闻莺。
疏枝和月都消瘦，一枕凄凉梦不成。

虽然秋瑾向来为人称颂的都是她的爱国诸作，且这些作品足以代表其最高成就，但这些情思凄切的诗作，实则也可从中窥见秋瑾的传统女性心态与细腻柔婉的感受。在这首诗中，她以疏秀之笔抒写寂寞凄怆怀抱，清新流利中自有一种稳雅深沉思致，别具动人情韵。

（二）刚健激越的后期风格

秋瑾最为世人推重、奠定其文学史上不朽地位的，是她那些忧虑时局、一心报国，鼓荡着革命豪情的作品。而这些作品多呈现出慷慨悲凉、刚健激越之风，正与其所抒情怀相表里，往往有着极强的感染力。《日人石井君索和即用原韵》诗云：

> 漫云女子不英雄，万里乘风独向东。
> 诗思一帆海空阔，梦魂三岛月玲珑。
> 铜驼已陷悲回首，汗马终惭未有功。
> 如许伤心家国恨，那堪客里度春风。

诗乃秋瑾1904年赴日留学途中所作。一方面表现了她对混乱时局与衰颓国势的深沉忧思，一方面也展示出一己自信英发的不凡风姿。前四句以雄健之笔，将"万里乘风独向东"的凛然气质与海阔天空、月华明彻的阔远清朗景色相融，已然带出豪宕之气。后四句借"铜驼""汗马"典故，抒写忧国情怀，沉痛慷慨。结句更以反诘语气进一步表达深切的家国之恨。全诗笔力劲拔，大力挥洒，风格悲凉激楚，而不失自然浑成，是秋瑾的代表作之一。

写情更为郁愤激昂的有《感愤》：

> 莽莽神州叹陆沉，救时无计愧偷生。
> 抟沙有愿兴亡楚，博浪无椎击暴秦。
> 国破方知人种贱，义高不碍客囊贫。
> 经营恨未酬同志，把剑悲歌涕泪横。

此诗纯是抒情,一气直下,酣畅淋漓。她以"楚虽三户,亡秦必楚"与秦末张良于博浪沙以铁椎刺杀秦始皇的典故,传达想要投身革命、推翻清朝统治的强烈愿望。而"叹陆沉""愧偷生"以及"把剑悲歌涕泪横"则道出诗人内心壮志未酬的郁愤与哀痛。诗虽全用情语,然笔力沉雄,气势奔放,感人肺腑。既生动表现了诗人的报国热忱,又于不经意间为读者勾勒出女侠秋瑾的飒飒英姿。而诗中迸发的如天风海雨般的爱国激情,如今仍带给读者深深的震荡。

秋瑾作品慷慨雄健的艺术风貌主要体现于其诗中,如前期的《宝剑歌》《宝刀歌》《剑歌》与留日后的《红毛刀歌》《感时二首》等,均是后人推许的经典范例。相形之下,秋瑾作词不多,但依然有风格刚健之作。最为人所称道的,则是《满江红》:

小住京华,早又是、中秋佳节。为篱下、黄花开遍,秋容如拭。四面歌残终破楚,八年风味徒思浙。苦将侬、强派作蛾眉,殊未屑! 身不得,男儿列,心却比,男儿烈。算平生肝胆,因人常热。俗子胸襟谁识我?英雄末路当磨折。莽红尘、何处觅知音?青衫湿!

1903年春,秋瑾随丈夫自湖南移居北京,是年中秋作此词。上片言思乡之情与不甘雌伏的超卓胸怀,下片淋漓尽致地抒发胸中的冲天豪气与知音难遇的无限悲慨。全词刚健雄劲,壮思飞扬,充塞着浓郁的不平之气及强烈的忧国之意,全无女子的柔美风格,读来令人惊叹。词中感情由开篇的幽怨落寞渐转铿锵激越,最终则变为辛酸悲凉,起伏跌宕,一气呵成,虽无雕饰琢磨,一样感人至深。

另一首《鹧鸪天》流露出更为浓厚的英迈雄杰之气,词云:

祖国沉沦感不禁,闲来海外觅知音。金瓯已缺总须补,为国牺牲敢惜身。 嗟险阻,叹飘零,万里关山作雄行。休言女子非英物,夜夜龙泉壁上鸣!

词中奔涌的激宕豪情与呼啸的风雷之音,使人几欲拔剑出鞘,高歌慷慨。尤其是上下片的结拍二句,将浩然英烈之气表现得淋漓尽致,动人心魄。"为国牺牲敢惜身"——秋瑾最终以生命和热血践行了她的铮铮誓言,百年之后她和她的诗文仍为我们所深深敬慕和感慨。

秋瑾一生以报国济时为己任,最终壮烈成仁,垂名青史。一直以来,人们对她的关注和推崇大都源于其爱国情怀与牺牲精神,但对其文学创作了解得并不全面也不深刻。就女性诗歌发展史而言,秋瑾以其直欲压倒须眉的豪情远志一洗以往女性作品幽怨凄婉的传统风格,无论是情感内蕴还是艺术风貌,都能独出机杼,扫除陈迹,为女性诗歌开辟了全新的疆域与境界,也为女性诗坛留下了浓墨重彩的一笔。

第二节 "近代女词人第一":吕碧城

吕碧城(1883—1943),原名贤锡,字圣因,一字兰清。中年皈依佛教,法号宝莲,安徽旌德人。父吕凤岐官至山西学政,母严氏亦能文。家有"长恩精舍",藏书三万余卷。受家学熏陶,吕碧城少女时即与姐姐惠如、美荪并称"淮南三吕",才名远播。姊妹三人中,碧城尤为颖慧,五岁能诗,七岁能作巨幅山水。"读书十行俱下,有'不栉进士'之誉"[①]。诗文以外,又工画,通音律。然

[①] 澄彻居士:《吕碧城居士传略》,载吕碧城著、李保民笺注《吕碧城词笺注》,上海古籍出版社,2001,第513页。

而，碧城十三岁时，父亲去世，家产被族人侵占，无以为生，孤儿寡母无奈只能回到来安外家。碧城又遭自幼定亲的汪氏退婚，堪称奇耻大辱。接连遭遇变难，对碧城一生影响至大至深，她后来的种种行为、选择及精神追求，皆与此有关。

家难后不久，碧城听从母命，孤身投奔天津塘沽的舅舅严朗轩，以期获得更好的教育。1904年初，碧城想转到女学读书，遭到舅舅的斥骂阻拦，生性刚烈的她愤激之下与舅氏决绝，离家出走。幸好得《大公报》总理英敛之赏识，入报馆任编辑，不仅从此生活无虞，更借此文名益盛。当时中国正值变革期，新旧思想之间的冲突交锋日渐激烈，碧城虽为女子，而识见超迈，勇敢地站在时代风潮前端，为提倡女学、挽救民族危亡而奋笔疾呼，也因此得到袁世凯的激赏，她创办了北洋女子公学，并任总教习之职，当时碧城只有二十二岁。

辛亥革命后，碧城被袁世凯聘为公府秘书。未几袁氏欲称帝，碧城遂决然辞去，奉母至沪，涉足商场。碧城向来精文艺，于商业方面竟也颇负奇才，数载致富，中年便已无衣食之忧。时人撰文称其"出入汽车代步，生活殊富赡焉"[①]。后来母亲病故，碧城孑然一身，于1920年秋赴美留学，"名媛命妇，皆闻名争与定交"[②]。两年后归国，仍寓居上海。1926年秋，碧城再度前往美国，又由美渡欧，游踪所及，包括英、法、德、意、奥及瑞士等多国，而在瑞士日内瓦旅居长达十年之久。碧城在英国时受印光法师《嘉言录》影响，生起向佛之心，一年多后就皈依三宝。不久断肉食素，又发

---

① 纸帐铜瓶室主：《吕碧城》，载吕碧城著、李保民笺注《吕碧城词笺注》，上海古籍出版社，2001，第515页。
② 澄彻居士：《吕碧城居士传略》，载吕碧城著、李保民笺注《吕碧城词笺注》，上海古籍出版社，2001，第514页。

愿以英文翻译《阿弥陀经》《普门品》等经典传播海外。同时，她也倡导保护动物，并与世界各国的同道人士广泛交流，影响很大。可以说，在碧城生命的最后十年间，弘扬佛法，力倡戒杀护生成为她最重要的事业。第二次世界大战爆发后，碧城辗转流离，最终归国病逝于香港。临终，"含笑念佛，仪度安详，遗嘱荼毗后，以骨灰投水，结缘鳞介"①。其绝笔诗云："护首探花亦可哀，平生功绩忍重埋。匆匆说法谈经后，我到人间只此回。"最后一句，既表明她作为佛弟子对浊世的深切厌离之心，同时也流露了她一意西驰、往生净土的坚定信念。

　　碧城生前刊行词集有《信芳集》（1929）与《晓珠词》（1937），才情俊拔的她早在青年时代即已与易顺鼎、樊增祥、费树蔚等名家诗词唱和。后参加南社，与柳亚子等交往，也与严复、龙榆生交谊匪浅，有"一代词媛"之称。时人多以碧城与李清照、朱淑真相较。词友樊增祥称许其词"只漱玉、风流堪数"（《金缕曲》）。近知词人称："《信芳词》清俶端丽，取法北宋，纵刻画有过份处，而灵机敏谛，足以自拔，渐渐近于超脱之途，可以颉颃《断肠》，而固尚不接躅于《漱玉》矣。"②而点评《信芳词》的孤云尤为深入细致地论述了碧城词与易安词的不同："盖《信芳集》之词境，其艳冶凄馨之处，虽为易安所可颉颃，然碧城则生于海通之世，游屐及于瀛寰，以视易安，广狭不可同年而语，词中奇丽之观，皆非易安时代所能梦见。……易安之词，类皆闺襜之音……至若碧城，则以灵慧之才，负磊落之气，下笔为文章，无论赋景写怀，皆豪纵感激，多亢坠之声。"③可以说，身为女性，碧城一生足称传奇。动荡

---

① 澄彻居士：《吕碧城居士传略》，载吕碧城著、李保民笺注《吕碧城词笺注》，上海古籍出版社，2001，第515页。
② 吕碧城著、李保民笺注：《吕碧城词笺注》，上海古籍出版社，2001，第552页。
③ 吕碧城著、李保民笺注：《吕碧城词笺注》，上海古籍出版社，2001，第553页。

的时世，升沉的境遇，不随流俗的孤高个性，他人未有的海外游历，使她的词无论在题材还是艺术情境方面，都体现出独特的情思与美感，在当时的词坛，称得上"不徒俯视巾帼，直欲压倒须眉"了。

一、异域风情与乡国之思：独特新颖、丰富广博的题材内容

（一）异域风情的生动展示

早在1909年，碧城便有游学美国之意，几经波折，终于在1920年成行。后又转往欧洲，游历英、法、意等国，更居于瑞士日内瓦近十年，并撰有游记《鸿雪因缘》。以一女子身份，只身远赴重洋，旅居海外十余年之久，且经济自立，著述颇丰，碧城的特殊经历与不俗成就，可谓前无古人。而她以词作为海外纪游述怀的载体，更是为词坛开辟了一方新的天地，如时人所评："（碧城词）缕述异国事物，开拓前人未有之词境，雄奇瑰丽，美不胜收，使人耳目为之一新。"（朱庸斋《分春馆词话》）[1]"其在诸外邦纪游之作，尤为惊才绝艳，处处以国文风味出之，而其词境之新，为前所未有。"（孤云《评吕碧城女士〈信芳集〉》）[2]当代研究者也说过："……描述外国风光的这类词作不仅前人难见，在近代词坛上亦不多见，况且是出于一位女子的手笔。"[3]以词这种古典文体描摹异域风光，的确令人耳目一新。如《玲珑玉·阿尔伯士雪山游者多乘雪橇飞越高山，其疾如风，雅戏也》词云：

谁斗寒姿，正青素、乍试轻盈。飞云溜屧，朔风回舞流霙。羞拟临波步弱，任长空奔电，恣汝纵横。峥嵘。诧瑶峰、时自送迎。　　望极

---

[1] 吕碧城著、李保民笺注：《吕碧城词笺注》，上海古籍出版社，2001，第555页。
[2] 吕碧城著、李保民笺注：《吕碧城词笺注》，上海古籍出版社，2001，第554页。
[3] 黄嫣梨：《清代四大女词人——转型中的清代知识女性》，汉语大词典出版社，2002，第115页。

山河幂缟，警梅魂初返，鹤梦频惊。悄碾银沙，只飞琼、惯履坚冰。休愁人间途险，有仙掌、为调玉髓，迤逦填平。怅归晚，又谯楼、红灿冻棨。

　　词为碧城居瑞士时所作，描写阿尔卑斯山滑雪场景，诚可谓别开生面。词中以"朔风""流霙""瑶峰""银沙""坚冰"等意象渲染出雪山银装素裹之美与寒凉气息；用青女素娥、凌波微步、梅魂鹤梦、许飞琼及金铜仙人等多个典故，从不同侧面进一步烘托雪山莹澈清雅风光与滑雪者的轻盈曼妙身姿，意境新奇，写景如画。以典雅词笔描摹异国景物，中西合璧而能如此妥帖浑成，确实令人叹服。

　　又如《玲珑四犯·日内瓦之铁网桥》：

虹影斜牵，占鹫岭天风，长缕轻飐。谁炼柔钢，绕指巧翻新样，还似索挽秋千，逐飞絮、落花飘荡。任冶游、湖畔来去，通过画船双桨。　　步虚仙靥传清响。渡星娥、鹊群休傍。旧欢密约浑无据，春共微波往。为问倚柱尾生，可忏尽、当年情障。锁镜澜凄黯，回肠同结，万丝珊网。

　　与《玲珑玉》一样，这首词所咏的铁网桥也从未出现在前人笔下。上片从外观与形态上具体描摹桥的壮美与轻盈。壮美是因其如彩虹跨越湖之两岸，"天风"带来浩荡阔大的高旷感受；轻盈是源于桥两侧牵拉的铁网远望如丝缕纤纤，秋千索逐风飘荡的联想则恰称其意。下片展开丰富的想象，由眼前湖上之铁桥想到天河中牛郎织女相会的鹊桥与为守诺抱柱而亡的尾生；由万丝铁网想到回肠百结，情绪也由上片的飞扬转为凄黯怅触。词中既生动描绘出铁桥之形，又由此生发出奇妙的想象，将古今与中西自然绾合一处，在为读者展示异域风光的同时，也融入了自身沉厚幽微的古典情怀，引人遐思。

其他如《解连环·巴黎铁塔》《绛都春·拿坡里火山》《金缕曲·纽约港口自由神铜像》等，皆以奇丽之笔摹写各国著名风物，开前人未有之新天地，仅此便足以使碧城在词坛上独立风标。

（二）乡国之思：爱国情怀与思乡之意

碧城中年后游历欧美诸国，旅居他乡多年，在饱览新奇殊胜风景的同时，也常常眷念着故国与故乡。而国内烽烟四起，战火不断，她更是忧思满腹，悲愤交加。《高阳台》词云：

啼鸟惊魂，飞花溅泪，山河愁锁春深。倦旅天涯，依然憔悴行吟。几番海燕传书到，道烽烟、故国冥冥。忍消他、绿醑金卮，红萼瑶簪。　　牙旗玉帐风光好，奈万家春闺，凄入荒砧。血浣平芜，可堪废垒重寻。生怜野火延烧处，遍江南、草尽红心。更休谈、虫化沙场，鹤返辽阴。

词作于1928年春天，当时词人正游历欧洲，由好友书信得知国内兵祸频仍，内心无限感愤。开篇三句化用杜甫《春望》诗意，一种惊恸之情扑面而来。"倦旅"二句以当年屈子行吟江畔来比拟自己在异域不忘故国的拳拳心事，"忍消他"二句更道出无心游乐的忧虑与哀伤。下片承此集中抒写烽火绵延中生灵涂炭的惨痛现实。因为无情的战争，多少妻子与丈夫生离死别，多少温暖的家园变为荒野废墟，更有多少无辜的生命湮灭于四处弥漫的血雨腥风里。字句间充满了深沉的感事伤时之意。

碧城又有《丑奴儿慢》，将怀乡与忧国之情打并一处，词云：

十洲顽洞，吾道伥伥何往。对满眼、蜃楼花雨，那处仙源。浪迹遐荒，长征不为勒燕然。尘装一剑，霜天万里，羞渡桑乾。　梦影依稀，宣南灯火，江左清谈。正谁向、天山探雪，渤海观澜。来日奇忧，东风吹送到云鬟。梅枝难寄，乡心凄黯，笛语哀顽。

独自客居海外，远离故国与故乡，纵使异域山水清嘉，也无法真正消去心底的彷徨与孤凄，"怅怅何往""浪迹遐荒"，正是此种飘零怀抱的流露。而"勒燕然"与"羞渡桑乾"，则含蓄表现出忧国伤时意绪和无以纾救国难的深深憾恨。下片承此转入对怀归之情的抒写。从"宣南"到"江左"，从"天山"到"渤海"，词人的思绪在一片无拘无碍的飞想中自由驰骋。然而，这一切恣肆的想象不过如迷离飘忽、难以触碰的梦影，终究消逝于每个梦醒时分，徒增凄怨而已。更令人忧心不安的，还有日渐危殆的国势与日益迫近的战争阴霾，所有这些交织在一起，共同酿就了词情的沉郁与哀凄。结拍以折梅寄友的典故婉转道出欲归难归之意，连下"难寄""凄黯""哀顽"三语，再次深化了思归的主旨，别有一份情深绵邈、余韵悠悠之美。

另一首《霜叶飞》在忧心时局外，尤多眷眷思归之情：

十年迁客沧波外，孤云心事谁省？兰成词赋已无多，觉首丘期近。望故国、兵尘正警。幽栖忍说山林稳，听夜语胡沙，似暗和、长安乱叶，远递霜讯。　不分红海归来，朱颜转逝，驻景孤负明镜。但赢岩雪溅秋寒，上茂陵丝鬓。算一样、邯郸梦醒。生憎多事游仙枕。指驿亭，无归路。马首云横，锁蓝关暝。

写作此词的 1932 年，词人恰值半百，去国已有十余年之久，"迁客""孤云"正是其真实的心境写照。故国多难，而自己年华老去，飘零海外，空有满怀悲郁，却无力纾救。多愁又多病的她面对镜中鬓发星星，深感人生不过一场虚无的幻梦，流露出无尽空寂与凄怆。"无归路"三字痛彻心扉，结合韩愈《左迁至蓝关示侄孙湘》诗意，将那种欲归而归未得的悲凉憾恨表现得深切而沉痛，具有很强的感染力。

碧城平生际遇固然堪称传奇，然当中多经坎壈，难免常有悲郁之感横亘心间，因而在念归忧时的怀抱之中，往往也夹杂着浓厚的身世之叹。《沁园春》词云：

> 时序重逢，检点寒馨，东篱又黄。怅灵萱堂下，曾瞻莱彩，高椿家畔，莫奠椒浆。磨蝎光阴，抟沙身世，岂待而今始断肠。天涯远，只孤星怨晓，病叶啼霜。　　家山梦影微茫。记摘蔓燃萁旧恨长。便宫鹦前面，言将未忍，风人旨外，哀已成伤。月冷松楸，尘封马鬣，泉路栖迟各一乡。凝眸处，但凄风猎猎，白日荒荒。

重阳节在古典中国的传统中是非常重要、家人团聚的日子，故王维《九月九日忆山东兄弟》有"遥知兄弟登高处，遍插茱萸少一人"的怅然叹息，李清照《醉花阴》有"佳节又重阳，玉枕纱厨，半夜凉初透"的寂寞心绪。而词人身处异域，远离的又岂止是故园与亲人，此际回首乡国，心中的感恨之深，自然可以想见。上片以节令直接点题，引出身世飘零的郁郁喟慨。高堂已逝，再无承欢膝下的温柔欢乐，飘零海外，也无法亲往坟前祭奠，种种伤怀凄凉，唯有独自体会。"磨蝎光阴"以下，进一步表现境遇之坎坷与心事之孤凄，"岂待而今始断肠"尤其沉痛，笔致深折，力透纸背。过片一句承上启下，"摘蔓燃萁"以乐府诗"抱蔓摘瓜"和曹植"七步成诗"故事勾连上片"抟沙身世"，进一步明确指出当年家难给词人留下的深刻怆痛与绵绵哀恨，"泉路栖迟各一乡"则呼应上片双亲已逝、漂泊无依的伤悼之情。所谓"凄风猎猎，白日荒荒"，与其说是写其眼前所见，不如说是言其心中所感，那漫天漫地的霜风浩荡，那笼罩四野的苍茫日光，愈发令人生出无限惶然与孤凄，字句间沉淀的，都是郁悒难平的身世感叹。

这种沉沉的乡国之思，有时会借由微物触动而生发出怅惘情怀。如《绿意·予喜食新笋海外无此殊怅怅也》：

春泥乍坼。记小锄亲荷，篱外寻采。市共朱樱，嚼伴青蔬，乡园隽味堪买。虚怀密箨层层褪，只玉版、禅心谁解？尽抽成、嫩筱新蕛，遮断野溪荒霭。　　还忆韬光十里，绿天导一径，游屐轻快。翠亮冰寒，洗髓湔肠，岂必辛盘先贷。沧波不卷潇湘梦，枉远隔、瀛漘流睐。问几人、罗袖闲歊，消受晚风清籁。

俗语云："物离乡贵。"原本十分寻常的春笋，却成了海外游子可念不可得的珍物。词中先以轻俊笔法追忆当年春日里荷锄挖笋的往事，既写出了"朱樱""青蔬"上市的鲜明节令感，同时细致描摹了春笋的形态、味道乃至神韵。"玉版""禅心"言笋之气韵脱俗，"翠亮冰寒"言笋味之清美。而这样的层层铺垫后，自"沧波"以下，转写飘零天涯的幽幽寂寞，哀乐相映，愈显乐更乐而哀更哀。词能以小见大，借微物寓深情，堪称思新意浓。

他如"孤吟去国，杜陵烽火，庾信江关"（《丑奴儿慢》），"登楼懒赋王郎怨。回首神州似天远。休道年年漂泊惯"（《青玉案》），"飘零休诉，人远天涯，树老江潭"（《庆宫春·雪后》）等，都以苍凉之笔道出对故国的无限怀恋，引人共鸣。

（三）特立自信个性的生动展现

如前所述，吕碧城一生堪称传奇。她不仅终身未嫁，提倡女权，且经济独立，遨游海外，著述颇丰。著名诗人樊增祥在写给吕碧城的信中曾盛赞曰："巾帼英雄，如天马行空，即论十许年来，以一弱女子自立于社会，手散万金而不措意，笔扫千人而不自矜，此老人所深佩者也。"① 此外，身处变革的时代，吕碧城在思想、行为等各方面均表现得特立独行，往往使人惊异于其英特不凡。郑逸梅《人物品藻录》称："碧城放诞风流，有比诸《红楼梦》中之史湘云者。且染西习，尝御晚礼服，袒其背部，留影以贻朋友。擅舞蹈，于蛮乐琤琮中，翩翩作交际之舞，开海上摩登风气之先。"② 至今碧城尚有不止一帧西洋礼服小照存世，可见她对新事物、新风气大胆接纳的通达态度。赴美后，身家丰厚、美风仪又谈吐不俗的她同样受到外国人的礼遇，倾慕者众多，所谓"名媛命妇，皆闻名争与定交，值隆重宴会，罔不邀请"，碧城则"制锦衣多袭，日赴数宴必更御，鲜艳夺目，见者拟为天上人"③。她对自身才情、美丽的珍爱与欣赏，以及飞扬自信而洒脱的个性，在当时的社会中，实在称得上独立无双。

碧城的特立独行，不只表现于外在形迹的大胆不羁，最重要的是其精神心性上的独立追求，决不随波逐流，人云亦云。如时人所言："大凡一个人最难跳出的，是时代之思潮，和内心之习染，要打破这两层束缚，才有自由自主的份儿，却是要做到这一步，非有大勇大智不可。""女士的倾向欧化，是在科举时代，国人反对欧化之时；她的皈依佛教，是在国人醉心欧化，反对佛教之时。所以女士是具有特立独行之人格，不随别人脚跟转的。"（窦存我《赞吾国女杰吕碧城居士》）④ 碧城一生，可谓成功践行了陈寅恪先生所主张

---

① 吕碧城著、李保民笺注：《吕碧城词笺注》，上海古籍出版社，2001，第534页。
② 吕碧城著、李保民笺注：《吕碧城词笺注》，上海古籍出版社，2001，第551—552页。
③ 澄彻居士：《吕碧城居士传略》，载吕碧城著、李保民笺注《吕碧城词笺注》，上海古籍出版社，2001，第514页。
④ 吕碧城著、李保民笺注：《吕碧城词笺注》，上海古籍出版社，2001，第561、563页。

的"独立之精神，自由之思想"。她的自抒怀抱诸作，时时流露出奇杰踔厉之气。如《相见欢》：

闻鸡起舞吾庐，读奇书。记得年时拔剑斫珊瑚。　乡雁断，岛云暗，锁荒居。听尽海潮凄厉壮心孤。

又如《法曲献仙音·题虚白女士〈看剑引杯图〉》：

绿蚁浮春，玉龙回雪，谁识隐娘微旨？夜雨谈兵，秋风说剑，梦绕专诸旧里。把无限忧时恨，都消酒樽里。　君认取，试披图，英姿凛凛，正铁花冷射，脸霞新腻。漫把木兰花，错认作等闲红紫。辽海功名，恨不到、青闺儿女。剩一腔豪兴，聊写丹青闲寄。

对于碧城的侠气英风，当时人多有称赏之语。如樊增祥有诗云："侠骨柔肠只自怜，春寒写遍衍波笺。十三娘与无双女，知是诗仙与剑仙？"[《七绝八首》（其四）]而在这两首词中，不约而同地都提到了"剑"这一象征英武气概的意象。前一首《相见欢》作于碧城旅居英伦时期。上片以祖逖自喻，表现"拔剑斫珊瑚"的豪情壮志；下片则转写飘零异乡的孤寂怀抱。结句"听尽海潮凄厉壮心孤"将沉郁与愤激糅合一处，予人荡气回肠之感。《法曲献仙音》借题画咏怀，以美酒名剑、秋风夜雨烘托悲凉慷壮氛围，以聂隐娘、专诸故事传达英雄襟期。"漫把木兰花"以下四句，则道尽不甘雌伏的憾恨心事，笔力遒劲，字句间郁勃之气流动。恰如徐沅所称："拔天斫地，不可一世。"①

被视为"激昂悲壮"的《蝶恋花》一阕，抒怀更为淋漓激宕。词云：

---

① 吕碧城著、李保民笺注：《吕碧城词笺注》，上海古籍出版社，2001，第506页。

彗尾腾光明月缺，天地悠悠，问我将安托？一自鲁连高蹈绝，千年碧海无颜色。　　容易欢场成落寞。道是消愁，试取金尊酌。泪迸尊前无计遏，回肠得酒哀愈烈。

词作于 1928 年碧城旅居瑞士时。从上片的"彗尾腾光""明月缺"及鲁仲连义不帝秦事，隐约可以感知词人对国内动荡时局的深深忧虑与悲慨，"我将安托"四字有锥心之痛。下片集中抒写有志难伸、忧愤交加的怆然心境。"泪迸尊前"的无尽感愤，"哀愈烈"的激切情怀，共同鼓荡出如天风海雨般的雄劲气格，是所谓"苍凉雄迈之处，读之使人起舞焉"①。

碧城个性明达，待人赤诚，有率真高雅的一面，但因常遭嫉恨谤讪，也常流露出离群索居、孤高绝俗的气质。如《好事近·登阿尔伯士 Alps 雪山》词云：

寒锁玉嵯峨，掠眼星辰堪撷。散发排云直上，闯九重仙阙。　　再来刚是一年期，还映旧时雪。说与山灵无愧，有襟怀同洁。

词写重登雪山的感怀。开篇即以清逸飞扬之笔刻画雪山之峻拔高寒，"散发"二句紧承"星辰堪撷"，抒发遨游云天的奇情妙想，颇有诗仙太白"欲上青天揽明月"的飘飘凌云之气。下片"再来""旧时"点出怀旧题旨。而结拍二句将一己之高洁襟怀与雪山的空灵澄澈相绾合，别具一种超迈风度与孤芳自赏的气质。

孤云评《信芳集》有云："其英姿奇抱，超轶不羁，散见于辞句者，几于无处无之，而所谓豪纵感激者，又非荆卿歌、渐离筑之比，乃纯乎女子之本色，如荆十三娘、公孙大娘之流。以此知其英侠之风出于天性，非曰貌为……易安纯乎阴柔，碧城则兼有刚

---

① 吕碧城著、李保民笺注：《吕碧城词笺注》，上海古籍出版社，2001，第 553 页。

气,此碧城个性强于易安者。"①而这一份"刚气",正是碧城英特个性与豪宕情怀形成的底蕴,也是其词有别于传统女性词风的心源所在。

二、屈骚传统与清真、梦窗:吕碧城词艺术风格形成之源头

(一)屈骚传统:美人香草的比兴寄托手法

吴宓《信芳集序》云:"集中所写,不外作者一生未嫁之凄郁之情。缠绵哀厉,为女子文学作品中之精华所在,然同时作者却非寻常女子,其情智才思,迥出人上。其境遇又新奇,孤身远寄,而久住欧洲山水风物最胜之区。如此外境与内心合,遂若屈子《离骚》(集名亦取此书),又似西方浪漫诗人之作。"②所谓"一生未嫁之凄郁之情"的揣测,固然有些自以为是的老套和可笑,但他指出碧城词承袭屈骚精神的特质,却是一语中的。碧城年少时际遇堪伤,家难及退婚的变故给她敏感的内心留下了深刻的创伤。其后远赴异国,漂泊海外,乡国之思萦绕心间,愈多感慨与沉哀。加上孤洁自许、独立不群的个性襟期,以及偏好托物寄兴的艺术追求,都使她自觉地贴近屈骚写作传统与精神内涵。如《应天长》词云:

环峰瞰水,珍树幂楼,仙居占断湖角。未信俊游堪恋,风怀倦羁客。沧桑梦,慵更说。费万感、片时哀乐。渺天末、别有心期,终古能托。　　依约见湘灵,十丈绡衣,飘曳海云白。忍自步虚来往,神州黯秋色。招魂句,歌楚些,采桂叶、露香盈握。夕阳外,断甃颓垣,愁损归鹤。

---

① 吕碧城著、李保民笺注:《吕碧城词笺注》,上海古籍出版社,2001,第553页。
② 吕碧城著、李保民笺注:《吕碧城词笺注》,上海古籍出版社,2001,第525页。

开篇"环峰"二句，碧城自注云："写日内瓦湖边景。"可知为旅居瑞士所作，故词中充满怀乡去国的绵绵愁绪。上片集中笔墨抒写只身漂流海外的倦客心事，"羁客""沧桑""万感""哀乐"，无一不流露出寥落意兴与思归怀抱。如果说上片隐约予人以屈子行吟的感受，那么词的下片几乎全用屈骚情境。先以"湘灵"自喻，寄托凄恻孤零之思，"招魂""楚些"更明白传写牵念故国的无限深情。"采桂叶、露香盈握"用屈原香草美人的比兴手法，透露了一种自我珍重的高洁自赏的风致，含思幽微，寄意深隐。结句用丁令威化鹤故事，再次深化缱绻念归的题旨，与上片遥相呼应，显得针线绵密而结构浑成。

与《应天长》相比，《绮罗香·忆兰》更为鲜明地体现出对屈骚传统的追步与模仿：

雪冷空林，云封幽谷，遥忆清芬何处？芳讯难通，多少离情别绪。折芳馨、远道谁遗。披萧艾、几时重遇。怅秋风、憔悴天涯，美人芳草怨迟暮。　　灵均纫佩去后，应是风雷昼晦，暗成凄苦。薜老萝荒，山鬼自吟愁句。更恨他、湘水湘云，又遮断、梦中归路。但牵来、万丈相思，化为深夜雨。

1904 年，二十二岁的碧城正在天津《大公报》任职，以笔为剑，发文立说，积极倡导女权。其《满江红·感怀》甫一发表，立即引起轰动，这首《绮罗香》亦是同时之作。与《满江红》直接高唱"遍地离魂招未得，一腔热血无从洒"的慷慨激昂不同，这首题为"忆兰"的作品，则是典型的借咏物以抒怀。不仅全用比兴手法，而且在意象、情境、美感等诸多层面皆以屈骚为范本，可谓形神俱肖。兰生幽谷，其色淡，其香远，清芬雅韵，使人欣慕而又不求人知。故而词的上片喁喁细诉心中的切切思念之情，"折芳馨"

一句化用《九歌·山鬼》"折芳馨兮遗所思"句，隐隐透出世无知音的感伤；"怅秋风"二句更道尽憔悴寂寞的悲凉感受。下片大量引用《离骚》中的意象，如"纫佩""薜萝""湘水湘云"等，缅合"灵均"，刻意营造冷落氛围，展现其想象中幽兰的凄苦处境。风雪昼晦与遮断归路，似乎暗喻当时清王朝覆灭前夜昏昧混乱的政治局势。全词托意遥深，传情隐曲，借"忆兰"将一己忧患情怀与屈子之忠爱悲怆遥相牵挽，自然融合，洵称佳构。

另一首《祝英台近》，也是成功运用比兴手法的经典之作。词云：

绾银瓶，牵玉井，秋思黯梧苑。蘸渌搴芳，梦堕楚天远。最怜娥月含颦，一般消瘦，又别后、依依重见。　　倦凝眄，可奈病叶惊霜，红兰泣骚畹。滞粉黏香，绣靥悄寻遍。小栏人影凄迷，和烟和雾，更化作、一庭幽怨。

钱仲联《清词三百首》中认为："此词用事，多涉宫廷、后妃、佳人遭殃各方面，银瓶、玉井，尤为明显，疑是伤悼庚子年珍妃被那拉后命崔太监推坠井中死难事。……辛弃疾《祝英台近》'断肠片片飞红，都无人管，更谁劝啼莺声住'，张惠言《词选》固以为'点点飞红，伤君子之弃；流莺，恶小人得志也'。圣因此作，何妨作比兴观。"①词中的哀婉伤怨之思与凄迷幽寂之境互为生发，极具感染力，虽未直接抒情，却能以种种风物意象婉曲传写内心的微妙感受，其隐晦朦胧处，亦正是其缠绵沉潜处。

（二）幽隽典雅与清奇繁丽：追步清真与梦窗的审美取向

碧城不仅个性英特，识见与胸襟也堪称不俗。一生际遇跌宕，

---

① 吕碧城著、李保民笺注：《吕碧城词笺注》，上海古籍出版社，2001，第66—67页。

游踪广远，却也丰富开拓了她的阅历、视野与感受，这使她在词的创作中也表现出不随流俗的独特审美追求。与大多数女词人不同，碧城词并未承袭传统的女性词风，即踵武易安的清丽婉雅与自然流美，而转向了奇隽精丽乃至于凄艳华美。女性词多白描，碧城词则喜用典；女性词语言多清韶，碧城词却刻意多用秾丽或古奥之辞，由此形成了其词独特的美感特质。综览碧城诸作，不难发现清真、白石及梦窗的深刻影响。首先是碧城词中有清真词的精丽典雅与含思深婉，如《陌上花·瑞士见月》：

十年吟管，五洲游屐，水遥云暝。碧海青天，犹见故宫眉晕。含颦凝睇追随遍，莫避尹邢妆靓。又今宵依约，水精帘下，梦痕堪印。　话前身何许，万千哀怨，付与瑶台笛韵。旧谱《霓裳》，凄断人间芳讯。婵娟共影谁长在？只是坡仙词俊。更低回，怕说桂林，疏雨茂陵秋病。

此首约作于1928年秋天，词人寓居瑞士雪山期间，借咏月寄托思念故国的沉挚怀抱。词中化用玉谿诗、李白诗与东坡词，并用《史记》武帝、尹夫人请见邢夫人事，《晋书·郤诜传》与司马相如事，或歌咏明月，或寄寓孤凄心事。全词措语典丽，造境清寂，写情既幽婉又沉着，虽然略逊清真词之浑厚，却别有一种秀逸风致，钱仲联先生将此词称为"前无古人之奇作"①，激赏之情，溢于言表。

除了清真词，碧城词更多地表现出对白石词幽隽风格的追步，且更添几许出世之思，《沁园春》即是一例：

如此仙源，只在人间，幽居自深。听苍松万壑，无风成籁，岚烟四锁，不雨常阴。曲槛流虹，危楼笋玉，时见惊鸿倩影凭。良宵静，更微闻凤吹，飞度泠泠。　浮生能几登临？且收拾烟萝入苦吟。任幽踪来

---

① 吕碧城著、李保民笺注：《吕碧城词笺注》，上海古籍出版社，2001，第554页。

往,谁宾谁主,闲云缥缈,无古无今。黄鹤难招,软红犹恋,回首人天总不禁。空惆怅,证前因何许,欲叩山灵。

词前有小序云:"丁巳七月游匡庐,寓 Fairy Glen 旅馆,译曰'仙谷',高踞山坳,风景奇丽,名颇称也。纵览之余,慨然有出尘之想,率成此阕。"词以隽逸清雅之笔描摹庐山的空灵幽静景色,既写出"苍松万壑""岚烟四锁"的苍翠空蒙,楼阁栏杆的秀丽精致,同时又借如此清幽之境的烘托,抒发内心的摒弃尘俗之意与对隐者幽居泊如生活的无尽向往。整首词无论是情境的渲染、笔触的清雅,或是字句间流露出的词人淡远而萧散的气度神韵,皆可使读者或深或浅地感受到白石词的印记。

另一首《月华清·为白葭居士题〈葭梦图〉》更多疏放意味:

人影芦深,诗怀雪瘦,溯洄谁泛空际?和水和风,洗尽梨云春腻。笑放翁、画入梅花,羞庄叟、情牵凤子。徙倚。对苍茫天地,萧萧秋矣。　　除却烟波休寄。更不寄人间,寄存梦里。墨晕葭痕,差见白描高致。任昼长、茶沸瓶笙,尽消受、南窗清睡。慵起。只莞然为问:蜗蛮何世?

所题画为《葭梦图》,故上片言"葭",下片写"梦",意脉极为明晰。词中重点表现"葭"的苍茫空寂与悠游人世、无心利禄的恬然超旷心境,既包含了对友人的含蓄称美,也流露了某种自我期许之意。全词设色幽淡,造境清隽,运笔沉着又不乏疏宕洒脱思致。其诗友樊增祥称此词"清深苍秀,不减樊榭山房"[①],将其与浙派名家厉鹗相较,可见二者在追步白石词方面确有相似的审美特质与表现。

[①] 吕碧城著、李保民笺注:《吕碧城词笺注》,上海古籍出版社,2001,第94页。

在清真与白石之外，对碧城词影响较为鲜明的还有吴文英。具体表现为语多新隽绮丽，炼字奇警生新，常有奇思妙想，整体呈现出一种清峭凄丽的美感风格。如《摸鱼儿·暮春重到瑞士花事阑珊余寒犹厉旅居萧索赋此遣怀》：

又匆匆、轻装倦旅，湖堤蜡屐重印。软红尘外闲身在，来去烟波堪认。孤馆静，任小影眠云，梦抱梨花冷。吹阴弄暝，叹婪尾春光，赏心人事，颠倒总难准。　　空惆怅，谁见蕊秾妆靓？瑶台偷坠珠粉。闲愁暗逐仙源杳，更比人间无尽。还自省，料万里乡园，一样芳菲褪。纥干冻忍。只蕙撷凄馨，芙搴晚艳，长寄楚累恨。

碧城漂游海外多年，因而词多故国之思。此番重归瑞士，恰逢春事阑珊而余寒料峭，心境不免萧瑟落寞。上片"倦旅""孤馆"点明羁旅愁怀，"吹阴弄暝""颠倒难准"明写伤春意绪，实则蕴涵着韶华似水与人生变幻的无奈感伤。下片承此直抒春恨与乡愁交织的凄恻怀抱，结拍三句更以"搴芙""楚累"将自身与屈原的际遇心事相绾，进一步深化了感伤意绪。全词用语多清隽，然下片"蕊秾妆靓""瑶台""珠粉"及"蕙撷凄馨，芙搴晚艳"等句，则明显偏于秾丽。而"眠云""梦抱"二句含思轻倩，意致幽逸，堪称妙笔。不难发现，与梦窗词相比，碧城词在设色的浓度、语言的生新险涩及结构的回环跳跃等方面无疑都略逊一筹，但也因此避免了走向奇诡密丽的一端。

《木兰花慢》则尤多梦窗词的凄寒怆恍情境，词云：

望家山迢递，远烟横、黛眉颦。尽沧海寻桑，看朱成碧，欲记难真。荻花又吹疏雪，黯西溪、无处认秋痕。依约前游似梦，飘零旧侣如云。　　歌残。楚些招魂。消侘傺、付沉醺。怕百年虚度，新词织锦，留印心纹。未来更兼过去，问芸芸、谁是古今人。一样夕阳花影，商量莫负黄昏。

词前有小序云："丙辰秋，与老友韦斋及廖公子孟昂同游杭之西溪，顷韦斋寄示新词，述及旧事，孟昂早归道山，予亦远适异国。'楝风'隽句，深寓沧桑之感，赋此奉和，亦用梦窗韵。"如序中所言，词乃怀旧伤今之作。所谓"独在异乡为异客"，此际漂泊海外，追怀当年与友朋共泛西溪之欢乐游踪，但觉恍若一梦。而光阴荏苒，人事无常，非仅旧游如梦，且兼旧侣凋零。回首前尘，唯有将满怀幽恨付与长歌沉醉而已。词中情思悲凉，造境凄寒，从遥想故地之荻花吹雪、秋痕黯淡，到眼前的花影无言、暮色苍茫，景中含情，情境互为生发，将"沧桑之感"、怆恍情味盘旋道尽。结句更是余韵绵邈，引人回思。

类似的作品又如《渡江云》词云：

绀阴生海峤，斜阳破暝，松影落虚坛。屐痕曾印处，弄水寒芳，旧迹认留连。游丝胃蕊，又怨粉、吹满人间。怅重探、玄都花事，怀抱已非前。　　堪怜。晴漪晃翠，晖崦敛金，便湖山如此。问他日、蹑云玉笥，谁吊中仙？登临著遍伤心眼，黯平芜、都到吟边。华年恨，古今一例荒烟。

1929年春，碧城重返瑞士日内瓦，此词所写，即是故地重游的沉郁苍凉情怀。词人借"前度刘郎"事传写物是人非的惘然，以葬于玉笥山的王沂孙（号中仙）自比，流露出"侬今葬花人笑痴，他年葬侬知是谁"（《葬花吟》）的哀恨凄迷，以及"异时对、黄楼夜景，为余浩叹"（苏轼《永遇乐》）的苍茫喟慨。"伤心眼""华年恨"及"古今一例荒烟"，则进一步深化了这种无常变灭之感。词中在设色上明暗相映,"绀阴""斜阳""松影"与翠色、金光调和映衬,仿佛画作中的光影变幻。同时,"晴漪""晖崦"二句措语生新,"晃翠""皱金"尤有峭拔奇丽的美感,使人印象深刻,可以见出梦窗词的某种印记。但从总体的词境而言,似乎更偏于白石词和碧山词的幽隽凄寒。

三、苍凉荒寒之境与豪纵感激之气:碧城词的美感特质

如前所述,碧城年少遭遇家难,心中留下了难以平复的创伤,加上她在审美方面深受屈骚传统及白石、梦窗的影响,故其词在清隽奇丽之外,多有苍凉荒寒之境的呈现。如《月华清》词云:

雕影横秋,人烟破暝,诗怀一昔催换。境入荒寒,恰好素襟堪浣。伴哀蛩、新句重商;撷晚菊、旧情仍恋。缓缓。向林皋石磴,等闲寻遍。　　何处巫云吹卷?指依样欹崎,蜀峰攒剑。倦旅登临,赢得几番凄黯。和樵歌、松籁凄锵;弄灯影、雪窗红颤。宛宛。但苍龙西走,暮山无断。

这是漂泊异域时羁旅愁怀的深沉刻画。上片先借"哀蛩""晚菊"点明时已晚秋,而划过长空的雕影,暮色里的依稀几点人家,与凄寂中不乏清真的怀抱,则交织出一派苍茫萧瑟之境。下片承此直抒去国怀乡的眷眷深情。"倦旅"绾合"樵歌""松籁""灯影""雪窗",烘托消黯凄绝氛围。结拍感慨时光飞逝,归路迢遥,更增怅触。全词情景相生,造境既疏阔又浑成苍凉,情思虽沉郁,而能笔力劲拔,这也恰是碧城词的不凡之处。

《法曲献仙音》则于幽峭清寒之外尤多苍茫思致,词云:

鸦影偎烟,砧声唤雨,暝色阴阴弄晚。酒兴萧疏,诗情寥落,探梅

只今全懒。但翠袖、闲欹竹,无言自依黯。　吟思遍。倚楼头、且舒愁眼。风正紧、雁字几行吹断。雪意酿严寒,漾江天、昏雾撩乱。云叶微分,透斜阳、空际一线。更城南画角,低送数声清怨。

词中述情写境,可谓触处生愁,全是凄风苦雨的萧飒荒寒之感。词人倚楼徘徊,所见是烟雨溟蒙,暮色沉沉。寒风中雪意与昏雾交织,即使那阴云缝隙中透出的一线斜阳,终究也无法驱散这弥漫四野的荒寂与凄黯。而一片惨淡中的几声画角呜咽,更牵惹起伤心人的无边怅恨。词里这些对萧瑟孤清之境的描摹,深刻而细腻地诠释了词人"萧疏""寥落""无言依黯"的一颗冷落词心。情融于景,景语皆是情语。

有时在苍凉情境中寄寓着深沉的身世之感,如《鹧鸪天·戊寅二月重返阿尔伯士 Alpes 雪山》:

寥落天涯劫后身,一尘重返旧时村。犹存野菊招彭泽,不见宫人送水云。　晴雪粲,冻波皴,夕阳鸦影画黄昏。收将万变沧桑史,证与寒山独往人。

戊寅,即1938年,碧城重返瑞士。随着时局的日渐恶化及自身的老病相侵,心境不免更趋于萧瑟与寂寞。开篇即以"寥落""劫后"点明怆然情绪,结拍则以"沧桑""独往"遥相牵挽,反复勾勒,境浑成而意沉厚。同时,词中借东晋陶渊明与宋末遗民诗人汪元量(字水云)自喻,高蹈孤洁中夹杂着去国离乡的无奈与凄楚。配合"晴雪""冻波""夕阳""鸦影"的寒凉苍茫暮景,从写怀到造境,无不散发着荒寂冷落的气息。

类似的苍凉荒寒之境在碧城词中随处可见,如"日暮荒鸥啼古树,断桥人静昏昏雨"(《蝶恋花》),"湖楼梦回香烬残,宵寒,冻澌冰不喧"(《河传》),"雪意酿严寒,漾江天、昏雾撩乱。云叶微分,透斜阳、空际一线"(《法曲献仙音》),"乱鸦集,写入芜城秋色。隋堤畔,无限夕阳,红到枝头黯成碧"(《兰陵王·咏柳》),"桥影恋残阳,沙痕引岸长。锁羁愁、十里清湘。著个诗人孤似雁,云黯淡,水微茫"(《南楼令》),等等。而这类情境的反复出现,也成为碧城词的艺术特色之一。

此外,碧城词尤其令人印象深刻的是其作品中表现出的豪纵感激之气,这与其英特不俗的个性襟怀有关,也与她跌宕而传奇的经历有关。《临江仙·钱塘观潮》词云:

横流滚滚吞吴越,风波谁定喧阗?畸人重见更无期。锦袍铁弩,千古想英姿。　《九辩》难招怜屈贾,幽魂空滞江湄。子胥终是不羁才。风雷激荡,天际自徘徊。

钱塘江潮自古便以气势奔腾而著称,北宋词人潘阆曾以"来疑沧海尽成空,万面鼓声中"(《酒泉子》)来表现其惊人的声势。碧城此词则另辟蹊径,并未着眼于对潮水本身进行描绘,而是通过诸多典故,如《庄子·大宗师》之"畸人",五代吴越王钱镠以弓箭射潮头,屈原、贾谊被放逐事,以及伍子胥因直谏被赐自杀前许愿死后将乘潮来观吴国之败等故事,既使人感受到江潮震天动地的雄放气势,又借此抒发了一己的激宕豪迈情怀,并透露出对前代英杰的向往钦慕之意。词中劲健之笔与慷壮怀抱相辅相成,用典虽多而不觉滞涩,这种豪纵感激的词情与词风,是碧城词风标特异之处,带着其不群个性的深深烙印。

另一首《金缕曲》在豪宕以外,尤重抒写悲怆感愤之情。词云:

剪烛旧窗底，道相逢、惺惺惜惜，飘零身世。等是仙葩来瑶阙，莫问根株同异。天也忌、山河瑰丽。多少罡风吹尘劫，任春红、揉损金瓯碎。况我辈，那须计。　　幽兰不分香心死，抚吴钩、邀君起舞，且回英气。一抹瀛波朝曦外，遥指同仇与子。怕来日、萍踪千里。花落花开寻常耳，只今宵、有酒还须醉。残泪拭，盏重洗。

词前小序称："德国狄斯特尔 Diestel 夫人美丰姿，工谈笑，一见倾心，相知恨晚。据云：欧战时青岛陷后，家族悉为俘虏，己独飘流至沪，言次黯然，为感赋此阕。"在这首为好友不幸际遇而伤叹的作品里，也交织着词人面对动荡时世生发出的悲凉之情。难得的是，这种容易沉入凄怆一端的心事，却被词人在下片以侠气英风大力翻转，一变而为慷慨激越的风雷之音。"抚吴钩""回英气"、与子同仇的振拔英发，晨曦下水光闪烁的金碧绚烂，以及有酒直须尽倾的淋漓痛快，都在郁愤苍凉之外添多了一份豪宕与悲壮。樊增祥眉批云："肝肺槎枒。"[①] 词中的抑塞不平之意，正与词人的不俗襟抱相表里。

此外，由于碧城自青年时代便常有出世之思，故其词有时在豪纵之中也融入了超轶尘俗的清虚孤洁气质。如《百字令·登莫干山夜黑风狂清寒砭骨率成此调》词云：

万峰泼墨，漾红灯一点，径穿幽筱。翠袖单寒临日暮，来御天风浩浩。湍瀑惊雷，篔筜戛玉，仙籁生云表。飞琼前世，旧游疑是曾到。　　昨日绮阁香温，宿酲犹殢，谁换炎凉早。争道才华多鬼气，占尽人间幽悄。浸入灵犀，冻余冰茧，芳绪抽难了。驿程倦影，微茫愁入秋晓。

[①] 吕碧城著、李保民笺注：《吕碧城词笺注》，上海古籍出版社，2001，第 508 页。

碧城一生游历广远，对山水风物有着天然的热爱。此词乃1916年秋登浙江莫干山时所作。上片以疏宕飞动之笔描摹莫干山的深幽清苍之美与缥缈迷蒙的气息。层层山峰，浩浩天风，水声如雷的瀑布，翠绿的竹林以及氤氲的云烟，都令人在刚健笔墨外感受到一种清逸超迈的气质风神。下片转写山中寒凉幽悄之境。"倦影"与愁绪虽然流露出些许凄恻情思，但字句间散发的高情雅致依然令词境别具幽隽美感。所谓词如其人，碧城的个性气韵，实则皆可自词中体认。

总之，碧城词以其独特的审美归趣与艺术特质而迥出群芳之上，在清末民初的词坛上最为颖异杰出。除了天赋过人，境遇奇特，也与其身经新旧时代的更迭密切相关。旧时代滋养了她的古典文心，新时代则为她提供了开拓人生视域与经历的难得机会，也带给她全新的思想与理念。而她转益多师、不随流俗的创作倾向与审美追求，以及不凡的艺术想象力与高超的艺术表现力，都使其词在一片芳馨清婉的传统女性词中一枝独秀。

| 第九章 |

"现代李清照"沈祖棻及其《涉江词》

沈祖棻（1909—1977）[①]，字子苾，别号紫曼，浙江海盐人，生于江苏苏州。中学就读于上海，1930年考入中央大学上海商学院，1931年转入南京中央大学中国文学系学习，1936年毕业于金陵大学国学特别研究班。1937年全面抗战爆发，避难安徽屯溪，与程千帆匆促完婚，后在金陵大学、华西大学教授古典诗词。中华人民共和国成立后先后任教于江苏师范学院、武汉大学。1977年6月27日不幸遭遇车祸去世。

沈祖棻出生于书香世家，家学深厚，而又天赋颖慧，尤长于诗词。大学期间师从汪东、吴梅、汪辟疆等名师，在校时即以一首《浣溪沙》（芳草年年记胜游）震动词坛，并因其中"有斜阳处有春愁"一句而得"沈斜阳"之誉，才锋初露。抗日战争及解放战争时期，颠沛流离间她创作了大量伤时感事的爱国词作，后结集为《涉江词》出版。这些词多以比兴寄托手法记录抒写时代烽烟与家国情怀，被目为"词史"，是其心血与热泪的结晶，也足可代表她一生文学创作的最高成就。此外，沈祖棻还有《涉江诗》402首，其中358首写于20世纪70年代，隐曲表达当时特殊氛围下的压抑悲郁与无奈感慨。除了古典诗词创作，沈祖棻早年曾写过不少新诗、散

[①] 沈祖棻一生跨越近代、现代和当代，其《涉江词》的写作时间跨度为1932年至1949年，多数为抗战期间所写。由于《涉江词》为古典词作，与本卷所涉诗歌体裁、内容风格更相近，故仍将沈祖棻《涉江词》一章列入本卷。

文、小说等，婚后因长年执教，又有学术研究著作《宋词赏析》《唐人七绝诗浅释》，亦是经典之作，体现了其深厚的学养。

《涉江词》出版后，得到词坛名家的一致推重与激赏，不少人都以李清照比之。朱自清认为她是"现代李清照"，朱光潜称："易安而后见斯人，骨秀神清自不群。"沈尹默也将程沈夫妇比作赵明诚李清照："昔时赵李今程沈，总与吴兴结胜缘。"沈祖棻的老师汪东在《涉江词稿序》中则称其"当世得名之盛，盖过于易安远矣"①。《涉江词》无论是情感内容或是艺术表现方面都深婉动人，余韵绵邈，显示出作者浓挚沉郁的家国之思与超越群流的灵慧天赋。将她与李清照并称，绝非过誉。

第一节 相思与家国：《涉江词》的两大重要主题

一、相思与离别

（一）爱而不得的忧伤

沈祖棻自1937年于战乱中与程千帆完婚，其后颠簸动荡，经历了抗日战争和解放战争，新中国成立后又遭遇种种风波不平，晚年稍有岁月安稳之兆，却遽然遇祸身故，一生遭际之坎坷，实在令人扼腕叹息。可幸她与程先生伉俪情深，彼此欣赏，所谓"夫妇而兼良友"，始终相濡以沫，患难相依，故《涉江词》中不乏念远伤离的缱绻深情之作。但除此以外，还有些感怆缠绵的相思词，哀婉凄迷，当中似有某种难言之苦与无限怅恨，不知缘何而发。如《蝶恋花》词云：

---

① 汪东：《涉江词稿序》，载沈祖棻原著、程千帆笺注《沈祖棻诗词集》，江苏古籍出版社，1994，"涉江词稿序"第3页。

红萼吹香江上树。碧野朱桥，不记归时路。故问吟笺前日语，为谁暗写相思句？　心事经年凭细数。一样深情，两处闲愁苦。夜夜回肠君信否？那时忍当寻常遇。

又如《鹧鸪天》词云：

忍泪言愁事两难，如环恩怨总无端。十年真觉轻微命，九死宁能悔旧欢。　香淡薄，烛汍澜。风帘月暗漏初残。西楼共展鸳鸯锦，短梦长宵各自寒。

这两首词所抒写的，都是一种深心相许却难以相守的苦恋情怀。词里"碧野朱桥，不记归时路""一样深情，两处闲愁苦"，以及"西楼共展鸳鸯锦""短梦长宵各自寒"，明显化用了秦观"碧野朱桥当日事，人不见，水空流"（《江城子》），李清照"一种相思，两处闲愁"（《一剪梅》），晏几道"谁堪共展鸳鸯锦，同过西楼此夜寒"（《鹧鸪天》），朱彝尊"共眠一舸听秋雨，小簟轻衾各自寒"（《桂殿秋》）的句意，从中不难感知到词人心内的苦楚凄伤之意。虽有深情万种，却为现实所阻，空自相思相望而已，这样的命运播弄最易令人无奈且绝望。然而，即使饱受情愁折磨，即使"夜夜回肠"，她依然流露出九死不悔的执着。情浓如斯，夫复何言。

然而，这样的痴心最终还是被辜负了。《蝶恋花》词云：

窈窕窗纱烟雾隔。无计相忘，无分长相忆。拼得一生原未惜，深情何意供轻掷。　知道新来双眼涩。夜雨连宵，替向阶前滴。梦似落花如可拾，殷勤重觅春踪迹。

《玉楼春》二首云：

今生不作重逢计，更绝他生飘渺事。相思未遣已先回，絮语难忘偏易记。　　缠绵至此真何味，一霎幽欢残梦里。无情人世有情痴，惟剩歌词知此意。

　　玉梅花下相思地，纵使重逢情漫费。沉吟犹惜故时欢，决绝终成今日意。　　几多烟柳回肠事，忍为伤春长溅泪。词笺收拾旧铅华，别有悲歌弦上起。

　　这几首读来全是忍泪伤怀之语，字句间流动着凄怆、无奈、眷念、悲凉，以及看似决绝实难割舍的复杂心绪，深情空掷的唏嘘与寂寞，写得缠绵往复，哀婉沉挚，使人如见其柔肠百结之情状。特别是"无计相忘，无分长相忆""沉吟犹惜故时欢，决绝终成今日意"，将那种爱而不得的无限忧伤与绵绵怅恨表现得既深刻又感人，堪称情痴之语。

　　正因为情深难遣，有时反而会有"相见争如不见"的感慨，与其说是故作冷淡，不如说是伤情后的无奈与挣扎。《鹧鸪天》词云：

　　细字真珠讯暗通，花阴几度系嘶骢。垂杨青眼经前梦，芳草红心记旧踪。　　春易尽，恨难同。好风还到画楼东。也知刻意相回避，咫尺阑干不再逢。

　　《蝶恋花》词云：

　　忘却当时花下意。从此相思，不作相逢计。纵使相逢歌酒地，重帘曲槛成回避。　　便向芳筵同一醉。但道今朝，难得晴天气。断尽柔肠弹尽泪，旧欢他日羞重理。

　　前一首抚今追昔，将当日的缱绻情浓与此际的人去楼空相对照，流露出物是人非的无尽凄恻与感伤。后一首先以看似决绝的语气表明分手后已不作重逢之想，接着进一步设想他日即使相见，也须刻意回避，纵然同醉筵前，也要如陌生人般疏离客套，但结拍的肠断泪尽却泄露了真实的凄绝心事。相思而不能相守，这样无法疏解的哀伤困苦之感，最终也唯有付诸词笔聊作纪念而已。

在沈祖棻的许多词作里，都或隐或显地留下了这段情殇的点滴印记，有时沉重悲惋，有时惆怅凄迷。如：

恩怨无凭情易误。刻意相疏，便抵相怜处。(《蝶恋花》)
寂寂重帘私语细。小槛回廊，都是相思地。(《蝶恋花》)
心绪纷纭难细诉。强作无情，更比多情苦。(《蝶恋花》)
彩笔飘零，朱弦掩抑。拼将泪眼供离别。双蛾纵使一生愁，袖中芳字应难灭。(《踏莎行》)
相逢渐觉情非故，漫记花阴当日语。侬心秋藕断还连，君迹寒潮来又去。(《玉楼春》)
空记江南初见，正繁灯水榭，低映垂杨。漫说深盟，人间容易相忘。(《声声慢》)
梦里欢情犹间阻，人前踪迹更生疏。绿窗肯信断肠无？(《浣溪沙》)

此外，她不止一次提到"十年"一语，当是这段苦恋的某种象征，也应是漫漫悲欢的时光记录。如：

十年空忍将枯泪，一夜重回未断肠。(《鹧鸪天》)
十载青春迷蝶梦，一宵红泪费鹃心。(《浣溪沙》)
孤负芳时情缱绻。十载花前，渐觉羞人面。(《蝶恋花》)
十年长是忍伶俜，一夕乱愁萦。伤心怕到经行处，万丝柳、不系离情。(《风入松》)
梦痕留作十年温，芳盟莫话三生事。(《踏莎行》)
自悔新词谱旧笺，十年清泪涩朱弦。深悲难遣酒尊前。(《浣溪沙》)

字里行间充满无奈与怅惘,更有伤怀已极的哀婉凄绝之思,而能始终秉持着怨而不怒的温厚与深情。虽然她曾说"已悔多情损少年"(《浣溪沙》),但真意实落在"多情","损"字更使人感受到其用情之深、伤怀之苦。这段刻骨铭心的往事从某种角度来看与战火烽烟一样,明显催发了她的写作热情,并因而让她留下了那么多凄恻动人而柔思芊绵的美好词作。"剩有《风怀》句未删,旧欢新梦尽如烟。"(《浣溪沙》)《风怀二百韵》是清初著名词人朱彝尊为怀念相恋而无法结缡的妻妹冯寿常所作,即使晚年也不忍从文集中删除。沈祖棻借此暗喻自身这段没有结局的恋情,也借此流露出不愿忘却不曾追悔的痴意柔情。这悲欢离合的坎坷情路穿越了她最美的十年风华,在她生命里刻下了永难磨灭的印记,也留给我们如此凄美感人的作品,值得为之一书。

(二)忆念良人的寂寞

1937年,二十九岁的沈祖棻与小她四岁的程千帆结婚。据其《菩萨蛮》词前小序所言:"丁丑之秋,倭祸既作,南京震动。避地屯溪,遂与千帆结缡逆旅。"婚后不久便因南京陷落,屯溪危殆,不得已暂时分离,先后入川避难,一路备尝艰辛,沈祖棻因而作《临江仙》八首纪行。程千帆先生有笺注称:"《临江仙》八首作于一九三八年秋初入川后不久,历叙自南京经屯溪、安庆、武汉、长沙、益阳终抵重庆诸事,极征行离别之情……余因督课有责,难以遽行。祖棻遂与学生四人先乘汽车去安庆,再溯江西上。"[①]乱世中与新婚爱人分别,道路间关,未免凄惶而伤感。《临江仙》其一、其二有云:

昨夜西风波乍急,故国霜叶辞枝。琼楼消息至今疑。不逢云外信,

---

① 沈祖棻原著、程千帆笺注:《沈祖棻诗词集》,江苏古籍出版社,1994,第55页。

空绝月中梯。　　转尽轻雷车辙远,天涯独自行迟。临歧心事转凄迷。千山愁日暮,时有鹧鸪啼。

经乱关河生死别,悲笳吹断离情。朱楼从此隔重城。衫痕新旧泪,柳色短长亭。　　明日征程君莫问,丁宁双燕无凭。飘零水驿一星灯。江空菰叶怨,舷外雨冥冥。

第一首用比兴手法,兼写家国恨与儿女情。上片借西风波急、霜叶辞枝隐喻国难已作,"琼楼"喻指南京,故接下来三句乃忧虑南京安危之意。词人曾在此读书多年,金陵城留下了她太多的悲欢记忆。如今战事吃紧,消息隔绝,如何不让人挂怀担心?下片抒写凄切别情。远赴异乡,征途漫漫,又牵念无法同行的爱人,内心酸楚而彷徨。程先生笺云:"新婚乍别,难以为怀,故有独行、临歧之语也。"①结句写黄昏里千山连绵,苍茫暮色中只有鹧鸪的啼声偶然掠过耳畔,却更让人感到寂寞与凄绝了。第二首据程先生笺:"写离屯溪抵安庆所感。朱楼指南京旧居。水驿,安庆。"②词中将羁旅风霜之感与怀人念远之情糅合一处,在乱世的背景下,尤有沧桑悲慨意味。上片"生死别""隔重城"言忆念南京,心事沉痛;下片的一星摇曳灯火与江上的空茫雨声交织,则带出无限凄凉情境与孤恨绵绵。以蕴藉深婉之笔写乱离漂泊与伤别怀抱,而能沉郁动人,余韵悠远,可见其词艺的成熟精妙。

身当乱世,因着时局及现实生计问题,词人与丈夫常常聚少离多,于是词中多有思忆和孤寂之情的表达。她曾因念远写下《浣溪沙》四首,此处引其两首云:

---

① 沈祖棻原著、程千帆笺注:《沈祖棻诗词集》,江苏古籍出版社,1994,第55页。
② 沈祖棻原著、程千帆笺注:《沈祖棻诗词集》,江苏古籍出版社,1994,第55页。

梦外沉沉夜渐长，飘灯庭院雨丝凉。重帷自下郁金堂。　　烛有愁心犹费泪，香如人意故回肠。零星往事耐思量。（其二）

梦醒银屏人未远，暮云西隔几重山。镜中万一损眉弯。　　不分流离还远别，却因辛苦倍相关。严城清角正吹寒。（其三）

关于这组《浣溪沙》，程先生有笺注曰："余时方为小吏于西康省建设厅以糊口，每往返康定重庆之间，故祖棻有此念远之作也。"[①]乱世里患难相依，彼此都是对方最亲厚温暖的家人，所以频繁的离别更使词人倍感忧伤和寂寞。前一首写漫长的雨夜里帘幕深掩，唯有残梦孤灯相伴，心事恰如空庭中的雨丝般凄凉。烛泪与香烬婉转传写愁寂感伤思绪，而接以"耐思量"三字，更觉忆念深长，情味幽微细腻。如果说前首偏重抒发一己的凄寂感受，后一首则更多对离人的惦念。"人未远""几重山"写出无尽牵挂，"流离""辛苦"流露了关心怜惜之意。末句言戒备森严的城池中清角吹寒，将念远深情与凄清怀抱自然相融，余韵悠远。

这样的伤离之作还有《鹧鸪天·寄千帆嘉州，时闻拟买舟东下》：

多病年来废酒钟，春愁离恨自重重。门前芳草连天碧，枕上花枝间泪红。　　从别后，忆行踪。孤帆潮落暮江空。梦魂欲化行云去，知泊巫山第几峰？

关于这首词，程先生笺云："一九四一年春，余在乐山，任教技艺专科学校，时有友人为余谋重庆讲席，已而未果。故词云尔。"[②]

---

① 沈祖棻原著、程千帆笺注：《沈祖棻诗词集》，江苏古籍出版社，1994，第60页。
② 沈祖棻原著、程千帆笺注：《沈祖棻诗词集》，江苏古籍出版社，1994，第65页。

词中既有感叹多愁多病、离恨重重的直接抒情，又以芳草红泪、孤帆暮江婉曲传达伤别念远之意。结拍两句更是将寻常典故用得新奇生动，寄情深沉而含思柔婉，令人心折。

此外，词人还有一首《宴清都》，记录了兵火中的惊险遭际，愈见夫妻患难相依之情。词云：

未了伤心语。回廊转、绿云深隔朱户。罗裯比雪，并刀似水，素纱轻护。凭教剪断柔肠，剪不断相思一缕。甚更仗、寸寸情丝，殷勤为系魂住。　迷离梦回珠馆，谁扶病骨，愁认归路。烟横锦樹，霞飞画栋，劫灰红舞。长街月沉风急，翠袖薄、难禁夜露。喜晓窗，泪眼相看，寒帷乍遇。

词前小序云："庚辰四月，余以腹中生瘤，自雅州移成都割治。未痊而医院午夜忽告失慎。奔命濒危，仅乃获免。千帆方由旅馆驰赴火场，四觅不获，迨晓始知余尚在。相见持泣，经过似梦，不可无词。"词中"凭教剪断柔肠"句后有自注曰："割瘤时并去盲肠。"词人刚刚做完手术，病体虚弱疼痛，夜半又突遭大火，所谓"奔命濒危"，万幸得以脱险。如此惊心动魄的经历却以极为柔婉沉着的笔法娓娓道出，"罗裯"三句写护士、手术刀与纱布，用语清雅优美，触处使人生怜。"剪断柔肠，剪不断相思一缕"更是设想新警，有点铁成金之妙。下片描摹火灾现场，同样运笔婉雅，将历劫之苦含蓄写来，生动贴切中不乏沉痛思致。"劫灰红舞""月沉风急"的惊惧凄惶与"泪眼相看"、劫后重逢的激动喜悦相对照，愈显乐更乐而哀更哀。

总之，《涉江词》中这些忆念良人的作品，往往或隐或显地透出动荡背景与家国之情，从而将传统的闺怨相思主题与历史现实相融，有了更厚重、更深刻的内涵，而这正是其超越前人的卓异之处。

二、烽火乱离中的家国情怀与身世之感

（一）家国恨与伤时意

自 1932 年春写下惊艳词坛的第一首《浣溪沙》，沈祖棻词中便常有忧时之慨。1937 年新婚未久即遭兵燹，经历全面抗战及其后的解放战争，十余年间词人饱受烽火战乱、颠沛流离之苦。不仅自己遭遇逃难、轰炸、病痛，挚爱的家人如妹妹和父亲也在抗战中先后亡故，她内心涌动的哀恸、感愤与忧虑之情皆抒发于词中，因而成就了这部光耀当世、堪称"词史"的《涉江词》。

早在全面抗战爆发前，随着日寇的渐渐逼迫，时局愈趋紧张，"山雨欲来风满楼"的危机感一日深似一日。关注国事的词人敏感地察觉到了这一点，词中透露出隐约的不安与叹息：

瑶席烛初炧，水阁绣帘斜。笙舟灯榭，座中犹说旧豪华。芳酒频污鸾帕，冷雨纷敲鸳瓦，沉醉未回车。回首河桥下，弦管是谁家？　　感兴亡，伤代谢，客愁赊。虏尘胡马，霜风关塞动悲笳。亭馆旧时无价，城阙当年残霸，烟水卷寒沙。和梦听歌夜，忍问后庭花？

——《水调歌头·雨夜集饮秦淮酒肆用东山体》

词当是作于南京读书期间，南京为六朝古都，后来成为兴亡代谢的重要象征，自古便多有文人不断讽咏。词题标明"用东山体"，即北宋贺铸的同调之作，贺词同样吟咏六朝遗迹，也同样借咏史寄托对现实的感喟。异代相望，而怀抱通于一例。自 1931 年"九一八事变"以来，国事日蹙，而敌寇气焰日盛。面对如此风雨飘摇的时局，词人心中自有无尽感怀。上片写雨夜宴饮，虽有笙歌灯火、芳酒瑶席，终究掩不住冷雨纷繁的凄凉气息。沉醉中弦管入耳，徒然触动悲郁之思。下片转入对现实的感慨，"虏尘"二句喻

指日寇侵迫，兵祸即将到来；烟水寒沙与后庭花则化用杜牧《夜泊秦淮》诗意，暗绾"兴亡""代谢"，以及吴文英《八声甘州》"残霸宫城"的吴王夫差亡国故事，婉转传达了对时势的深深忧虑与感慨。

抗战中词人被迫多方流离，饱经磨难。亲历战火的她眼见江山残缺，敌虏猖獗，种种沉哀忧愤之情，一一发之于词。《临江仙》词云：

故国烟芜秋又绿，伤心忍话铜驼。高楼无复梦笙歌。尊前难醉醒，雁外有山河。　　落尽芙蓉菰叶怨，空江残照无多。乱烽寒角几销磨。旧游池馆废，愁见柳婆娑。

《减字木兰花》词云：

新寒乍暖，细葛轻绵朝夕换。暗雨昏烟，不是江南四月天。　　年年蜀道，休说不如归去好。剩水残山，付与流人着意看。

两首词一写秋思，一写伤春，而皆蕴藉苍凉，沉郁中见出无限幽愁暗恨。前首之故国铜驼、山河残照、乱烽寒角，一片伤心惨目，而笙歌梦散、旧游消歇，更令人无语悲咽。后首笔致更加柔婉，借思乡情绪曲折引出对"剩水残山"的深沉忧愤。"流人"一语尤为刺心，暗含多少哀恨凄苦，引人回味无已。

将家国之感表现得尤其沉挚悲凉的，有《高阳台》词：

酿泪成欢，埋愁入梦，尊前歌哭都难。恩怨寻常，赋情空费吟笺。断蓬长逐惊烽转，算而今、易遣华年。但伤心，无限斜阳，有限江山。　　殊乡渐忘飘零苦，奈秋灯夜雨，春月啼鹃。纵数归期，旧游是处堪怜。酒杯争得狂重理，伴茶烟、付与闲眠。怕黄昏，风急高楼，更听哀弦。

词前小序云："岁暮枕江楼酒集，座间石斋狂谈，君惠痛哭，日中聚饮，至昏始散。余近值流离，早伤哀乐，饱经忧患，转类冥顽，既感二君悲喜不能自已之情，因成此阕。"生当乱世，身经浩劫，每个亲历者都有着难以言说的悲愤激楚心事。虽然词人自称"早伤哀乐""转类冥顽"，内心实则感恨无极，故开篇即云"酿泪成欢，埋愁入梦"，伤恸之情，溢于言表，汪东先生因而有"惊心动魄"之评[1]。如断蓬漂萍般流离异乡，匆匆已是数年，而归期无定，韶华渐老，眼见山河破碎，不知何日才能重享太平。词中纵然以茶烟、闲眠刻意营造安宁情境，终究难掩深重的郁悒悲凉之意。"无限斜阳，有限江山""怕黄昏，风急高楼，更听哀弦"，以比兴手法婉曲传情，笔法沉着，写情深厚，动人肺腑。

在抒写国仇家恨以外，《涉江词》中也对时局的败坏与政治的腐败多有讽刺，忧愤与沉痛之情兼而有之。如《浣溪沙·客有以渝州近事见告者感成小词》三首：

岁岁新烽续旧烟，人间几见海成田。新亭风景异当年。　如此山河输半壁，依然歌舞当长安。危阑北望泪如川。

莫向西川问杜鹃，繁华争说小长安。涨波脂水自年年。　筝笛高楼春酒暖，兵戈远塞铁衣寒。尊前空唱念家山。

辛苦征人百战还，渝州非复旧临安。繁华疑是梦中看。　彻夜笙歌新贵宅，连江灯火估人船。可怜万灶渐无烟。

---

[1] 沈祖棻原著、程千帆笺注：《沈祖棻诗词集》，江苏古籍出版社，1994，第118页。

抗战中无数将士浴血前方，舍生成仁者在在有之，牺牲之惨烈，襟怀之悲壮，每每令人感泣不置。然而，与此形成鲜明对照的是，一些无良奸商与政府官员却无视国势飘摇，趁机大发国难财，所谓"前方吃紧，后方紧吃"。不少新贵旧绅龟缩于陪都重庆（即渝州），歌舞升平，沉醉声色，"直把杭州作汴州"。这组《浣溪沙》词中所写"依然歌舞当长安""繁华争说小长安""彻夜笙歌新贵宅"等，即是讽刺当时这种令人愤懑的腐败现实。敌寇未扫，金瓯尚缺，将士们犹自血战年年，百姓们还在流离失所，而那些昧却良心的达官贵人们无视国难，只管发财享乐。"危阑北望泪如川""尊前空唱念家山"的无奈悲怆，"可怜万灶渐无烟"的荒凉惨目，与陪都的酒醉灯迷相映照，令人尤感痛心与齿冷。

灰暗的现实、乱世的烽烟、漂泊的生活，以及对未来的茫然莫测之感，使得词人不免常常生出伤时悯乱的迷惘与悲慨。《踏莎行·寄石斋印唐成都二君皆金陵旧侣也》词云：

白袷衫轻，青螺眉妩，相逢年少承平侣。惊人诗句语谁工，当筵酒盏狂争睹。　　花影楼台，灯痕帘户，湖山旧是经游处。过江愁客几时归？神京回首迷烟雾。

《减字木兰花》词云：

悲歌痛饮，自古还乡须衣锦。贫病交加，漫道青山是处家。　　新烽又起，坐阅兴亡无好计。四顾茫茫，洒泪乾坤对夕阳。

前一首作于抗战时期，抚今追昔，抒写深沉的故国之思。上片追忆往日在南京读书时诗酒飞扬、"当时年少春衫薄"的美好岁月；下片遥念湖山胜游，感慨飘零之苦，"几时归"的无奈叹息与"迷烟雾"的失落怅恨相绾，含蓄清雅的词笔中包蕴着愁怀如织，有余韵不尽之感。后一首作于抗战结束后的解放战争期间，家国情怀中又融入了身世之慨。与《踏莎行》的淡婉含蓄不同，这首词更多沉痛与忧愤。她以直笔倾诉多年流离于乱世的沧桑酸辛，而"新烽又起"的惨痛现实让她倍觉悲凉与忧恨。结拍四顾茫然、泪洒黄昏的伤感背后，实则深藏着太多对时局的极度失望与不满。

（二）人生与身世之叹

自全面抗战爆发至解放战争结束，十几年间沈祖棻同无数同胞一样，饱经国破家亡之恨与风霜离乱之苦。生活中的诗意书香与静好安恬被战火无情摧毁，在避难他乡、迁播流亡的日子里，她的内心充满了惊怵、郁愤、凄凉、哀伤、茫然等种种复杂情绪。除却故国之思，《涉江词》中也有不少作品抒写了人生和身世之叹，往往哀婉沉郁，凄韵欲流。《玲珑四犯·寄怀素秋用清真体》词云：

照海惊烽，早处处空城，寒角吹遍。转尽车尘，才得间关重见。杯酒待换悲凉，可奈旧狂都减。未凭高客意先倦，凄绝故园心眼。　夜窗秋雨灯重剪。有离人、泪珠千点。伤心更作天涯别，回首巴山远。愁寄一叶怨题，写不尽、吟边万感。剩断魂夜夜，分付与，寒潮管。

据程千帆先生笺云，素秋，即尉素秋，江苏砀山（今属安徽）人，毕业于中央大学中文系，沈祖棻好友，《涉江词》中多有寄素秋之作，此首即是其一。词写忆念闺友，当中融汇了浓厚的乡关之思与漂泊天涯的孤凄感伤心事。上片言烽烟遍地，百姓流亡，是处城池荒芜，一片萧条衰飒景象。动荡中辗转迁播，乱后重逢之际自不免满心凄怆。"旧狂都减""客意先倦"，于异乡遥望故乡，空惹起无限哀思。下片转写一己的愁绪千缕。夜雨秋灯下念及远别而去的好友，唯有借手中词笔聊抒"万感"，心情凄楚而寂寞。结拍化用宋代毛滂《惜分飞》"今夜山深处，断魂分付潮回去"，无论词牌词意皆紧扣伤别主旨，将乱世里的雨夜相思之情写得既沉厚又凄婉。

流落异乡的艰难岁月里，身心都已饱经磨难的词人时常心绪愁苦，词中多有感伤与怅恨之意。如《琐窗寒》词云：

照壁昏灯，敲窗乱雨，闭寒孤馆。离魂一缕，欲共药烟飘断。最凄凉、梦回漏残，影扶病骨衾重展。甚炉灰烛泪，销磨不尽，故欢新怨？　双燕，归来晚。更莫问当年，酒边春感。前游纵续，早是心情都换。任秦筝、零落雁行，赋愁渐觉如今懒。奈吹残、笛里梅花，极目江南远。

无数个萧瑟的雨夜里，心事凄郁的词人独宿孤馆，瘦影伶俜，病骨支离，陪伴她的，唯有袅袅药烟与窗外的淅沥雨声。辗转难眠间念及往事旧游，仿若幻梦一场，空余此际的愁思如缕。"心情都换""赋愁渐懒"，慵倦无奈的背后实则涌动着物是人非的苍凉哀伤。"吹残梅花""极目江南"，点明思乡之苦，与身世之感交融，情怀沉郁，词境凄寒，将飘零乱世的种种哀恨表现得极为细腻深重。

艰苦卓绝、牺牲惨烈的抗战结束后，还来不及平复心中的创痛，战争烽烟又起，词人的失望、痛心和郁愤可以想见。《鹧鸪天》词云：

长夜漫漫忍独醒，八荒风雨咽鸡鸣。从来天意知难问，如此人间悔有情。　歌倦听，酒愁倾。文章只恐近浮名。却怜年命如朝露，适俗逃禅两未能。

《减字木兰花》词云：

平生何事，寂寞人间差一死。天地悠悠，独立苍茫涕泗流。　　蓼虫辛苦，风雨挑灯谁可语？块垒难平，异代同悲阮步兵。

一部《涉江词》虽多写家国之恨，但总体仍恪守"怨而不怒"的温柔敦厚传统，所谓"词别是一家"，故抒情写境以蕴藉深婉为主。然而，在这两首词中，情感的表达却抛弃了一贯的内敛沉着，代之以悲慨激越。字句间的伤痛与怨愤如急流喷涌，"如此人间悔有情""寂寞人间差一死"的极度灰心，"独立苍茫涕泗流"的幽咽哀恸，皆是直笔大力挥洒，淋漓尽致地抒发了对黑暗现实的无比绝望与憾恨。

抗战与解放战争中以词笔表现爱国情怀、乱世烽烟者不乏其人，但像《涉江词》这样完整记录十几年亲历战火流离的深切感受、堪称"词史"者，则不多见，而其词艺之精湛、成就之高，更是鲜有可比者。

第二节　追踪两宋、清新婉雅的《涉江词》

一、从五代到两宋：转益多师的《涉江词》

一部《涉江词》，使得沈祖棻一直被目为现代李清照，她的词整体上清雅含蓄，情韵兼胜，确乎深得易安词之深妙婉美。不过，沈祖棻在创作中所表现出的审美追求与艺术特质，却非只限于易安一家的影响。综观其词，会发现从五代的温韦、冯延巳、李煜，到北宋的柳永、欧阳修、晏几道、秦观、贺铸、周邦彦，以及南宋的姜夔、吴文英、张炎、王沂孙等，这些前代名家都或隐或显、不同程度地影响了她的词风词境，而其中最令她心折并乐于追步的，当数晏几道与周邦彦。

　　沈祖棻对晏几道词曾明确表示过由衷的激赏与喜爱，其《望江南·题〈乐府补亡〉》词云："情不尽，愁绪茧抽丝。别有伤心人未会，一生低首小山词。惆怅不同时。"词后有程千帆先生笺曰："祖棻尝戏云：'情愿给晏叔原当丫头。'即此词意也。"① 可见她对小山其人其词皆深怀歆慕。作为令词的最后一座高峰，晏几道的《小山词》一向以怅恍深挚、清丽婉美著称，《涉江词》中的许多短篇也都情思深婉，笔致清雅，明显可以看出小山词的美感风貌。如下面三首《鹧鸪天》：

　　病枕昏灯不自聊，带围宽尽旧时腰。星辰谁解怜今夜，魂梦空教过谢桥。　　寒恻恻，漏迢迢。心香禁得几回烧？大堤无限青青树，独系相思是柳条。

　　羞借清尊理旧狂，红楼珠箔但相望。十年空忍将枯泪，一夜重回未断肠。　　欢意少，别怀长。凭阑争惜更思量。西风不管黄花瘦，自向闲庭做晚凉。

　　砧杵声中翠袖单，相思几度倚阑干。蛩吟莎井人初静，雁唳霜天月未圆。　　灯焰尽，酒尊残。旧愁如梦到吟边。熏炉乍歇重衾冷，谁念南楼此夜寒？

　　小山词以写情称胜，往往真淳沉厚，兼秀韵天然，所谓"淡语皆有味，浅语皆有致"②，其《鹧鸪天》词如"彩袖殷勤捧玉钟""醉拍春衫惜旧香""小令尊前见玉箫"均称名作。沈祖棻这几首《鹧

---

① 沈祖棻原著、程千帆笺注：《沈祖棻诗词集》，江苏古籍出版社，1994，第150页。
② 〔清〕冯煦：《蒿庵论词》，载唐圭璋编《词话丛编》，中华书局，1986，第3587页。

鹧天》从情思到美感皆可见出小山词的影子，如"魂梦空教过谢桥"用"梦魂惯得无拘检，又踏杨花过谢桥"句意，"羞借清尊理旧狂"用"殷勤理旧狂"句意，"谁念南楼此夜寒"用"同过西楼此夜寒"句意。化用词句之外，更重要的是沈词在抒情的沉挚、造语的淡雅清丽、写境的凄恻等方面也都明显与小山词相接，故而汪东先生有"置之小山集中，几不可辨"的感叹[①]。

《蝶恋花》（八首选二）词也隐隐流露出小山词的气质：

　　暖日烘春江上路。细竹疏槐，新绿遮低语。一晌相看千万绪，今朝更胜前朝遇。　　欲遣回波流恨去。欢唾啼痕，多少难忘处。梦里销魂能几度？梦回忍说销魂误。（其六）

　　寂寂重帘私语细。小槛回廊，都是相思地。羞说春来无限意，眼波相觅还相避。　　深院月高花影碎。壶箭频催，欲住浑无计。乐事人间能有几？而今先费他年泪。（其七）

"梦里销魂"二句化用小山"睡里消魂无说处，觉来惆怅消魂误"词意，汪东先生称其"翻小山语，别成深致"[②]。这两首词写情真切细腻，语言流利清雅，别具一种怅恍迷离的柔情深意与情难自已的感伤凄楚，与小山词的沉挚悲凉在本质上正相契合。除却审美旨趣上的相似，也当与他们同是"伤心人"的人生经历有关。

小山之外，另一位对沈祖棻影响至为深刻的词人是北宋婉约词的集大成者周邦彦。清真词在题材上并无开拓之处，但艺术上的成就则堪称词史上的高峰。与小山词一样，清真词也多写追怀旧情的凄伤怅惘，然而更注重思力安排与措语的精丽、典故的纯熟运用，

[①] 沈祖棻原著、程千帆笺注：《沈祖棻诗词集》，江苏古籍出版社，1994，第125页。
[②] 沈祖棻原著、程千帆笺注：《沈祖棻诗词集》，江苏古籍出版社，1994，第127页。

以及意境的深厚浑成，总体呈现出"富艳精工"之美，尤以慢词擅胜。《涉江词》中有不少追和清真之作，无论内里的情味还是外表的风格，都可感受到清真词的婉雅气息与沉郁思致，如《琐窗寒》词云：

袅尽炉烟，抛残书卷，日长难度。灯前倚枕，永夜满城更鼓。纵孤衾、暂容醉眠，梦魂不到相思路。想玉骢画毂，重逢花下，此情慵诉。　　敲户，琤琮雨。对小院浓阴，凭阑无绪。新晴便稳，不见寻芳仙侣。强清游、暗萦旧愁，问谁更伴东城步？但伤心、自谱词笺，未惜弦声苦。

词写别后怀人之情，正是清真所最擅者。词中因相思之苦而引发的昼永夜长的"难度"之感，愁绪如织、寂寞慵倦的心事与意态，以及旧游如梦的空虚怅惘，都予人缠绵又深厚的感受。同时，在词境的浑融、语言的和雅、风格的婉美等方面也与清真词颇为相近。"问谁更伴东城步"更是直接化用清真《瑞龙吟》"知谁伴、名园露饮，东城闲步"句意，自然妥帖，全无刻意痕迹，实属难得。

另如《解连环·和清真》词云：

此情谁托？嗟山河咫尺，两心悠邈。便也拟、低诉深悲，奈新雁渺茫，晚风轻薄。月冷西楼，自消受、一怀离索。叹相思几日，病骨暗销，懒检灵药。　　当时赠君蕙若。记花开陌上，春在阑角。待细理、缃帙芸签，剩零梦残欢，只道忘却。偶拂尘鸾，甚未展、双眉愁萼。尽凄凉、背人对面，总羞泪落。

清真《解连环》（怨怀无托）为其经典作品之一，抒发恋人已远去而自己依然眷恋难舍的凄绝情怀。沈词所写与周词近似，只是笔意更婉转，并未有周词中"情人断绝，信音辽邈"那样的决绝表述，但情思的缱绻、手法的蕴藉与词风的沉郁则全类清真，哀婉幽咽处亦不减周词。

除上述两首，《涉江词》中多有追和或追步清真的作品，所用词牌也基本上与周词相同，如《大酺·春雨和清真》《拜星月慢》（柳度莺簧）《拜星月慢·夏夜病中念白门旧游和清真》《瑞龙吟·和清真》《夜飞鹊·和清真》《夜飞鹊》（垂杨拂朱户）等。此外，沈祖棻也明显继承了周邦彦善于融化前人诗词的特点，常用古人辞句入词，而能自出己意，妥帖自然。同时，她追步清真的大都是慢词，在注重结构安排以外，也能得清真词的浑成跌宕之美，殊为不易，体现出她词艺的成熟与精妙。

南宋末的张炎也是深得沈祖棻欣赏的前辈词人。一则两者的词风皆"清远蕴藉，凄怆缠绵"①，二则两人都经历了家国之痛与流离之苦，故情怀的沉郁伤怨也都相似。沈祖棻《宋词赏析》中特别作《张炎词小札》，共选词21首，可见对张词的偏爱。《涉江词》中有多首致意张炎之作，寄托深沉的家国之感。如《高阳台》词云：

浅草融霜，晴丝惹燕，东风乍到阑干。暖沁梅枝，难消梦里余寒。零编未管春来去，任蠹鱼、蚀尽华年。下重帘，纵隔飞花，不隔啼鹃。　　流离药盏供多病，渐回灯赌酒，怕近尊前。柳色依依，无端绿到吟边。清游俊侣狂非旧，况登临、剩水残山。但消凝，永日恹恹，一榻茶烟。

另一首《扫花游·与磊霞汉南白匋石斋诸君茗话少城公园时久病初起也》词云：

---

① 〔清〕刘熙载：《词概》，载唐圭璋编《词话丛编》，中华书局，1986，第3696页。

药炉乍歇,叹病眼高楼,暗伤春暮。小园试步。算重逢忍说,过江情绪。酌梦斟愁,散入茶烟碧缕。胜游处,早歌管楼台,都化尘土。　　离恨知几许?付白石清词,草堂新句。素弦漫谱。更阑干咫尺,易催笳鼓。绿遍垂杨,不是江南旧树。少城路,但凄然,一天风絮。

两首词均写乱世里的伤时忧国怀抱,当中也裹挟着浓郁的今昔之感与身世之慨。春色如旧,多病多思的词人却日渐憔悴,无复当年清狂意绪。"下重帘,纵隔飞花,不隔啼鹃"出自张炎《高阳台·西湖春感》"莫开帘,怕见飞花,怕听啼鹃",但能自出新意,更显深折迭宕。"剩水残山""过江情绪""都化尘土""易催笳鼓"诸句,皆是伤叹家国之语,寄托深沉,情怀凄怆。而笔致之纡徐蕴藉,情思之苍凉沉郁,也都不逊玉田。

综观《涉江词》,会发现沈祖棻所追步倾心者,实则包含了五代两宋的诸多名家,并非仅限于前述三家。以祖棻业师汪东所评为例:

《浣溪沙》(芳草年年记胜游):后半佳绝,遂近少游。①

《宴清都》(未了伤心语):"长街"以下,清真家数。②

《凤凰台上忆吹箫·岁暮寄千帆雅州》:漱玉遗韵。③

《摸鱼子·送春》(二首):比兴之体,最近碧山。④

《鹊踏枝》(摇落最怜江上树)下阕:何减阳春。⑤

《玉楼春》(二首)(莺满亭台花满野)(帘外桃花开又谢):小山

---

① 沈祖棻原著、程千帆笺注:《沈祖棻诗词集》,江苏古籍出版社,1994,第49页。
② 沈祖棻原著、程千帆笺注:《沈祖棻诗词集》,江苏古籍出版社,1994,第71页。
③ 沈祖棻原著、程千帆笺注:《沈祖棻诗词集》,江苏古籍出版社,1994,第78页。
④ 沈祖棻原著、程千帆笺注:《沈祖棻诗词集》,江苏古籍出版社,1994,第81页。
⑤ 沈祖棻原著、程千帆笺注:《沈祖棻诗词集》,江苏古籍出版社,1994,第89页。

六一之间。①

《探芳信》(玉炉畔)：清于梅溪，厚于玉田。②

《踏莎行》(曲曲回廊)：何减珠玉。③

《蝶恋花》(四首)(日暮东风吹细雨)：数首俱在阳春小晏之间。④

《天香·藕》：有此本领，乃能咏物。便觉碧山、玉田去人不远。⑤

《菩萨蛮》(黄昏几阵潇潇雨)：花间遗响。⑥

以上诸多评点已可见出《涉江词》转益多师的创作追求，在其笔下，《花间》的绵丽，韦庄的清疏，冯延巳的深婉凄迷，晏欧的闲雅深沉，柳永的善于铺叙，秦观、李清照的婉美蕴藉，周邦彦的典丽浑成，姜夔的幽隽空灵，吴文英的沉潜奇丽，以及张炎、王沂孙的凄怆苍凉，乃至辛弃疾的遒劲悲慨，都或隐或显地有所呈现。不过，从总体上来看，《涉江词》仍以韶雅清婉为主，虽追步众多名家，却能融合其独有的审美归趣、身世经历与家国之思，形成了独有的艺术风貌。

二、婉雅清丽之美与沉郁浑成之境

《涉江词》成稿于烽火动荡中，多写身世之感与伤时忧国情怀，但总体上仍恪守易安"词别是一家"的创作传统，极少慷壮激宕的表达，体现出婉雅清丽的主体风格。如《蝶恋花》：

珠箔飘灯人又去。月冷荒城，警角声凄楚。瘦影相扶愁转步，香瘢

---

① 沈祖棻原著、程千帆笺注：《沈祖棻诗词集》，江苏古籍出版社，1994，第104页。
② 沈祖棻原著、程千帆笺注：《沈祖棻诗词集》，江苏古籍出版社，1994，第118页。
③ 沈祖棻原著、程千帆笺注：《沈祖棻诗词集》，江苏古籍出版社，1994，第121页。
④ 沈祖棻原著、程千帆笺注：《沈祖棻诗词集》，江苏古籍出版社，1994，第123页。
⑤ 沈祖棻原著、程千帆笺注：《沈祖棻诗词集》，江苏古籍出版社，1994，第134页。
⑥ 沈祖棻原著、程千帆笺注：《沈祖棻诗词集》，江苏古籍出版社，1994，第229页。

未褪红丝缕。　访里寻邻迷旧处。燕子惊飞，更傍谁家住？肠断千山闻杜宇，梦中不识江南路。

词前有小序云："医院既毁，寄寓友所而日就治焉。寻帆因事先返嘉州，居停又以寇机夜袭移乡。流徙传舍，客况愈难为怀矣。"前文《宴清都》词曾言及词人因腹中生瘤而前往成都医治，不料医院夜半失火，幸而脱险，夫妇劫后重逢，"相见持泣"。这首《蝶恋花》可谓续篇，抒写乱世中流离异乡、病困客舍的惶然哀伤。上片写荒凉凄寒之境与孤寂病弱感受，下片言自伤漂泊、思念故园的沉痛心事，情韵凄楚绵邈，运笔婉雅而工稳，自然流利的表达中蕴藏着深厚的伤时悯乱之慨，使人回味不尽。

另一首《临江仙》在清雅中更多深婉情韵：

小阁疏帘风恻恻，客窗几日寒深。斜阳容易变轻阴。江山成怅望，杯酒怯登临。　无益相思无用泪，当时苦费沉吟。闲愁何处可追寻？秋灯千点雨，春梦十年心。

这是将家国身世之感打并入一处的悲惋叹息。词人以淡雅清丽的笔法含蓄抒写沉沉乡愁与凄苦的怀人情绪，看似平淡而内敛，实则借凄风、斜阳、寒深、轻阴与夜雨孤灯烘托深秋独宿客馆的黯然萧瑟之感，将无以断绝的愁思与怅恨自然呈露于字里行间，是所谓"既闲婉，又沉着"。上下片的结句尤其具深远绵邈之致，反复讽咏之余，愈觉包蕴丰富。

有时她的词也会于淡雅间流露出颇为清幽闲逸的气息：

竹槛蕉窗雨乍收，纱窗轻箪小茶瓯。枕边茉莉暗香浮。　绘彩瓷盘供佛手，镂银冰碗剥鸡头。晚凉庭院忆苏州。

——《浣溪沙·山居苦热有忆江南旧事》

如水新寒夜正赊,玉钗拨火试煎茶。灯描人影上窗纱。　　珠箔月明更漏永,银屏风起篆烟斜。安排清梦到梅花。

——《浣溪沙》

  虽然身当乱世,备尝艰苦,但颖慧多思的女词人依然保持着对生活与日常之美的热爱。前首词写夏日山居情境,看似随笔写来,其实是有意选取了翠竹、芭蕉、茉莉与鸡头米等与故乡苏州相关的风物,又以纱窗、竹席、茶瓯相映衬,恍惚间仿佛梦回江南。至于隐藏于淡淡乡愁背后的故国之思,便留待读者自己细细体会了。后一首写冬夜的雅意清兴。灯下拨火煎茶,银屏篆烟袅袅,帘外新寒更显得月明如水,写境清美而安闲。同时,长夜里的漏声迢递,窗纱上的人影如画,以及"安排清梦到梅花"的幽隽风致,使得整首词散发着极为恬适静谧的气息。两首词都寄情于景,笔意细腻轻倩,呈现出淡雅婉美的风貌,足可追步易安。

  在婉雅清丽之外,《涉江词》的另一个重要特色是造境的沉郁浑成,尤以慢词体现得最为明显。沉郁来自情思的凄怆悲凉,浑成则表现为情景相融、一气呵成的流畅与自然,典型的如《过秦楼》词云:

小砚凝尘,短笺栖蠹,几日病怀浑懒。频温药盏,细检神方,却奈梦魂撩乱。空记晓镜妆成,门掩春风,玉骢嘶惯。叹相思别后,芳期无准,锦鳞书断。　　休更想、月影霏烟,花香散雾,絮语夜凉庭院。茶铛易冷,诗卷慵开,绣枕昼长谁伴?闲坐还牵旧情,堤上钿车,袖中纨扇。纵前游再续,回首清欢自远。

  旧梦如烟,往事已矣,词人却如她歆慕的前辈清真一样,明知徒惹惆怅,依然难断相思怀恋之情。冷落的砚台纸笺和诗卷茶铛,病怀恹恹、梦魂撩乱的慵倦无奈,透出幽幽寂寞与凄清;而往昔的缱绻情浓与别后的信音杳渺相对照,愈显感伤无极。同时,词中又借春风玉骢、月影花香、轻烟夜雾及絮语凉庭来营造当日缠绵温柔之境。情与景彼此映衬,自然融合,词笔流畅而深婉,带出沉挚动人的感受。汪东先生评曰:"通首浑成,更无着圈点处。"① 可见其写作慢词的功力。

另一首《高阳台》词云:

簟影生凉,灯花结梦,半帘霜月初残。拨尽寒灰,愁心已化轻烟。断鸿应有相思字,问天风、吹落谁边?枉朝朝、极目行云,倚遍阑干。　　青鸾不拂胭脂冷,渐魂销别后,兴减尊前。待谱离情,秋声却满冰弦。重来纵记临歧约,怕相逢、不似当年。便飘零,赋笔词笺,莫写缠绵。

此首仍是伤离念远之作,词情较《过秦楼》更显愁郁怅惘。上片以凉簟、孤灯、霜月、寒灰、轻烟自然营造出凄冷氛围,逗引出深切的相思之情;下片承此集中抒写伤怨怀抱。别后胭脂懒匀、酒兴都减,更令人感伤的则是时过境迁、纵使重逢亦无复当初的怅然与消黯。词从秋夜冷寂之境落笔,写到离情如织、心事憔悴,而哀伤之余又不免油然而生物是人非的慨叹,故结笔以"莫写缠绵"收束,纵收之间转折自然。整首词含蓄婉美,层层深入,浑成之美与沉郁意致兼而有之,洵称佳作。

与大部分女性词人不同,沈祖棻的《涉江词》中写了大量的慢词,比例之高,前代唯有吴藻、顾春与吕碧城能与之比肩。这些慢词或渐进层深,或纤徐婉转,但都能在凄恻沉郁中见浑成流利,其词艺之精妙,由此可见。

---

① 沈祖棻原著、程千帆笺注:《沈祖棻诗词集》,江苏古籍出版社,1994,第133页。

三、白描与比兴的出色运用

如前文所述,沈祖棻在词的创作上取法五代两宋,有着转益多师的审美追求。《涉江词》实际上是融合各家,最终形成了自身的独特情韵与风格。而从内在的艺术特质上看,沈祖棻总体上始终遵循易安"词别是一家"的原则,词风也以婉雅清新为主。除此之外,正中词的善用比兴,易安词的长于白描,在她的词里也有着明显的体现,并且同样地融合其本身的情怀境遇,展示出独特的美感与思致。

抗战期间,词人一度赁居于乐山。程千帆先生云:"居乐山时,始赁庑徐家,旋以避空袭,迁学地头,旧学宫荒地也,与刘丈弘度及钱歌川先生为邻。以地名不文,改称雪地。屋在一小丘之巅,下临清溪,风物甚佳,故词中颇及之。"① 难得在乱世中有了一处暂时可以安身的居所,即使依旧忧心国难,她的生活到底也获得了些许安稳,因而她有时会以自然清新的白描笔法来表现山居生活的幽静闲淡,如下面几首词:

近水明窗,烟波长爱江干路。乱笳声苦,移向山头住。 径曲林深,惟有云来去。商量处,屋茅须补,莫做连宵雨。

——《点绛唇》

豆荚瓜藤处处栽,柴门还在最高崖。一雨经宵庭草长,上闲阶。 山色故教云作态,好风常与月相偕。小犬隔林遥吠影,有人来。

——《摊破浣溪沙》

---

① 沈祖棻原著、程千帆笺注:《沈祖棻诗词集》,江苏古籍出版社,1994,第85页。

晓雾穿窗散作烟，淙淙清露滴琅玕。秋深红叶如花媚，地暖浓霜当雪寒。　移短榻，负晴暄。向阳庭户对遥山。浣衣归后新炊熟，一卷残书自在看。

——《鹧鸪天》

三首词仿佛信手写来，将平凡琐碎的种种生活日常以极为简净朴素的语言一一展现，既有牵萝补屋、栽豆种瓜、浣衣炊饭这样朴实的劳作场景，又不乏山水幽林、明月清风、竹露晓烟的诗意境界。特别是小犬吠影、移榻负暄和悠然展卷的描写，更令人有妥帖生动之感。词中措语流利清新，笔法灵动自然，充满浓厚的生活气息。

有时词人甚至会写到略显窘迫的日常境况，带着十足的烟火气，如《清平乐》（六首选二）：

山回路转，隔水烟村远。行过小桥人未见，林外晨喧一片。　两三上市新蔬，担前问价踟蹰。几日囊中钱少，归来何止无鱼。（其二）

茶迟火缓，一卷偷闲看。侍女嬉游行渐远，知道今朝饭晚。　词笺待写离情，宫商细酌新声。帘里苦吟才罢，空怜厨下焦铛。（其六）

在这两首词中，词人将白描手法运用得更为纯熟彻底，突出体现在增加了很多口语化的表达，同时所呈现出的生活细节也愈发平实亲切。无论是菜场里问价后的犹豫、囊中羞涩、主妇难为的尴尬，或是煮饭间隙沉醉于填词，导致锅焦饭糊的可笑一幕，自然的叙述中又带着一点儿活泼与自嘲，尤为动人。如汪东先生所言："此正本色语，非浅俗也。"[①]

[①] 沈祖棻原著、程千帆笺注：《沈祖棻诗词集》，江苏古籍出版社，1994，第105页。

即使写战时情境与怀乡之意，同样可以通过白描手法来表现：

灯窗乍晓，警报无端惊梦早。多少人家，才叠罗衾未煮茶。　　断魂谁管？付与轻雷天外转。蓬户重归，又是疏帘卷落晖。

——《减字木兰花》

新凉早透朱帘罅，剪刀闲过中秋夜。暮雨莫添寒，高楼罗袖单。　　熏笼经岁别，故箧余香歇。昨梦到横塘，一川烟草长。

——《菩萨蛮》

前一首叙写清晨词人被刺耳的警报声惊醒，为躲避敌机轰炸而仓促逃去防空洞，归家已是日暮时分。"才叠罗衾未煮茶"一句语虽朴淡，却极富日常情味。后一首先言秋凉时节，暮雨添寒，烘托冷落之境，"中秋"暗示了心底的思亲情绪；下片承此抒写挥之不去的绵绵乡愁：故乡常用来烘衣取暖的熏笼此地无从寻觅，离家时所携衣箱里的淡淡香气也早已散尽，这些看似普通的物品与气味，实则承载着她对故乡的深深怀念。两首词一苍凉，一深沉，而都不脱平淡清新的白描本色，有举重若轻之感。

除了白描，善用比兴寄托也是《涉江词》的一大艺术特色和亮点。这方面词人明显承袭了南唐冯延巳的深婉蕴藉，将家国之情与离乱之思以比兴手法含蓄道出，婉曲深折中别具幽咽沉郁之感。如《临江仙》（八首选二）词云：

画舫春灯桃叶渡，秦淮旧事难论。斜阳故国易销魂。露盘空贮泪，锦瑟暗生尘。　　消尽蓼香留月小，苦辛相待千春。当年轻怨总成恩。天涯芳草遍，第一忆王孙。（其四）

碧槛瑶梯楼十二，骄骢嘶过铜铺。天涯相望日相疏。汉皋遗玉珮，

南海失明珠。　　衔石精禽空有恨，惊波还满江湖。飞琼颜色近何如？不辞宽带眼，重读寄来书。（其七）

　　这组《临江仙》是全面抗战爆发后词人在转徙流亡途中所写，可以说真实记录了当日的间关之苦与忧时怀抱，具有宝贵的词史意义。选录的两首都与时局紧密相关，前首据程千帆先生笺，"写对南京之怀念及时局之关注"①。上片追忆故都金陵，斜阳销魂、露盘贮泪和锦瑟生尘全用虚笔，而能生动传写对故国的眷眷深情与忧思。下片"消尽"二句与上片"露盘"二句一样，皆是化用李商隐诗意，喻指盼望苦战后最终能够赢得胜利的心情。"当年"三句语意更为深隐，程先生笺注指出，此"乃祖棻当时对国民党政府及蒋介石之看法。谓其过去作为虽颇不理于众口，然若能坚持抗战，有补于国，则昔日之怨固可转为今日之恩也"②。"天涯"两句源自《楚辞·淮南小山〈招隐士〉》，"王孙"指代蒋介石。后阕程先生笺云："此首写战局失利，汪精卫投敌。"③起二句先言众多名城沦于敌手，日寇长驱直入，形势危殆；"天涯"句言百姓被迫逃亡、远离故土的无奈。"汉皋""南海"二句比喻武汉、广州的失守。过片"精禽""飞琼"分别喻指汪精卫和蒋介石。"空有恨"意谓汪精卫从一位坚定的民主革命志士沦落成为人所不齿的大汉奸，实在使人感恨不已，"惊波"句暗示其投敌行为引起国内外重大震动。如此艰难的局势下，词人唯望蒋氏能不改初衷，抗战到底。"寄来书"指战争爆发后国民党政府所发表的自卫宣言，"不辞宽带眼"则暗示自己忧心国事，即便日渐憔悴消瘦也无怨无悔的真挚情怀。两首

---

① 沈祖棻原著、程千帆笺注：《沈祖棻诗词集》，江苏古籍出版社，1994，第56页。
② 沈祖棻原著、程千帆笺注：《沈祖棻诗词集》，江苏古籍出版社，1994，第56页。
③ 沈祖棻原著、程千帆笺注：《沈祖棻诗词集》，江苏古籍出版社，1994，第57页。

词皆以含蓄沉潜之笔抒写深重的家国之感,用典恰切,语言精雅,寄意遥深,幽咽中兼有沉郁之思。汪东先生称许这组词"风格高华,声韵沈咽。韦冯遗响,如在人间,一千年无此作矣"①。

以比兴手法表现对时局看法的又如《鹧鸪天》:

极目江南日已斜,萋萋芳草接天涯。隋堤纵发新栽柳,桃观仍开旧种花。　　鹃有泪,燕无家。东风今日更寒些。可怜春事阑珊处,犹有群蜂闹晚衙。

根据程先生的笺注可知:"上阕,'极目'二句,喻蒋记政权已走到尽头。'隋堤'二句,喻所言所行,换汤不换药也。下阕,'鹃有泪'三句,谓人民生活愈来愈苦。'可怜'二句,喻覆亡无日,而群小犹互相倾轧不休也。"②对于走向末路的蒋氏政权,词人心中充满了郁愤与鄙夷。忧生悯乱、敏感多思的她既不忍见到百姓"有泪""无家"的困苦境况,同时也愤然于政治腐败、官场黑暗的现实。但词体的特质与诗不同,在表现这样的题材时,更适合以比兴寄托的手法含蓄出之,如此则尤有意味深长的美感。故程先生称:"大抵作者东归后所为美人香草之词皆寄托其对国族人民命运之关注,尝谓张皋文求之于温飞卿者,温或未然,我则庶几。"③张皋文即清代常州派代表张惠言,主张作词须有比兴寄托,认为花间鼻祖温庭筠(字飞卿)的诸多艳词皆蕴涵政治寄托与身世之感,失之于偏,多附会之言。而程先生却明确表示:"温或未然,我则庶几。"可知沈祖棻是有意通过比兴手法来表达对国运时局的关注与看法,且运用得十分精妙而成熟,堪称个中高手。

---

① 沈祖棻原著、程千帆笺注:《沈祖棻诗词集》,江苏古籍出版社,1994,第58页。
② 沈祖棻原著、程千帆笺注:《沈祖棻诗词集》,江苏古籍出版社,1994,第181页。
③ 沈祖棻原著、程千帆笺注:《沈祖棻诗词集》,江苏古籍出版社,1994,第181页。

这样的词作还有《浣溪沙》(兰絮三生证果因)(十首)、《鹧鸪天·华西坝秋感》(四首)、《鹧鸪天》(青雀西飞第几回)(八首)等,均以比兴手法婉曲抒写现实种种,既真实记录了当时的历史,也保持了词体特有的含蓄美感,是所谓"韦冯遗响"者。

四、激楚苍凉——《涉江词》中的变声之作

如前文所述,沈祖棻在词的创作中始终恪守"词别是一家"的传统,所追步者,也都是小山、清真、易安这样的婉约派名家。其词中虽多写家国之思与乱离之苦,词风依然以婉雅清新为主。不过,《涉江词》中也有少数变声之作,往往踵武稼轩之悲凉慷慨,而沉痛幽咽处亦不减稼轩。如《浪淘沙》(四首选二):

长夜正漫漫,风雨添寒。江南江北又春残。十载相思忘不得,无限关山。　回首血成川,如此中原。年年旧燧换新烟。四海伤心闻夜哭,休念家园。(其一)

一水隔胡尘,未到朱门。销金窝里易销春。灯火楼台歌舞夜,旧曲翻新。　梦语正纷纭,铁骑如云。新亭对泣更无人。漫想黄龙成痛饮,整顿乾坤。(其四)

前首词写烽火连年、无家可归的悲怆凄凉,后一首讽刺国难当头而权贵们依旧歌舞升平的后方现状。"无限关山""如此中原""旧燧新烟"的沉痛,"血成川""闻夜哭"的伤心惨目,"销金窝里易销春""新亭对泣更无人"的深刻郁愤,以及幻想他朝能如当年岳飞直捣黄龙般"整顿乾坤"、驱逐外寇的爱国衷肠,都予人悲凉激楚、哀恨无极的感受。汪东先生评曰:"变调,然集中正宜有此。"[①]

---

① 沈祖棻原著、程千帆笺注:《沈祖棻诗词集》,江苏古籍出版社,1994,第131页。

虽为"变调",却未走向叫嚣或者粗陋的一端,或用比兴,或用典故,语言平实而流利,写情自然而兼具沉咽之致,充分体现出词人不俗的艺术表现力。

不过,若论到《涉江词》中最为经典的变声之作,当数《一萼红》,词云:

乱笳鸣。叹衡阳去雁,惊认晚烽明。伊洛愁新,潇湘泪满,孤戍还失严城。忍凝想、残旗折戟,践巷陌、胡骑自纵横。浴血雄心,断肠芳字,相见来生。　谁信锦官欢事,遍灯街酒市,翠盖朱缨。银幕清歌,红氍艳舞,浑似当日承平。几曾念、平芜尽处,夕阳外、犹有楚山青。欲待悲吟国殇,古调难赓。

这首被汪东先生称为"千古一叹"的名作[①],慷慨激烈,至今读来仍觉震撼莫名。词前小序记载了当年的悲壮一幕:"甲申八月,倭寇陷衡阳。守土将士誓以身殉,有来生再见之语。南服英灵,锦城丝管,怆怏相对,不可为怀,因赋此阕,亦长歌当哭之意也。"词中运用了鲜明的对比手法,上片以悲怆雄劲之笔表现乱笳悲鸣、烽火硝烟的残酷战争场景以及将士们浴血抗敌、以身殉国的壮烈与忠义;下片则转写后方"灯街酒市""清歌艳舞",仿佛太平盛世般的种种热闹享乐,浑然忘却国难当头、倭寇未清的惨淡现实。"谁信""浑似""几曾念"层层顿宕,力抵千钧,极写内心之感愤沉痛。两相对照,愈发令人心意激荡,不能自已。词中对壮怀激烈与郁恨悲凉两种情怀均作了极为动人的表达,笔意劲直,慷壮中又交织着沉咽激楚之音,可谓深得稼轩词三昧。

更值得注意的是,尽管战况惨烈,尽管时局艰难,词人依然没有丧失对赢得最终胜利的坚定信念。《鹧鸪天》词云:

---

① 沈祖棻原著、程千帆笺注:《沈祖棻诗词集》,江苏古籍出版社,1994,第136页。

陨石如星日月愁,年年江上血成流。新殇故鬼千家骨,昨海今田几处楼。　　驰羽檄,拥貔貅。衣冠万国赋同仇。尽收关洛寻常事,立马蓬山最上头。

虽然战火纷飞,血流成河,牺牲惨重,但若能同仇敌忾、勠力杀敌,终究能够盼到恢复河山的那一天。词中既反映出抗战的艰苦卓绝,同时又传达了"尽收关洛""立马蓬山"的必胜之志。写情激昂慷慨,风格豪宕悲壮,结拍两句尤其使人热血沸腾,有岳飞《满江红》"待从头、收拾旧山河"的浩然之气与深沉怀抱。观此可知,词人虽为女子,胸襟却无愧须眉。

此外,《八声甘州》(记当时)、《浣溪沙》(何处秋坟哭鬼雄)(六首)、《鹧鸪天》(惊见戈矛逼讲筵)(四首)等也都是《涉江词》中的变声之作,均与战争或时事密切相关,也同样呈现出苍凉悲慨的词风。这不仅反映了《涉江词》婉雅蕴藉之外的另一种艺术风貌,从中也可见出词人驾驭不同风格的不俗功力。

一部《涉江词》,不仅承载了作者自身跌宕不幸的人生经历与深沉复杂的生命感慨,更重要的是多方面记录了当时的历史,具有词史的珍贵意义。同时,从艺术的角度看,《涉江词》体现出的婉雅清丽之美与沉郁浑成之境、成熟精妙的表现手法与深厚的学养,特别是比兴寄托手法的纯熟运用,使得其词在整体上达到了相当高的水准,不但远远超越了同时代的女性,即使当时的男性作者,也大都难以企及。自南宋辛弃疾借词体抒写爱国情怀以来,历代皆有追随仿效者,当中也包括女性词人,如宋末以徐君宝妻和流落北方的宫人为代表的女词人,明末清初的徐灿,民国时期的秋瑾、吕碧城等,但若论作品数量之多、总体成就之高与当世影响之大,恐怕仍要推《涉江词》为第一。"现代李清照"的评价,殊非过誉。

后记

我对古代女性文学的研究兴趣，实则缘起于博士入学不久导师程郁缀先生赠予我的一本书——当时刚刚出版的《徐灿词新释辑评》。之前除吴藻、顾春这样著名的女词人之外，自己对明清的女性作家几乎一无所知。而经由此书的指引，我对明清女性文学产生了浓厚兴趣。书中陈邦炎先生所写之前言，对徐灿生平及其《拙政园诗余》作了颇为详实而精到的考察和论析，提供了很多有益的研究思路与线索。于是以此为基础，在程老师的热情鼓励下，我开始了对明清女性文学的研究。首先着手的，是在陈邦炎先生考论的基础上，考证徐灿的生卒年及晚年生活境况。因为在图书馆善本室找到了相关的珍贵文献《海宁渤海陈氏宗谱》，几个重要问题取得了突破性进展。犹记得那一个多月时间里，我每天早出晚归，泡在善本室爬梳资料，每次发现新的线索，都有种破案般的快乐与成就感。其后形成《关于女词人徐灿生卒年及晚年生活的考辨》一文，该文经由程老师大力推荐，发表在《文学遗产》期刊上。而我的博士学位论文，自此也确定了写作方向。考虑到明清女性作家作品数量庞大，故选取了明末清初这一阶段的女词人为研究对象，最终顺利完成了毕业论文。

博士毕业后，我进入首都师范大学文学院博士后工作流动站，继续进行明清女性文学的研究，出站报告《清中叶浙江女词人研究》，后由人民文学出版社出版。五年间我一直沉浸于这一领域，自觉收获颇多，且始终抱有浓厚的学术兴趣。只是工作后由于种种主客观原因，日益疏懒，虽时有重拾旧业的念头，最终依然意兴阑珊。

六年前孙晓娅老师热情邀我参与其主持的"中国女性诗歌史"书系工程，我欣然于其为中国女性诗歌撰史的想法，遂接受了撰写《中国女性诗歌史（古代、近代卷）》的任务。几年间反复增删修改，大体上实现了写作之初的想法。全书按照文学史的线索，从先秦两汉至近代民国，选取了每个阶段最具代表性的女性作家作品进行较为深入的论析。虽然限于自身精力和本书篇幅，只能从宏观角度勾勒整个古代女性文学的概貌，很多优秀的女作家未能收入其中（尤以清代为最），难免深感遗憾，但能于多年后重燃当年的研究热情，完成这样一部有意义的书稿，也算是对往昔满怀热爱的自己的某种告慰。

本书能顺利出版，首先要感谢孙晓娅老师的邀请与鼓励，让我有机会重新开始对古代女性文学的研究。感谢黄怒波先生为本书的出版付出的努力。感谢北京大学出版社的大力支持和本书责编张亚如女士的辛苦付出，感谢王霄蛟先生的精细校对，使得书中的文献征引与论述更为严谨准确。感谢博士导师程郁缀先生和博士后合作导师张燕瑾先生，以及多年来不离不弃的家人和朋友，正是他们的勉励与支持，令我拥有自在生活的底气和勇气。最后，由衷感谢孙昌武、赵敏俐先生为本书撰写的精辟丰赡的推荐语，其中既有对我们学术工作的充分肯定，也寄寓了殷切的期望。

赵雪沛

2024 年 12 月 15 日